AtV

HERMANN KANT wurde 1926 in Hamburg geboren. Nach einer Elektrikerlehre war er Soldat, von 1945 bis 1949 in polnischer Kriegsgefangenschaft Mitbegründer des Antifa-Komitees im Arbeitslager Warschau und Lehrer an der Antifa-Zentralschule. Ab 1949 studierte er an der Arbeiter- und Bauernfakultät in Greifswald, 1952 bis 1956 Germanistik in Berlin. Danach war er wissenschaftlicher Assistent und Redakteur, von 1978 bis 1990 Präsident des DDR-Schriftstellerverbandes.

Er veröffentlichte die Romane »Die Aula« (1965), »Das Impressum« (1972), »Der Aufenthalt« (1977) und »Kormoran« (1994), die Erzählungsbände »Ein bißchen Südsee« (1962), »Eine Übertretung« (1975), »Der dritte Nagel« (1981), »Bronzezeit« (1986), »Die Summe« (1987) sowie »Abspann. Erinnerung an meine Gegenwart« und »ESCAPE. Ein WORD-Spiel« (1995). Hermann Kant lebt in Berlin.

Im Herbst 1989 faßte meine Mutter den Gang der Geschichte, die Lage der Literatur und das Treiben ihrer Söhne in den Satz: »Ihr hättet man lieber über Tiere schreiben sollen!« – Ich versuchte es, kam aber über eine Romanfigur mit Vogelnamen nicht hinaus. Eines Vogels immerhin, der laut Brehm unfriedfertig und tückisch ist und zu Neckereien neigt. Und einen Roman immerhin, der von allerlei Leben und allerlei Sterben erzählt. – Als das Literarische Quartett meinen »Abspann« verhandelte, hieß es über dessen Verfasser: »Ich habe Angst vor diesem Mann. Der ist heute noch gefährlich. Da muß man aufpassen!« – Auch zum Beweis, daß ich in Wahrheit lieb und schreckhaft bin, schrieb ich den »Kormoran«-Roman.

Hermann Kant

Hermann Kant

KORMORAN

Roman

Aufbau Taschenbuch Verlag

ISBN 3-7466-1192-X

1. Auflage 1997
Aufbau Taschenbuch Verlag, Berlin

Umschlaggestaltung Torsten Lemme
Satz LVD GmbH, Berlin
Druck Elsnerdruck GmbH, Berlin
Printed in Germany

I

Falls Sie wissen möchten, liebe Leser, wer Ihnen dies erzählt: Ich mache das. Ich bin der Autor und Urheber, ein erfinderisches Wesen, das sich zu Zwecken von Unterhaltung und Belehrung etwas ausdenkt. Oder in Abwehr übergroßer Ängste wie übergroßer Freuden. Zugegeben, als Einrichtung kam ich ein bißchen aus der Mode. Aber es gibt mich. Nicht nur im Prinzip, sondern mit fester Anschrift.

Wenn Sie nicht ahnen, wie ich heiße, müssen Sie an ein Buch ohne Einband und ohne Schmutz- und Haupttitel geraten sein. Da steht nämlich überall mein Name. Besorgen Sie sich ein vollständiges Exemplar, falls Ihnen wichtig ist, von wem diese fabelhafte Geschichte geliefert wird.

Und zwar ohne Hinzuziehung irgendwelcher Gehilfen sowie unter Ausschluß von Mittelspersonen oder Konstruktionen, auf die sich Glaubhaftigkeit stützen soll. Ich sehe nicht, warum ich anderen in den Mund schieben muß, was sich aussprechbar in meinem Kopfe findet. So leiste ich leicht Verzicht auf den Freund, welcher stockend vom Freunde berichtet, pfeife auf den Archivar, der aus verschollen geglaubten Folianten liest, verkneife mir alle Umbögen über Psychiatrie, Polizeistation oder frisch geschaufeltes Grab und schaffe die Sache auf kürzestem Wege heran: direkt vom Autor an den Leser.

In einer Weise also, die ebenfalls ein wenig aus der Mode ist. Ohne Furcht vor der Frage: Woher weiß der Verfasser das? Ohne Angst, man könne ihn Doktor Allwissend heißen. Mit dem Mut zur Erklärung vielmehr: Ich weiß es, denn ich habe es mir ausgedacht. Ich bin die Quelle der Nachricht, wie sollte ich da nicht ihr Überbringer sein?

Es folgt nun, liebe Leser, ganz zwischen Ihnen und mir der Bericht von einem der sechsundsechzig Geburtstage des schriftkundigen Paul-Martin Kormoran, der schon deshalb eine Erfindung sein muß, weil es, soweit meine Erhebungen verläßlich sind, keinen lebenden Menschen dieses Namens gibt.

*

Paul-Martin Kormoran betrat die Terrasse des Hauses und sah wieder einmal, wie ähnlich ihm beide waren. Kein übler Entwurf, solide ausgeführt, auf natürliche Weise gealtert und auf gewaltsame auch. Die Junisonne gegen frühen Mittag ließ in unangenehmen Einzelheiten erkennen, wie weit das Verfallsdatum des Gebäudes überschritten war. Mit Rissen im Gestein, fehlenden Treppenplatten, abgeschlagenem Putz, hangendem Mauerwerk, verbeulten Abflußrohren, klemmenden Jalousien und splittrigen Holzsegmenten nahm es sich wie Bauwerk nach mittlerem Beben aus, Stärke vier auf der Richter-Skala, und sein Bewohner fand sich keineswegs herausgehoben aus diesen Mustern.

Es ging ihm kaum anders als seinem Haus; ein zerschlissener Mann und eine zerschlissene Herberge, die einmal Villa hieß. Aber schon nicht mehr Villa Kormoran. Wie lange wohnte er hier, vier Jahre? Dreieinhalb? Zu kurz, um für die fahle Halde verantwortlich zu sein. Vor vier Sommern eingezogen, vor dreien Mühe mit sich selbst gehabt, vor zweien das Herz geflickt und nicht das Dach, seit, spätestens, dem letzten von anderem umstellt, und jetzt gewiß, daß hier kein Bleiben war. Die Hütte und die Kormorans hatten nicht viel voneinander gewonnen.

Alter Mensch vor rissigem Haus auf brüchiger Terrasse, so dachte Paul-Martin Kormoran und fühlte sich doch nicht übermäßig schlecht dabei. Immer noch besser als gestorbener Mensch in eichener Kiste oder im Behälter aus gediegenem Ton. Ob man Altwerden eine, wenn auch rückläufige, Form des Werdens nennen konnte, schien zweifelhaft. Aber ohne jeden Zweifel galt es als Teil des Seins. Und Sein war besser als Gewesensein.

Seit Jahren ärgerte sich Kormoran, weil er die einschlägige Erkundigung eines Interviewers, Gaus hieß der Mann, falsch verstanden und falsch beantwortet hatte. Dieser Gaus, den überm Satzbau die Tonstärke verließ, wollte Gott weiß was und dazu noch wissen, wie dem Einvernommenen das Älterwerden schmecke, bekam jedoch Antwort, als habe seine Frage das Verhältnis zwischen Alt und Jung berührt. Die tatsächlich gelieferte Auskunft Kormorans war unerheblich, und um die ungelieferte tat es ihm immer noch leid. Lange hoffte er, bei weiterer Gelegenheit über sein Verhältnis zum Älterwerden vernommen zu werden, und er trug eine vorgefertigte Replik des Inhalts mit sich herum, dieses Wort sei nur ein elendiger Euphemismus, mit dem sich das harte Faktum des Altwerdens bemäntele. Älter werde man vom Augenblick seiner Geburt bis vielleicht zum Anfang des fünften Jahrzehnts. Von da an werde man alt, und wenn Älterwerden seine Annehmlichkeiten habe, sei Altwerden nur eine Gemeinheit. – So hätte er sagen wollen, aber statt an Gelegenheiten geriet er in einen Zustand, der die Interviewer bewog, von der Berührung des Themas abzusehen. Vom allgemeinen Rückgang des öffentlichen Interesses an der Person Paul-Martin Kormoran ganz zu schweigen.

Anfangs – der Mann war eitel genug, sich des Tatbestandes nicht nur mit Wohlgefallen zu erinnern, sondern ihn sich ab und an unter Anziehung alter Fotos zu bestätigen –, anfangs, zehn Jahre lang mindestens, hatte es ausgesehen, als gebe es zwischen ihm und dem Vergehen von Zeit keinen Zusammenhang. Kein Hinaufzählen der Kragenweite, kein Weiterschnallen des Gürtels, keine nennenswerte Änderung an Haupt und Haar. Auch auf den Bildern nicht. Vor allem auf denen nicht. Ein mittelgroßer, dunkelhaariger, helläugiger, womöglich gescheiter (warum nicht zugeben, daß er sich für keinen Dummkopf hielt) und lachlustiger (warum sich nicht dazu bekennen) Dreißigjähriger – so die Auskunft, die er wiederholt von den ersten Fotos las. Nicht den ersten seines Lebens, aber seines Berufslebens.

Paul-Martin Kormoran, Redakteur. Das klang nicht nur gut, sondern war auch gut. War von beinahe anfaßbarer Güte. Ein Name, der sich merken ließ, und eine Profession, die man bemerkte. Der Beruf wie gemacht für Ort und Zeit. Berlin um das Ende der fünfziger und den Anfang der sechziger Jahre. Oder, vom sechsundsechzigsten Geburtstag gerechnet, genau um die Hälfte des Lebens zurück. Genau in der Mitte dieses Lebens. Im Zentrum des Jahres 1959.

Ein Dritteljahrhundert später lautete die Beschreibung desselben Mannes allenfalls: Die Augen sind immer noch hell. Auch die Lachlust scheint geblieben, ist aber mehr mit Grimm als mit Frohsinn gepaart. – Im Falle Kormoran handelte es sich ganz allgemein und an diesem Vormittag sehr besonders um Spuren einer Erheiterung, die man sich bei übermäßiger Lektüre überregionaler Blätter zuzieht. Gerade hatte der Kolumnist Rathus, ein Schlaumeier, der die Welt stets nach seinen jeweiligen Wünschen malte und dabei sein Recht auf Irrtum voll ausschöpfte, das Jahr 59 in einem sehr zweckgerichteten Aufsatz zur Phase der Entspannung inmitten des kalten Krieges erklärt und so nur ein weiteres Mal gezeigt, wie gering seine Ahnung von politischen Dingen war.

Da wußte Paul-Martin Kormoran, dessen erster Harpyia-Artikel im fraglichen Jahre erschienen war *(Harpyie. 1. in griech. Myth. Wesen von räuberischer Natur, das in plötzl. Wirbelwind Menschen wegrafft; 2. in der Heraldik Jungfrauenadler; 3. südamerik. Raubvogel. Die H. lebt in den feuchten Wäldern von Affen und Faultieren, die sie nach Habichtsart durch plötzliches Überfallen zu erlangen weiß.)*, wirklich besser Bescheid und mußte nicht erst in eine der gewichtigen Chroniken tauchen, an deren Beliebtheit sich immerhin ein Zuwachs von wenn nicht Geschichtsbewußtsein, so doch Geschichtsinteresse ablesen ließ, um sich der Verschlagenheit des kalten Krieges um 1959 zu erinnern. Er brauchte eigentlich nicht nachzublättern, tat es aber dennoch.

Entspannung, grundgütiger Gott, in einem Jahr, an dessen erstem Tag Fidel und Che in Kuba siegten und durch den Qualm ihrer Upman-Zigarren selbstgewisse Blicke auf das restliche Amerika richteten. Entspannung im Jahr, an dessen zweitem Tag ein allererster Kunstmond am natürlichen Monde vorbeiflog und seinen Sowjetblick auf herrenlose Wüste warf. Entspannung bei 62,3 Prozent Militäranteil am Haushalt der USA oder bei de Gaulles Ankündigung vom Atompilz in den Farben Frankreichs. Détente beim Ankauf von dreihundert Starfightern. Bei Erstbestückung eines atomgetriebenen U-Boots mit Polaris-Raketen. Beim Kampf um den Kongo. Bei der Eroberung von siebzig reichsbahneigenen Hammer-und-Zirkel-Flaggen durch Westberlins Polizei. – Gewiß, der oberste Sowjetmensch traf Shirley McLaine in Hollywood, aber pünktlich vor Antritt der Reise schossen die Russen ihre Fahne auf den Mond, und Nikita schenkte Ike nebst seinem kleidsamen Lächeln das Projektil-Modell. Zu den erfreulichen Gewalttaten des Jahrgangs 59 konnte man allenfalls Johannsons K.-o.-Sieg über Patterson zählen. Oder Oskar Matzeraths Umgang mit Laternen. *Billard um halb zehn* und die *Mutmaßungen über Jakob* erschienen, das war halbwegs schön, aber Raymond Chandler mußte sterben, das war gänzlich unschön. Und auf Paul-Martin Kormorans dreiunddreißigsten Geburtstag fiel die Uraufführung einer Oper, welche *Die tödlichen Wünsche* hieß.

Kormoran entsann sich, wie unangenehm der Titel, den er am Tag nach Feier und Premiere in der Zeitung las, zu den dunklen Ahnungen paßte, mit denen er sich schon beste Stunden seines Lebens verdorben hatte. Selbst Geburtstage. Oder gerade Geburtstage, an denen es nahelag, über verbleibende Lebensfrist nachzusinnen. Anstatt sich des Junis zu erfreuen, der Monatsmitte, der Jahresmitte und längst noch nicht an Lebensmitte zu denken, anstatt zu genießen, was er mit dreiunddreißig Jahren war, Redakteur im kalten Krieg und in der Hauptstadt des kalten Krieges, anstatt heftig zu leben, dachte er heftig an seinen Tod und ließ alle Welt wissen, vierunddreißig werde er leider nicht mehr.

Nun zählte er, und es gab ganz andere Gründe, leider zu sagen, beinahe doppelt so viele Jahre. Das düstere Gesicht hatte sich wenig abgenutzt, seine Einlösung aber an Wahrscheinlichkeit gewonnen.

Gescheit würde man den Mann schon wegen seiner Neigung, ständig sein unfernes Ableben zu versprechen, nicht nennen können, und auch, weil das Wort nicht mehr zu seinem Alter paßte. Im Jahre neunundfünfzig, als er dreiunddreißig war und sich Harpyia nannte, hatte man ihn als gescheit taxiert, als gefährlich gescheit sogar, was ihm nicht wenig gefiel, aber mit seinen sechsundsechzig Jahren vertrug sich die eine Bezeichnung sowenig wie die andere.

Auch von Weisheit, die gelegentlich vermutet wird, wenn ein vernünftiger und nicht unkluger Mensch in den Jahren ist, konnte bei Kormoran nicht die Rede sein. Zu schweigen von anderem, fehlte ihm die Ruhe, die zu dieser Eigenschaft gehört. Zudem war er keiner Beschränkung fähig. Wähnte sich zuständig für alles. Für verantwortlich gar. Maß, wie beispielsweise jetzt auf seiner mürben Terrasse, die Zahl der bereitgestellten Blumenvasen an seinen Erwartungen und räumte zwei der Gläser wieder fort. Allen Ernstes.

*

Allen Ernstes tat Herr Dr. Kormoran dergleichen und prüfte, ob ihn auch keiner sehe. Der Gedanke, man könne ihn bei zu hohen Aspirationen betreffen oder gar bei deren Korrektur, brächte ihn um. So reduzierte er die Vasenzahl von acht auf sechs und tat es verdeckt. Von Weisheit sprach solches Verhalten nicht.

Wovon sein ebenfalls befremdlicher Umgang mit der befremdlichen Nachbarin Birchel sprach, war schon gar nicht auszumachen. Bereits bei seinem fünfundsechzigsten Geburtstag hatte die Frau an der Gartengrenze gesessen, wie sie jetzt dort saß. Im schiefen Korbsessel damals wie heute. Las im Vorjahr Zeitung und in diesem ebenso. Hängte sich in das Gespräch zwischen Änne und Paul-Martin Kormoran, wann es ihr paßte, und vor allem, wenn es überhaupt nicht paßte, studierte dann wieder hingegeben das großformatige Blatt und war alles in allem eine Person, von der man sich fragte, wie sie an die *Frankfurter Allgemeine* geraten war. Oder die *Frankfurter Allgemeine* an sie.

Falls der Briefträger, ein schwerer Mann auf leisen Sohlen, der die Haustür gar nicht erst versuchte, sondern zielbewußt zur Rückfront strebte, sich ähnliche Gedanken über Frau Birchels Lektüre machte, zeigte er es nicht, zeigte durch sein Gebaren vielmehr, wer ihm in diesem Areal die Hauptperson war, nickte Zeitung wie Nachbarin wortlos zu und hielt Ausschau nach deren Nachbarn. Vergebens zunächst, denn gegen das Licht und zwischen dem übersonnten Grau von Haus und Terrasse verlor sich Kormorans Kontur.

Als er den Hausherrn ausgemacht hatte, versammelte sich der Postmann zu einer Haltung, in der sich Wichtigtun und Unterwerfung seltsam mischten, hielt ein Bündel Briefschaften in der Linken, reckte sich, senkte den Kopf und rief mit einer Stimme, die fürs Signalkorps taugte, Spezialeinheit Mündlicher Austausch bei Stromausfall: Es fällt mir im allgemeinen nicht leicht, in dieser Zeit der ungünstigen Bescheide Bote zu sein, aber heute, Herr Doktor, bin ich es gern. Glückwunsch, Herr Doktor, sechsundsechzig, ein herrliches Alter!

Als habe er nur darauf gewartet und komme durch Sprache zu Leben, erwiderte der Angeredete prompt: Ein herrliches Zeitalter nicht minder! Und besten Dank auch, verehrter Genosse Blauspanner.

Blauspanner schien zu der rar gewordenen Anrede etwas sagen zu wollen, war aber nicht der Mann, dem Doktor ins Wort zu fallen, und wurde gefragt: Wieso beförderst du Telegramme? Im einschlägigen Klatsch hieß es, du seiest befördert.

Ehe der Bote eine Antwort fand, winkte Kormoran ihn auf die Terrasse, und dort ließ sich der Mann auch nicht lange bitten. Obwohl es seine Worte nun keineswegs mehr weit hatten, teilte er bei unverminderter Lautstärke und pompöser Betonung mit: Es ist mein Beitrag zu diesem besonderen Tag. Kam ich früher, komme ich auch jetzt. Oder wie ich zu sagen pflege: Man kann uns doch nicht alles nehmen!

Dumm an diesem Spruch war, wie Kormoran es sah, vor allem, daß man ihn als ebenso weit verbreitet wie unzutreffend bezeichnen mußte. Man konnte durchaus, und ob man konnte. Aber hören ließ er den Postbediensteten und wußte mit seinem Ton Zerstreutheit anzudeuten: Sehr erfreut, Genosse Blauspanner, was schreibt man mir denn so?

Es war nicht Verachtung, die seine Sprechweise und Wortwahl bestimmte, sondern eine Gleichgültigkeit, welche er sich im Umgang mit Menschen vom Schlage Blauspanners geradezu anerzogen hatte. Aber auch etwas leicht Provozierendes schwang, falls sich das eine mit dem anderen vertrug, zumindest in seiner Frage mit. Schwang mit und erreichte den Zusteller keineswegs. Ungerührt, als gehöre die Gepflogenheit, anderer Leute Post zu lesen, zu seinen Pflichten, erwiderte er: Das Übliche, möchte ich sagen, die übliche Anspielung auf die doppelte Sechs, die übliche Aufforderung, hundert zu werden. Unüblich scheint mir höchstens die Menge; Sie, das war schon mehr! Wobei ich andererseits staune, Herr Doktor, sechsundsechzig ist schließlich kein Protokollgeburtstag. Fünfundsechzig, ja, das galt und gilt als hoher Feiertag: früher die Reise, heute die Rente. Aber sechsundsechzig? Nun, Sie und Ihre Gratulanten werden persönliche Gründe haben, das Datum so herauszustellen.

Mit ebenso deutlichem wie distanziertem Interesse hörte Kormoran zu, und distanziert blieb auch sein Spott bei der Erklärung, zwar gebe es Übergreifendes, aber persönliche Gründe pflegten bei Geburtstagen ins Spiel zu kommen. Was dann jedoch aus ihm herausbrach, klang ganz anders, klang vor allem, als sei es Teil einer älteren Auseinandersetzung und in Wahrheit nur für ihn selbst bestimmt: Gründe, mit mir Aufwand zu treiben? Die gibt es, und sie lauten simpel und zwingend, also überaus melodramatisch: Ich lebe noch!

Blauspanner, offensichtlich auf Nuancen nicht weiter eingerichtet, hörte nur Bestätigung, schwenkte die Papiere und referierte mit unverfrorenem Enthusiasmus, was er im Grunde gar nicht kennen sollte: So sind die Texte ausgefallen. Einer schreibt: »Gratuliere zur Wiedergeburt, mögen den beiden Extrajahren zwanzig weitere folgen!« Ein anderer verlangt, Sie sollen, solange Ihre künstlichen Klappen halten, Ihre Klappe nicht halten. Oder war's Kunstklappe? Jedenfalls etwas mit Klappe. Dann dieser hier: »Das, mein lieber Paul-Martin, nenne ich, die Fliegen mit zwei Klappen schlagen!« Ich vermute einmal, es handelt sich um einen internen Witz …

Als ob er einen Anspruch auf Auskunft habe, bekam er sie, und wenn ihr auch Sarkasmus beigemengt war, zeugte sie doch von dem, was wechselnd als Kormorans Unart oder Tugend bezeichnet wurde und bei ihm selber Neugier auf Menschen hieß. So unergiebig konnte ein Gespräch gar nicht sein, daß er es abgebrochen hätte.

Änne Kormoran nannte ihren Mann schwatzhaft, und insgeheim gab er ihr recht. Tatsächlich genügte es ihm, wenn wenigstens er seine Anspielungen verstand, und tatsächlich verwies er, sobald man ihm Verschwiegenheit abverlangte, auf eine Redseligkeit, die ihm sogar von seiner zurückhaltenden Frau vorgeworfen werde.

Zu Blauspanner sagte er: Es klingt wie Chirurgenscherz. Absender Felix Hassel, stimmt's? Verschlüsselt für den Fall, die Post liest meine Post. – Schreibt er, ob er kommt?

Dem gewichtigen Boten schien der Gedanke, er müsse seine Ware gelegentlich an den Kunden weiterreichen, herzlich fremd. Er schaffte Platz auf dem Geburtstagstisch, breitete zur besseren Übersicht die Papiere aus, fand die Stelle und las vor: Komme, falls möglich. – Seine Hand fuhr sacht über die ausgebreiteten Glückwünsche, und es war ein Rufen mehr als ein Sagen, mit dem er bekundete: Alle Achtung, man kennt Sie noch.

Berühmte Leute sämtlichst, die Ihnen am arbeitsfreien Sonntag zu einem krummen Geburtstag gratulieren. Immerhin, da kosten Telegramme privates Geld.

Neben den Maschinenlaufzeiten ein weiterer Grund, den Sonntag abzuschaffen, warf Kormoran ein, doch fand seine Antwort, die sich bei einiger Verwegenheit als sozialkritisch werten ließ, keine Würdigung.

Blauspanner formte einen Fächer aus den Schreiben, hielt ihn ihrem Adressaten hin und ließ den Postkunden wissen: Diese Klappen, von denen Professor Hassel so witzig geschrieben hat, werden mehrheitlich erwähnt. – Aber Sie lesen es wohl noch.

Das eilt ja nun nicht mehr, sagte Kormoran. Es handelt sich um Herzenssachen, mein Verehrter, und du weißt natürlich überhaupt nicht, wovon die Rede ist. – Magst du einen Schluck?

Der Depeschenmann deutete eine Blickwendung zu Gartenweg und Straße an, wo gelblackiertes Autoblech durch die grünen Büsche leuchtete, und seine Worte zeigten, daß dieses Problem schon länger bei ihm in Arbeit war: Im Dienst? Andererseits ist es freiwilliger Sonntagsdienst. Am Lenkrad? Andererseits: bei Bundessteuern auch Bundespromille! Es fällt, wie ich zu sagen pflege, unter den Gleichheitsgrundsatz.

Kormoran stellte ein Glas vor den Gast und erhob sich, den Wein aus dem Kübel zu nehmen, der im Schatten stand, konnte sich aber nicht ohne Kommentar vom Tische lösen und begleitete seine Worte mit einem Zeigefinger, der laut Änne Kormoran längst abgebissen gehörte: Sehr brav, mein Freund, brav im Sinne von tapfer. Aus solcher Haltung werden Aufstände geboren. – Nimm Platz, nehmen Sie Platz, Herr Blauspanner! Der Nacktarsch ist offen; wer Sie den trinken sieht und sich die Mühe macht, es zu deuten, erkennt, wie Sie denken. Halb schon im Gehen setzte er hinzu: Innerlich!

Der auf so zweifelhafte Weise Gelobte zeigte nicht, daß er irgendwelche Zweifel empfand. Er lagerte seine Massen über den Gartenstuhl, blinzelte ins Junilicht, machte eine träge Kopfwendung zur lesenden Nachbarin und fragte: Was tut sich in der Welt?

Frau Birchel ließ die *Frankfurter Allgemeine Zeitung* sinken, als habe sie einen Theaterakt lang auf ihr Stichwort warten müssen, und auch ihre Worte klangen wie längst zurechtgelegt: Schlimmes und Schlechtes!

Neuigkeit! antwortete Blauspanner und warf die Hände in die Luft. Soweit es seinen Ton betraf, hätte er ebensogut ausspukken können.

Die Nachbarin nickte mehrfach, wies ungeniert mit dem zusammengerollten Blatt auf Kormoran, der mit dem Wein beschäftigt war, und sprach, als bekräftige es die Meinung des Depeschenboten: Aber er steht nicht drin! Voriges Mal stand er noch drin!

Wie die meisten Leute mochte es Paul-Martin Kormoran nicht sehr, wenn Rede, die ihn betraf, so klang, als sei er nicht vorhanden. Auch schaffte es die Dame Birchel rasch, ihn mit ihren unumstößlichen Gewißheiten zu reizen. Aber weil er aus eben diesem Grund beschlossen hatte, gerade im Umgang mit ihr seine Toleranz zu festigen, und weil er sich an diesem besonderen Tag zu besonderer Herzensweite verpflichtet fühlte, wandte er nur milde ein: Sechsundsechzig, verehrlichte Anrainerin, das gibt nirgendwo eine Meldung her, und die nächste Personalie über mich wird, wenn überhaupt, und sehr unbescheiden vermutet, in einem schwarzen Kasten erscheinen.

Es dauerte, bis man sich im Korbstuhl eine Übersetzung angefertigt hatte; um so beteiligter tönte dann die Antwort. Gotte nee! lautete ihr erster Teil und: Aber bis dahin wird gefeiert! der zweite.

Und zwar, als wär's das letzte Mal! sagte, etwas überraschend auf Logik und Zurückhaltung pfeifend, der Jubilar. Wie zu einer Ansprache trat er an die Terrasseneinfassung, deren ortsübliche Brüchigkeit sich unter Blumenkästen versteckte, und für einen Augenblick sah es aus, als wende er sich an die Nachbarin im Korbsessel. Doch bald hatte man es wieder mit dem Redner zu tun, der kein besseres Publikum als sich selber kannte.

Als wär's das letzte Mal, wiederholte er, und weil er, wie er zu betonen nicht müde wurde, einer vom Geschlecht der Erläuterer war, fuhr er nach kurzer Besinnungspause fort: Sie glauben nicht, welche Würzkraft in diesem Gedanken wohnt. Selbst die Luft schmeckt neu. Auf jede Wand, in jeden Sand willst du malen: Ich war hier! – Noch einmal eine Pause und noch einmal ein Ansatz und dann ein Satz, der mit seiner unbedachten Heftigkeit fast schon zum Ausbruch geriet: Und möchte ganz gern, verdammtjuchhe, noch eine Weile bleiben!

Kein Wunder, daß die Ärztin und Ehefrau Änne Kormoran ob so gehobenen Rhetorklangs am offenen Fenster erschien und im Alarm auf die Terrasse sah. Doch da sie den Mann nur bei einer seiner üblichen Inszenierungen gewahrte, enthielt sie sich jeglichen Kommentars und allen Kopfschüttelns. Nur die Arme verschränkte sie so, daß es ein gültiger Ersatz für beide war.

Kormoran betrachtete die Flasche in seiner Hand, als frage er sich, wie sie dort hingekommen sei, fand aber bald zum entfallenen Vorsatz zurück. Er wandte sich dem aufrecht und ergeben am Tische sitzenden Blauspanner zu, füllte ihm das Glas mit Schwung und sprach mit Schwung: Prost, der Herr, für mich ist es noch zu früh.

Wie wird mir denn, sagte Änne Kormoran und ließ von einem ebenso routinierten wie aussichtslosen Versuch, die verschrägte Jalousie geradezurücken, wie soll ich das verstehen: Deinen Freunden verbietest du, mit dem Auto zu kommen, und die Post gießt du zu? Aber das mit der Frühe – Morgen, Herr Blauspanner – kannst du, wenn es nach mir geht, heute noch öfter sagen.

Um mich dann, danke bestens, zu fragen, wieso ich diesem Tag sechsundsechzig Jahre entgegenlebte?

Vor allem vielleicht, um die vergangenen zwei zu feiern. Aber wenn du dich genau durchsiehst, findest du sicher noch weitere Gründe, sagte die Frau zu ihrem Mann, und zum Postmann, den etwas zu beunruhigen schien, sagte sie: Bleiben Sie sitzen, Herr Blauspanner, die unpolitische Rede ist nicht von Ihrer fabelhaften Zeitenwende, sondern nur – o Gott, welch ein Nur! – von seinem um mindestens zwei Jahre hinausgeschobenen Ende.

Wie zum freundlichen Protest hob Kormoran die Hand und rief: Wer den Schaden hat, soll ihn auch beschreiben dürfen. – Also, verehrter Herr Generalpostmeister, der Aufwand, postalisch und häuslich, erklärt sich: Fast auf die Stunde genau vor zwei Jahren, im Jahre neunzehnhundertundneunzig und am vierzehnten Tag des Monats Juni, mithin an meinem vierundsechzigsten Geburtstag, hat mir Felix Hassel zwei künstliche Herzklappen eingepflanzt. Ohne die müßte man sich heute mit den Blumen etwas bücken.

Frau Birchel seufzte bekümmert, und Frau Kormoran sagte mit kaum merklicher Schärfe: Beachte nachher, daß du diesen Feinsinn soeben verbrauchtest.

So soll es sein, sagte Kormoran, aber weil der Pfeil auf dem Bogen liegt, muß er auch von der Sehne: Der fünfundsechzigste dann, das war nichts weiter. Eine Sache des Rentenbescheids – der übrigens immer noch nicht gekommen ist.

Falls Kormoran sah, daß Blauspanner an dieser Stelle einen fragenden Blick zur Hausfrau sandte und einen ermahnenden zurückbekam, zeigte er das durch keinen Wechsel in Miene oder Tonfall, sondern blieb ganz an die Beschreibung von gehabtem und erreichtem Zustand hingegeben: Nein, beim vorigen Jubelfest wußte ich nicht zu jubeln. Ich hatte mich längst noch nicht an die Maschinenteile gewöhnt. Zu oft horchte ich nach der texanischen Hälfte meines Herzens und fragte mich, wann klemmen die Ventile, bei klipp oder klapp? Mit dem heutigen Datum aber machen sie schon zwei Jahre klipperdieklapp, und was doppeltes Risiko war, scheint eine doppelte Chance. – Verehrte Anwesende, ich habe wieder Absichten mit mir!

Mit denen du Herrn Blauspanner kaum befrachten solltest, sagte Änne, die den kleinen und ihr nicht ganz unbekannten Vortrag genutzt hatte, vom Obergeschoß auf die Veranda zu kommen. Vergiß nicht, du möchtest nachher uns allen deine Pläne entrollen, und wie fast jeder weiß, verabscheust du es, etwas zweimal zu sagen. – Sie wies auf die Telegramme und fragte: Für mich keine Post?

Sonntag, Frau Doktor, antwortete Blauspanner, und lediglich ein winziges Zögern zwischen Zeitangabe und Anrede verriet, daß er versucht gewesen war, nach kühner Männerart das unsterbliche *Sonntags nie!* aufzusagen. Doch kannte er die nicht sehr ausgebildete Empfänglichkeit von Frau Dr. Änne Kormoran für Worte, die ein Augenzwinkern waren. Da hielt er sich lieber an seine Depeschen: Soweit ich sah, läßt Peter Ustinov Sie herzlich grüßen, und Vicco von Bülow fügt seinem Glückwunschschreiben einen Kratzfuß hinzu. Jedenfalls drückt er sich so aus.

Immer spaßig, unser alter Adel, sagte Kormoran, hat seiner Familie nicht der Alexanderplatz gehört? – Erkennbar zu Zwekken der Besitzanzeige nahm er Blauspanner die Postsachen ab, legte sie auf den Tisch und schob sie zum Stapel zusammen.

Frau Birchel kannte sich offenbar mit solchen Zeichen aus. Anstatt etwelche Eigentumsverhältnisse zu erörtern, hob sie die Zeitung wieder vors Gesicht und schien so gut wie nicht mehr vorhanden.

Aber Änne Kormoran wandte sich viel mehr ihr als ihrem Manne zu, als sie mahnte: Es galt als abgemacht: Offene Vermögensfragen, Rückführungsansprüche, Grundbucheinträge, Landnahme durch unsere Brüder und Schwestern sowie ähnlich anregende Themen werden heute als tabu betrachtet.

Obwohl Kormoran zustimmend nickte, mußte er doch noch sagen: Oder war es der Große Kurfürst? – Aber gut, tabu. Hast du verläßlich Überblick, worüber wir nicht reden dürfen? Die freiheitlich-demokratische Grundstücksordnung. Zahnweh als Finanzerscheinung. Die Anwalts-und-Pastoren-Macht. Der kürzeste Weg zwischen zwei Standpunkten, Wende geheißen. Phantomschmerz links, wo einst die Mauer saß. Gaucks glorreiches Sieben. Zwoachtzehn, Gott verhüte! Der verbotene Analphabetismus. Sag, daß dir das Herz aufgeht, Matti, wenn du unsere blühenden Landschaften siehst! Die Staatsnähe der Schriebtäter. Jene unerträgliche Stimmigkeit jener unerträglichen Dogmen …

Frau Birchel hatte, als hake sie die Posten kontrollierend ab, zu jedem mehr oder minder heftig genickt und warf, die Aufzählung triftig zu machen, in ein Atemholen des Nachbarn den Hinweis auf die aufgeplusterten Preise der aufgeplusterten Brötchen ein. Soweit ihr erinnerlich, fielen auch Luftgebäck und die Blähungen im Tarifbereich unter Frau Kormorans Beredeverbot, und manchmal frage sie sich, worüber man sich da überhaupt unterhalten wolle.

Es wird schon jemandem etwas einfallen, sagte Kormoran und schien versucht, die Spitzenkandidatin für solches Nothelferamt bei Namen zu nennen. Doch war es dann seine Frau, die er fragte: Kriegt man eine Liste, oder verkündest du die zu meidenden Gegenstände? Immerhin müssen wir über ein Minenfeld; da wäre ein Lageplan hilfreich. – Aber mit oder ohne, versprechen kann ich nicht, daß ich dieserart Prohibition überlebe.

Wie es um die gesellschaftlichen Dinge und seine Seelenkräfte stand, wäre er liebend gern zum Verbotskatalog zurückgekehrt und hätte auch noch viel weiter in ihm gewußt, doch nach mehrfachem Läuten im Haus unterband Änne den Neuansatz ihres Mannes mit dem energischen Ruf: Telefon! – Mein Gott, deine Ohren!

Setz sie auf die Liste! sagte Kormoran und ging eilig ins Haus.

Da waren sie wieder, die leidigen, die schadhaften, die beschissenen Ohren, dieses widerlich defekte Zubehör, dessen Zustand schon kurz nach Geburt des Paul-Martin Kormoran seinen Eltern hätte Anlaß geben sollen, das eingeschränkte Kind zurückzureichen. Jeden Schuh legten sie in Herrn Batas Filiale wieder vor, wenn seine Nähte früher als versprochen rissen, aber Päulers Ohren mit dem bißchen Sekret und Päulers Geschrei dazu, das waren keine Gründe, von Regreßpflicht zu reden. Zu wem denn? Als ob es eine Garantie auf gesunde Kinder gäbe! Das lag nun mal in der Familie, dieser Ohrenkram, und irgendwie schien es einen im Wartezimmer zu heben, wenn man die Auskunft gab: Chronisch, leider, chronische Mittelohrentzündung, ja, beider, leider. Einzig den kleinen Kerl, und später auch den großen, der sich zwischen diesen reduzierten Organen aufhielt und mit ihnen zurechtkommen mußte, hob es nicht im geringsten. Es bedrückte ihn nicht nur, es zerriß ihn fast, und hätte man ihn als Säugling, als Kleinkind, als Schulkind mit der Frage ausgestattet, wie denn das Leben sei, und auch mit der Fähigkeit, sie zu beantworten, dann wäre die Antwort gewesen: Das Leben tut weh. Vorzüglich in den Ohren tat es weh, und vorzüglich nachts tat es weh, und auch das Mittel gegen den Schmerz war ein Schmerz. Der kam vom Öl, das auf Großmutters Geheiß die Gehörgänge füllte. Bilder, Hörbilder, Leidbilder aus frühen Jahren: Vater, Mutter und schreiendes Kind in dunkler Stube ums Talglicht versammelt; Mutter hält barmenden Knaben, Vater Löffel über blakende Flamme, dann tritt Schmerz zu Schmerz, und spät erst nach ihrer Vereinigung vergehen beide, und wüßte er dergleichen schon zu denken, dächte der Junge kurz vorm Schlaf: Ja, so müßte das Leben sein! Doch war das Leben anders. Wenn es nicht weh tat, war es anders gemein. Ließ die Ohren laufen, was sich nicht so witzig ausnahm, wie es klang. Ließ sie stinkenden Stoff absondern, und ob des Gebirges aus verschmutzten Kissen und übelriechenden Wattepfropfen vermerkte der Schüler Paul-Martin Kormoran, der allgemein einen Sinn für solche Dinge besaß, nur mäßig berührt, daß Sekret gelegentlich ein anderes Wort für *vertrauliche Mitteilung* war. Keine Überraschung für ihn, denn was in seinen Ohren geschah, ließ sich nur als vertrauliche Mitteilung weitersagen. Dem Bademeister etwa, der von deutschen Jungen deutsche Kopfsprünge erwartete und Atteste, die nach Ausflucht vorm Kopfsprung klangen, keineswegs vertraulich behandelte. Oder den anderen deutschen Jungen, die erwarteten, daß niemand anders sei als sie. Den deutschen Mädchen, die am heranwachsenden Knaben Kormoran, nun meist Kormo genannt, fast ebenso rasch den verdammten verdämmten Gehörgang erspähten, wie er an ihnen die heranwachsende Brust. Chronisch? fragten sie, wenn er Rapport erstattet hatte, und ließen es, weil sie deutsche Mädel in besonders deutschen Zeiten waren, wie Erbgut klingen. Da lernte Jüngling Kormo, die vertrauliche durch eine streng vertrauliche Mitteilung des Inhalts ersetzen, beim Faustkampf neulich habe ihn sein Gegner so unglücklich hinterm Ohr getroffen, daß, aber man sehe wohl, und es sei nicht für ewig, und tödlich werde es vermutlich auch nicht sein. So lernt sich lügen, und so lernt es sich, auf Männerart vom Tod zu reden. Einem Tod, von dem man nicht viel weiß, denn es gilt als vertraulichste und streng sekretierte Mitteilung, daß chronische Prozesse Schleichwege sind, auf denen sich Sterben anbahnt. Vornweg jedoch die Katastrophe, welche Taubheit heißt. Wann sie begann, kann keiner sagen. Schmerz und Öl haben schon immer einen Teil der Welt abgesperrt, und da fällt es nicht auf, wenn Kormo auch in guten Wochen manchem nachfragen muß, was andere längst verstanden. Dafür fragen die anderen anderem nach, was Kormo längst verstand, und an den Ohren fehlt es ihnen nicht. Als Kormoran zu den Soldaten muß, wollen sie ihn dort schon so sehr, daß sie gar nicht hören wollen, wie schlecht er hört. Bei der schweren Artillerie, am Granatwerfer oder im Panzerturm kann man ohnehin ertauben. Der Rekrut Kormoran ist künftigen Gebrechen nur ein wenig voraus. Und, übrigens, der Soldatenstand kennt mißlichere Ausgänge als einen verstopften Gehörgang. Auch scheint er fast eine ideale Institution für harthörige Leute, denn was zu bereden ist, wird laut beredet. Gebrüll als Verkehrsform ist nach Meinung Kormorans ein Vorzug der Kaserne, der eine vielleicht. Auch in der Nähe von Karabinern ist vermindertes Gehör ein Vorzug. In der Nähe von Wächterkarabinern ebenso. Die wichtigeren Nachrichten kommen ohnedies per Rippenstoß. Verführerischer Gedanke: Eingeschränkte Bewegungsfreiheit sei für einen mit eingeschränktem Hörvermögen gut. Kein einziges Mal, entsann sich der alte Kormoran, war dem kommandierten jungen Kormoran geschehen, was dem alten immer öfter geschah: daß er in peinliche Lagen geriet, weil er etwas nicht verstanden hatte. Die Kommandierer hatte er stets verstanden, doch mit dem Frieden, so schien es, senkten sich die Stimmen. Im Radio sprachen sie leiser und leiser, am Telefon nicht anders, und selbst der Bäckerin las man besser von den Lippen ab. Einmal hieß es dann: Hörgerät. Dann lieber tot! Ein Hörgerät? So eins, wie Ludwig Renn besaß, der weltberühmte Mann, an den man auf Reporterwegen geriet? Eines aus Dänemark, wo sie in dieser Hinsicht als führend galten? Der Edelmann hatte seins zwar im versperrten Ohr getragen und darüber hinaus mit Händen Elchsschaufeln geformt, nur mußte Reporter Kormoran es dennoch dreimal sagen, und was ankam, war weniger als ein Drittel. Kein Hörgerät für Paul-Martin Kormoran. Lange keines, und als dann doch, wurde es benutzt, wenn es wirklich nicht vermeidbar war. Für den Blöden nur ein blöderes Ding. Saß hinterm Ohr und horchte nach hinten. Meldete achtern jeden hüpfenden Kiesel, doch voraus nicht einmal brechenden Fels. Im Theater kaum ein Wort von der Bühne, aber jedes Schniefen der Hinter- und Hinter- und Hinterleute. Akustischen Gewinn aus dem elektronischen Hörrohr zu ziehen, führte man Gespräche besser abgewandt vom Partner. Und führte also diese Gespräche nicht. Ertaubte nicht nur, sondern verstummte auch. Zumal der kostspielige Apparat ein übler Gleichmacher war. Er sollte verstärken und gab jegliches wieder. Verstärkte jeden Ton ohne Anhören von dessen Dringlichkeit. Allenfalls, das war wohl gar demokratisch zu nennen, bekräftigte er Entferntes, also eigentlich Schwächeres, stärker als das Nahe, trieb Wichtiges wie Unwichtiges mit gleichem Lautwert durch die winzige Membrane, und was davon endlich ans Innenohr gelangte, war breiiges Gemenge, war nicht mehr Robert Schumann, sondern rascheliges und schwabbelndes Geräusch. War Radau, ohne Sinn zu tragen. Statt Welt nur noch Unterwelt. Und erträglich blieb es allenfalls, wenn man sich sagte, wie alles andere werde auch das bald ein Ende haben. No, Sir, kein Hörgerät für Paul-Martin Kormoran; da lieber asozial. Oder, bitte, antisozial. Es heißt dann bald: Er lebt zurückgezogen. Zurückgeschlagen wäre die bessere Beschreibung. Ehrlicher. Zutreffender einfach. An seinem sechsundsechzigsten Geburtstag war Paul-Martin Kormoran ein zurückgeschlagener Mann.

*

Was man ihm nicht ansah, als er sich beinahe eifrig über die Terrasse ins Haus begab, weil das Telefon nach ihm gerufen hatte. Da mußte man schon Änne Kormoran heißen und Ärztin sein, um hinter dem aufrechten Gang die Bemühung zu sehen und in der Eile das Entkommen. Sie wartete, bis er über die Schwelle war, ehe sie den Postmann halblaut und nicht ohne Dringlichkeit fragte: Also, wie reagierte man?

Blauspanner zeigte sich vorbereitet. Er nahm einen weiteren Schluck vom Geburtstagswein, ehe er seine Bescheide ausbreitete wie vorher die Depeschen: Es ließ sich recht verschieden an. Positiv, negativ, gänzlich neutral, je nachdem, würde ich sagen.

Falls ihr sein pomadiges Getue anstrengend war, gab Änne es nicht zu erkennen, sondern blieb bei ihrem Tonfall. Aber zu sagen hatte sie doch: Noch genauer, und es schmerzt.

Es mochte eine Warnung mitgeschwungen haben, denn der Bote beeilte sich mit seiner Antwort und setzte sich sogar halbwegs manierlich hin: Der Pastor war positiv, er kommt; der Schuldirektor verhielt sich platterdings negativ und kommt nicht. Die Fußpflegerin sagt, sie ist ausgelastet mit denen, die sich bei ihr – Betonung auf: ihr – die Füße pflegen lassen, wobei mir bis heute ein Rätsel blieb, wozu das gut sein soll. Die chemische Reinigung gab mir, wenn Sie das Bild erlauben, einen chemisch gereinigten Blick und berief sich auf das Ende des Kommunismus als Weltsystem. Und unser Elektrohändler trägt sich neuerdings wie Werner von Siemens. Aber der Sohn vom Abwässermann hat errechnet, daß der kormoransche Haushalt in Ahorngrund die höchste Pro-Kopf-Badequote erreicht: Abwässer senior wird erscheinen.

Ein sachtes Kopfschütteln der Hausfrau begleitete des Postbediensteten Rede, und irritiert sagte sie: Ich hatte nicht um Bittgang gebeten, Herr Blauspanner, sondern nur gefragt, ob man im Dorf wohl weiß, mit wieviel guten Gründen er gerade diesen Geburtstag feiert. Die Fußpflegerin! Der Schulvorsteher! Von dem Mann heißt es, er habe einen Osteinsatz-Orden angeregt! Aber trotzdem: Danke! – Und weil ich Ihre Frage vorhin sah: Nein, ich habe keineswegs vergessen, daß Sie das Rentenpapier inzwischen brachten. Es muß nur hinterm Spiegel warten bis nach dem Fest. Ein obszönes Schriftstück, wenn es je eines gab. Eine Abrechnung eben. Nach kurzer Überlegung fügte sie hinzu: Da wir schon beim Manipulieren sind: Falls im Laufe des Tages weitere Post einträfe – würdest, würden Sie noch einmal kommen?

Blauspanner, der auch jede andere Frage von Frau Dr. Änne Kormoran ähnlich enthusiastisch beantwortet hätte, rief in seiner besten Gartenlautstärke: Mit dem äußersten Vergnügen!

Sie hatten wohl keine Schwierigkeiten, vom Du zurück zum Sie zu finden? fragte Änne, und ihr zögernder Anlauf nicht anders als der aufgesetzte Spott verrieten, wie unangenehm ihr der Versprecher eben und jetzt die Erkundigung waren.

Der Bote schien nicht einmal zu ahnen, was mit einem Wort wie Schwierigkeiten gemeint sein könne, dann aber gab er bekannt: Mir galt das Sie von jeher als naturgewollter Ausdruck – das Du hingegen war nur ein Instrument sprachlicher Einebnung. Verordneter Kumpelismus, wie ich oft zu sagen pflegte.

Ein erster Impuls wollte die Ärztin bewegen, vor soviel Unfug davonzurennen, doch blieb sie nur eine Weile wortlos, ehe sie das Gespräch in andere Bahnen brachte: Schade, daß die Grüße von Loriot und Ustinov schon eingetroffen sind. Wie ich ihren Empfänger kenne, hätten sie ihm nachher weit mehr als eben behagt.

Was immer die Eigenschaften Blauspanners waren, Begriffsstutzigkeit gehörte nicht dazu. Mit schnellen Griffen fischte er die einschlägigen Schriften aus der Lieferung und beteuerte ein zweites Mal, er handle mit äußerstem Vergnügen. Das Papier war schon halb in seiner Posttasche, als er einen noch besseren Einfall hatte. Er nahm den ganzen Packen vom Tisch, wandte sich zum Gehen und rief Kormoran, der eben aus dem Hause trat, über die Schulter zu: Wie wir früher in unserer unverantwortlichen Leichtfertigkeit zu sagen wußten, Herr Doktor: Viel Spaß auch weiterhin!

Der Doktor aber zeigte sich noch vom Telefonat besetzt und hatte kaum Augen für den Hergang auf der Terrasse. Wenig beteiligt rief er dem scheidenden Postmann nach: Falls diese Depeschenflut anhält – ich halte die Limonade für Sie kalt, mein Lieber.

Erst als der Bote schon den halben Gartenweg gewonnen hatte, sah sich Kormoran nach den Telegrammen um, aber die Frau lenkte den Mann von seiner Frage mit ihrer Frage ab, ob ihn einer geärgert habe.

Als sei der Weg, den er eben hatte hinter sich bringen müssen, entschieden länger als die Strecke zwischen Telefon und festlich gedecktem Tisch gewesen, setzte sich Kormoran schwer auf seinen Stuhl, versuchte dann aber, leichthin zu sagen: Geärgert, nein. Gekratzt vielleicht. Und, zugegeben, etwas verblüfft. – Das war Stegemann. Er bedauert unendlich. Es tut ihm wirklich leid. Es geht nun einmal nicht. Er hat, ja, ganz überraschend auch für ihn, die Maurer.

Kormoran nahm auf dem harten Gartenmöbel eine Haltung ein, die unmöglich bequem sein konnte, ihm aber Schutz bot gegen Unbilden aller Art. Schulterblätter auf der hölzernen Lehne, Hacken auf steinernem Boden, Sitzfläche kurz unterm Steißbein auf Sitzflächenkante gelandet, Beine langgestreckt und eng aneinander, Arme langgestreckt und eng am Leib, langgestreckte Hände in den Hosentaschen, der Mund verzurrt, die Augen böse offen – da wartete man besser, bis altes Holz über alte Knochen siegte, und fragte erst nach Ende der Fakirnummer: Die Maurer? Am Sonntag?

Kormorans Abwinken galt nicht nur der fadenscheinigen Entschuldigung, sondern auch dem Mann, der sich so unzulänglich mit ihr versucht hatte. Müde mehr als wütend sagte er, Stegemanns Ausreden seien eben noch nicht auf dem Stand seiner Reden.

Du wirst ohne ihn auskommen, anwortete Änne. Ohne ihn und manch anderen Kameraden. Du wirst es müssen. Aber ich weiß dir Trost zum Leben ohne Stegemann und Stegemänner: Es gibt schlimmere Leben.

Schon wahr, nur stimmt es ebenso, daß er kein schlechter Kerl ist.

Ist er nicht. Es reichte noch zu, hier anzurufen, sagte Änne Kormoran.

Die Antwort, das werde sich der Kollege Stegemann auch bald abgewöhnen, hörte sich wie ein soeben gefaßter Kormoran-Beschluß an, sich den Kollegen Stegemann tatsächlich abzugewöhnen. Überfällig war es längst; es hatte nur als unangebracht gegolten, solange falsche Folgen drohten und die falschen Leute falsche Schlüsse zögen: Schon gehört? Kormoran endlich auch bedient von Stegemann. Spät zwar, aber doch, pfeift selbst dieser auf die ausgeleierte Wetterfahne. Hat zwar gedauert, aber nun sind wir eins. – Das eben waren sie nicht. Nicht einmal im Urteil über Klausjürgen Stegemann waren sie das. Nicht einmal über diesen Schreiber, dessen Art nur im Windschutz sozialistischer Mauern überstehen und gedeihen konnte. Hatte einmal eine Geschichte erlebt und sie dann in hundert Varianten überliefert. Eine Geschichte, die vieler Leute Geschichte war, in einem Stil, der keinen Leser überforderte. Allenfalls den anspruchsvollen. Der Erzähler Stegemann galt als volkstümlich, und Brecht kam ihm gerade recht mit seiner Behauptung, das Volk sei nicht tümlich. Hier zeige sich nur die unzähmbare Bereitschaft einer bestimmten Sorte Künstler, hatte Stegemann bei mehr als einer Intelligenzberatung gesagt, zugunsten des erstbesten Wortspiels von jeglicher Wahrheit zu lassen. Armes Volk, das solche Künstler nötig hatte. Dabei hatte es sie gar nicht nötig, solange es Klausjürgen Stegemann gab. Einen Verfasser, der nicht so sehr las wie hörte. Der ins Volk lauschte und auch auf dessen Obrigkeit. Und aus solchen Quellen weitere Geschichten bezog. – Stegemann, der große Bekannte, so hatte ihn Paul-Martin Kormoran in der Weltbühne genannt, einen Autor, der niemandem mit einer Überraschung drohe und seine Rohlinge für ausgefeilte Schlüsselromane halte, einen verläßlichen Poeten an der Seite des suchenden Lesers und Schöpfer unzähliger Romane mit Notausgang. – Als Stegemann seinen Kritiker kurz danach traf, sagte er nur: Also Notausgang, Sie Kritikaster! Andere Autoren lassen ihr Publikum in unaufgelöster Spannung verbrennen. – Aber natürlich, wenn Ihnen das lieber ist ... Übelgenommen hatte er nicht, sondern Geburtstag für Geburtstag Besuch gemacht und das neueste Erzeugnis mitgebracht, das sich stets im Einband vom vorigen unterschied. – Kormoran behauptete, soweit er seinen Ohren trauen könne, werde pro S-Bahn-Fahrt auf der Nachbarbank eine Geschichte von Stegemannscher Tiefe ausgebreitet, und ein stärkeres Argument gegen Hörgeräte falle ihm im Augenblick nicht ein. – Erst die gesellschaftliche Wende brachte, so zeigte sich nun, auch die Wende im gesellschaftlichen Verkehr zwischen dem Romanverfasser Klausjürgen Stegemann und dem Kritiker Paul-Martin Kormoran.

Es war keine große, aber doch unliebsame Entdeckung, nicht die erste ihrer Art und fraglos nicht die letzte, und um wenigstens von dieser jüngsten fortzukommen, wies Kormoran auf das angegriffene Haus und versuchte sich an einem Themenwechsel. Er sprach, als habe er von einer Tabuliste nie gehört, über Maurer, die der eine hatte und der andere gebrauchen konnte, doch als er merkte, daß die Nachbarin erwog, das trächtige Stichwort aufzugreifen, fragte er rasch, wohin nun wieder seine Telegramme verschwunden seien.

Auf solche Erkundigung war man nach anderthalb Dutzend Ehejahren eingerichtet und gab geläufig und auch gleich ein wenig spitz zurück: Hast du doch wohl soeben mit ins Haus genommen.

Habe ich nicht. Die lagen hier, als es klingelte. Blauspanner hat mir aus ihnen vorgetragen wie dunnemals aus der roten Mappe, wenn er im Namen von Völkerfrieden und Dorfgemeinschaft gratulieren kam.

Ungerührt von der Nähe der Nachbarin und vom Tatbestand, daß die, nur durch eine Zeitung vom Tatort getrennt, Zeugin des Handels mit dem Tatgenossen Blauspanner gewesen war, ließ Änne ihren Ehemann wissen, sie kommentiere seine manische Sucherei nicht mehr.

Unter zivilisierten Menschen kommentiere man Gebrechen bekanntlich nicht, lautete die Antwort, es sei denn, man sei Ärztin.

Schlampigkeit sei kein Gebrechen, kam es, überhaupt nicht belustigt, zurück.

Es muß eines sein! sprach Kormoran mit Emphase und unterstrich seinen Teil des Dialogs mit wahrhaft beredten Gesten: Mir sind schon Gegenstände auf dem Wege aus der rechten in die linke Hand verschwunden. Abhanden gekommen, da hast du das Wort. Eben noch halte ich hier einen Brief, und schon muß ich ihn dort suchen. Vergebens! – Tragischer Ton, tragische Miene und Abschlußseufzer: Wenn das kein Gebrechen ist!

Änne wußte zu lange von ihres Mannes Vergnügen an seinen Darbietungen, um sie noch übermäßig unterhaltsam zu finden. Kein Kommentar, sagte sie in einem Ton, der als Kommentar genügte, fügte dann aber um ein weniges milder hinzu: Nur die Voraussage, daß du eines Tages etwas wirklich Unwiederbringliches verlieren wirst.

Solange du nicht dich damit im Auge hast, war zunächst die Antwort, aber weil Gelegenheit schien, ging es melancholisch weiter: Eines Tages – wie gut, daß meine Tage gezählt sind. Ansonsten ist das eine rückwärtsgewandte Prophezeihung. Wenn ich denke, was alles ich vermisse. Ich sage nur: Harmoniekonzept.

Sie hatte Mühe, nicht zu seufzen, denn längst und mehrfach war es zwischen ihnen beredet worden: Was er für verlorene Goldklumpen hielt, wollte ihr allenfalls – sie korrigierte sich gleich und sagte: immerhin – wie Mühlstein erscheinen. Sie behauptete, er neige dazu, von seinen Ideen besonders jene zu preisen, die ihm aus irgendwelchen und vermutlich barmherzigen Gründen entfallen waren. Aber nun galt Geburtstag, ein besonderer, kein Allerweltsdatum, sondern eines, mit dem neue Zählung begann und an das sich Vorsätze knüpften. Darum erwiderte sie mit einer Milde, die ihre starke Skepsis nicht ganz verdeckte: Du und dein sagenhaftes Harmoniekonzept! Die Arche Kormoran. Rettung einer Utopie, Humanität und Macht als Geschwister. – Mein lieber Freund und Herzensnachbar: Obwohl du manchmal auch Brauchbares denkst, die Zettel, meine ich nach wie vor, solltest du nicht vermissen. Da hat dir von einem milden Teufel geträumt.

Wilde Engel gibt es, antwortete er, und die Stille, die seiner Behauptung folgte, ließ vermuten, daß er sie auf ihre Brauchbarkeit überprüfte. Auf Wiederverwendbarkeit in anderen Zusammenhängen. Ökonomie des Wortemachens, nannte er das Verfahren. Aber weil es nach seiner Ansicht auch zur Ökonomie der Wörtermacher gehörte, daß man den Fortgang des Lebens im Auge behielt, brachte Paul-Martin Kormoran die Rede auf Postalisches zurück und fragte empört: Sollte der Mensch die Telegramme wieder mitgenommen haben?

Änne ließ sich auf den schlauen Blick der Nachbarin nicht ein, sondern erwiderte wenig beteiligt: Er wird es merken und sie bringen.

Aber gewiß wird er das, rief Kormoran, jetzt zumindest ebenso erheitert wie ergrimmt, und zwar zu einem von ihm bestimmten Zeitpunkt.

Es kann nicht jeder auf dein Stichwort erscheinen, sagte seine Frau, und weil sie wußte, wieviel Hinundher nach solchem Einwurf möglich war, versuchte sie, rasch fortzufahren: Freue dich doch, daß …

… überhaupt einer kommt, warf Kormoran schnell und verbiestert ein.

Doch hatte er in seinem Eheweibe eine kampferprobte Gegnerin: Falsch, ganz und gar falsch, antwortete sie. Was ich sagen wollte, war: Freue dich, daß du vorhanden bist für Freund und Feind. – Sie setzte sich neben ihn und sprach in einer Stärke, die ihn und nicht die Nachbarin erreichen sollte: Mich jedenfalls, daß du es weißt, und die Gelegenheit scheint günstig, freut es wie nichts anderes.

Es konnte ihr aber nicht unlieb sein, daß ein Klingeln im Haus ihrer Rede ein Ende setzte: Telefon! sagte sie und rührte sich nicht weiter.

Um so eiliger stand Kormoran auf, neugierig, glückwunschbedürftig und auch, als gelte es, der Stimmung zu entkommen. Daß du das hörst! sagte er, und es klang, töricht genug, nach halbem Protest.

Daß du das nicht hörst! war die Antwort der Frau.

Auf dem Wege ins Haus deutete Kormoran auf die untätige Außenglocke über der Tür und rief über die Schulter: Vielleicht, was meinst du, nehmen wir der Klingel für heute den Knebel aus dem Mund?

Ännes Einwand, die Nachbarn würden durch das Terrassenfest ohnehin gestört, erreichte ihn schon nicht mehr. Als er im Haus verschwunden war, nahm sich statt seiner Frau Birchel der Sache an. Um ihren Eintritt in die Debatte deutlich zu unterstreichen, legte sie die *Zeitung für Deutschland* umständlich fort und verkündete in einem generösen Ton, in den sich ungnädiges Quengeln mengte: Gotte nee, Frau Kornemann, sagen Sie so was nicht! Sie haben doch jede Menge Lärm bei uns gut. Der Hund immer und die Silvesterraketen. Von uns aus, und da spreche ich für sämtliche Familienangehörige mit, könnte das Musikkorps der Bundeswehr Ihrem Mann ein Posaunenständchen bringen.

Von uns aus nicht, wir sind nicht so für Posaunen, antwortete Änne, und die anklingende Gereiztheit hatte weniger mit der Verballhornung ihres Namens zu tun. Eher kam sie vom geläufigen Umgang der Nachbarin mit Institutionen, die keineswegs schon ins Denken der Ärztin Kormoran eingepaßt waren. Die

Bundeswehr im Ostberliner Ahorngrund beispielsweise – längst Wirklichkeit, doch lange noch nicht Gedanke. Weil aber das keine Sache war, die sich zwischen Frau Birchel und Frau Kormoran besprechen ließ, sagte Änne ohne die Schärfe des Anfangs: Aber gewarnt sein sollten Sie schon: Etwas lauter als sonst wird es sicher.

Der versöhnliche Ton ging nicht an der Nachbarin im Korbstuhl verloren: Macht nichts, ich höre anderen Leuten leidenschaftlich gerne zu. Außerdem weiß man ja nicht, wie es mit ihm nun so weitergeht, sagte Frau Birchel und zeigte mit dikkem Zeigefinger ungeniert auf Paul-Martin Kormoran, der aus dem Hause kam und einen Stuhl unter die Klingel rückte. – Ich weiß es nicht, er weiß es nicht, und trotzdem Sie selber Doktor sind, wissen Sie es auch nicht. Ich meine, wie oft er noch Gelegenheit hat. Silvester und die anderen Fröhlichkeiten.

Änne warf einen Blick zum Manne Kormoran, den aber allem Anschein nach keines der mitfühlenden Worte erreichte, und ihre Antwort gelang ihr ohne hörbaren Hohn: Danke, Frau Birchel, danke für soviel Einsicht und Umsicht!

Vorsichtshalber ließ sie aber die Nachbarin nichts von ihren Augen sehen, beobachtete vielmehr Kormoran, der endlich eine strategisch günstige Position für den Stuhl gefunden hatte.

Noch so ein Stegemann? fragte sie, während sie über die Terrasse zu ihm ging. – Zusage oder Absage?

Er hielt inne bei seinem nicht übermäßig behenden Versuch, das Gartenmöbel zu erklimmen, und machte eine wegwerfende Gebärde: Aufgelegt, wieder einmal.

Änne, die ihre Meinung über seine Geschicklichkeit sorglich zu pflegen und anzuzeigen wußte, trennte mit raschem Griff ihren Stuhl von ihrem Mann: Unterlaß doch solche Ausflüge. Wenn es wirklich sein muß, mache ich das nachher. Ich finde allerdings, es muß nicht alle Welt mitzählen, wie oft es bei dir läutet.

Oder nicht, sagte er.

Das dürfte sich schlecht zählen lassen. Ansonsten war es

deine Idee, den Klöppel festzuklemmen. Die Begründung kam mir, du wirst dich natürlich nicht erinnern, ein wenig paranoid vor.

Sie lieh sich die Rednerpositur des Dr. Kormoran und lieferte eine Parodie, deren Stimmigkeit sich ahnen ließ: Klingelt es oft und kurz, weiß man, wir sind da. Klingelt es nicht so häufig, aber länger, weiß man, wir sind nicht da. Am besten, es klingelt nicht, dann weiß man nicht!

Obwohl der Spaß auf seine Kosten ging, was er weder allgemein noch im gegebenen Fall übermäßig schätzte, fragte er vorsichtig: Kommt es dir immer noch paranoid vor?

Änne stieß hörbar Atem aus, ehe sie erwiderte: Nach diesen drei Jahren? – Das neuerliche Läuten im Haus mußte ihr mehr als willkommen sein, und lauter als nötig rief sie: Telefon!

Mit einem Eifer, von dem Änne Kormoran gern und oft behauptete, er zeuge von ihres Mannes stets wacher Erwartung, man werde ihn eines Tages per Anruf zum Thronverweser ernennen, eilte er ins Haus. Seine Frau räumte den gefährlichen Stuhl aus der Nähe der Glocke und stellte ihn an einer ramponierten Säule ab. Sie setzte sich, und wer die Zeichen lesen konnte, sah, wie fertig sie nach den drei Jahren war, die sie nur deshalb nicht die verfluchten nannte, weil ein Geschrei ihr wenig lag.

Von der Neigung nicht frei, sich im Beispiel gleich mehrfach zu vergreifen und dann zu behaupten, es habe sich um Ironie gehandelt, war Kormoran einmal zu verkünden eingefallen, ähnlich der seltsam übel beleumdeten Gattin des hochberühmten Heinrich Mann habe auch die Seine den Ihren auf Schultern über die Pyrenäen geschleppt, den Häschern davon, der Freiheit entgegen, und es gehöre zwar in die Annalen, stehe aber in denen nicht verzeichnet. – Gut gemeint und schlimm daneben, hatte Änne nur erwidert. Wozu jemandem, der überscharf weiß, daß er nicht Heinrich Mann ist, sagen, daß er nicht Heinrich Mann ist? Wozu den Kritiker Kormoran fragen, wer wohl der Frau von Heinrich Mann solchen Leumund verschaffte und ob bekannt sei, über welche Berge der betreffende Mensch, als es ums Leben ging, einen anderen Menschen getragen habe. Und wozu, andererseits, Herrn Paul-Martin Kormoran beibringen wollen, daß seine Frau in besagten drei Jahren mitunter fast sehnsüchtig an Pyrenäen und ähnlich überschaubare Eskaladierhänge dachte.

Unblutig, gewiß, war es zugegangen in Wendezeit und Folgezeiten, doch hatte die Ärztin Kormoran aus ihrer Erfahrung einen Grundsatz abgezogen, den ihr Mann, nach eigenem Bekunden nicht ganz neidlos, mit dem Namen *Ännes Erstes Gesetz* versah. *Ännes Erstes Gesetz* besagte: Die Summe aller Übel bleibt gleich. – Statt eines Todesurteils vielfach verurteiltes Leben, statt gelegentlichen Feuerbefehls hundert Zahlungsbefehle, statt Brandschatzung die Gebührenordnung, statt Halsgerichts Gerichtsvollzieher, statt der Garrotte die Mietenschraube, statt Volkszorns Siegerhäme, statt Bürgerkriegs das Rückgaberecht, statt ewiger Verdammnis einstweilige Verfügung, statt würgenden Stricks Verstrickungsgewürge, statt gemordeter Leiber gehetzte Seelen, statt zerstochener nur gebrochene Herzen.

Von anderem zu schweigen. Zu schweigen von einem Mann, der sich weigerte, noch einmal, so drückte er das aus, auf arm zu studieren. Der sich für einen Ökonomen hielt, wenn er die Benzinquittung wiederfand. Der zwar zu sagen wußte, die Finanzbehörde sei Schild und Schwert des bürgerlichen Staates, jedoch seinen einsichtigen Spruch nur allzugern vergaß. Der sich fürchtete – als gebe es keinen schlimmeren Verruf –, kleinlich oder gar knickerig zu heißen. Der stolz auf sich war, weil er statt eines einmal albern üblich gewesenen Für-alle-Fälle-Hundertmarkscheins nur noch einen Zehner in der Hemdtasche trug. Für alle Fälle.

Zu schweigen vom Herzen dieses Menschen, das in einigen Partien mineralischer Herkunft war. Zu schweigen zumal, weil sich der Besitzer besagten Organes in eben diesem Punkte alles andere als verschwiegen benahm.

Kormoran rief, zu laut wie immer, ein Abschiedswort ins Telefon, und Änne kehrte zu ihrer Haltung zurück. Sie nahm sich zusammen, mit Bedacht und so, daß man hätte sehen können, wieviel Körperliches dieser Ausdruck meint. Ihr Mann hing seinem Fernsprech-Erlebnis nach. Er warf die Hände gen Himmel, drehte auch die Augen dorthin und teilte begeistert mit: Das war Blauspanner! Schlaumeier wie immer! In der Ergriffenheit, so seine Formulierung, griff er meine Dokumente – er nannte sie wirklich Dokumente – und merkte erst im Amt, daß er sie immer noch in Händen hielt. Wie er dabei das Lenkrad gehalten hat, sagte er nicht. Und nun: Ob er die Telegramme nachher ein zweites Mal bringen darf. – Immer noch die alte Seifenblase, dieser Mann. Aber als Exposition war er nicht schlecht.

Mit einem Lachen, das wie ein Seufzer klang, antwortete Änne: Ach, Kormoran, als Hauptfigur und Inszenator deiner selbst bist du ja auch nicht ohne.

Obwohl ihm das wenig als Vorwurf gelten konnte, zeigte er ein reuiges Lächeln: Laß es mir durchgehen; was für ein Tag: Vor zwei Jahren mit allem abgeschlossen, vor einem auf nichts, aber auch gar nichts mehr gespannt, und jetzt, wer glaubt es denn, mit Vorsätzen da. – Angesichts der allgemeinen Entwicklung und dessen, was landesüblich ist, geniert man sich fast.

Änne sagte energisch: Das läßt du bleiben! Und mußt auch nicht reden, als wären dir Vorsätze verboten. Es hat jetzt gute Weile mit dir, mein Lieber. Was Felix in deine Brust gepflanzt hat, ist vor allem bare Zeit.

Sie hätte wissen müssen, wie schnell er über diesen Steg auf das leidige Thema kommen würde, aber ganz davon fernzuhalten war er ohnedies nicht. Und besser die vermaledeite Sache jetzt und nicht nachher vor den Gästen.

Als habe er seine mutmaßliche Lebenszeit noch niemals mit ihr, und schon gar nicht mit sich, beredet, sprach Kormoran wägend: Ein halbes Dutzend Jahre vielleicht. Sagen wir sieben, sagen wir acht. Die durchschnittliche Verweildauer der Gerätschaft soll elf Jahre betragen, ich bin sehr durchschnittlich, ich gebe mir elf, zweie sind um, bleiben noch neun, also sagen wir acht.

Sagen wir, um deine Durchschnittlichkeit für diesmal unerörtert zu lassen, sagen wir zwölf.

Reiner Zweckoptimismus, und du weißt es. Nein, sagen wir acht.

Treffen wir uns bei zehn. Da wärest du nette sechsundsiebzig.

Du meinst, das reicht dann auch?

Weißt du was? Stell dir diese fabelhafte Frage, wenn du sechsundsiebzig bist.

Nun hatte sie doch so gereizt geklungen, wie sie war, und er antwortete schnell: Falls, gerne.

Sie war nicht langsamer als er, und entgegen ihrem Vorsatz ließ sie es auch an Heftigkeit nicht fehlen: Könntest du deine Unkerei wenigstens heute einmal lassen?

Ich will es versuchen, aber den ganzen Tag lang wird es nicht gehen.

Sie waren vertraut genug miteinander, um zu wissen, wie ein Streit anfing, den keiner wollte und dem man, gab es ihn erst, auf länger nicht entkam. Ohne viele Worte hatten sie herausgefunden, daß man am besten, wenn schon nicht durch Nachgeben, so doch mit Spott und Selbstverspottung zurück in den gefährdeten Frieden fand. So sagte Änne auf eine Weise, die ihren Worten keine weitere Schärfe gab: Stell dir vor, deinem Leben würde die Zeit, in der du nicht über dein Ableben sprichst, hinzugeschlagen. – Das könnte dich sehr verlängern.

Der Gedanke gefiel ihm. Auch mochte er seine Frau besonders, wenn sie besonders witzig war. Es sei dies nicht die größte Stärke ihrer Gattung, behauptete er und genoß es, wenn sich vereinigte Weiblichkeit darüber empörte. Und nicht besonders witzig dabei klang. Er war nach eigenem Bekunden von Herzen ein Provokateur, und das bewies sich auch jetzt, als er mit tiefem Seufzer klagte: Da will man sich mit der Welt versöhnen ...

Änne tat ihm den Gefallen: Versöhnen? Mit der Welt? Wie willst du das aushalten? Und wie soll sie das aushalten? Zehn Jahre oder gar zwölf!

Seine Antwort: Sagen wir acht!, kam wohl automatisch, taugte aber sehr als letztes Wort in einer fürs erste abgetanen Sache. Ein Kopfschütteln Ännes zeigte, daß auch sie die Debatte für beendet hielt. Und für ergebnislos. Oder hoffnungslos.

*

Als Änne sah, daß Frau Birchel über ihre Zeitung hinweg zum Gartentor spähte, folgte sie dem Blick der Nachbarin und machte einen Besucher aus, den sie ihrem Mann nur mit unbegeisterten Worten melden konnte: Wenn man von Aushalten redet – die Welt schickt als ersten Prüfstein unseren Lieblingsschwager.

Mit einer Gebärde, die unmißverständlich besagte: Das hast du nun davon, bediene dich, es sei dir von Herzen gegönnt!, trat sie eilig den Rückzug zum anderen Terrassenende an, setzte sich auf den Stuhl am Pfeiler, verschränkte die Arme, schloß die Augen und drehte das Gesicht zur vormittäglichen Junisonne.

Ihr Mann zeigte sich auch nicht sonderlich bereit zu festlichem Empfang des Verwandten. Betont geschäftig und so, als liege höhere Dringlichkeit vor, begab er sich an das Grillgerät unterm Gartenfenster, kehrte sich ab vom Weg, auf dem der Schwager nahte, und rief seiner Frau entschieden lauter als nötig zu: Hat eigentlich einer von uns beiden an Holzkohle gedacht?

Änne Kormoran schien die unsinnige Erkundigung nicht zu hören, aber der Verwandte hörte zumindest den Verwandten und äußerte ungehalten: Wer grillt, kriegt Krebs! – Ungefragt zwar nahm er das Wort, doch wie einer, der lang gewohnt war, das Sagen zu haben. Ein vielleicht nicht ganz quadratischer, aber jedenfalls rechteckiger Mensch Anfang sechzig, der sich straff und gerade hielt und bevorzugt straff und gerade zu sprechen wußte.

Guten Tag, Frau Birchel! sagte er, und: Guten Tag, Herr Henkler! sagte die, und beide hörten Kormorans Antwort: Nur, wenn man davon ißt.

Herr Henkler, Herbert Henkler, Herbert, der Mann von Ännes Schwester, weniger seiner Figur als seines Charakters wegen von Kormoran *Quader* getauft, zeigte sich auf mindergewichtige Behauptungen eingerichtet, indem er sie überhörte. Und trug sich wie einer jener glücklichen Menschen vor, die auf alles eingerichtet sind. Schwager Paul sagte diesem Schwager nach, garantiert sei er auch als Knabe nicht anders gewesen: laut, rechthaberisch, pfiffig und praktisch, ein Heroe vom 10-Meter-Turm, früh Freund molliger Mädchen, Top-Favorit bald jeder Damenwahl und eines Tages verheiratet mit Ilse Henkler, die keineswegs mollig war. Ein Kenner mittlerer Sachverhalte, robust und derb und lebensschlau. Vorruheständler jetzt und vormals Unruhestifter. Oberstleutnant einst bei den Organen und Geburtstagsgast nun von Paul-Martin Kormoran, weil verschwägert mit dem.

Wie Herbert Henkler für einen längeren Teil seiner Laufbahn aus ganzer Seele Leibesschützer gewesen war, so hatte er sich jetzt und wieder mit Leib und Seele dem Schutz der Umwelt verschrieben; er bezeichnete den Übergang als fugenlos. Auch seinen lehrhaften Ton brachte er aus früheren Verhältnissen mit, und Kormoran, der Henkler nie ganz für möglich hielt, hörte sich von ihm auf ähnliche Weise in Sachen Holzkohle aufgeklärt wie zu anderen Zeiten über den aggressiven Charakter des Nordatlantikpakts.

Die Entsprechung vom Passiv-Rauchen, so trug ihm der Verwandte vor, sei das Passiv-Grillen. Das eine beiße so mörderisch wie das andere. Darum gehöre auf jede dieser bedrohlichen Feuerstätten eine Warnung der EG-Minister genietet, wie man sie von der Zigaretten-Werbung kenne: *Grillen gefährdet Ihre Gesundheit!*

Kormoran nickte dazu, als werde eine langgehegte Überzeugung endlich in Worte gefaßt, hob das Gerät, um es in die Terrassenecke zu stellen, und begann bei unbequemer Haltung eine kleine Ansprache für den angeheirateten Henkler: Du hast recht, Herbert, und ehe die nationale Schilderindustrie hier eines ihrer

Siegeszeichen setzt ... Ja, wirklich, die Leute sind, wenn ich andere nicht zähle, von all den vielen Siegern meine Favoriten. Neidvoll lese ich an jeder Straßenecke, wie sie die neue Lage mit zwei Worten zu benennen wußten: *Vorfahrt geändert.*

Aber Henkler, in dessen Kämpferbewußtsein das Auto an die Stelle der Pershings getreten war, überhörte das und fragte nur scharf: Mensch, Kormo, darfst du überhaupt so schwer tragen?

Kormo, der sich nicht gern von jedermann bei diesem Namen nennen ließ, setzte den Grill endlich ab. Doch weniger die Entlastung vom sperrigen Eisen als vielmehr der angenehme Gedanke, einer vor Wochen gehörten Formulierung den rechten Erzählplatz gefunden zu haben, lockerte ihn und ließ ihn fröhlich rufen: Nein, Herbert, das darf ich keineswegs. Anstrengen ist verboten, aufregen ist verboten; ein mittleres Leben wäre mir nötig, sagt der Arzt. Ein mittleres Leben. Ich habe dem Manne erwidert, da wohne ich jetzt im falschen Land. – Aber du, mein Schwagerherz, mein vielmals bewährtes Schwagerherzchen, du gehörst ganz hierher und bist schon voll da, ehe du überhaupt eingetroffen bist! Tritt endlich näher und setze dich. Nimm Speisen, nimm Trank und fühle dich wie in meinem Hause! Sind das Blumen in deiner Hand? Sei bedankt, gib sie her, Blumen darf ich.

Falls Herbert Henkler Sinn für solche Sprüche hatte, ließ er davon wenig erkennen. In seinem Gewerbe hatte er gelernt, sich nicht preiszugeben, und der unverlangte Ruhestand war ihm kein Grund, von allen Gepflogenheiten zu lassen. Er brummte nur mürrisch: Das hört sich auch bald auf. Erst die Regenwälder, dann die Tulpenfelder!

Er wählte mit Bedacht einen Platz an der Tafel, auf dem er die hohe Sonne halbwegs im Rücken hatte, sah sich mißbilligend um und sprach nörgelnd: Bin ich der erste? Bin ich äußerst ungern, wißt ihr doch. Warum ruft ihr nicht an und sagt: Komm noch nicht, hier ist noch keiner!

Änne, die unbeteiligt auf ihrem Stuhl am Terrassenrand geblieben war, rief, kaum hatte es geläutet, Telefon!, und ihr Schwager erhob sich sofort und sehr selbstverständlich.

Auch Kormoran erhob sich und erklärte mit aufgesetztem Bedauern, er fürchte, der Anruf werde für ihn sein. Er wandte sich zum Haus und fügte in scheinfrommem Ton hinzu: Heute, weißt du, ist es meistens für mich. – Im Vorübergehen reichte er seiner Frau die Blumen des Schwagers und brachte es zuwege, ebenso artig bittend wie grimmig entgeistert dreinzusehen.

Änne verzichtete auf eine Anmerkung. Sie legte die Nelken achtlos auf ihren Stuhl, ging zu den Vasen, wählte ein schlankes Kristallgefäß, hielt es wie einen Knüppel und sprach gedämpft zum Manne ihrer Schwester: Du hast Ilse Schläge angedroht?

Henkler sah zur Nachbarin, die sich wieder in ihre Zeitung begeben hatte, besann sich wohl der seltsamen Hausbräuche bei den ungeordneten Kormorans und antwortete gleichmütig: Es war einer meiner frustrierenden, weil immer vergeblichen Versuche, den Redefluß dieser Frau zu stoppen. – Fast klang es wie Werbung um Verständnis, und werbend klang es auf jeden Fall.

Dieser Ton aber, den sie nicht zum ersten Male hörte, zeigte sich an Änne Kormoran gänzlich verloren. Sehr kontrolliert, sehr kalt und, wie es scheinen mußte, sehr überzeugend teilte sie ihm mit: Wenn du sie anfaßt, schlage ich dir mit einem Scherben die Ohren ab.

Ob auch die Stimmen oder nur die Stimmung an sie kamen, Frau Birchler faltete ihr Weltblatt jedenfalls sorglich und setzte sich sorglich zurecht. Aber Herbert Henkler bediente sich einer Kommunikationsform, die ihm im konspirativen Teil seines Lebens Gepflogenheit gewesen war. Mit einem Minimum an Ausdruck sagte er: Ein Schwerhöriger in der Familie reicht dir wohl nicht?

Frau Dr. Änne Kormoran hatte den Umgang mit Ungeheuerlichkeiten an endoskopischem Gerät erlernt; ihr mußte keiner sagen, wie man schlimme Befunde sachlich diktiert und nicht zusammenbricht über dem, was da zu schreiben ist. Aber auf die knochenbrecherischen Unverfrorenheiten dieses Angeheirateten war sie immer noch nicht eingerichtet, und so stellte sie lediglich die Vase fort, kehrte dem Mann halb den Rücken und erwiderte: Wer mir reicht, bist du, und zähle dich nur nicht zur Familie!

Fast eine Spur bekümmert fragte er, ob sie wirklich nicht wisse, wovon ihre Schwester gesprochen habe, als er sie anzuhalten versuchte.

Es kann nichts, aber auch gar nichts gewesen sein, was deine Brutalitäten rechtfertigen könnte, sagte Änne, blieb jedoch stehen und sah nicht aus, als ob sie nichts zu hören wünsche.

Henkler reichte das, einen Redeblock zu liefern, unbewegten Gesichtes, fast unbewegter Stimme auch, aber so, daß sich erkennen ließ: Nicht was er zu erzählen hatte, berührte ihn übermäßig, aber daß er es durfte, daß ihm eine zuhörte und diese es war, hob ihm die Gefühle und brachte ihn in die Nähe von Empfindungen, die sich als Glück bezeichnen ließen.

Sie macht sich Gedanken über Pauls Herzklappen, sagte er und kommentierte seinen Bericht, indem er hier und da dann doch ganz sacht den Tonfall tauschte. Die haben tausend Dollar gekostet, das weiß Ilse genau, und sie fragt sich, wem die kostbaren Teile gehören, wenn Paul sie nicht mehr benötigt. Es handelt sich, sie hat es nachgelesen, um Gerät aus Titanium und hochpolymerisierten Kohlenstoff. Das Zeug ist auch nach Jahren wie neu. Bis auf den Kalk. Den kann man aber abkratzen. Da läßt man die wertvollen Stücke kaum drin in Paul, sagt Ilse. Und begrübelt, wie man sie herauskriegt aus ihm, wenn er einmal den Betrieb eingestellt hat. Ob du als Ärztin es selber darfst, möchte sie wissen. Die falschen Zähne würdest du ja auch ohne weiteres bergen können. Sie nimmt an, ihr mußtet unterschreiben, daß die Herzteile der Kasse gehören. Da stellt sie sich vor, wie du sie im Plastikbeutel zur einschlägigen Behörde trägst. Ausgeschlossen, sagt Ilse, daß man das teure Zeug mit dem teuren Toten verscharrt. Sogar wegen Glasaugen, das will sie ebenfalls nachgelesen haben, hat es schon häufig Grabplünderungen gegeben. Deine mitfühlende Schwester …

Meine Schwester, sagte Änne, hat, wie ich wieder einmal höre, die Strafe, mit dir verheiratet zu sein, vollauf verdient.

Ihre Schärfe focht ihn nicht im geringsten an, und gemütlich erwiderte er: Während umgekehrt ein bedauerlicher Justizirrtum vorliegt.

Seine dickfellige Replik wollte ihr Anlaß geben, das unerquickliche Gespräch zu beenden, aber weil es andere Dringlichkeiten gab, sagte sie: Sie wird doch hoffentlich heute vom Thema lassen.

Ich werde es ihr auszureden versuchen, antwortete er, zeigte seine leeren Hände und knurrte gemütlich: Obwohl, ohne Brutalitäten …

Um seiner nachsetzenden Vertraulichkeit zu entkommen, fragte Änne: Warum ist deine Frau noch nicht da? Muß sie sich ein Auge kühlen?

Was die sich kühlen müßte … Für einen Augenblick schwappte Gemeinheit über Henklers quaderförmiges Gesicht, aber dann sprach er gleichgültig weiter: Sie trifft sich seit einiger Zeit und, versteht sich, im Rahmen journalistischer Beziehungen, sonntags mit einem Kerl aus Hamburg, der ihr über die Vorausmeldungen hinaus genauer steckt, was am Montag in seinem Journal stehen wird. Sie braucht das, sagt Ilse und läßt es klingen, als meine sie seine personengebundenen Vorab-Nachrichten damit.

Er schien die Wirkung seiner Worte auf die Schwägerin zu prüfen und fügte selbstzufrieden hinzu: Ich finde, eine Ehe ist solange intakt, wie jeder des anderen Recht auf Ausreden respektiert.

Das fehlte Änne Kormoran gerade noch: Änne Kormoran und Herbert Henkler im Gespräch über Ehe, Moral und Recht. Sie und er in einem Gespräch, das war auch ohne solche Themen anstrengend genug, und um den Vorgang zu beenden, ließ sie den ihr verschwägerten Menschen ohne alle Erklärung sitzen, ging zur Verandatür und rief ins Haus: Ist etwas passiert? Sie horchte und sagte, als sie eintrat, halblaut: Aber natürlich, was sollte schon passieren?

*

Herbert Henkler sah seiner Schwägerin lange nach und hielt sich kaum noch straff, so daß seine Form zu Ovalem neigte. Mit breiter Hand fischte er Zigaretten und einen Streichholzbrief aus seiner flachsgewirkten Sommerjacke und nahm mit der abwesenden Routine des lebenslangen Tabaksklaven eine Zigarette zwischen die Lippen. Als er Anstalten traf, sie anzuzünden, ließ sich die Nachbarin Birchel vernehmen: Nicht grillen, aber rauchen?

Als Mutbeweis, sagte Herbert Henkler und tat das Rauchzeug in die Tasche zurück. Es handelt sich um eine umgekehrte Mannbarkeitsprüfung. Werde ich rückfällig und qualme noch einmal, liefere ich mich, das ist Beschluß, zu den Eunuchen. Ganz im Ernst, liebe Frau Birchel, Sie sahen mich soeben beim Charaktertest. Dank Ihrer, gnädige Frau, habe ich ihn bestanden.

Gerade man so, sagte die gnädige Frau. Außerdem wissen Sie doch ganz genau, der Doktor kann es auf den Tod nicht leiden.

Henkler hörte ihr nicht weiter zu. Mißmutigen Gesichts überzeugte er sich, daß alle Gefäße auf dem Tisch leer waren. Die Weinflasche ausgenommen, aber aus Wein machte er sich seiner Grimasse nach nicht viel. Gleich darauf und übergangslos saß er wieder straff auf seinem Stuhl, denn Frau Birchel hatte mit einer Kopfbewegung weitere Ankunft gemeldet. Er wartete, bis die Besucher den Treppenfuß erreichten, dann rief er mit spöttisch untermischtem Enthusiasmus: Holla, der Herr Minister Schluziak!

Postwendend kam es zurück: Holla, der Genosse Oberst Henkler!

Aber der Neuankömmling, ein wuchtiger Mann, dessen Schädel blank war, als sei nie ein Haar darauf gewachsen, wurde sogleich korrigiert: Nur Oberstleutnant. Die Ereignisse traten dazwischen.

Keinen Augenblick zu früh, sagte Schluziak und klärte so mit raschem Wort, daß er gewohnt und gewillt war, sich Leute wie Kormorans Schwager vom Leibe zu halten. Er legte den Arm um die dunkelhaarige Person an seiner Seite, eine wohlgeformte Erscheinung, die ihm in Höhe und Breite kaum nachstand, und fragte, ohne wirklich zu fragen: Meine Frau kennst du?

Welcher Mann kennt sie nicht? antwortete Henkler und zeigte sich zufrieden, weil er zu seiner eingeborenen Unverschämtheit zurückgefunden hatte.

Meiner, sagte Grit Schluziak. Heute früh wollte er von mir wissen, seit wann ich meine Uhr am rechten Handgelenk trage.

Mit ihrem freundlichen Hohn hörte sie sich wie eine von den Frauen an, die beim Umgang mit Männern Wert auf den Hinweis legen, es sei mit ihnen bei Nehmen wie Geben gleichermaßen zu rechnen.

Die Nachbarin rief ehrlich entsetzt: Gotte nee! Und was sagten Sie auf diese edle Frage?

So lange ich die Hand habe, antwortete Grit Schluziak ohne das geringste Zögern und zeigte damit, wie wenig verwundert auch sie über Anwesenheit und Gebaren der Frau an der Gartengrenze war. Oder über Wesen und Umgang des Paul-Martin Kormoran. Aber mit ihres Mannes irritierender Erkundigung war sie keineswegs schon fertig. Grimmig und mit einer rauhen Stimme, die sich wenig mit ihrer üppigen Weiblichkeit vertrug, reichte sie die Anmerkung nach: Das mußte er dann erst einmal ausrechnen.

Eine Äußerung, die sehr geeignet war, Herbert Henkler wieder ins Spiel zu bringen: Linke Hand, rechte Hand, wenn er weiter nichts verwechselt … Sein Grinsen deutete Vorstellungen an.

Schluziak war dem Austausch gefolgt, als habe er nicht ihm

gegolten, und jetzt holte er nach, woran er sich durch seine ausladende Frau und den eckigen Herbert Henkler bis eben gehindert sah. Er verbeugte sich knapp Richtung Korbstuhl, *FAZ* und Kormorans Nachbarin, sagte: Grit und Horst Schluziak!, wandte sich Henkler zu und sprach mit wenig einladender Höflichkeit: So nett es ist, dich zu sehen, Herbert, gekommen sind wir, ehrlich gesagt, um einem Kulturkritiker zu gratulieren, dem die Kultur der Kritik unendlich viel verdankt. Allein wenn ich denke, daß er die prüfende Bewertung aus dem engen Zirkel der Literatur hinaustrug und auch öffentliche Aufgaben, Ausgaben, Vorhaben, Anliegen und Anlagen, vom Entwurf einer Sportstätte über geplante Straßenzüge bis zum volkseigenen Werbegebaren und so weiter, also letztlich so gut wie alles Zubehör unseres Alltags, zum Gegenstand von Kulturkritik, mithin zu Teilen der Kultur zu machen wußte …

Schluziak schien bereit, mit dem Zitieren aus einst gehaltener Laudatio fortzufahren und über die genannten Gegenstände Kormoranschen Wirkens hinaus weitere aufzuführen, doch zeigte sich Oberstleutnant Henkler an den Erinnerungen des Ministers nicht sehr interessiert, sondern fragte mit blankem Hohn in der Stimme: Der Kulturkritiker, dem die Kritik der Kultur unendlich viel verdankt? – Hast du ihn zu unserer Zeit auch so bewertet?

Kaum weniger gefechtserprobt als der Mann von den bewaffneten Organen, wußte Schluziak jedoch entschieden verbindlicher zu klingen: Zu unserer Zeit? Sprechen wir von deiner oder meiner?

Als biete sich ihm die äußerst rare Gelegenheit, endlich einmal unverhüllt seine Meinung zu sagen, erwiderte Henkler: Meine, deine, ihre, seine! Unsere! Die Zeit, in der wir festlegten, was Sache war. – Die Wörter wir und unsere sprach er aus, als seien sie mit Bleikern und Nickelmantel versehen.

Grit Schluziak nahm den Quader Henkler ohne Zögern an und zeigte, daß sie ihre grimmige Tonart nicht allein für den Gatten bereithielt: Wann soll das stattgefunden haben – der Zustand, in dem wir sagen durften, was Sache war? Laß mich an deinem historischen Wissen teilhaben; ich wüßte es gern. Oder meinst du vielleicht doch nicht uns alle? Meinst du redlicherweise deinen Verteidigungsrat und vor allem das Ministerium und die famose Hauptverwaltung, von der und deiner Verbindung zu ihr man allerdings erst etwas später erfuhr? Meinst du Horst als Vizeminister, einen von fünf Vizes auf einen Minister? Meinst du Änne Kormorans Gesundheitswesen und die durchschlagende Art, in der es, artig mit dem Hut in der Hand, sagen durfte, was Sache war? Daß du am Ende mein Vorzimmer im Auge haben könntest, will ich gar nicht erst vermuten.

Henkler lächelte breit und gab seinen Worten einen so sächsischen Beiklang, daß es auf genüßlichen Vorsatz schließen ließ: Wann, meine vorzügliche Abteilungsleiterin, wann, so frage ich mich, wirst du deine Kommandohöhe zur Mägdekammer reduziert haben? Zu Windfang und Hundehüttchen. Mir ist noch bekannt, und keinem dürfte es entgangen sein, daß du vom obersten Handels-Hänsel das handelnde Gritchen warst. Nein, niemandem ist es entgangen. Du hast gesorgt, daß man es merkte.

Horst Schluziak fragte, und die Glätte seines Gesicht entsprach der seines Schädels: Zu deinem Schaden?

Doch damit war einer wie Henkler nicht zu treffen. Als habe er nie ruppig geklungen und könne es keinesfalls sein, erwiderte er: Du meinst, zu meinem Nutzen? Du meinst, als Grit noch am gesellschaftlichen Pumpenschwengel saß, hat es auch mir genützt? Mag sein, Freunde, aber ihr könnt nicht wollen, daß derartiges aufkommt. Denn bedenkt, ich war das System. Ihr müßt euch, so will es das heutige System, auf Schaden orientieren, den ihr mir, also dem damaligen System, zugefügt habt.

Änne trat auf die Veranda und schien zur Umkehr geneigt, als sie Herbert Henkler das große Wort führen hörte. Dann aber rief sie ins Haus: Kormoran, deine Gäste warten auf dich! Sie begrüßte die Schluziaks, und als ihr Mann mit erwartungsvoller Miene in der Verandatür erschien, sagte sie: Hier ist Besuch, und Herbert Henkler orientiert schon wieder.

Kormoran zeigte sich wohl erfreut, doch ehe es ans Begrüßen ging, mußte für Frau und Schwager Antwort sein: Einleuchtend genug. Er nutzt die Zeit zum Richtungweisen, solange die Gemahlin nicht eingetroffen ist. – Dann wandte er sich den Schluziaks zu, hatte ein halbes Schulterklopfen für den Mann und ein halbes Schulterstreicheln für die Frau, nötigte beide zum Sitzen und fragte mit nicht nur gespielter Verwunderung: Hallo, Grit und Horst, was treibt euch an diesem Sonntag hierher?

Der pure Zufall, sagte der Mann, und: Die reine Gesetzmäßigkeit, sagte die Frau. Beide lachten, und Grit nahm die Sache in die Hand: Du mußt wissen, seit einiger Zeit, oder um genau zu sein, seit die Verhältnisse sind, wie sie sind, liest er mir beim Frühstück aus seinen alten Notizbüchern vor.

Sie hat schon zu mir gesagt … sprach der Mann, doch ließ die Frau das Sprechen auch weiterhin ihre Sache bleiben: Ich habe schon zu ihm gesagt: Wenigstens das hat man vom Umsturz, daß wir infolge seines Ruhestands und meiner flexiblen Arbeitszeit gemeinsam frühstücken können.

Sei's drum …, sagte der Mann, und auch die Frau sagte: Sei's drum, anhand seiner Notizen erinnern wir uns beide an das, was am jeweiligen Tag vor fünf Jahren war. Heute zum Beispiel …

Also heute vor fünf Jahren …, sagte der Mann, und seine Frau nahm sich auch dieser Sache wieder an. Heute vor fünf Jahren bist du da eingetragen.

Herbert Henkler erhob seinen unvermeidlichen Einwand: Vor fünf Jahren? Bist du sicher, daß zu anderen nicht? Kein Eintrag zu Kormoran vor sechs, sieben, acht oder noch mehr Jahren? Keine zu besonderen Ereignissen? Keine Einschätzung des geschätzten Kritikers aus gegebenen Anlässen? Und wozu das Ganze? Gibt denn die Gegenwart so gar nichts für euch her? Wenn ihr mich fragt, ist dies wieder ein Fall von elendiger Realitätsflucht!

Wir fragen dich aber nicht, sagte Grit Schluziak, und Horst Schluziak ergänzte: Ansonsten handelt es sich um das Gegenteil von Realitätsflucht, und die Bestimmung dieses Gegenteils überließ er seiner Frau.

Es handelt sich um Sinnesschärfung. Wir schärfen unsere Sinne für die neuen Realitäten. Wir tun es, indem wir unser vorletztes und größtes Jahr mit dem vergleichen, was heutigentags passiert.

In Henklers Miene stand deutlich zu lesen, wie wenig es ihm gefiel, wenn man sein Fragen nicht mochte. Auch zeigte er sich weiterhin als ein Mann, dem man mit ungenauen Daten nicht kommen durfte: Wieso vorletztes? Nach 1987 kamen noch 1988 und 1989.

Aber Horst Schluziak winkte angewidert ab, und seine Frau lauschte ihm angetan, als er geläufig sprach: Neunzehnachtundachtzig war schon verdorben, und neunundachtzig stank nur noch. Unwürdige Agonie. Personenkult ohne eine dazu passende Persönlichkeit. Der Russe hat die Perestroika, und der Hiesige ruft nach Olympischen Spielen. Für Leipzig! Dann hauen uns die Ungarn in ihre Salami – nach ausgemusterten Antilopen, Känguruhs und Pavianen auch noch uns. Mit dem Loch in ihrem Zaun waren wir im Arsch. In der Geschichte vermutlich die erste Lücke, mit der man eine Finanzlücke füllte. Magisch wie Kubriks Würfel. Quadratur des Loches. Als dann das DDR-Staatsvolk durch den k. u. k. Zaun versickerte, hat man sehen können, wovon wir immer sprachen: den sozialistischen Internationalismus. Aber der gute Mensch aus Wiebelskirchen ist, ich wette, heute noch überzeugt: Hätte nicht in diesem Sommer seine Gallenblase rausgemußt, wäre Gorbi längst abgelöst und er der Genosse Urbi et Orbi geworden. O nein, ihr Freunde: Kein weiteres Wort über das Jahr unserer Fallsucht, in Ziffern 1989 genannt!

Man saß für eine Weile stumm. Frau Birchel vermutlich ausgenommen, wußte jeder halbwegs vom anderen, was ihm das Ende des Landes DDR gewesen war. Und jeder wußte auch, daß seine heutige Haltung nicht ganz der von damals entsprach. Nicht mit Vorsatz belog man einander oder sich selbst, sondern aus Scham, aus Wut, aus Feigheit auch und ebenso aus beginnender Verzweiflung.

Änne Kormoran zum Beispiel, vierzigjährig bei Ende und Wende und bis dahin immer genervt vom Tatbestand, daß sie und die Republik in jedem Jahr einen gleichbezifferten Geburtstag begingen. Tochter eines protestantischen Kirchenhistorikers, der gelegentlich protestierte, aber zugleich eine Stütze der neuen Gesellschaft war. Nach bekennender Kirche und Nazischikanen ein christlicher Forscher, dem wieder und wieder erwähnenswert schien, daß er aus kleinen Verhältnissen komme. Sogar dem durchreisenden Mitterand hatte er das bei einem Empfang erzählt, nur war der besser dran gewesen als die Tochter. Die reiste nicht durch, die blieb die ersten zwanzig Jahre im Haus und hörte später auch in zwei Ehen noch, daß die Eichhorns aus kleinen Verhältnissen stammten. Und deshalb loyal zu sein hatten zum Staat der kleinen Leute. Loyal und dankbar, denn immerhin habe Änne studieren und promovieren können. Wenngleich in einem Fachbereich, der dem frommen Fritz-Georg Eichhorn nicht geheuer sein konnte. Körperspionage in Leibeshöhlen, mit Lampen und Lupen unter Tage im Menschen und auch noch in Bereichen, die man, Luther hin, Luther her, nicht einmal gern bei Namen nannte. Gewiß, es mußte sein, aber es handelte sich um Samariterdienst der unappetitlichsten Sorte. Hätte sich wirklich nichts Reinlicheres für diese Tochter gefunden? Hätte wohl, wurde aber von der nicht gesucht. Besser mit Endoskop in den Arsch geguckt, als ohne hineingekrochen, sagte sie, und weil der Vater ein Gelehrter war, mußte er diese Alternative auch noch bereden. Grund genug, sich wochenlang zu meiden, und Grund für eine erbitterte Toleranz, an der die Ärztin Kormoran in allen Lebenslagen festzuhalten suchte. Vor dem Jahre 89, während seiner und nach ihm. Nicht ohne Entsetzen sah sie, daß ihre Nachsicht sich abschwächte, wie die Erbitterung wuchs. Und mehr als entsetzt hatte sie sich in jüngster Zeit gefragt, warum sie nach der Lehre bei Herrn Professor Dr. D. Eichhorn auf eine Ehe mit Herrn Dr. Kormoran verfallen war.

Grit Schluziak machte der Stille auf der Terrasse ein Ende und holte mit der Sorglichkeit, die sich für eine Handelsfrau im Umgang mit Zahlen empfahl, das Thema in den Kreis zurück: Anno neunzehnhundertsiebenundachtzig, das zählt; das war der Höhepunkt!

Siebenundachtzig? knarrte der grantige Henkler. Was soll daran hoch gewesen sein? Mit allem Respekt, das ist nostalgische Scheiße. Es hätte um ein Haar schon das Jahr unseres Endes sein können.

Ich schätze es, sagte Kormoran, wenn einer Respekt behauptet und dann unflätig wird. Ich schätze es sehr. Halte mal inne, du Schwager da vorn. Mehr als deine Chronologie interessiert mich im Augenblick, wie mein Geburtstag in meines Vizeministers Kalender verzeichnet steht.

Horst Schluziak nickte zu jedem Satz, erhob sich, knöpfte das Sakko zu, zog ein großformatiges Notizbuch aus der Innentasche und sagte mit ungespieltem Ernst: Das hofften wir, das wagten wir zu hoffen, und hier ist das in Frage stehende Diarium. – Er schüttelte Kormoran die Hand und übergab den Kalender. Ohne große Worte, fuhr er fort, ohne jedes große Wort: Unser Glückwunsch dem kritischen Begleiter der Epoche. Mögest du, lieber Paul-Martin Kormoran, verehrter Kormo, mögest du auch fürderhin …

Aber dieser Kormo, der bei jeder Gelegenheit die Neugier als seine größte Tugend bezeichnete, zerschnitt mit freundlicher Bestimmtheit die Rede, indem er sich halb abkehrte, das Buch aufschlug und zeigte, daß er jetzt keinen Sinn für anderes habe. Fast keinen Sinn für anderes, ausgenommen den kritischen Einwurf. Den war er sich und den anderen schuldig, war ihn vor allem jenen schuldig, derer er sich kritisch annehmen mußte. Auch wenn die es selten so sahen und ihn bestenfalls für einen altmodischen Klugscheißer hielten.

Eine junge Dame, Schülerin selbstverständlich aus der ebenso weitläufigen wie meist verleugneten Kormo-Schule, hatte herausgefunden, daß es sich bei Kormoranen um Schwimmvögel mit ausdehnbarer Kehlhaut handelte, die neben Pinguinen, Pelikanen wie auch Fledermäusen durch Ausscheidung beziehungsweise nach dem Eingehen mit ihren Kadavern jenen Mist erzeugten, der auf spanisch Guano hieß. Ihrem Patron kam bald zu Ohren, daß sie in öffentlicher Versammlung laut von Zeiten seufzte, in denen die Scheiße noch Dünger war.

Was dem Menschen Kormoran Grund gab, bei nächster öffentlicher Gelegenheit aus Brehms *Thierleben* weiteren Bescheid zu seinem Namensvogel aus der Familie der Ruderfüßler unter die Leute zu bringen und sich über das Verkümmern der Bosheit zu erbosen. Er beklagte einen Kulturverlust, der sich in ungeschriebenen Pamphleten äußere, und machte Faulheit dort aus, wo man sich zwar an jemandem namens Kormoran zu reiben wünsche, aber nicht in der Lage sei, bei der Suche nach stinkigem Schimpf über Scheiße und Guano hinauszugelangen. Als ob nicht im Falle der Gattung Kormoran, die als Unterabteilung in der Oberabteilung der Schwimmvögel von Alfred Brehm aus Thüringen gründlich und anschaulich wie alles in dieser *Tierbibel der Deutschen* behandelt werde, Anschwärzendes zuhauf vorhanden sei und nur auf den Zitierer warte. Lediglich vorgelesen müsse es werden und, freilich, vorher gelesen. Und noch vorher gefunden. Und davor gesucht. Aber das sei der Mühe vermutlich zuviel gewesen. Da habe man sich dann eben auf Guano beschränkt und darauf verlassen, daß einer, der Kormoran heiße, eines Tages das Material zu seiner Anschwärzung selber beibringen werde. Um diese Hoffnung nicht zu enttäuschen, liefere er, der ohne eigenes Verdienst den Namen trage, nun auszugsweise Auskünfte des Alfred Brehm über *Kormoran* oder *Scharbe*, welch letztere nicht mit dem Fisch gleichen Namens, der aber auch *Scholle* heiße, zu verwechseln sei: *Sie sind*, so Brehms Thierleben, *die vollendetsten Taucher, aber auch in anderer Hinsicht keineswegs ungeschickt. Hinsichtlich ihrer übrigen Eigenschaften läßt sich wenig Rühmliches sagen. Sie sind scharfsinnig, klug, verständig, listig, aber zänkisch, unfriedfertig, hämisch, boshaft und tückisch im höchsten Grade, zumal wenn Neid und Habsucht ins Spiel kommen; mißhandeln alle übrigen Vögel, versuchen wenigstens, sie zu quälen und zu peinigen, und machen sich ohne Bedenken deren Kräfte zu Nutze. Unter sich scheinen die Glieder eines Trupps in Frieden zu leben; der bei ihnen sehr ausgeprägte Neid mag aber zuweilen wohl Kämpfe oder wenigstens Neckereien herbeiführen. Ihrer fortwährenden Regsamkeit entspricht die Gefräßigkeit. Alle fressen so lange, als sie fressen können und stürzen sich selbst mit gefülltem Magen auf eine Beute herab, wenn solche ihnen gerade vor das Auge kommt. Sie ruhen, so scheint es, nur, um wieder fischen und fressen zu können und fressen blos dann nicht, wenn sie ihr Gefieder in Ordnung bringen oder schlafen. Gefangene Scharben können bei guter Pflege zur Fortpflanzung gebracht werden, verlangen aber freilich einen Liebhaber, welcher die keineswegs unbedeutenden Kosten ihrer Unterhaltung nicht scheut. In Europa haben meines Wissens blos die Gefangenen, welche Schilling in Greifswalde hielt, gebrütet. – Das war nicht ganz billig, weil der Kormoran sehr gern täglich seine vierundzwanzig bis sechsunddreißig Heringe zu sich nimmt. Für die Bildungsfähigkeit ihres Verstandes spricht auch die bekannte Thatsache, dass Kormorane von den Chinesen zum Fischfange abgerichtet werden und zur Zufriedenheit ihrer Herren arbeiten.*

Falls dem Vizeminister Schluziak die Einträge des Alfred Brehm geläufig waren und falls er gelegentlich in chinesischer Fischerart über den listigen, unfriedfertigen, zänkischen, hämischen, boshaften und im höchsten Grade tückischen Ruderfüßler gedacht, sich also der Bildungsfähigkeit von dessen Verstand bedient haben sollte, schien ihm jetzt von solchem Zuschnitt der Vergangenheit nichts erinnerlich; er saß, bei zugeknöpftem Jackett und feierlicher Miene, auf der dreifach sonntäglichen Terrasse und harrte der Begegnung zwischen Beschenktem und Geschenk.

Kormoran aber, immer in kritischer Bereitschaft und immer auch bereit, von der Ordnung seines Gefieders etwas herzuzeigen, konnte nicht anders und mußte, ehe er seiner Neugier nachgab, betonen, welch merkwürdiger Wechsel sich in der Redeweise des lieben Gastes zeige, je nachdem, ob er im Dienste eines Rituals oder aus wütender Herzenslust seine Zunge rühre: Eben noch die DDR plus pensionierte Paviane und Meerschweine in der ungarischen Salami – eine Wurstmasse übrigens, die bereits in einem höchst ungeliebten Buch eines nicht durchgehend geschätzten Autors vorgekommen sei –, und nun nach alter Gepflogenheit und trotz jeglichen Ruhestandes die rituelle Beschwörungsformel aus versunkener Zeit: Mögest du!

Schluziak saß artig neben seiner Frau und ließ, fünfhundert Kollegiumssitzungen hatten ihm das eingeübt, nicht erkennen, ob etwas von Lob oder Tadel an sein Ohr gelangt war. Lediglich, daß er weiterer Mitteilung harre, war ihm anzusehen, und lange warten mußte er nicht.

Nix da, mein Lieber, nix mehr: Mögest Du! Ich mag nicht mehr und muß nicht mehr, sprach der Gastgeber und blätterte im Notizbuch, bis er den 14. Juni 1987 ermittelt hatte. Seiner Frau, die sich mit dem Geschirr zu schaffen machte, rief er zu, sie solle kommen, es begebe sich Archäologisches, und die Schluziaks fragte er, als sei er nicht gerade dabei: Darf ich wirklich hineinsehen?

Wie Kormoran ein guter Darsteller, war Grit Schluziak gutes Publikum. Amüsiert ging sie auf seine angestrengte Begriffsstutzigkeit ein und beteuerte: Aber ja! Es ist doch deins. Wir dachten, so etwas stellt schließlich ein persönlicheres Geschenk dar, als …

Ihr Mann hob warnend die Hand: Vorsicht, Grit, da steht ein Fettnapf. Wie, wenn jemand gerade gebracht hätte, was du als Beispiel nennen willst?

Die Gattin griff des Gatten Oberarm und schüttelte ihn zärtlich. Sie tat es mit beiden Händen, hätte es aber auch mit einer geschafft. Ehrlich angetan, ließ sie die anderen wissen: Da habt ihr Horstens Geheimnis! Diese Umsicht, dieses Mitdenken, dieses Mitfühlen haben ihn zum Minister gemacht!

Der so Gelobte korrigierte, was er ein halbes Dienstleben lang hatte korrigieren müssen, auch wenn die erhöhende Rangbezeichnung üblichem Brauchtum entsprach und von nicht wenigen Leuten als schmeichelndes Streicheln verabreicht und angenommen wurde: Stellvertreter! sagte Horst Schluziak, stellvertretender Minister, Stellvertreter des Ministers, Vizeminister, was ihr wollt und jetzt ohnehin in allen Varianten obsolet.

Frau Birchel meldete sich aus ihrem Korbstuhl mit der mißbilligenden Frage, was das nun wieder sei, und man überließ dem obsoleten Minister die Erklärung, das Wort bedeute soviel wie veraltet oder ungebräuchlich, und in seinem Falle meine es ganz einfach: erledigt, abgetan, nie wieder anwendbar, unzutreffend bis in alle Ewigkeit.

Sehr einfach, danke, sprach zu diesem Frau Birchel und sank zurück in ihr Geflecht.

*

Weil eine Stimmung drohte, in der jeder gemäß seiner persönlichen Lage weitere Übersetzungen beisteuern würde, um dann schaudernd mitzuteilen, er halte den Gedanken nicht aus, für alle Zeiten als unbrauchbar zu gelten, und weil ihr selbst der berechtigste Jammer vor allem anderen Jammer war, stellte Änne mit demonstrativem Schwung Kaffeegeschirr und Sekt auf den Tisch und landete vorm eckigen Schwager ebenso demonstrativ eine Flasche Nordhäuser Doppelkorn. – Von nun an bitte Selbstbedienung, sagte sie, rief der Nachbarin zu, ihr aber werde der Kaffee gebracht, wählte dem lesenden Kormoran ein sichtlich kleineres Glas und hatte zum unerledigten Thema noch eine Bemerkung für Grit Schluziak: Schön, daß du deinen Horst so rausstreichst; wer das kann, soll es tun, aber mach dich selber nicht klein vor der Geschichte; es war nun einmal so: Sprach man von ihm, sprach man gleich auch von dir und deinem Einfluß.

Grit sah Henkler wütend an, betrachtete dessen Schwägerin ebenso unbegeistert und sagte energisch: Sind wir hier auf einer Legendenbaustelle? Horst hatte die Gaben; ich sah sie nur, und, allerdings, wo man sie infolge Blindheit nicht gesehen hatte, sprach ich sie herum.

Wie die Augen im Diarium, so hielt Kormoran seine Ohren, und gerade, weil es schlecht um sie bestellt war, im Gespräch am Tisch, und in den aufkommenden Streit hinein sagte er zu Grit Schluziak: Horstens Gaben waren nicht zu übersehen, und du warst nicht zu überhören; was sollte daran verwerflich sein? Aber weißt du eigentlich, was dein begabter Mann vor fünf Jahren in dieses hochherzige Geschenk geschrieben hat? Ich meine, weißt du, was es bedeutet?

Obwohl Grit bestätigend nickte, hob er das Buch und verlas die Stelle, auf die sein Finger zeigte: *Bei Kormorans Geburtstag frdl Punkt Tones …*

Der Minister füllte die Pause des Vorlesers mit einer unnötigen Übersetzung und sprach mit Behagen: Das soll natürlich *freundlichen* heißen!

Kormoran signalisierte Dank und fuhr fort: *… freundlichen Tones Tacheles geredet; seine Kolumne nach m Punkt Ansicht zunmd Punkt …*

Diesmal sprang Grit Schluziak als Interpretin ein: *nach meiner Ansicht zunehmend …*

Aha, *zunehmend.* Also: *seine Kolumne nach meiner Ansicht zunehmend fünfte Kolonne des Gegners* – schau an, dieser Kormoran! sage jetzt ich. Es steht nicht im Buch, es stammt von mir und ist ein Ausdruck meines hinterdreineilenden Erstaunens. Aber dies steht nun wieder im Buche und bedarf der Übersetzung durch euch: *Ernste Konsequenzen angedt Punkt* … das will vermutlich *angedeutet* besagen.

Horst Schluziak aber lachte gemütlich und sprach gemütlich: *Angedroht.*

Henkler pfiff sacht durch die Zähne, von der Grundstücksgrenze her klang etwas wie *Gotte nee!*, Änne stellte eine Kanne härter als nötig ab, und ihr Mann äußerte halbwegs entgeistert: Das wäre nun doch erstaunlich. Wenn in deinen Notizen von

1987 *angedt Punkt* steht, solltest du es heutigentags allenfalls als *angedeutet* lesen. Zumal ich mich weder deiner Andeutung noch gar irgendeiner Drohung erinnere.

Grit lachte herzlich, ehe sie erklärte: Aber Paul! Mein Horst sagte, er bringt dir ein Geschenk. Er wird dir doch keinen vollgeschriebenen Notizblock überreichen, ein Bündel abgebrauchten Papiers, eine obsolete Kladde! Er schenkt dir den Inhalt, das, was in ihr geschrieben steht.

Hochherzig genug, antwortete Kormoran, nur steht etwas drin, das gar nicht stattgefunden hat: Tacheles, fünfte Kolonne, angedrohte Konsequenzen. Nichts davon spielte sich ab.

Er wandte sich dem Minister zu und sprach irritiert: Ich habe kein besonderes Gedächtnis, verzeih, für Protokollbesuche, aber dies war nach meiner ersten Herzattacke. Du hast mir gratuliert, hast nach meinen Rhythmusstörungen gefragt und tröstend von deinen erzählt, hast mir eine, mit Verlaub, blöde Grafik überreicht und bist nach einem Glas Sekt gegangen. Wieso steht da etwas von Drohungen? Und wieso um Himmels willen schenkst du mir jetzt das Buch?

Aus Nachbarins Garten tönte es herüber: Was meinen Sie, Herr Doktor Kornemann, wieviel Leute sich freuen täten, wenn sie so was amtlich hätten. Von einem Minister bedroht! Dazumal! Wo's nur die eine Sorte Minister gab. Von so einem bedroht mit Politik. Gotte nee, das scheint mir ein richtig geschenkter Gaul zu sein!

Dem ich ja so was von auf den Zahn fühlte! verkündete Henkler düster.

Änne Kormoran besaß keine ausgeprägte Schwäche für Grit, die sich manchmal aufführte, als müsse sie sich ihren alten Beinamen *Löwin vom Handelsplatz* erst noch erarbeiten. Kormoran hatte vor Zeiten versucht, die Bezeichnung *Merküre, Gattin des Merkur*, für sie in Umlauf zu bringen, war damit jedoch kaum über sich selbst hinausgekommen. Nun aber dieser Henkler und sein habitueller Argwohn; also sagte Änne mit Nachdruck: Ich bin sicher, wenn man sie läßt, wird Grit es uns erklären.

Die sagte nur kurz: Erst wenn die Delegation durch ist! und deutete auf einen wild aussehenden Kerl, der im Garten erschienen war, ohne von Frau Birchel signalisiert worden zu sein. Ein langer Mann um die Vierzig mit auffallend ungepflegtem, fast lappigem Haar. Er trug unmögliche Hosen, aus deren rückwärtigem Bund eine größere Parzelle seines karierten Hemdes hing. Die Fransen an seinen Manschetten schienen von langer Hand vorbereitet, und es hätte sich bedrohlich ausnehmen können, wie er da am Treppenfuß stand und wortlos zur friedlichen Gesellschaft hinaufstarrte, wären nicht die Blumen in seiner Hand gewesen, ein Strauß von ähnlicher Lappigkeit wie des Mannes Frisur, aber Blumen immerhin, also lautete der Eindruck letztlich: Gut Freund.

Kormoran brauchte des Zeichens nicht, zögerte aber, das Wort an den Ankömmling zu richten, denn er genoß es, daß weder Schluziaks noch Henkler an der Erscheinung mehr als die Eleganz einer Vogelscheuche auszumachen wußten. Er rief endlich, das kurze Wort prächtig in die Länge ziehend, Moment!, füllte mit Bedacht ein Glas, hob es dem befremdlichen Subjekt entgegen und sprach voll ehrlicher Freude: Pastor Akkerhauer – daß Sie sich am Sonntagvormittag einen solchen Weg machen! Die kirchlichen Geschäfte ruhen doch nicht etwa?

Änne deutete auf einen freien Stuhl, die Nachbarin feixte geradezu, Schluziaks taten, was sie in unsicherer Lage stets taten: sie zeigten einander, laut Kormoran, Gesichter, die ähnlich belebt wie Wachsobst waren, und Herbert Henkler schüttelte so sacht, daß es man es nur ahnte, seinen kantigen Kopf.

Der Pastor, dessen Aufzug nicht den Eindruck machte, als entstamme er momentaner Verlegenheit, erstieg mit unordentlichen Bewegungen die Treppe, schlurfte zur Terrasse hinauf, bot ringsum eine Hand zum Gruße an, die wie ein feuchter Feudel aus dem fransigen Hemdsärmel hing, fand seinem blanken Hosenboden mühevoll einen Platz auf dem Gartenstuhl und antwortete in einer Weise, die kaum weniger schlampig als sein

Aufzug war: Ruhn tun se nich, fin aba ohne mich statt. Ick schwebe noch – mein Vafahn! Er musterte Gäste, Haus und Garten und sprach zufrieden: Det isn Tach wie von Paule Jerhardt, *Jeh aus mein Herz und suche Freud* … Er summte zuerst die Melodie und sang dann mit voller Stimme und gleichsam ordentlich: Geh aus mein Herz und suche Freud in dieser schönen Sommerszeit, brach jäh ab und teilte niemand Bestimmtem mit: Det is beileibe nich höhnisch jemeint, bezieht sich aber ausschließlich auf den Zustand der Natur, wobei die Frage fällig wird, Herr Dokter: Wat machn die Ventile?

Sehr geläufig und nicht nur, weil es ihm jetzt die Frage der Fragen war, sondern auch aus hörbarer Sympathie für den zerfransten Gast, erwiderte Kormoran: Die tun, was sie sollen. Sie klappern. Etwas lauter vielleicht als angenehm für Leute mit normalem Gehör. Man sagt mir, ich hätte besser welche aus Schweineohren genommen; nach allem, was man berichtet, arbeiten die dezenter. Neulich in der Charité – ich muß alle vier Wochen da hin und bin immer gespannt, ob sie noch steht –, neulich sagt eine junge Frau, mit der ich in dem erstaunlich leisen Aufzug vom Hochhaus nach oben fahre, tapfer lächelnd zu mir: »Es tickt hier so; haben Sie eine Bombe dabei?« »Unter uns«, antworte ich, »ich bin von der IRA.« »Sie machen Witze«, sagt sie, und ich beruhige sie: »Stimmt, was Sie hören, ist mein Herz.« »Oh«, sagt sie da, »aber jetzt machen Sie Witze!«

In das Lachen der anderen fragte Nachbarin Birchler mit verwunderter Strenge: Schweineohren! Erlaubt denn die Kirche das, Herr Pastor Ackerhauer?

Wat sollse machn, war die Anwort. Wo ihre besten Köppe nu Landrat oder Minister sind, hatse doch keen Durchschlach mehr. Den Kader-Aderlaß, hab ick neulich meim frühern Führungsoffizier gesagt, hält die allerstärkste Organisation nich aus. Und die Allerstärksten warn wir ja sowieso schon lange nich mehr.

Herbert Henkler, der sich immer noch in unmerklichem Kopfschütteln übte, versuchte Süffisance, als er in den Himmel überm Pastor sprach: Zumal, wenn die allerbesten Köppe wegen Verstrickung schweben.

Ackerhauer faßte ihn wie einen ins Auge, aus dessen Worten Gefährdung klang, schien sich bestätigt durch das zu finden, was er sah und sagte so mild, daß es, wenn auch nicht zu seinem Aussehen, so doch zu seinem Stande paßte: Auch unser Herr lag einst in Banden.

Für die Antwort: Unserer tut's noch, brauchte Herbert Henkler nicht lange.

Der Pastor sagte nur Aha! und zeigte kein Bedürfnis, der Identität des Beklagenswerten nachzufragen. Lieber kam er auf Frau Birchels Frage zurück: Ansonsten hat der Dokter die Schweineohrn wohl scherzeshalber ins Jespräch gebracht. Vom Schwein kommt det Transplantat schon, nur sind det vermutlich Herzklappen, Herzklappen vom Schwein. Und soville steht doch mal fest: Wenn meine Pumpe genügend schwer beschädigt wäre, könnte det Flickzeuch von mir aus auch aus eine Boa constrictor oder von die doofen Dinos stammen. Janz abgesehn davon, daß wir alle Gottes Geschöpfe sind.

Eimverstann, sprach der Oberstleutnant, solange nüscht von die Schlange auf dem Charakter schlägt.

Man konnte den übertrieben berlinischen Anstrich in Henklers frechem Satz als versöhnliche Note betrachten, aber Kormoran kannte den Quader zu gut und stellte unbegeistert vor: Mein Schwager Herbert Henkler, doppelter Ex-Oberstleutnant, Offizier im Apparat vom Nationalen Verteidigungsrat und MfS-Offizier im besonderen Einsatz. In besagtem Apparat vom Nationalen Verteidigungsrat. Ein professioneller Heimlichtuer, der unter der Losung lebte: Wo Rauch ist, muß ein Brandstifter sein.

Manchmal klingst du richtig stolz auf mich, sagte der Quader.

Als Kormoran: Ja, manchmal, antwortete, hörte es sich nach einem mathematisch schwer darstellbaren Zeitraum an.

Ackerhauer betrachtete Henkler so ungeniert, wie es zu seiner Erscheinung paßte, und sagte ohne den leisesten Anflug von

Bewunderung: Ooch keen leichter Job. – Hatten Sie imma Durchblick?

Hatten Sie? schnappte Herbert Henkler.

Doch der Pastor war beschäftigt, Änne zu antworten, die fragend ein Glas gehoben hatte: Sehr gütich, Frau Dokter, verbindlichsten Dank! Wie wäre es aber, wenn Sie sich zwei Schlücke, einen für mich mit, hinter die anmutige Bluse gössen? Hinsichtlich der persönlichen Einnahme durch mich sage ick nur: Vielleicht eines Tages wieder, wenn der Zusatz zu meim Morgengebet nich mehr lautet: Die Verstrickten haben nichts als ihre Stricke zu verlieren. Dann sogar sehr gern, aber nich, solange die Vafahn und Gottes Richtschwert über meinem Haupte schwehm!

Was betrifft anmutige Blusen, sagte Henkler, wobei er nicht erfolglos versuchte, ein einstmals herrschend gewesenes Sächsisch anklingen zu lassen, was die betrifft, nicht wahr, stellt sich die Frage: Ist eine Erwähnung so fröhlich weltlicher Dinge, zumal bei Ihrem Schwebezustand, durch einen kirchlichen Auftrag gedeckt?

Det nehm ick auf meine männliche Kappe, antwortete Pastor Ackerhauer und erntete Ännes berühmtes Lächeln.

Diese Bezeichnung stammte von ihrem Mann, dem es zur Gültigkeit eines Wortes genügte, wenn er selbst daran festhielt. Er hatte dazu einen seiner unvermeidlichen Kurzvorträge geliefert: Wenn ein schönes Gesicht und ein Lächeln im allgemeinen zusammengehören, scheint das bei dir keineswegs der Fall. Deine ist eine ernste Schönheit. Du bist zwar heftig schön, aber auch heftig ernst. Ich glaube, ich habe dich zehntausendmal öfter verschlossen als lachend gesehen. Um so überraschender, erstaunlicher, unfaßbarer dann, wenn das Lachen doch geschieht. Nein, nicht Lachen, sondern Lächeln. Lachen ist etwas von außen, Lächeln etwas von innen. Lachen ein Echo, Lächeln ein Ruf. Und so weiter, man könnte es ausarbeiten. Weißt du, daß ich ganz begierig war, dich zum Lächeln zu bringen? Gut, begierig war ich ohnehin, soweit es dich betraf, aber ich habe schärfstes Nachdenken auf die Frage gewandt: Wie kriegt man dieses düstere Weibsbild dazu, noch einmal, gottverdammt, noch einmal ihr Lächeln anzuzünden? Was sagt man, damit über den dunklen Himmel wieder eine Sonne geht? Sonne und Himmel, na schön, nicht sonderlich originell, aber ich melde dir: Du bist zwei. Wenn du dir dein Lächeln erlaubst, veränderst du dich nicht nur, es macht dich zu einer anderen. Kein Grund zur Eifersucht, ich wollte immer euch beide. Ja, ich weiß, ich übernehme mich, und manchmal denke ich, es hat mir das Herz gebrochen.

Da war er denn endlich wieder, hatte eine genervte Änne gedacht, der Katastrophenmuskel aus morscher Lunte, und man war wieder bei Kormorans Benennungen seines regelwidrigen Herzens, beim Rumpelsack aus Bimsstein und Zunder, beim Rappelvieh im Rippenkorb, dieser närrisch hüpfenden Töle, die sich nicht still betrug im knöchernen Käfig, sondern so muckte und zuckte und ruckte, daß es keine Art und keine Regel hatte. – Sie war ein weiteres Mal Ohrenzeugin eines der verbalen Protestmärsche geworden, zu denen Herr Kormoran von Zeit zu Zeit aufbrach, und geriet gegen jeden eigenen Wunsch in einen Auflauf von wilden Worten, in eine Zusammenrottung, die im Namen der Ungerechtigkeit geschah. Wer wollte bei solchem Getümmel von Frau Kormoran verlangen, daß sie noch wisse, wie ein Lächeln ging?

Der ferne Läutruf holte Änne Kormoran an die sommerliche Tafel aus Gartentischen und Gartenstühlen zurück, und so beiläufig es gehen wollte, sagte sie zu ihrem Mann: Telefon!

Der brachte es fertig, im Aufstehen gleichzeitig zu tun, als habe er just eben dies im Sinn gehabt, und den Eindruck zu erwecken, es sei ihm gar nicht eilig. Auf dem Wege zum Haus verkündete er: Beinahe hätte ich gesagt, verdammtes Telefon, aber es könnte ja einer von euch am anderen Ende sein. Verzeihung, ein lustiger Witz von mir. Wenn ich zurückkomme, komme ich auf den apokryphen Tagebucheintrag meines Ministers zurück.

Änne wartete, bis er verschwunden war, behielt aber die Verandatür im Auge und sagte: Darf ich einen Augenblick? Die Klappen sind, nach allem, was man kennt, nicht das Problem. Das ist solides Zeug und um so nützlicher, je öfter er es vergißt. Hightech-Produkte von beachtlicher Lebensdauer. Nur bessern sie den miserablen Rhythmus nicht, und ihn bessern Aufregungen nicht. Insofern hat er sich eine fabelhaft passende Zeit ausgesucht. Aber die passendste Gesellschaft ist eine, die ihn nicht immerfort daran erinnert und selbst beim Thema Obst unbedingt auch noch von Abrißbirne sprechen muß. – Seid mir nicht böse, falls ich euch etwas Überflüssiges sagte.

Pastor Ackerhauer erhob sich ein wenig taumelig, seine Hand in der zerfransten Manschette fuhr zu einem verlorenen Ordnungsversuch durch sein lappiges Haar, er zerrte die Schlotterhose mit einem ebenso energischen wie sinnlosen Griff zehn Grad seitwärts und seufzte zu dem, was abschließend vorzutragen war: Früha, Sie wissen schon, hätt ick jesacht, denn soll er mal unsere Gemeindeandacht besuchn, aba seit die schwehmden Vafahn ist det kalmierende Klima ooch kaputt.

Er sah, und nicht nur, weil die anderen saßen, ein wenig von oben herab auf die kleine Gesellschaft und sprach mit großem Ernst und sorgfältiger Artikulation: Ich empfehle mich. Möge der Herr Ihre Wege behüten! Entschieden sicherer, als er gekommen war, ging er die Treppe hinab, und mit einem überraschend flotten Winken rief er der Nachbarin im Korbstuhl zu: Machnsesjut, Frau Birchel!

Und nicht nur Frau Birchel, alle, Herbert Henkler keineswegs ausgenommen, riefen artig zurück: Auf Wiedersehen, Pastor Ackerhauer!

Der Oberstleutnant freilich unterließ jeden Versuch, sein Kopfschütteln länger zu verbergen, und er war der erste, der nach seinem Glase griff. Auch Schluziak ließ sich von seiner streng bemessenden Gattin etwas vom Doppelkorn reichen, aber als der Hausherr aus dem Hause trat, hatten seine Frau, seine Gäste und die Nachbarin längst in ihren Terrassenplausch zurückgefunden.

*

Ein sichtlich beschwingter Kormoran nahm Ännes Auskunft, der Pfarrer habe sich ebenso überraschend entfernt, wie er gekommen war, zur Kenntnis und gab die entschieden wichtigere Kunde aus, am Apparat sei, ihm zu gratulieren, die Cardinale gewesen: Ihr verwegenes Englisch, mein überfeinertes Gehör, da ergeben sich die griffigsten Komplimente. Aber sie hat eindeutig, keine Frage, etwas von Gorbatschow und mir gesagt. Man wagt dergleichen ja kaum zu verstehen oder gar weiterzusagen, aber verstand ich recht, haben von allen Männern damals beim Kulturkongreß er und ich den größten Eindruck auf sie gemacht. Gut, Ustinov und Gregory Peck waren ebenfalls zugegen und sogar, ich fasse es bis heute nicht, Claudio Abbado, aber der hatte sein Klavier nicht dabei, und aus Kollegen von Bühne und Film, sagt Claudia, macht sie sich nichts. Insofern gingen sowohl Maximilian Schell als auch Brandauer gar nicht erst ins Rennen. Wer also bot sich da geradezu an? Nun, ich will keine Namen nennen, komme aber auf einen zurück. Der Maximilian Schell, Marias Bruder Max, hatte gerade die Titelrolle im Fernsehfilm über Peter den Großen gespielt. Wie er da durch die Kreml-Säle wandelte, sah man ihm an, ich schwöre es, daß er immer noch den positiven Selbstherrscher gab. Und als er auf Gorbatschow traf, dürfte die Frage, wer von ihnen der echtere Peter sei, allen beiden ein Problem bereitet haben. Nein, ich hacke nicht auf Bürger Gorbow herum; hätte er das Weltreich nicht zerredet, wäre es der Welt um die Ohren geflogen. Man muß das einmal ausarbeiten. Der Mann ist pure Literatur, vielleicht die tragischste Figur in der neueren Geschichte. Wird Kaiser, stellt sich auf den Thron und sagt, der gehört abgerissen. Spricht seinen Tellermützen von einseitigen Verzichten und hätte gestaunt, wenn die ihm bei einer nächsten Parade ägyptisch gekommen wären. Hält, weil er nicht anders ankann gegen die steinernen Verhältnisse, Rede um Rede und merkt nicht, daß sich das Mittel Rede um Rede verbraucht. Predigt Pressefreiheit, aber wenn man zum Bericht sein Bild dann druckt, läßt man ihm nicht einmal das Muttermal. Nein, dieser Michail ohne Vatersnamen hat nichts hingeopfert, was nicht längst verloren war. Anders als mit solchem Debakel konnte er nicht siegen. Was sagte ich: Literatur? In die Schicksalsoper gehört dieser Mensch! Doch fürchte ich, man wird der Sache im Musical begegnen. Nicht *Godunow*, sondern der *Mann von La Mancha.*

Seltsam energisch warf Horst Schluziak korrigierend ein: Besten Falles *Hair*! Frau Birchel fügte automatisch *Cats* hinzu, Herbert Henkler führte mit Ingrimm das *Phantom in der Oper* ins Feld, doch ließ ihm Grit Schluziak auch in dieser Sache nicht das letzte Wort, sondern benannte, als bestehe sie höhnisch auf einer Wahl zwischen einzig den beiden, *Evita* und *Jesus Christ Superstar.*

Kormoran hörte die Vorschläge wie etwas an, das bekannt war und nichts ändern konnte, und gab seinem Bericht den gebührend literarischen Schluß: Sollte dieser Generalsekretär auch wie ein fader Pensionär aus der Weltgeschichte rutschen; vergessen wird ihm von mir nicht, daß Dürrenmatt und Frisch, die beide seit Moskau längst im Himmel sind, in diesem Moskau, in jenem Kreml, an den Tischen des besagten Michail nach Jahren voll Zank und Zwietracht beseligt beisammensaßen, eingerahmt von ihren Frauen und eingehüllt in Wiedersehensglück und Schwyzerdütsch. Ich, Paul-Martin Kormoran, hockte in der Nähe und bekenne Gedankensünde. Ich dachte: Frieden der Welt? A la bonne heure, doch dieser da ist auch nicht ohne. – Nun, man müßte es einmal ausarbeiten, aber vorher: Horst Schluziak, du wolltest erklären, was es mit deinem *angedt Punkt* und mir als fünfter Kolonne auf sich hatte. Und auch, wo genau in deinem Merkbuch die Geschenkidee steckt.

Zwar hatten Henkler und beide Schluziaks vor und nach ihren Einwürfen mehrfach nach Widerspruch ausgesehen, zwar blickte die Nachbarin Birchel ein ums andere Mal hilfesuchend in das Hauptblatt aus Hessen, zwar blieb nicht unbemerkt, wie anstrengend es für Frau Kormoran war, die gelassene Ärztin Kormoran zu sein, aber vielleicht hielten alle die Mahnung noch im Ohr und den Vorsatz im Auge, diesen Mann angesichts seines doppelten Feiertags duldend hinzunehmen. Jedenfalls gingen sie auf das ältere Thema freundlich ein und machten keinen Versuch, Herrn Kormoran zu weiterer Ausarbeitung der Sache Gorbatschow zu bewegen. Denn nicht erst für dieses Treffen hatten sie mit energischem Vorsatz ein Geflecht aus minderen Redensarten, ein Verhau aus nichtigen Worten zwischen sich und den Jahrhundertriß gezogen.

Das schien mir bereits geklärt, sagte Horst Schluziak. Ein amtierender Minister hat dir wegen etwas gedroht, das sich in seinen Papieren wie politische Gegnerschaft ausnahm. Wenn dir das nicht hilft in Zeiten, wo es schon als Unterdrückung gilt, daß einer Russisch lernen mußte! Wenn nicht das, was dann?

Kormoran tat Schluziaks Zustandsbeschreibung als blindwütige Agitation ab, von der niemand etwas haben könne, und fragte noch einmal störrisch: Wie sollte etwas helfen, das gar nicht stattgefunden hat?

Schade, daß dein Pfarrer schon weg ist, sprach Herbert Henkler, der wüßte Beispiele aus der ruhmreichen Geschichte seines Unternehmens, besonders aus der Gründerzeit.

Kormorans: Bitte, Herbert! klang schon etwas schärfer, und auch sein: Also wie? an den Minister hörte sich nicht nach Langerweile an.

Zeit für Gattin Grit, sich ins Mittel zu legen. Eben weil es nicht stattfand, konnte es helfen, sagte sie und fügte hinzu: Früher hätten wir in einem solchen Fall von Dialektik gesprochen.

Und zwar einer der höheren Geheimhaltungsstufe, erwiderte Kormoran unwirsch.

Schluziak wandte sich auf fast schon amtliche Art an seine Frau: Ich übernehme, wenn du gestattest, sagte er, um dann in Richtung Hausherrn fortzufahren: Lieber Paul-Martin, natürlich verhielt es sich, wie du sagst: Es hat keine Drohung gegeben. Von der steht nur etwas in meinem Dienstbericht. Das heißt, in dem habe ich das Tagebuchkürzel tatsächlich mit *angedeutet* und nicht mit *angedroht* ausgeschrieben. Wenn es ging, vermied man unnötige Schärfen im Dienstbericht.

Unwahre Behauptungen weniger, sagte Kormoran. – Aber damit das nicht untergeht: Du hast also von deiner Drohung, die gar nicht stattgefunden hat, in deinem Dienstbericht, der weiß Gott stattgefunden hat, Meldung gemacht? Wem um alles auf der Welt sollte diese Potemkinsche Schreibübung nützen?

Er klang nun weniger aufgebracht als erstaunt, und nicht ohne Wohlgefallen variierte er seine Frage: Also, warum das Potemkinsche Wort in deinem Tagebuch? Für wen unter Rußlands Wolken oder sonstwelchen Himmeln sollte ein solcher Schwindel von Nutzen sein?

Für ihn, sagte Herbert Henkler und deutete mit seinem dicken Zeigefinger, dessen Kuppe so viereckig war wie der restliche Mann, auf den Minister Schluziak.

Dem ging es nur um Ergänzung und nicht um Einspruch, als er mit rundlicher Hand auf den Hausherrn wies und unter starker Betonung des Bindewortes eindringlich sprach: Mir zum Nutzen, gewiß, mir und ihm!

Schon wieder mir? rief Kormoran. Dein falscher Eintrag in deinem vor Zeiten geführten Journal soll mir nicht nur heute nützen, sondern auch damals nützlich gewesen sein? Daß du es weißt: Ich verstehe kein Wort. Da muß man wohl Minister oder Oberst sein, um hinter die heute wie gestern gültige Chiffre *angedt Punkt* zu kommen.

Weil sie des Spiels, das auf unmäßigen Redeaufwand bei nichtigem Gegenstand hinauslief, zwar längst überdrüssig waren, nicht aber wußten, wie sich ihm entziehen, versuchten Horst Schluziak und Herbert Henkler, in eingeschliffene Routine auszuweichen und sprachen fast gleichzeitig ihre fast gleichlangen Korrekturen: Vizeminister! – Oberstleutnant!

Das machte Kormoran nur wütender: Hängt von mir aus auf

ewig dem ungerechten Umstand nach, daß ihr nur unvollständige Befehlshaber wart. Tragisch unvollendete. Aber denkt nicht, ich gäbe mich mit einer unvollendeten Geschichte zufrieden, wenn sie mit mir angefangen hat.

Weil Änne ihm mit Händen bedeutete, er solle sowohl Stimme als auch Stimmung dämpfen, schwieg er kurz und schlug dann einen leichten Erzählton an: Wißt ihr, was mich, außer den Mücken, bei einer Fahrt durch Finnland fast wahnsinnig machte? Ein Mensch vom Konsulat, der keine Erklärung zu Ende brachte. Hatte ich nach etwas gefragt, verlor er das Problem irgendwo inmitten seiner Antwort aus den Augen. Manchmal auch mitten im Wort. Der Kerl sagte nicht: *Mannerheim*, er sagte: *Manner* und unterließ es, dazu dann auch *heim* zu sagen. Er hoffte, man werde sich's zusammenreimen. Nun ja, bei Mannerheim geht das, aber beim Rest von Finnland keineswegs. – So ähnlich nun euer Gemunkel über dies Fabelding von Geschenk. Es reicht mir nicht hin, was ihr sagt; es reicht mir einfach. Noch einmal und zum Mitschreiben: Daß mir eine nicht vorhandene, jedoch verbriefte ministerielle Drohung in dieser Epoche der seltsamsten Werte von fragwürdigem Nutzen wäre, könnte ich, Einschränkungen beiseite, immerhin begreifen. Wie aber diese punktierten Andeutungen sowohl dir, lieber Horst, als auch mir armem Kormoran damals hätten nützlich sein können, das, verehrte Frau Kommerzienrat und ihr beiden Unvollendeten, verstehe ich nicht!

Er unterstrich das letzte Wort, indem er mit flacher Hand auf die Tischdecke klopfte, und Nachbarin Birchel machte es mit Zeitung und Knie ganz ähnlich, als sie über die Gartengrenze rief, sie verstehe es auch nicht.

Ob sie die Idee ihres Gatten, zum Kormoran-Geburtstag mißdeutbare Notizen statt einer übersichtlichen Graphik mitzubringen, immer noch gut oder nicht mehr so gut fand, ließ Grit Schluziak nicht erkennen. Da ihr aber in ihrem Lebenszirkel zwischen Angebot und Nachfrage vieles begegnet war, wovon sich andere weder angstvoll noch hoffnungsfroh träumen ließen, bewahrte sie ohne Mühe ihren Gleichmut. Sie wandte sich dem Kulturmenschen Kormoran zu, senkte die Stimme und versuchte anzudeuten, das Problem liege bei ihm, liege bei seiner bücherbedingten Unvertrautheit mit dem zerklüfteten Gelände, auf dem man einst die alltäglichen Gefechte des wirklich vorhandenen Sozialismus auszutragen hatte.

Gerade so, als müsse ihre Aussage synchron ins Handelsjapanische übersetzt werden, sprach sie langsam und deutlich: Es ging um einen Artikel von dir in diesem Hamburger Hackebeilblatt *Konkret*. Große Aufregung in den führenden Etagen. Der Generalsekretär murrte, das Mitglied des Politbüros knurrte, die Abteilungsleiterin jammerte, der Minister seufzte, und Horst hatte zu bereinigen. Ihr wißt ja nicht, wie oft er für euch den Rücken hinhalten mußte. Hat er getan, auch in diesem Falle. Hat eine riskante Notiz ins Buch geschrieben und eine andere in den Dienstbericht, hat offiziell mitgeteilt, er habe Paul-Martin Konsequenzen angekündigt, so daß sämtliche Hoheiten dachten, die Sache werde bereinigt. Und zwar dezent. Man wollte nicht schon wieder Ärger. Unser verehrter Paul-Martin hat von der Unruhe nichts bemerkt und konnte in aller Ruhe seinem kritischen Geschäft nachgehen. Wenn das kein Vorteil war! Bücher lesen, Parkbänke betrachten, mit Löffeln löffeln und dann sagen, was nicht gut dran ist; von so einem Beruf habe ich manchmal geträumt. Aber ihr Freischwebenden ahntet nicht einmal, wovor euch Leute wie mein Horst bewahrten. Wißt ihr, daß es lange Zeit zur Kulturkritik eine Haltung wie zu Soziologie und Meinungsforschung gegeben hat – überflüssig, weil bei der Partei in bewährten Händen? Da konnte sich so ein Vize wie mein Horst dann mit Argumenten quälen – und mit Ach und Krach Vize bleiben, natürlich.

Die Rednerin zeigte gegen Ende ein wenig von nachhallender Verbitterung, und dem Kritiker Kormoran zeigte sie mit einem abschließenden Satz, daß sie nicht nur rundum, sondern auch ihrerseits am Prinzip der Kritik festzuhalten gedenke.

Allerdings, sagte sie und klang herzlich bekümmert, wo wir

schon davon reden, mein lieber Paul-Martin: Wieso du ausgerechnet in der Gazette von diesem Superlinken Gremliza schreiben mußtest, habe ich nie verstanden. Wenn wir nicht inzwischen andere Sorgen hätten, müßte ich sagen: Ich verstehe es bis heute nicht.

Für einen Augenblick schien der Abgestrafte zu vergessen, daß man Paul-Gerhardt-Zeit hatte, Doppelgeburtstag hinter Dornröschenhecke und in sonniger Jahresmitte, denn mit verlorenem Blick antwortete er: Die Superrechten nennen ihn Kremlitzer. Und daß die Doppelbewandtnis des Schluziak-Geschenks keineswegs erledigt war, ließ sich erkennen, als er seinen Schwager nach Fingerzeig auf seinen Ex-Minister fragte: Wo aber wäre sein Gewinn?

Das hatte ein Mann wie Herbert Henkler längst bedacht: Damals wies sich der gute Horst als scharfer Hund aus, heute als scharfer Kopf. Als aufrechter Mann, der zugunsten eines kritischen Bürgers alles aufs Spiel setzte.

Frau Birchel nickte wohlgefällig, als sitze sie mit einem Mandat der kritischen Bürger in ihrem Sessel, doch stellte sie das Nicken bei Kormorans ungehaltener Antwort wieder ein.

Unfug, rief er und begleitete das Wort mit beidhändig wegwerfender Gebärde, Kritik gilt längst als Beatmung des Regimes. Was sie in meinem Falle weiß Gott sein sollte! Ich war gegen die Fehler, weil für die Sache. Sowenig ich Bücher oder, wie war das gleich, die Form von Suppenlöffeln kritisiere, um Literatur oder das Suppenlöffeln abzuschaffen, sowenig trachtete ich dem Staat nach dem Leben, wenn ich gegen seine Fehler anging. Das wird heute völlig zu Recht gegen mich vorgebracht und dürfte sich durch doppelte Tagebuchführung kaum aufheben lassen. – Aber wie auch immer, mein Vize-Minister Horst, so eine inhaltsschwere Urkunde willst du mir schenken? Behalte sie, ich fürchte, du wirst sie, wenn dieser lachhafte Eppelmann nach dir schellt, noch mehr als nötig haben.

Änne schob das Buch näher zu Kormoran und sagte: Nimm es, zier dich nicht. Er hat ohne Frage eine Kopie. Bei deiner

Neugier würdest du ewig rätseln, was sonst noch alles in dem Büchlein steht.

Sie erntete einen verletzten Blick und die Antwort: Wir hatten uns für heute auf Wißbegier geeinigt und darauf, daß es ewig wirklich nicht mehr dauert. – Als Änne ihn nur schweigend ansah, murrte er: Jaa, ich höre schon auf!

Und zum Zeichen seiner Bereitschaft, die Gabe der Schluziaks anzunehmen, zog er das ledergebundene Diarium an sich, wog es in der Hand und sprach mit nur halbem Unernst: Aber womöglich sollte ich das Werk besprechen? Es wägen und gewichten. Seinen Platz in der Nationalliteratur bestimmen. Seine Rolle im internationalen Ensemble der Belletristen. Der Frage nachgehen, was es uns lehrt. Für wen es gut ist. Mit wem seid ihr, Meister der Kultur? Mit wem waren Sie, Vizeminister für Kultur? – O du gerechter Gott, manchmal wüßte ich gern: Warum hast du uns nicht den einen oder anderen unserer Sprüche zurück durch die Zähne geschlagen?

Er hat wohl gehofft, sagte Änne, ihr würdet das eines Tages selber tun. – Telefon!

Kormoran eilte ins Haus, fand jedoch Zeit, kurz zu verharren und seiner Frau mit klagend erhobenen Armen unter der behinderten Außenglocke anzuzeigen, wie wenig ihm deren Knebelung noch gefiel.

*

Henkler und Schluziak schenkten dem Doppelkorn Beachtung, aber Grit übersah Kormos Gebärde nicht und fragte, als habe sie Schaben im Haus entdeckt: Habt ihr keinen Anrufbeantworter?

Es geschah nicht zum ersten Mal, daß Änne solche Verwunderung hörte. Seitdem ihr Landesteil einer Region höheren Versorgungsgrades zugeschlagen worden war, wurde man alle naslang gefragt, warum man dies oder jenes Merkmal vorgeschrittener Gesellschaftlichkeit nicht besitze. Nicht Kabel noch Schüssel am Haus? War das nicht wie Fernsehen ohne Antenne? Kein Video und keine CD? Aber ein WC doch hoffentlich, Frau Doktor. Weder American Express noch Visa oder Diner's? Zahlte man mit Münzen aus dem Säckel? Nix Fax oder Kopiergerät? Man schrieb wohl mit dem Federkiel? – Ließ man sich auf das Thema ein, erfuhr man von Leuten, die mit leeren Taschen in überfüllten Wohnungen saßen, alles über die Unerläßlichkeit von Dingen, über die in geselligen Zirkeln als ein Muß gesprochen wurde und die in führenden Kreisen zunehmend essentials hießen.

Weil sie keine Lust verspürte, sich von der weiterhin führenden Verkaufskraft Grit Schluziak in ein Verkaufsgespräch ziehen zu lassen, besiegte sie eine von ihrem Ehemann, der am Gegenteil litt, oft beklagte und im Umgang mit ihm auch exerzierte Maulfaulheit und sprach energisch: Nein, Grit, nenne mir nicht die Angebote deiner Firma, ich will keine solche Maschine. Er möchte eine, er kriegt auch keine. Ich kann es nicht ausstehen, wenn sich statt meiner Freundin Ruth eine Konserve meldet. Ich lege auf, sobald Nachbar Strahl in gleichbleibend flottem Tone mitteilt, er sei im Moment nicht anwesend. Unser Anwalt, der nun wirklich unentbehrlich ist, sucht dem Dilemma zu entkommen, indem er auf seinem Apparat »Hamburg 441517« knurrt und dann schweigt. Es ist ein Intelligenztest, mit dem er Klienten aussortiert. Und ich sortiere aus, wer sich erst meldet, wenn schon meine halbe Botschaft auf dem Tonband ist. Die Vorstellung, es hört mir jemand zu und überlegt, ob er für mich zu Hause ist, macht mich rasend. Ja, ich weiß, es ist praktisch, bei der gegebenen Auftragslage unschätzbar und für die Kommunikation geradezu unerläßlich! Ich weiß längst alles, was ich über patentierte Lebenshilfen nie zu erfahren wünschte, und will nun einmal den elektrischen Butler nicht.

Gewöhnt an der Schwägerin Wortsparsamkeit, die ihm gegenüber meist bis zum Verstummen ging, und befallen von immerwährendem Verlangen nach ausgerechnet dieser verwandten Person, lauschte Herbert Henkler, zwar auf Deckung bedacht, aber dennoch verzückt, einem Redefluß, an dem sich, unglaublich genug, zeigte, daß Änne Kormoran und seine Frau Geschwister waren. Kaum die Stimme, wohl aber seine Augen verrieten etwas von Verliebtheit und Brutalität plus Bindemittel Alkohol. Er hob die Flasche mit dem Korn, als wolle er vorsorglich seine eingestrichene Haftbarkeit melden, wies auf die Tür, hinter der sein Schwager verschwunden war und sagte: Du hast nur ein gebrochenes Verhältnis zu Mechanismen. Verständlicherweise. Kommt von den Technikteilen, über die sich gewisse Personen, du weißt schon, ihre haushälterischen Sorgen machen.

Falls Änne antworten wollte, wurde sie von Frau Birchel daran gehindert. Oder ließ sich gern daran hindern, denn kaum hatte die eine nach mehr als verwunderten Blicken auf einen nahenden Mann gerufen: Gotte nee, wie der heute aussieht!, rief die andere auch schon: Paul-Martin, Besuch für dich!

Als sei der Zutritt zu diesem Fest nur Herren über fünfzig gestattet, war auch der neue Gast weit eher im Alter von Kormoran, Paul-Martin, als von Kormoran, Änne, und beim Versuch, sich festlich und modisch zu kleiden, hatte er kurz vor der Karikatur innegehalten. Frisur und Barttracht gehörten zu einer Art, die zwar längst wieder im Schwange war, aber dennoch stärker auf die achtziger Jahre des neunzehnten Jahrhunderts als auf die neunziger des zwanzigsten verwies. Russische Kaiser, englische Könige hatten sich so getragen und auch, wie frühe Wochenblätter zeigten, Kapitäne von schlotbestückten Hochseedampfern. Inzwischen traf man solche Zierden selbst bei Fußballpräsidenten oder in den Beratertrupps der Regierung von Mecklenburg-Vorpommern an. Oder, ab jetzt, unter den Geburtstagsgästen im Garten der Familie Kormoran.

Der aufgeputzte ältere Herr überwand die Terrassentreppe mit wenigen Schritten, ordnete dabei sogar noch zwei der verrutschten Platten, begrüßte Damen und Herren durch Handschlag und Diener, nannte einen Namen, der wie Abwässer senior klang und sprach bei pfleglichem Umgang mit allen Konsonanten so sprudelnd, wie es Hochseekapitänen nie nachgesagt worden ist: Kein Besuch, nur ein Gratulant. Der Abwässermann. Ich könnte auch Jauchemann sagen, aber Jauche ist ländlicher Herkunft und stammt vorzüglich vom Vieh. Manche meiner Kollegen oder Konkurrenten nennen sich unter Bezug auf die Fäkalie Defäkator; ich bevorzuge Deutlichkeit. Ich nenne mich Abwässermann, und zur Unterscheidung von meinem Sohn, der schon weitgehend die Geschäfte führt, bin ich Abwässer senior. Gut, was Fäkalien sind, weiß man, die Vorsilbe De ist bekannt, Depersonalisation, Demonetisierung, Dekontaminierung, Denaturalisation, landläufiges Vokabular, und jeder ahnt, daß es Vorgänge bezeichnet, bei denen etwas von etwas anderem abgezogen wird. Der Defäkator zieht, wo, wie hier bei uns in Ahorngrund, keine öffentliche Entsorgung besteht, den Haushalten die Fäkalien ab. Defäkator hat schon seine Richtigkeit, doch lasse ich mich lieber Abwässermann rufen. Irgendwie ist es ja auch deutscher. – Ah, es naht der Hausherr!

Besagter Hausherr war aber noch bei einem Anruf, der unbedingt weitergesagt werden mußte. Auch kannte er den adretten älteren Menschen auf seiner Terrasse nicht, doch würde es dem nicht schaden, wenn er vor seiner Gratulation erfuhr, wem eigentlich er gratulierte. Also blieb Paul-Martin Kormoran an der Tür, deutete ins Haus, wo eben fernmündliche Begegnung stattgefunden hatte und erklärte dem festlichen Kreis: Golo! Ein drolliger Kerl. Ruft an diesem Tag immer an. Nennt mich Bruder im Geiste, seit er und ich auf eine Zeit-Umfrage fast wortgleich Auskunft gaben. Er sagt, die Gräfin sei geradezu perplex gewesen: So Scharfsinniges so sprachscharf aus West und Ost! – Sie hat damals, sagt Golo, zu ihrem Mitherausgeber geäußert: Schauen Sie, Kanzler, da ist sie, die Kulturnation!

Und da ist sie auch, sagte Herbert Henkler und wies mit eckiger Bewegung auf den Fäkalienmann.

Als einen, der nichts als puren Unsinn schwätzte, kannte Kormoran seinen großmäuligen Schwager nicht. Darum näherte er sich prüfend dem neuen Gast, versuchte, seiner Frau eine Bitte um Einhilfe zu signalisieren, bekam aber keine und sprach schon von weitem: Ehe ich vorgebe, Sie sogleich zu erkennen, bekenne ich sogleich: Mir scheint, ich kenne Sie nicht.

Mit soviel Bedacht angeredet, konnte Abwässer senior gar nicht anders, als ebenso bedacht und unter besonderer Herausstellung des K-Lauts zu antworten: Sie kennen mich wohl, Herr Doktor, Sie erkennen mich nur nicht. Ich komme Ihnen unbekannt vor, wir sind aber bekannt miteinander. Obwohl mir nur zukommt, Sie Kunde und nicht Bekannter zu nennen. Wenn erst einmal Kot und Kaffeereste Ihrem Hause durch einen kommunalen Kunststoffkanal entkriechen, werde ich Sie als Kunden verloren haben, bin aber frei, von Ihnen als meinem Bekannten aus Abklärzeiten künden zu können.

Die Schluziaks, im Umgang mit Handelsvertretern und Kulturschaffenden hinlänglich gebrannt und gewappnet, nahmen die Darbietung des Jauchemannes ungerührt auf; Henkler bemühte sich, seine Schwägerin mit Blicken in eine Gemeinsamkeit zu holen; Frau Birchel zeigte Vergnügen am Auftritt des Entsorgers, der ihr ein alter Bekannter war, und so enthielt sich Kormoran einer angemessen antwortenden Arie und sagte nur matt: Abklärzeiten, fabelhaft! Nehmen Sie Platz, und nehmen Sie auch meine Entschuldigung an, weil ich Sie nicht gleich erk…, unterzubringen wußte. Tragen Sie einen großen Hut bei der Arbeit?

Abwässer senior hob abwehrend die freie Hand, schwenkte mit der anderen einen Blumenstrauß, der eine Fuhre Fäkalien wert sein mochte und antwortete unter Verzicht auf die angreifende Anlauterei: Hut, Gummistiefel, Arbeitskittel, Handschuhe und einen strengen Geruch, Herr Doktor. Sie sind vollkommen entschuldigt, und ich erbitte ähnliches. Ich muß stehenden Fußes wieder fort, es ist einiges zu bereinigen, wir fahren, solange die Pipeline noch nicht steht, auch des Sonntags.

Er sah auf seine Armbanduhr, die eine der modischen Maschinen war, von denen sich neben Sonnenaufgang und Mondstand auch Tidenhub und Wasserstände ablesen ließen, klopfte auf das Kunststück aus Gold und Platin und gab bekannt: Außerdem erwartet mich mein Sohn zum Unterricht: Word 5.0, das verbesserte DOS und Nortons neuester Commander. Wissen Sie, bis unser Geschäft den Gemeindekanal hinuntergeht, will ich den Computer können.

In aller Eile bekam Jubilar Kormoran sein blumiges Gebinde überreicht, und in aller Eile nahm Abwässer senior seinen Abschied, und als er an der sesselgestützten Nachbarin vorbeieilte, wies er sich als Mitglied der Sprachgemeinde des Pastors Ackerhauer aus, indem er mit fröhlichem Winken rief: Lehm imma noch frisch, Hildejardchen?

Imma, Heribert, antwortete Hildejardchen und sah Heribert versonnen nach.

Auch Änne Kormoran sah ihm nach, und falls sie froh oder traurig war, weil zu Pastor und Abfallfahrer nicht auch noch Schuldirektion und chemische Reinigung die Hinweise des Posthalters Blauspanner positiv aufgenommen hatten, merkte man ihr davon doch nichts an.

Kormoran streckte ihr das prächtige Bukett entgegen: Ich weiß, du nimmst keine Blumen, die mir und meinen Meriten gelten, aber betrachte sie wenigstens. Was veranlaßte den Herrn zu solch enormer Ausgabe? Aufgeteilt an euch, würde dies Bündel pro Gratulant für einen manierlichen Auftritt reichen. Der schiere Überfluß, von dem uns Schwager Herbert kündet, er werde sich demnächst zur Knappheit wenden. Und was sagt dieser Schwager zum Motiv des Menschen, den wir als Abwässer senior kennen? Was hat der Mann nach deiner Ansicht von diesem ruinösen Präsent, an dem es vermutlich selbst bei einer Oscar-Preisverleihung nichts zu mäkeln gäbe? Quillt es derartig reich aus den Kloaken, daß man sich Fleurop garbenweise leisten kann? – Es wird um Erklärung gebeten.

Minister Schluziak sagte, und er hörte sich keineswegs wie zum Scherzen aufgelegt an: Ich überlege gerade: Solange die Blumen noch frisch sind, könnte ich zum Bahnhof und den parzellierten Strauß Stück für Stück unter die Sonntagsmittagsfahrgäste bringen. Es machte für den Monat eine zweite Rente.

Ich dachte, von Rente darf heute nicht gesprochen werden? rief Frau Birchel, und niemand fragte, woher sie das wisse.

Aber Frau Schluziak, die, soviel war langsam klar, in allem, was Herrn Schluziak betraf, keinen Spaß verstand, erklärte ihrem Manne mehr als forsch: Das wirst du mir bleibenlassen. Entweder beißen dich die Vietnamesen weg, weil du ihre Kundschaft hinderst, geschmuggelte Camels zu kaufen, oder einer von deinen Kulturschaffenden trifft dich als Ambulanten. Die wohnen doch zu Scharen hier draußen und lachen sich kaputt: Ihr ehemaliger Minister im Margeriten-Geschäft!

Obwohl ihre Neigung, sich anderen zu erklären, nicht übermäßig ausgebildet schien, wandte sie sich dann, einen solchen Versuch zu machen, diesen anderen zu: Es verbittert Horst über alle Maßen, daß ich es bin, die bei uns die Brötchen nach Hause bringt.

Fast teilnahmsvoll knurrte Herbert Henkler: Dann wird er wohl unter die Hütchenspieler müssen!

Da ist sein Internationalismus vor, antwortete Grit und klang nicht nur bekümmert, sondern auch ein wenig stolz.

Schluziak unterließ den Versuch, seiner Gattin oder den anderen von einem Scherz zu sprechen, und Kormoran, der über die Verandakante zur Straße spähte, gab mit mäßig enthusiastischem Ruf dem Geschehen eine Wende: Dem Abgang von Abwässer senior folgt der Auftritt von Ilse superior! – Er hielt kurz Beratung mit sich, rief in gut getroffenem Änne-Ton: Telefon! und eilte mit mimischem Ausdruck starken Bedauerns ins Haus, auch diesmal nicht, ohne einen verlangenden Blick zur gefesselten Glocke zu werfen.

Einzig die Familie Schluziak reagierte nicht weiter auf die Ankunft des neuen Gastes. Nachbarin Birchel winkte der Schwester ihrer Nachbarin mit sichtlicher Freude zu, Änne zeigte ein rares Lächeln, und Herbert Henkler tauschte mit gekonnten Griffen den Korn gegen Wein, tat ein Gleiches mit den

Gläsern, wies auf das Etikett und verkündete: Liebfrauenmilch hätte besser zum Auftritt gestimmt. – Voilà, unsere Presselady!

Das erwies sich als kaum am Augenschein vorbeigesprochen. Ilse Henkler, geborene Eichhorn, war von jenen Geschöpfen eines, denen wenn noch nicht die Welt so doch ein größerer Teil der Werbewelt gehört. Man kennt den kurzen Rock über den langen Beinen, den heftigen Hintern unterm heftigen Kreuz, die schmale Taille wie die schmale Nase; ahnt Gelungenes unter gelungenen Blusen, ahnt auch einen äußerst zweckmäßig arbeitenden Verstand; sieht, wie kleidsam sich blitzende Brillen zu blitzenden Augen ausnehmen; neidet, wenn man grau ist und nie ein Panther war, diesen schnellen Tieren ihren wissenden Gang, die ausgesteuerten Sinne, die schmetternde Sinnlichkeit und fragt sich, da man hingegeben und voll Neid die Augen über sie stürzt, woher solche Wesen die verwegene Gewißheit nehmen, daß es sie wirklich gibt.

Ilse Henkler, Professor Eichhorns jüngere Tochter, Journalistin, vormals bei der *Neuen Depesch*e, jetzt bei einem Blatt, das einfach *Depesche* hieß, verheiratet mit Herbert H., der früher viel und nun kaum etwas war, Ilse Henkler, Reporterin mit guten Aussichten auf eine eigene Kolumne und viele fremde Männer und auch mit Aussicht auf, na wenn schon, das nahe vierzigste Jahr, Ilse, von Bally gestiefelt, von Alfa gespornt und von Chopard durch die Zeit gesteuert, Frau Henkler, very pretty woman indeed, streute viele Hallochen! um sich, als sie die Bühne hinterm Haus von Änne und Paul-Martin Kormoran betrat, und gab ihrem Publikum Rechenschaft, indem sie rief: Entschuldigt, aber das war wirklich wichtig!

Ihr Mann machte eine Was-hab-ich-euch-gesagt-Gebärde und rief: Meine Rede!

Gleichsam aus dem Handgelenk und ersichtlich von langer Übung her kam neben einem taxierenden Blick auf das Getränkearrangement die Antwort: Du bist hoffentlich zu Fuß hier!, und des bewährten Partners Gegenfrage erwies sich als ebenbürtig: Wieso? Möchtest du, daß ich dich nach Hause trage?

Wie erfahren die beiden in diesem Umgang waren, zeigte sich stärker noch beim Nehmen als beim Geben. Abtausch und Ende, kein Kommentar, keine sichtbare Reaktion, nicht Klage noch Triumph. Abfallen vom anderen und, immer bereit, wieder zuzuschlagen, sich anderem und anderen zugewandt. Einst Ringe gewechselt, aber längst im Ring gelandet. Die verkommene Ehe, ein Unglück zu zweit, kein Herz und keine Seele mehr.

Mochte Ilse Henkler längst bar jeglichen Gefühls für den Gatten sein – der guten Gefühle für die Schwester war sie erkennbar und hörbar übervoll. Als kehre sie zurück von einer Südpol-Reportage an der Seite Reinhold Messners, wollte des Herzens und Küssens kein Ende sein und, soweit es Aussehen und Kleidung Ännes betraf, des kundigen Lobens ebensowenig. Dann aber, nach mehrfachem Schwenken des gebündelten Körpers und eines kunstvoll wilden Haarschopfs, die eigentlichen Fragen: Geht es Paul gut? Alles in Ordnung mit ihm? Wo ist er überhaupt? Natürlich, ich will ihm gratulieren, aber vor allem muß ich ihm etwas sagen. Nur weiß ich nicht, ob ich es sagen soll.

Hast du wieder geträumt, er ist gestorben? Erzähl's ihm, er vernimmt dergleichen gern, weil es bekanntlich das Leben verlängert.

Kein Traum diesmal, facts and figures, mehrfach von mehreren Teams gecheckt, eine wasserdichte Story; sie steht morgen, du weißt schon, wo; ich erfuhr sie soeben, du weißt schon, von wem.

Nach einem Blick auf Frau Birchel, der so gut wie eine Pressemeldung war, zog Ilse die Schwester zur anderen Terrassenseite und wiederholte leiser und drängender: Nein, wirklich, ich weiß nicht, ob ich mit Paul darüber sprechen darf. Ob er es verträgt! An seinem Geburtstag auch noch, und am Jahrestag der Klappen ausgerechnet. Andererseits heißt es nachher dann wieder: Warum hast du kein Wort davon gesagt?

Den Vorwurf, sprach ältere Schwester zu jüngerer Schwester

und legte die schwesterliche Hand auf den schwesterlichen Arm, hat man dir wohl selten und noch seltener zu Recht gemacht. – Du hast gefragt, und ich antworte: Laß Paul mit deiner Tatarenpost heute in Ruhe!

Wie viel oder wenig Grit Schluziak auch vom Austausch der beiden verstanden hatte, nun war es an der Zeit, auf Bräuche und Sitten zu pochen. Mit wachsglattem Gesicht und nicht so glatter Stimme fragte sie über die Schulter: Mit Paul ist alles in Ordnung, aber was ist mit dir? Werden die zwischenmenschlichen Beziehungen unterm neuen Regiment auf Gruß und Kuß für Verwandte reduziert? Oder verträgt sich neue Presse nicht mit alten Freunden?

Henkler, der es fertigbrachte, mit seinem Blick auf die beiden Schwestern sowohl Gefühl als auch Nichtgefühl zu transportieren, ohne dabei ins Schielen zu geraten, wandte gemütlich ein: Da muß ich Ilse in Schutz nehmen. Was betrifft ihre Freunde, hat sie zu den neuen stets die alten behalten.

Keine Ilse-Reaktion dem Ehemann, heftigste Reaktion dem Ehepaar Schluziak. Federnd und beeilt, als sei Wüstenrot-Tag, wandte sich Kormorans Schwägerin Kormorans übrigen Gästen zu, gab Grit einen schnellen Wangenkuß und deren Mann, der sich korrekt erhob, gleich zweie, hielt bei allem einen Kurs, der sie nicht in die Gewässer des eigenen Gatten führte, und beteuerte: Gritchen, Horschte! Untreu bei Gelegenheit, treulos nie! – Es wird nur morgen einen Artikel geben, von dem ich zu Gott bete, daß er unseren Paul nicht betrifft!

Änne Kormorán, zu lange schon an eine Schwester gewöhnt, die sich, erst einmal in Fahrt, bei aller Liebe kaum bremsen ließ, sagte resigniert: Dann soll Gott dir helfen, heute wenigstens den Mund davon zu halten. Richte ihm aus, ich bäte ihn darum.

Was du aber auch von den beiden verlangst! sprach Herbert Henkler und schüttelte sein kastenförmiges Haupt. Zwar heißt es, bei Gott und den Deutschen sei nichts unmöglich, doch so lange sind wir alle ja noch nicht wieder richtig deutsch, und was betrifft Gott, hält er selbst der hiesigen Forschung nicht recht stand.

Henkler hörte zufrieden seiner Verlautbarung zu und wollte sie begießen, aber dann geriet er an jenen Rest seiner Ehe, der aus einem seltsamen Respekt vor gültig gewesenen Regeln oder Bräuchen bestand. Aus einem Respekt vor Neigungen kaum, aber vor Abneigungen durchaus. Man tat zwar nicht mehr, was der andere schätzte, tat aber auch nichts, was ihn verletzen mußte. In Grenzen tat man es nicht. Noch tat man es nicht. Oberstleutnant Henkler, Quader genannt und am Ende seiner nicht übersteilen Karriere, hätte zwar zugeben müssen, daß er die smarte Person im smarten Dreß der Karrierefrau gelegentlich haßte, aber ihr Abscheu gegenüber Leuten, die noch vor Mittag Nordhäuser oder Genever soffen, war selbst jetzt ein Grund für ihn, seine quadratische Hand vom Griff zum Getreideschnaps abzuhalten, und, wo nun einmal so anstrengende Manöver liefen, vom Griff zum ohnehin wenig geschätzten Rebensafte auch.

Zu seinem Kummer blieben Kampf wie Sieg von beiden Damen unbemerkt, doch zum Ausgleich wurde er von der einen einmal nicht tadelnd angesehen und von der anderen endlich einmal freundlich angesprochen. Namentlich, ganz persönlich und beinahe herzlich, oder wenn nicht herzlich, so doch fast flehentlich. Änne Kormoran sagte zu ihm: Und von dir, Herbert Henkler, verlange ich, daß du deinen Schwager oder andere Personen hinderst, immerfort die Abenteuer seines oder ihres Herzens zu bereden. Geht bitte alle, wie ihr da seid, auf dieses beschissene Ding nicht ein. Er versucht immerhin, sich auf Distanz zu bringen und nicht bei jeder Wortverbindung, in der etwas von Herz vorkommt, über Felix Hassels Kreissäge und den texanischen Ersatz zu berichten.

Wieder eine lange Rede von Änne Kormoran, zu lang für die Nachbarin Birchel, die zum Thema beisteuern konnte. Fugenlos also fügte sie an, was ihr mit dem Doktor in dieser Hinsicht jüngst geschehen war: Da, wo Sie jetzt sitzen, Frau Kornemann, saß er, und hier, wo ich jetzt sitze, saß ich. Er geht ja nie ohne

Buch, aber das war ein besonders dickes. So ein mächtiger roter Schinken, farblich gesehen. Ein Wörterbuch. »Hören Sie sich das mal an«, sagt der Doktor zu mir, »Sie glauben nicht, Frau Birchel, wieviel Wörter es gibt, wo Herz drin vorkommt«, und ich sage, das wird damit zusammenhängen, daß es so viele davon gibt, jeder Mensch seines und dann alle zusammengezählt, aber schon kriege ich von ihm sämtliche Herzwörter zu hören, die in dem Buch stehen. Denken Sie nun nicht, ich hätte mir alle gemerkt, aber manches merkt man sich, weil man es schon länger kennt, und manches, weil man es noch nie gehört hat. Tränendes Herz zum Beispiel kenne ich, und Herzbräune kannte ich nicht. Die kriegt man von Diphterie, aber Diphterie kriegt kaum noch einer. Die Krankheiten hat mir Ihr Mann alle vorgelesen, und sehr schön erklärt hat er sie. »Insofern ist es ein Vorteil wenn man es selber gehabt hat«, sagte ich zu ihm, und er sagte: »Insofern ja.«

Der kann Gespräche haben! seufzte Herbert Henkler, aber Frau Birchel glaubte ihm den Neid nicht recht. Sie schwieg beleidigt, und mit einem Sesselruck deutete sie ihren Rückzug hinter die Landesgrenzen an.

Ob ihn verspätete Eifersucht dazu trieb oder eingeborene Gehässigkeit oder das unbekömmliche Gemisch aus beiden, war nicht auszumachen, als Gatte Henkler Gattin Henkler gleichmütig fragte: Geht es darum? Ging es um Herberts Zweitakter beim heutigen Vorab-Tip aus Hamburg? Hat dir dein Gewährsmann gezeigt, wo die Dinger sitzen?

Gotte nee, Herr Oberst! rief Frau Birchel und versetzte dem Korbgeflecht einen Schlag mit der eingerollten Zeitung. Staunen ringsum, doch unklar blieb, ob durch die rare Anrede oder den strafenden Hieb ausgelöst. Die eine traf den Rang nicht ganz, der andere stand keiner Nachbarin zu, und da war es wieder Ilse, die zwecks Ausgrenzung des ungebetenen und, soweit es sie anlangte, auch ungeliebten Zaungasts die Stimme senkte und ihre Schwester fragte: Mit wem redet Paul da drinnen so lange? Aber es ist versprochen, Änne, ich schweige über den

Artikel. Nur gratulieren möchte ich und ihm etwas schenken, das absolut ideal der gegebenen Situation entspricht.

Obwohl die Ausbildung in solchen Künsten wie auch deren Ausübung seit langem hinter ihm lagen, bewies Herbert Henkler, daß er noch zu horchen und von Lippen zu lesen wußte. Zumal nach fünfzehn Ehejahren von den Lippen seiner Frau. Das hatte einst wörtlich gegolten, und etwas wie Wut ließ ihn knurren: Ein Geschenk, das absolut ideal der gegebenen Situation entspricht? Darauf versteht sie sich. Mit genau diesen Worten hat sie mir beim allerersten gemeinsamen Wochenende ein artiges Präsent gemacht.

Eine Weile war die Gesellschaft beschäftigt, von der Andeutung her eine Vorstellung zu gewinnen, und an den wächsernen Gesichtern der Familie Schluziak wie auch den hochgezogenen Brauen von Frau Dr.med. Änne Kormoran war ablesbar, daß man allmählich zu Ergebnissen kam. Frau Birchel, durch Henklers lautstarke Intervention auf den Wortstand gebracht, zeigte, wie man mit einer kurzen Frage Verständnis für eine lange Geschichte bezeugt, indem sie sich erkundigte: Und entsprach es?

Es entsprach, sagte der Quader und gab seinem knappen Satz eine Menge Sarkasmus zu tragen.

Seine Ehegefährtin ließ nicht erkennen, ob ihr an solchen Reminiszenzen gelegen war. Sie wandte sich der Schwester zu und erklärte in dringlicher Weise: Bitte keinen Einwand, Änne, zumal ich alles kenne, was dir zu dieser Sache einfallen kann. Paul-Martin kriegt von mir ein schnurloses Telefon.

*

Zuerst sah es aus, als wollte Änne heftig reagieren, aber dann winkte sie, eines alten Streites müde, lediglich ab: Warum in aller Welt sollte ich Einwände haben? Nur weil so ein Gerät aus Gründen von Finanz und Medizin höchst unsinnig ist? Nur weil abgemacht war, es wird nichts Teures geschenkt? Nur weil ich annahm, du könntest einmal vernünftig sein?

Als halte sie sich im Namen des Handelslebens wie auch des

lieben Friedens für verpflichtet dazu, unternahm Grit Schluziak einen Vermittlungsversuch: Die Apparate sind längst so unerschwinglich nicht mehr. In unserem Katalog …

Änne unterbrach sie: In eurem, Grit, in eurem. Du vergißt, daß meine liebe Schwester beim Einkauf blind den Höchstpreis trifft. Fülle den Korb, aus dem sie beim Fernsehen die Gewinner ermitteln, mit Angeboten, laß Ilse ziehen, ein tiefer Griff, und, Bingo, Ilse traf das Teuerste.

Henkler ließ die Gelegenheit, wenigstens mit Worten zur Schwägerin aufzuschließen, nicht ungenutzt und steuerte etwas aus der Wirtschaftschronik seiner Ehe bei. Er schwenkte die Flasche mit dem Korn und sagte, wobei er allmählich in Ilses Sprechweise überging: Was prompt zu Sparmaßnahmen führt, die schließlich irgendwo anfangen müssen.

Die Ärztin Kormoran ließ sich auf solche Manöver nicht ein, sondern sprach betont zu Grit und Ilse: Auch macht es für den Kreislauf einen Unterschied, ob einer, von Neugier oder Wißbegier getrieben, seinen Körper beeilt über die Terrasse zum Telefon transportiert oder gerade so das Portable aus der Tasche zieht.

Gegen diesen Einwand wußte Ilse einen anderen: Das wird sich ausgleichen. Sein Argwohn wird ihn in Bewegung setzen. Ich habe nicht vergessen, daß der meschuggene Paul, als er Benzin und Schmuggelgut noch bezahlen konnte, tagelang mit seinem illegal eingeführten und entsprechend illegal betriebenen Radar-Sucher durch die Stadt gefahren ist, um den verbotenen Apparat zu testen. Stinksauer war er, zuerst, weil er keine Fallen fand, und dann, als heraus war, daß die Vopo mit anderen Frequenzen arbeitete.

Die wer? fragte ihr Mann gereizt und bekam die gereizte Antwort: Die Deutsche Volkspolizei, abgekürzt VP. Aus dem Volk, mit dem Volk, für das Volk. Deine Schulter-an-Schulter-Genossen. Und ehe du dich mokierst, weil ich Vopo sage: Laut unserer Chefredaktion ist in jedem, der von MfS statt von Stasi redet, ein Verstrickter zu vermuten. Oder zumindest ein Ewiggestriger. Zitat: »Wie etwas heute heißt, wird heute bestimmt und nicht aus dem Gestern.« Ende des Zitats.

Noch gesterner hieß so etwas Sprachregelung, sagte Grit Schluziak.

Ihr Mann nickte düster und fügte hinzu: Und nach der Juristenregel, daß strafbar sein kann, was strafbar war, könnte man Kormo wegen seines Radar-Radars jetzt belangen. Wenn es wem paßte. Zumal die Dinger hier besonders streng verboten sind.

Doch Ilse ließ sich nicht weiter auf das Thema ein, sondern wandte sich wieder an ihre Schwester: Gesundheitsgefährdend wird mein Geschenk nicht sein. Dein verspielter Mann dürfte in den nächsten Tagen mit Meilenradius ums Haus marschieren, um den Hersteller bei einer falschen Reichweitenangabe zu erwischen. – Sie erhob sich begeistert, als Kormoran in der Tür erschien, und rief ihm zu: Stimmt doch, Paul, du läßt keine Angabe ungeprüft.

Schwager musterte Schwägerin mit ungeniertem Wohlgefallen und machte ebenso unmißverständlich klar, daß er an seiner Antwort nicht weniger Gefallen fand: Wahrhaft eine heikle Frage, junge Frau, und vorsichtshalber tue ich, als könnte mit ihr nur Berufliches gemeint sein. Für meine Genauigkeit, von den Betroffenen selbstverständlich Pingeligkeit geheißen, war ich bekannt, bin es hoffentlich noch. Eben weil ich zu den Kritikern gehöre, die weniger geliebt als gefürchtet sein wollen, bin ich stets dem Sinnspruch gefolgt: Beileibe nicht erst, wenn's in der Suppe fehlt, sondern vorher, mein Freund, werden Erbsen gezählt!

Er ließ seinem Publikum Zeit, die Schönheit des Reimes zu erfassen, behielt es im Auge dabei und fuhr, noch ehe ein anderer zu Wort kommen konnte, mit seiner Rede fort: Doch um nicht nur so allgemein von meiner Habgier zu reden: Was bringst du mir Schönes, meine Schöne? Von den Nachrichten abgesehen, die du dem Hamburger Blättchen vorab entzapfst. Was hast du mir aus Anlaß des heutigen Tages mitgebracht?

Tonfall und Positur waren Zitate aus einer nicht nur nach seiner Ansicht mißratenen Lotte-in-Weimar-Verfilmung, die er zusammen mit Ilse und Änne gesehen und partienweise immer wieder nachgeäfft hatte. Ilse klatschte auch sogleich begeistert und forderte, er solle noch einmal vorführen, wie sich der Geheimrat plötzlich an der Tafel erhob und seine Gäste mit dem Ruf »Ja, wollt ihr mich denn wirklich schon verlassen, meine Kinder?« aus dem Hause scheuchte.

Lieber nicht, sagte er. Selbst dieser Spaß hat sich inzwischen verloren. Im Grunde war der damalige Eklat eine Vorwegnahme jetziger Ost-West-Begegnungen, und daß mir die Sache weniger an die Nieren als an mein Herz gegangen ist, steht fest. Entschuldige bitte, Änne, wenn ich soeben gleich mehrere Unwörter in den Mund nahm, aber der Umgang mit deiner Tabu-Liste ist wirklich schwierig.

Wenn man von einem festen sozialistischen Standpunkt ausgeht, kann es keine Tabus geben, warf Oberstleutnant Henkler ein und wartete beim Zitat nicht nur mit dem silbenschluckenden Anklang des Originals, sondern auch mit der falschen Betonung des Hauptbegriffs auf.

Selbst Änne zeigte sich matt erheitert und sagte, sie sei zwar nicht sicher, ob jeder am Tische ahne, von welchem Eklat die Rede sei, wohl aber gewiß, daß ihr Mann fürchterlich leide, solange er die angefangene Geschichte nicht zu Ende bringen dürfe.

Erst mußte Frau Birchel noch von jenseits der Gartengrenze melden, auch unter Leuten, die nicht mit am Tisch auf der Terrasse säßen, sei nicht ganz klar, wovon am Tisch die Rede sei, dann durfte endlich einmal Kormoran etwas sagen: Sehr wohl denn also, sprach er und wartete beim ersten Satz nun doch mit halbem Abglanz der Geheimrats-Weise auf, wenn ihr Lieben mich gar so arg bedrängt und die liebliche Schwägerin verspricht, mir dann aber Kuß und Präsent nicht länger vorzuenthalten, hier die erbetene Miszelle: Ich schrieb zu einem Vorfall am Rande des Filmgeschehens eine Glosse, in der es hieß: »Der

Hauptdarsteller aus dem Osten war hervorragend, die Hauptdarstellerin aus dem Westen nicht minder. Es heißt, sie habe, als sie zu den Dreharbeiten ins orientalische Weimar reiste und im Hotel Elephant abstieg, ein transportables Klosett dabeigehabt. – Ja, und? Man wird ihr vom hiesigen Kollektiv der langen Balken berichtet haben, und ich sehe nicht, was sich gegen diesen, zugegeben sehr speziellen, Abdruck von Berührungsangst sagen ließe.«

Er hatte den doppelt äffischen Klang bald aufgegeben und erzählte, halb an die Vergangenheit verloren: Ich schrieb es in einer Wut, von der ich nicht ahnte, daß sie nur eine Vorläuferin späteren Wütens war. Gedruckt wurde die Sache selbstredend nicht. Also Grund zu weiterer Wut. Unnötige Konfrontationen mit auswärtigen Künstlern seien zu vermeiden, hieß es, und mein Kommentar, man habe sich wohl bei den Konfrontationen mit der einwärtigen Kunst verausgabt, verschaffte mir Audienz an durchaus führender Stelle.

Er winkte ab und schrie sich mit leiser Heftigkeit an: Und da habe ich Arsch mich wieder beschwichtigen lassen. Da war, was folgte, wohl nur gerecht.

In keiner Weise ist das gerecht, sagte Ilse empört, und weil sie vergeblich auf Zustimmung ihrer Schwester wartete, fuhr sie fort: Anstatt daß es abklänge, kommen Tag für Tag und speziell Montag für Montag die fürchterlichsten Geschichten hinzu …

Warte einmal, sagte Kormoran, das ließe sich womöglich ausarbeiten: »Seitdem auch im Osten die Woche am Montag beginnt …« – Ach was, es hat einfach keinen Sinn, sich mit diesem Glibberding anzulegen.

Änne bestätigte mit entschiedener Kopfbewegung den Befund ihres Mannes und wandte sich, zunächst sehr bestimmt, dann rasch freundlicher und doch nicht weniger dringlich, der Schwester zu: Ich bin sicher, daß uns besagte Neuigkeiten auch ohne dich erreichen werden. – Weißt du was? Laß jetzt wieder Geburtstag sein! Gib diesem Monster das teure Stück und umarme es – das Monster und nicht das teure Stück –, solange wir anderen zur Aufsicht anwesend sind. Schenke dem Knaben die Eisenbahn; er wollte schon immer eine. Füttere ihn, das Spielzeug betreffend, mit Details, und behaupte heftig, es sei eine äußerst günstige Okkasion gewesen!

Als habe sie sich gefragt, ob so ausgefallene Rede reichen werde, die Schwester aufzuhalten, fügte sie nachdrücklich hinzu: Euer elender Zeitungsklatsch kann heute einmal warten! – Dann setzte sie sich auf den Stuhl am Pfeiler und nahm an den weiteren Verläufen aus einer Ferne teil, die sich nicht nur räumlich bemaß.

Auch wenn er an Tagen wie diesem noch mehr als sonst vor allem auf sich selbst eingerichtet war, konnte Kormoran der beschwörende Einschlag in Ännes überlanger Rede nicht entgehen. Also wandte er sich Ilse zu: Noch einmal die Bitte um Vergebung, Schwägerin! Wir kommen unverzüglich auf den Gegenstand, den du hinter deinem schönen Rücken verborgen hältst. – Aber Eisenbahn, Spielzeug, Umarmungen nun gar. Ahnst du, wieso deine strenge Schwester so enorme Lizenzen streut?

Man mußte nicht erst bei Scrabble oder Cluedo gegen Ilse verloren haben, um zu wissen, wie schnell sie war, wenn sie nur wollte. Jetzt wollte sie es sehr und sagte mit einer Fröhlichkeit, die fordernde Signale zu den anderen sandte: Als ob ein Tag wie dieser keine Gründe gäbe!

Dem schloß sich Vizeminister Schluziak sogleich im alleroffiziellsten Mögest-Du-Tone an: Sechsundsechzig Jahre Paul-Martin Kormoran!

Etwas eckig zwar, aber keineswegs faul, lieferte Herbert Henkler die Parole: Zwei Jahre derselbe runderneuert und auf neuesten technischen Stand gebracht!

Grit Schluziak schließlich steuerte den Kommunique-Teil bei: Geburtstag Nummer eins und Geburtstag Nummer zwei auf einen Schlag!

So mußte Ilse nur noch fragen: Nennst du das keine Gründe?

Gotte nee! rief die Nachbarin, und Kormoran sagte verhalten:

Ich sollte wissen, daß es welchee sind. – Dann gab er sich einen Ruck und versuchte sich noch einmal an herrscherlicher Tonart wie Gebärde: Also her mit der Eisenbahn und her mit der zauberischen Verwandten, auf daß ich diese und nicht jene umarme!

*

Änne Kormoran hatte zu oft dabeigesessen, wenn ihrem Mann gehuldigt wurde. Sie wußte, daß er genoß, worüber er sich mokierte. Er lästerte vorher und nachher, aber solange die Zeremonie ihren Verlauf nahm, war er ganz deren Teil. Das hätte zur Kormoranschen Ausarbeitung getaugt: Kormoran bei einem der festlichen Empfänge, die Dekorierte und Dekorierer auf ein oder zwei Glas Sekt zusammenführten. Für Änne war es furchtbar, wie sie ihn oftmals wissen ließ, daß er mit Leuten lachen konnte, die, darauf bestand sie, ihre Bereitschaft, seinesgleichen das Lachen auszutreiben, des öfteren bewiesen hatten. Er antwortete, wenn es danach ginge, müsse er nach Kamerun hinauf. – Kamerun, in dem ein Vorfahr zu Kaffeefarm und Kaffeebohnen gekommen war, stellte dank der Briefe dieses Urverwandten die heftig unsinnige Chiffre für Paradiesisches dar. Als Änne ihrem Manne vorwarf, er heule mit den Wölfen, entgegnete er, es handle sich nur um den einen oder anderen Schweinehund, und solche Gesellschaft sei außerhalb Kameruns unumgänglich. Ansonsten ziehe er diese Kommandierer immer noch jenen vor, die vorher das Sagen über ihn hatten, doch dabei nicht einmal wußten, daß es ihn gab. Von diesen aber weiß ich alles, behauptete er und kam mit einer seiner Aufzählungen daher: Die sind wie ich aus Torgelow oder aus Herzberg an der Elster. Die haben wie ich auf einem Eimer gesessen. Die hatten Vadder un Mudder und nicht Papa und Mama, Betonung auf der zweiten Silbe. Die kriegten bei Regen nasse Füße, und als es ans große Schneien ging, sind sie wie ich davongelaufen. Die hat zuerst die Ohnmacht verdorben und ein zweites Mal dann die Macht. Die sind wie ich, auch wenn ich hoffe, nicht immer ganz wie sie zu sein.

Darauf hatte Änne Kormoran geantwortet: Wenn du wärest, wie du dich manchmal beschreibst, wäre ich nicht hier. – Das lag nun hinter ihnen. Sie war gekommen und geblieben, und denen aus Torgelow waren die aus Düsseldorf gefolgt, und keine Jovialitäten mehr für Paul-Martin Kormoran und alle Aussicht auf Kamerun für immer vorbei. Aber Geburtstag nun auf gemieteter Terrasse und Gäste, mit denen zu lachen sich schon deshalb nicht verbot, weil sie alte Bekannte oder allernächste Verwandte waren. Eine Schwester zum Beispiel, die endlich dazu kam, dem Schwager ihr zweifelhaftes Geschenk darzubringen. Sie hielt ihm das kunstvoll verschnürte Päckchen entgegen, als liege es auf schwerem Tablett, und präsentierte nicht nur die Gabe mit einem kurvenreichen Knicks.

Herbert Henkler sprach dazu mit eckigem Lächeln: Meine Gattin wortlos – sie ist von sich überwältigt.

Postwendend kam Ilses Return über die tenniserfahrene Schulter: Mein Gatte einmal wortlos – das wäre überwältigend. – Zu Kormoran aber, der sogleich nach dem glänzenden Paketchen griff und etwas umständlich an den Schleifen zu zupfen begann, sagte sie sehr lieb: Soll ich es dir aufmachen?

Seit wann fragst du? knurrte Herbert Henkler, und sein Schwager reagierte leicht genervt: Eure anmutigen Dialoge! Dann aber hatte wieder Ilse seine ganze Aufmerksamkeit und wurde mit einer kleinen Ausarbeitung versehen: Danke nein, meine Liebe. Ich versuche, der Packtechnik aufs Prinzip zu kommen. Mir scheint, als einmal beschlossen war, daß alle Welt sich schätzen lasse, und selbst Salz und Suppengrün zum Designer mußten, sollten auch die Strippe und das schlichteste Sackband unterhaltsamer werden, aber haltbarer Strick doch bleiben. Ich studiere das, es lehrt mich etwas über einen Kapitalismus, der so nicht heißen möchte und beim Wort Profit errötet.

Gewillt, sich vom eigenen Redefluß nicht allzusehr am Handeln hindern zu lassen, brachte er die Geschenkenthüllung voran, überreichte der Schwägerin die farbigen Bänder und schaffte es, mit verzögernden Bewegungen und begleitendem Wort in eine Art Striptease-Conference überzugehen: Um von einer anderen Lieblichkeit zu reden: An jüngeren Filmen fiel mir auf, Mann entkleidet Frau nicht mehr. Entweder ratscht er ihr das Blüschen vom Leibe, oder sie läßt allenfalls so entflammt von ihren Jeans wie eine Startschwimmerin vom Bademantel.

Er hielt vor der letzten Hülle noch einmal inne und fragte seine Gäste, wobei er sich besonders an Nachbarin und Zaungast Birchel wandte: Ich komme nicht mehr so herum, erkundige mich nur: Ist das jetzt Brauchtum? Und wissen die Leute, was ihnen beim Verzicht auf sanftes Knüppern und sachtes Häkeln entgeht?

Frau Birchels Gotte nee! blieb nicht aus, und Herbert Henkler erzählte mit Unschuldsmiene: Andererseits entfallen Verlegenheiten. – Der Schreck, als ich den Verschluß nicht fand, wo er sonst immer war. Ich dachte nicht nur: Wie kriege ich die da raus? Ich dachte auch: Wie ist die da reingekommen. Die Schließe vorn, wer verfällt denn nur auf so was?

Es war für Männer mit zu kurzen Armen, fauchte Ilse, und da sie nicht daran dachte, sich von diesem Großmaul die Großschau mit ihrem Großgeschenk stehlen zu lassen, wohl aber sah, daß die eckigen Späße des Gemahls einem Teil des Publikums gefielen, fuhr sie eisig fort: Hört man weiter, was alles noch du nicht gefunden hast, oder darf Paul-Martin nun wieder?

Als wolle er sie von der Polonaise zurück zu ihrem Stuhl geleiten, nahm Kormoran die Schwägerin bei der Hand und führte sie an den Tisch. Er setzte sich neben sie, stellte das Päckchen vor beide hin und sprach, während er das letzte Stück Verpakkung entfernte, mit herrscherlicher Freundlichkeit: Ich allein darf heute und bringe mich mit begierigem Griff – in den Besitz einer? – eines Telefons, eines, fürwahr, eines schnurlosen Telefons!

An dieser Freude war nun nichts gespielt, und wenn sie übertrieben schien, dann nur, weil er bei seinen Freuden wie seinen Ängsten übertrieb. Das Auge hört mit, sagte er und kaufte das überteuerte Radio. Eine Pfanne, sagte er, soll nicht nur für den Herd, sondern auch für die Küchenwand taugen. Und als man ihm ein Vorhängeschloß aus gehärtetem Stahl und geriffeltem Messing schenkte, sagte er, er werde das niemals vergessen. Und meinte es so.

Mit ausgestrecktem Arm zeigte er jedem und jeder, ob nun am Tisch, am Pfeiler oder hinterm gedachten Zaun, das formvollendete Gerät und verlas die Verheißungen des Prospekts. Von Speicherfunktion, Stummtaste und Mithörregelung war seine ergriffene Rede, und der Schwägerin, die sich in ihrer Tüchtigkeit ähnlich klangvoll hätte beschreiben lassen, gab er bekannt: Ilse, wie mir nicht nur von dir, sondern von so etwas träumte! Ich bin ganz einfach baff! Aber ich weiß schon, wie ich es mache, daß ihr mein Glück mit mir teilt: Beim nächsten Anruf hört ihr mit Hilfe dieser Maschine zu, wie man mir Komplimente singt! Falls mir jedoch nach Heimlichkeiten ist, klemme ich das Ding zwischen die Zähne und steige in den höchsten Baum! Und sollte mir werden, als wolle die Technik unter meinem Rippenkorb ins gefährliche Flimmern geraten – ein Druck aufs Knöpfchen, hinter dem der vorprogrammierte Herr Professor Felix Hassel meiner Hilferufe harrt, und er wirft mir elektronisch einen Rettungsring zu. Zur gesunkenen Lebensqualität eine Menge mehr Überlebensqualität! – Was sagst du, Änne, sind das Aspekte?

Als müsse sie sich vor der Antwort zunächst mit Schriftlichem befassen, erhob sich Änne von ihrem Stuhl am Pfeiler, nahm Begleitpapier und Sprechgerät und antwortete erst dann: Ja, das sind Aspekte. – Wenn Blauspanner deine Telegramme bringt, gib ihm die Anmeldung mit. Aber das mit dem Baum unterlasse – man kriegt dich in letzter Zeit so schwer da herunter. – Sie schickte sich auf eine technikvertraute Weise an, Instrument und Dokument in näheren Augenschein zu nehmen, wurde aber vom Läuten im Haus von weiterem Studium abgehalten. Telefon! sagte sie und sie gehe schon. Sie reichte die Maschine zurück und war mit wenigen Schritten an der Tür.

Ilse setzte an, ihrer Schwester zu folgen, nahm dann aber nur Platz auf deren Stuhl am Pfeiler und wandte sich an den Schwager: Nicht daß ich denke, mein Mitbringsel gibt mir das Recht, dir hinsichtlich der Lebensqualität zu widersprechen, aber: Du hörst dich an, als ob du nicht glaubtest, daß eine Menge erleichternder Dinge seit, du weißt schon, seit wann, unseren Alltag verändert haben.

Das kommt davon, wenn man in der *Depesche* nicht nur schreibt, sondern auch liest, sagte Henkler, und in den Gesichtern der Schluziaks stand ähnlicher Wortlaut geschrieben. Frau Birchel nutzte die Gelegenheit, sich über knappe Zwischenrufe hinaus wieder mit umfassenden Aussagen in das Gespräch zu mengen: Wo sie recht hat, hat sie recht, Herr Doktor, sagte sie, hob wie zum Beweise die Zeitungsrolle, wies auf des Doktors Schwägerin und ruckelte sich in ihre alte Position auf der Sesselkante zurück.

Ein gleiches gilt für Sie, Frau Birchel. Aber einmal beiseite, daß ich mich aus Gründen persönlicher Beschaffenheit zur nicht so ernstgemeinten Vokabel Überlebens-Qualität verleiten ließ – mit dem Originalbegriff habe ich Schwierigkeiten. Sehr intelligent und beliebig verwendbar. Er könnte sympathisch sein, wenn er nicht so ein Phrasensack wäre. Was läßt sich da nicht alles einfüllen. Ein Wort, bei dem man niemanden nehmen kann. Oder das zu allem taugt. Wir haben es mit einer umgenutzten und inzwischen vernutzten Formulierung zu tun, mit der sich einmal Wichtiges bezeichnen ließ. Eine Erfindung nach dem Herzen von Idealisten und Demagogen. Den einen geht es um Verbesserung, den anderen nur um deren Behauptung. Doch wenn sie Lebensqualität sagen, folgt man beiden. Leben und Qualität, zwei äußerst positive Begriffe, auch wenn sich äußerst miserable Zustände damit verbinden lassen. Lebensqualität, das positive Wort schlechthin.

Als wir noch *Neue Depesche* hießen, sagte Ilse, hatten wir Lebensqualität in Anführungsstriche zu setzen. Oder besser gleich über unsere Werte zu schreiben. Sie wußte seit langem, daß man den Vortragenden Rat Kormoran, wenn einmal in Gang, besser laufen ließ. Andernfalles behauptete er, bei seinem Alter werde es ihm schwer, bläßliche Gedanken im Auge zu behalten. Soweit bekannt, hatte er das schon gesagt, als er dreißig war und unter dem abwegigen Pseudonym Harpyia dreiste Artikel schrieb. Seit jener sagenhaften Zeit, in der sie noch die Fibel studierte, war Ilse so vielen mitteilsamen Männern begegnet, daß sie, obwohl selber nicht wortkarg, die Beredsamkeit als primäres Geschlechtsmerkmal des maskulinen Menschen bezeichnete. – Wozu Herbert Henkler damals selbstverständlich knurrte: Zum Glück für alle Beteiligten nicht das einzige.

Diesmal knurrte er: Lebensqualität! Eine sozialdemokratische Vokabel, wenn es je eine gab!

Womit wir glücklich beim Hauptfeind wären, warf Ilse vom Pfeiler her ein, und der heißt Willy Brandt.

Da er so gut wie tot ist, kann er der Hauptfeind nicht mehr sein, antwortete Henkler und fügte hinzu: Aber es würde mich nicht wundern, wenn der die Lebensqualität erfunden hätte. Geredet hat er so von ihr. Und von Compassion. Eine Weile war es schlimm. Ich glaube, ich habe schon zu Radiozeiten gestöhnt: Jetzt nahen wieder Lebensqualm & Compagnie!, wenn er wie aus dem Fleischwolf tönte: Liebe Mitbürgerinnen und Mitbürger …

Genauer war die norddeutsch zerschrammte Stimme nicht zu treffen, aber auch die Abneigung konnte nicht deutlicher sein, mit der Henkler seinen gewesenen Hauptfeind sprechen ließ: … wir müssen, und ich sage, wir alle müssen das, ob es uns nun in den Kram paßt oder nicht, wir alle müssen unsere Fähigkeit zu dem ausbilden, was im Angelsächsischen *Compassion* heißt und nix weiter alsn bißchen weniger Gleichgültigkeit bedeutet …

Hier unterbrach Frau Birchel den Vortrag mit einem ebenso klagenden wie fragenden: Herr Doktor Kormoran! und bekam sofort die Antwort: Schwer zu übersetzen. Mitleiden, weil man versteht. Weniger seufzen als sich hineindenken. Tätige Anteilnahme vielleicht. Oder, wie eben gehört: nix weiter alsn bißchen weniger Gleichgültigkeit.

Aha, sagte die Nachbarin, und: Ach was! sagte der Schwager, und Grit Schluziak erklärte ihrem Mann: Der gute Herbert kann dem guten Willy nicht verzeihen, daß er sich beim arglosen Guillaume so eingeschlichen hat.

Ja, antwortete Horst Schluziak, das will dem arglosen Herbert nicht in den Kopf. Wo käme man in seinem Beruf auch hin, wenn nicht gegenseitiges Vertrauen die Basis aller Beziehungen wäre.

Im Handelswesen wie unter Ministern soll es jedenfalls so sein, sagte Henkler gemütlich, und Kormoran setzte hinzu: Mehr noch, es ist, wie jeder Blick in den Weltzustand lehrt, die allgemeine Geschäftsgrundlage der menschlichen Gesellschaft. Was mich zu der Frage an den Genossen Aufklärer veranlaßt: Könnte ich mich, vorausgesetzt, Ilses Wunderding wäre schon im telefonischen Betrieb, jetzt mit seiner Hilfe bei meiner lieben Frau erkundigen, mit welchem unsichtbaren Dritten sie an meinem Geburtstag so lange plaudern muß?

Was betrifft das Wunderding, wüßte ich einen flotten Kommentar, setzte Henkler an, fuhr aber, weil Kormorans Blick nicht einladend war, annähernd sachlich fort: Rein technisch sollte ein telefonischer Dreier möglich sein; so gut wie alles ist technisch möglich – da lagen unsere Grenzen kaum.

Das erste, was ich höre, warf Grit Schluziak ein. Als du und ich noch in Amt und Würden waren, hieß es bei Niederlagen immer, es habe euch an Geschirr von Weltniveau gemangelt.

Niederlagen, fragte Kormoran, wann sollen die stattgefunden haben? Aber bleiben wir beim Geschirr, das ich jener Ilse verdanke, die da jetzt so traurig am Pfeiler hockt.

Nicht traurig, nur problembeladen, rief Ilse, doch zeigte sich niemand gewillt, sie von ihrer Last zu befreien. Zwar seufzte die Nachbarin verständnisvoll, aber der Hausherr behielt sein eigenes Anliegen im Auge. Er hob das neue Gerät ans Ohr, drückte diesen Knopf, drückte jenen und murmelte hoffnungsvoll: Vielleicht arbeitet es ja schon. – Hallo!

Zuerst mußte Schwager Herbert noch den Affen geben, pfiff und meldete mit Automatenstimme: Kein Anschluß unter dieser Nummer!, dann wies er auf das kleine Sendemodul und sagte: Nicht ganz, Paul. Ein bißchen Technik fördert auch hier den Genuß. Wenn du willst, mache ich dir das. – Auf des Schwagers begeisterte Zustimmung wollte er sich schon erheben, zumal es in Richtung Schwägerin ging, aber dann bremste ihn Horst Schluziaks alarmierte Frage: Ohne postalische Genehmigung?

Also sprach er ebenso vergnügt wie ehrlich verwundert: Du kriegst den Minister auch nicht mehr aus den Knochen!

Und du den, na, sagen wir, Klempner nicht! lautete die Antwort, worauf sich die Nachbarin einigermaßen entrüstet vernehmen ließ: Ich denke immer, Sie sind Oberst, und nun sind Sie Klempner?

Klempnerleutnant, gnädige Frau, sagte Henkler und lieferte eine Menge eckiger Bewegungen dazu. Es kam einem Ausbruch nahe, als er mit ehrlichem Stolz verkündete: Aber im Unterschied zu den Stümpern von Watergate hat mich niemand gegriffen! Und was betrifft das Postalische, bin ich fast legal!

Als gelte es, vor allem der Nachbarin von dieser Legitimität zu berichten, wandte er sich ihr mit einem Einschuß brutalen Vergnügens zu: Sogar im Fernsehen, West wie Ost, hat man mich, das war beim Passierscheinabkommen, Gott hab es selig, in Postuniform sehen können. – O Mann, junge Frau, sind das Zeiten gewesen!

Wie der Oberstleunant vom Oberstleutnant, so ließ nun auch der Vizeminister etwas vom Vizeminister sehen. Mit anordnender Schärfe sprach er: Du solltest doch gleich deine Erinnerungen schreiben – wenn du sie nun schon reden mußt!

Doch weil Schärfe nicht zur Gelegenheit paßte und er die Anordnungen lieber selber gab, hob Kormoran sein wohlgeratenes Telefon vor aller Augen und befand: Aber vorher bringt mir unser Fachmann dieses Wunder in Schwung. Muß man es mit der Klingel verbinden?

Herbert Henkler beherrschte die Kunst, den Kopf zu schütteln, ohne ihn zu bewegen: Nein, Paul, die Sache läuft anders. Soll ich's erklären, oder glaubst du mir?

Erklärungen sind dem Glauben nur im Wege, sagte Paul-Martin Kormoran und fügte selbstzufrieden hinzu: Du weißt, in diesen Dingen bin ich hoffnungslos.

Die Nachbarin schien aber Verzweiflung gehört zu haben. Sie klopfte auf die Zeitung, die wie eine wärmende Decke auf ihren Knien lag, und sprach tröstend: Es können nicht alle Klempner sein, Herr Kornemann. Oder so praktisch wie meine Enkelin. Sagt die doch, wie sie hört, daß Sie eiserne Herzklappen haben: Dann kann seine Frau ihn ja mit einem großen Magnet zum Schweigen bringen. Endgültig und spurlos! Das vollkommene Verbrechen! – Na, Kind, hab ich zu ihr gesagt, was du aber auch redest!

Herbert Henkler reagierte als erster und nahm sich weniger wie ein Veteran der unsichtbaren Fronten als vielmehr wie ein beliebiger Großvater aus: Batman, Superman! Das sehen die alles im Fernsehen!

Familie Schluziak hingegen zeigte mit einem Anflug von Gehässigkeit, daß sie nicht alles den neuen Verhältnissen ankreiden wollte. Grit fand, in diesem Falle seien es vermutlich Spätwirkungen der Polytechnischen Oberschule, und ihr Mann setzte hinzu: Volksbildung als Herzensbildung.

Der Gastgeber aber, der beim Bericht der Nachbarin ein wenig hatte schlucken müssen, meinte nur: Ihr hört euch nach persönlicher Begegnung mit einer Ministerin an. Bedenkt jedoch, daß sie zur Stunde nur die Wahl zwischen Pjöngjang und Feuerland hat und ein bißchen Compassion eurerseits nicht schaden könnte.

Seiner Gereiztheit zu entgehen, kam er auf den Kindermund zurück und rief der Anrainerin zu: Und Sie, Frau Birchel, sagen bitte Ihrer Enkelin meinen aufrichtigen Dank für die Warnung.

Gleich wenn der Professor kommt, der mich in so gut wie allem ausgemessen hat, werde ich ihn fragen, ob ich magnetisch bin.

Anziehend, Paul, du meinst anziehend, warf Kauffrau Grit Schluziak ein und beteuerte mit der Plumpheit, die in Geschäftsleben wie Politik seltsam häufig Erfolge zeitigt: Darüber brauchst du von keinem Professor ein Attest. Als alte Bewunderin, wenn auch meist aus der Ferne, sage ich dir: Attraktiv warst du immer und bist es für mich auch immer geblieben.

Potztausend, rief Henkler, so ist mir mein Lebtag nicht geredet worden.

Mir auch nicht, beteuerte Schluziak. Und schon gar nicht von dieser Person.

Was Wunder, daß Ilse Henkler eine Erklärung wußte: Womöglich wart ihr euer Lebtag lang nicht entsprechend beschaffen, sagte sie und maß mit ihrem Blick die Weiten des Himmels aus.

Paul-Martin Kormoran, der sich für ungefähr so attraktiv wie eine, freilich gültige, Busfahrkarte hielt, aber gegen Komplimente nicht mehr als gegen Sonnenschein hatte, verbeugte sich nach allen Seiten und versicherte den Damen seine beschämte Dankbarkeit. Dann schwang er Ilses Geschenk wie ein Zepter und forderte die Anwesenden auf, dem Rühmen seiner Person nunmehr oder vorerst ein Ende zu setzen, sich dafür jedoch bereitzuhalten, Zeugen einer wirklichen Attraktion zu werden: Also lautet der Beschluß: Beim nächsten Läuten, ganz gleich, wer der Anrufer ist, soll dieses Zauberding auf dieser Terrasse im Kreise dieser Festversammlung feierlich eingeweiht werden!

Vorausgesetzt natürlich, rief er Ilse zu, ihre Schwester, die allem Anschein nach jemandem die Bibel verlese, weile wieder auf dem Festplatz, und vorausgesetzt vor allem, der Schwager von der Post habe die technischen Voraussetzungen für den Empfang geschaffen.

Grit schwenkte die Unterlagen, aus denen sie ungeniert etwas in ihr Notizbuch übertragen hatte, und gab dem kleinen Apparat eine abschließende Bewertung: Billig war das Ding jedenfalls nicht! Wenn es hält, was hier versprochen wird, alle Achtung! – Mein Gott, und die wollten wir überholen! Und zwar, ohne einzuholen! Sie legte die Broschüre zurück auf den Tisch, und Militär wie Minister griffen danach, als erhofften sie sich Auskunft über gehabtes und nicht recht genutztes Leben. Und über die Gründe für dessen unwiederbringlichen Verlust.

Der Oberstleutnant gewann, reichte jedoch das Papier an den Vize weiter, als seine langvermißte Schwägerin endlich in der Tür erschien. Obwohl Änne einzig Kormoran mit dem Zuruf meinte, am Telefon sei Ruth gewesen, die später kommen werde, weil unverhoffte Sonntagskundschaft sie aufgehalten habe, nickte Henkler dankend und sah in seiner Erleichterung dämlicher aus, als er war.

Arme Ruth, glückliche Ruth, was soll man sagen? Beim Bestattungswesen hat man es eben mit einem exemplarischen Fall von Uhl und Nachtigall zu tun! rief Kormoran, um Änne dann alarmiert zu fragen: Was ist, kommst du nicht wieder an den Tisch? Ich bitte dich sehr, und bringe auch die liebliche Verwandte mit!

Sofort, antwortete Änne, ich will mit dieser lieblichen Verwandten nur rasch etwas bereden. – Sie griff einen Stuhl und setzte sich so, daß sie den anderen den Rücken kehrte. Nicht leise, aber schon gar nicht laut, sagte sie zu Ilse, die jetzt nicht nur die jüngere, sondern eindeutig die kleine Schwester war: Ruth bittet dich, auf jeden Fall hier zu warten. Ihr habt euch eine Ewigkeit nicht gesehen, sagt sie. Sie sagt das hoffentlich nicht, wenn Herbert es hört. Aber eure Sache. – Wußtest du, daß ein zu Haus Verstorbener binnen acht Stunden dem Bestatter zu überlassen ist? In diesem Falle der Bestatterin Ruth. – Ach, ich vergaß, du liebst das Thema ja nicht: Der Tod, und was ihm folgt, und scheust, soweit ich weiß, selbst seine leiseste Erwähnung.

Ilse zeigte sich sofort im Bilde und fragte mit Blick auf den schwadronierenden Gatten: Hat mich dieser Herr wieder einmal bei dir verraten?

Aber ihre Schwester ließ sich auf solche Parteiung nicht ein. Leise immer noch, doch mit dunkler Wut sagte sie: Die eine betrügt, der andere verrät; ihr beiden seid einander wert und könnt doch gar nicht anders! – Daß du diesen Kerl eingeschleppt hast! Als ob du nicht wüßtest, wie lange ich von ihm los will. Als ob du nicht wüßtest, daß ich beim Anwalt war, bevor 89 der andere Kladderadatsch losbrach. Und daß ich es nicht konnte, als Herbert auf der Straße lag. Und daß die Frage, ob man geschieden ist, den katholischen Verleger der *Depesche* nicht so gleichgültig läßt, wie sie dem atheistischen der *Neuen Depesche* gewesen wäre. Und daß ich für meine Ehe, die längst ein Stummfilm mit Bildausfall ist, aufs Ungeheuerlichste Gebühren zahle. Als ob du das alles nicht wüßtest!

Fast nachsichtig sagte Änne: Es ist bekannt, womit du zahlst.

Doch wollte Ilse davon nichts wissen. Sie rückte näher an die Schwester heran und sprach mit kontrollierter Heftigkeit: Du irrst dich, Änne. Schon, der Wettbewerb, und wenn du als Frau bestehen willst. Und gar als Ehefrau von so einem. Auch macht es sich bemerkbar, daß wir nun in einer freien Gesellschaft leben. Da fällt es manchmal schwer, den Herren zu erklären, wie weit es in der unfreien Gesellschaft noch bis zur freien Liebe war. Aber es gibt auch rein kollegiale Beziehungen. Der Hamburger zum Beispiel, mit dem mich Herbert so schwer verdächtigt und von dem ich diese entsetzliche Geschichte habe, die morgen im Magazin stehen wird und von der ich weiterhin meine, daß ich sie Paul-Martin erzählen müßte, der ist ganz lieb, der will mich immer nur ansehen. Er sagt, er sucht das Natürliche, das Östliche in mir – nach den Jahren bei Augstein ist er so übersättigt.

Mit einem Seufzer und dem gemurmelten Bescheid, sie wisse ja, diese Schwester sei nicht großzukriegen, wandte sich Änne fast besänftigt den anderen zu.

*

Als Kormoran bemerkte, daß sein Schwager ebenso wie er die Augen auf den beiden Frauen hatte und Anstalten traf, den Vorgang zu kommentieren, rief er lauter als nötig: Ilse, rank und sportlich gewandet, wie du bist: Würdest du deinen Stuhl als Leiter benutzen und das Knäuel aus der Klingel ziehen? Für den Fall, es ruft mich jemals jemand an, soll dein grandioses Geschenk mit dem verdienten Aufwand eingeweiht werden; ich erkläre dir, wie.

Es bedurfte keiner weiteren Ermunterung, Ilse in Gang zu setzen, und es machte ihr fraglos Spaß, sich auf dem mäßigen Podest in mäßig übertriebenen Posen auszustellen. Ihr ganzer Körper bekam zu tun, als sie Glocke und Klöppel vom Knebel befreite, und weil sie nun einmal oben auf dem Stuhle stand, blieb sie vorerst auch dort. Natur und Beruf veranlaßten sie, das geborgene Papier zu entfalten und zu studieren, und erkennbar wurde, daß der Mensch, wenn er entsprechend gewachsen und gekleidet ist, schwierige Schriften auch mit dem Hintern liest. Ihr Mann sah ihr zwar kühlen Auges zu, verbarg aber diesmal sein Kopfschütteln nicht.

Er stand auf, nahm das Telefonmodul und zeigte es vor allem dem Minister, dessen Augen gerade besonders versonnen auf Ilses Umrissen ruhten: Also, Freunde, schreiten wir nunmehr zum Verstoß gegen das Postgesetz! – Er ging mit raschen Schritten über die Terrasse und hielt nur inne, um seiner Frau eine fast quadratische Hand an den überhaupt nicht eckigen Körper zu legen: Du kannst dich einholen, knurrte er, man nahm zur Kenntnis.

Zwar schickte sich Ilse an, vom Stuhl zu steigen, zeigte aber vorher noch, daß nicht der Gemahl ihr dazu Anlaß gab. Sie winkte dem Schwager mit den entfalteten Blättern und rief: Obwohl ich dich immer bewundert habe, Paul, fragte ich mich manchmal doch, wie man es als Kritiker zu deinem Bekanntheitsgrad bringen konnte. Vielleicht erklärt es sich durch deine Schrift. Sie ist so unentzifferbar, daß man intelligente Ansichten einfach vermuten muß. Hier, schon kurz nach dem Titel hat dich der Wille, leserlich zu sein, verlassen. Soll das nun Akte, soll es Arche heißen? Nein, Arche wohl, DIE ARCHE KORMORAN, aber dann werden die Krakel babylonisch.

Obwohl Erschrecken nicht Ilses natürlichste Sache war, hielt sie bei Kormorans ebenso scharfem wie begeistertem Ausruf: Gib's her! zunächst vorm Absprung inne, tat aber dann doch einen anmutigen Satz und war mit einem graziösen Knicks die eifrige Lieferantin.

Wenn es wäre, was du sagst! rief Kormoran und vergaß nicht, obwohl seine Augen schon begehrlich auf den Papieren lagen, begehrlich die Hand der Botin zu küssen: Wenn es ist, was du meldest, übertriffst du dich heute mit deinen Gaben.

Ilse reichte ihm feierlich die Zettel, und da sie zu den Leuten zählte, die Durchtriebenheit nicht hindert, gute Menschen zu sein, erklärte sie mit kindlicher Freude: Je eine für deine beiden Geburtstage. Somit erhebe ich allerdings auch Anspruch auf zwei Umarmungen!

Der wird anerkannt, und alle haben Anspruch auf eine Erklärung. Seit jenem Tag vor grauen und auch wechselnd farbigen Zeiten, an dem ich mein kleines Geschäft eröffnete, den bescheidenen Wörterhandel Mündlich & Schriftlich, hat mich ein ganz und gar unbescheidener Wunsch geplagt: Ich wollte mittun bei der Suche nach – bitte, jetzt kommt eine große Wolke – bei der Suche nach etwas mehr Frieden.

Vor uns mußt du das nicht kleinmachen, fiel ihm Grit Schluziak ungehalten ins Wort, das hat jeder erfassen können, auch wenn ... Sie unterbrach sich und überließ es dem examtlichen Gatten, die Einschränkung mit ins Protokoll zu bringen.

... auch wenn, entschuldige bitte, gewisse pazifistische Tendenzen nicht zu übersehen waren.

Stehen die in deinem Notizbuch? fragte Kormoran. Die pazifistischen Tendenzen des Genossen K., wie sie besonders in seinen Beiträgen für das in Hamburg, BRD, erscheinende Trotzkistenblatt *Konkret* zum Ausdruck kommen, gaben Anl Punkt ...

Ihr könnt froh sein, daß Felix Hassel noch nicht da ist, sagte Änne, der besteht nämlich auf verbindlichen Worterklärungen. Er hätte jetzt gefragt, was pazifistisch ist und was trotzkistisch.

Und wie solches Gemengsel in diese Zeitschrift gekommen sein soll. Felix' Fragen klären die Atmosphäre ungemein.

Als ob der Doktor dazu den Professor bräuchte! rief Frau Birchel und schien beleidigt.

Brauche ich durchaus, verehrte Nachbarin! Wenn ich die Weite der politischen Friedhöfe bedenke, auf denen begraben liegt, was wir, auch ich, mit Schlagworten erledigt haben! Oder eben, wie das Wort es sagt, erschlagen! Darin war ich nicht ohne.

Wehe, du regst dich auf, sagte Änne, genieße lieber das Kuddelmuddel vom pazifistischen Trotzki und vergiß nicht: Du wolltest deinen Gästen deine Zettel erklären.

Wollte ich, sagte Kormoran etwas gewaltsam, nur meine ich, ich lieferte den Ansatz zu dieser Erklärung bereits. Kurzum, es kotzte mich an, wie schnell jeder Frieden zum Teufel ging und geht. Ich plante ein Buch, eines aus meiner Bibliothek geplanter Bücher. Ich wollte darin möglichst vollzählig versammeln, was an Vorschlägen in dieser Sache jemals gemacht worden ist. Verrückte Ideen, sogleich gescheiterte, immer noch unerprobte, sofort verlachte – egal, sie sollten alle in mein Buch. Aber wie es mir leider öfter geht: Überm Sammeln und Jagen kam ich zu dem einen oder anderen eigenen Einfall. Die schrieb ich in Stichpunkten auf und merkte sie zur Ausarbeitung vor. Aber wie es mir leider noch viel öfter ergeht: Als ich sie Wochen später bei Lichte besehen wollte, waren sie nicht mehr da.

Und natürlich, sagte Änne und ließ es wie Rückschau und Schlußwort nach entsetzlichen Schlachten klingen, sah Paul-Martin Kormoran sein Leben wieder einmal als absolut sinnlos und total vergeudet an.

Dann müßte er jetzt ja, sprach die Nachbarin und wies mit gerollter Zeitung auf den Nachbarn und seine Papiere, dreimal Geburtstag feiern. – Jeder bedachte es, und niemand wollte ihr widersprechen.

Als sei nicht die Glocke, sondern er selber geknebelt gewesen und als müsse jedes Wort nun eiligst heraus, berichtete

Kormoran: Das Haus habe ich nach diesen Zetteln um und um gestülpt, einen Herzfehler zuziehen hätt ich mir können, und wissen möchte ich wahrhaftig, wie das dort hingekommen ist! Nun gut, ich will nicht undankbar sein, es ist wieder da. Die nächste Frage aber lautet: Ist noch da, was ich darauf schrieb? Ich meine nicht: leserlich, ich meine: verständlich, einleuchtend, ich meine den Gehalt. Ob er noch gilt, meine ich. Was, wenn es jetzt ginge wie am Morgen nach dem Traum, von dem du glaubtest, als Teil vom Traum, er sei von höchstem Wert, und dann, bei Lichte … Entschuldigt, ich bin gleich wieder da. Ein, zwei Blicke nur, ein paar Stichproben, und ich sehe, ob sich etwas davon gehalten hat.

Er verließ Tafel und Terrasse, ging blätternd und lesend über die Treppe in den Garten, hatte erstaunlich wenig Mühe, einen Klappstuhl zu entfalten, nahm rittlings Platz und sah in seine Zettel, als müsse sich triftigste Antwort darin finden lassen.

Er bemerkte Herbert Henkler kaum, der aus dem Hause trat und auf dem Weg zurück zu Tisch und Flasche den Schwager im Garten gewahrte und ihm zurief: So, lieber Kormo, wenn nun der Freiheitssender Ulan Bator oder die UNO-Vollversammlung zum Glückwunsch läuten, müßte es über das Angebinde meiner hochherzigen Gemahlin sein. – Soll ich dir in diesem Falle das Maschinchen bringen?

Weil anderweitig beschäftigt, sagte Kormoran nur: Nein, danke, ich komme dann schon!, und Änne fügte ebenso mechanisch die Mahnung hinzu: Aber renne nicht so!

Wegen der UNO? antwortete ihr Mann und verlor sich in seine Papiere.

An dieser Stelle, meldete sich Vizeminister Schluziak und sah wie ein uneingeschränkter Minister drein, könnte der alte Streit, ob Literaturkritiker eher Literaten als Kritiker seien oder weniger zu den Künsten als zu den Wissenschaften zählen, sehr einfach, nämlich durch bloßen Augenschein entschieden werden. Nehmt den Mann da und seht, er ist sprunghaft wie ein beliebiger Belletrist. Ein paar alte Zettel, aber von eigener Hand, und alle Technik wie alle Versprechen sind vergessen. – Ahnt man, was für ein amtlicher Umgang diese Leute waren?

Man ahnt es, sagte die schnelle Ilse und schlug ein gelungenes Bein über ein nicht minder gelungenes. Ohne die Künstler hätten sich die Künste wahrscheinlich sehr gut leiten lassen.

Man hat an dem Problem gearbeitet, rief Kormoran und bewies mit seiner Anwesenheit bei scheinbarer Abwesenheit seine Nähe zu den unberechenbaren Artisten einmal mehr. Er stand vom Gartenstuhl auf, faltete sorglich das Manuskript, kam behutsam, als wolle er zeigen, wie gut er das könne, zur Terrasse zurück und sprach ohne die Aufgeregtheit des Hinwegs: Nach allererstem Blick meine ich: Es ist nicht ganz und gar abwegig; relative Harmonisierung – wenn sie machbar wäre! Wenn, dann allerdings nur unter einvernehmlicher Gewaltanwendung, wie ich das nenne. Ich spreche hier von gegenseitiger Geiselgabe und von Depots unwiederbringlicher Werte dort, wo sie im Kriege unweigerlich verlorengingen. Ein Konzept, das auf Besitzgier und Egoismus beruht; nur von daher bleiben wir bei Besitz und bei uns selbst. – Risikogemeinschaft, die Barbarei als Rettung; lauter undenkbares Zeug, aber was sollte undenkbarer sein und geschähe doch öfter als die vorsätzliche Auslöschung von Leben. Ihr seht: So ruchlos wie der allböse Menschenfeind bin ich schon lange. – Genug davon, das Projekt kommt weit nach vorn auf meine Arbeitsliste. Nicht daß es nachher wieder heißt: Hättest doch was sagen solln! – Ich arbeite es in den nächsten Tagen aus.

Vorausgesetzt, diese nächsten Tage werden von der dummen 24-Stunden-Grenze befreit oder um einige Wochen verlängert, sagte Änne, aber in seinem unerwarteten Glück war ihr Mann gegen jede Skepsis schützend ummantelt. Sie kannte es so schon länger. Sie kannte es und wußte ihre Augenblicke abzuwarten, und wie die Nachbarin und die beiden Ehepaare hörte sie dem Ehemann zu, der etwas von einem befremdlichen Unterschied zwischen Lesen und Schreiben mitzuteilen wußte: Der Gedanke kam schon des öfteren bei mir vorbei, auch eben, als ich Angst vor der Wiederbegegnung hatte: Das Schreiben ist im Grunde viel unbedachter als das Lesen. Man entwirft, wenn man schreibt, und man prüft, wenn man liest. Lesen ist schon Bedenken. Schreiben sagt, und Lesen fragt. – Na schön, solange ich Antwort wie eben kriege, ist ja alles gut.

Er kontrollierte, ob jeder etwas im Glase habe, goß auch sich selber ein und hob die Stimme zum Trinkspruch: Von wo aber bezog ich die Antwort? – Aus alten Papieren. – Und wo waren die? – In einer Klingel als Knebel. – Warum wurden sie aus der Klingel befreit? – Weil wir eine neue haben. – Von wem haben wir die? – Von der lieben Ilse haben wir die. – Was machen wir also mit der lieben Ilse? – Wir danken ihr und trinken auf sie. Prosit, Ilse!

Alle schwenkten ihre Gläser, unterschiedlich enthusiastisch zwar, aber doch, alle riefen Prost!, und Frau Birchel kam als erste zu Wort, weil sie als erste ausgetrunken hatte. Sie deutete mit dem leeren Glas auf den eben gepriesenen Apparat und rief nicht ohne Vorwurf: Jetzt, wo man darauf wartet, klingelt es überhaupt nicht mehr.

Einige taten es ihr gleich und sahen mißbilligend auf das angeschuldigte Gerät, und der Vizeminister fand wieder eine Gelegenheit, sich am Oberstleutnant zu reiben: Vielleicht hat Herbert den Fernsprecher mit der Wasserleitung verbunden. Er dürfte aus der Übung sein.

Sollte jedenfalls, sagte Grit. Außerdem hat nicht jeder Ilses glückliche Hand.

Stimmt, knurrte Henkler und sah ganz besonders eckig drein. Doch ehe er die Hand der Gemahlin näher zur Sprache bringen konnte, läutete die befreite Außenglocke, und das schnurfreie Gerätchen zwitscherte dazu.

Man benahm sich angemessen. Ilse gab mit angedeutetem Knicks und nestelnden Händen in angedeuteter Schürze die glücklich verlegene Dienerin. Henkler hielt dem Ehepaar Schluziak seine Hände wie wertvolles Mechaniker-Werkzeug unter die Augen und sagte sanft: Was betrifft die Übung, nicht wahr!

Der Minister wußte ebenso anerkennend wie besorgt dreinzuschauen; Grit sah man die Frage an, wie sich die elektronische Maschine kostengünstig in ihren Katalog einbringen lasse; Änne freute es, den Mann mit neuem Spielzeug zu sehen; und wie anders als mit Gotte nee! hätte Frau Birchel schon reagieren sollen. Paul-Martin Kormoran schließlich zeigte mit triumphierend ausgestreckten Armen, daß er trotz verminderten Gehörs beide Signale empfangen habe, und alle riefen im Chor: Telefon!

Wie man bedeutend zum Hörer greift, wußte Kormoran noch vorzuführen, aber mitten im Schwunge starb seine Gebärde, und der technisch bewanderte Schwager half dem gänzlich unbewanderten mit langem Arm und schnellen Fingern aus. So zufrieden dann der eine dreinsah, so vorsichtig meldete sich der andere: Hier spricht Paul-Martin Kormoran!

Und hier Felix Hassel. – Die kräftige Stimme verriet nichts von Selbstzweifeln, und an ihrer Wiedergabe war nichts vom Klirrfaktor eines billigen Maschinchens: Paul, gratuliert habe ich dir schon, aber doppelt hält besser. Na ja, doppelt hast du es nun einmal nötig. Ich wollte längst bei euch draußen sein, doch ergab sich noch etwas. Bis ich da bin, nur soviel: Laß dich wegen der Klappen nicht verrücktmachen. Ich meine, falls einer anruft oder so.

Da war nun nichts mehr von Sommerszeit und pastoraler Lebensmitte, da war ein Zeichen gewesen, und man schwieg. Und zeigte, daß man schweigend hören wollte. Änne Kormoran setzte sich aufrecht und sah zum Himmel, als sei die Stimme von dort gekommen. Ihre Schwester spielte einmal nicht; sie legte die Hände auf die Ohren und starrte in Erwartung und Abwehr auf ihr Geschenk. Herbert Henkler gab der Flasche mit dem Doppelkorn einen Schub, als wolle er sie weit von sich weisen. Die Hand von Grit Schluziak suchte die Hand von Horst Schluziak; es sah nicht sehr geübt aus. Nachbarin Birchel ließ diesmal Gott aus dem Spiel und warf, als habe sie böse Nachricht bösem Blatt entnommen, die Zeitung in das Gras der Gartengrenze.

Dem Manne Kormoran entging von alledem nicht viel. Umsicht des Jägers und Argwohn des Gejagten hatte gelernt, wer als Journalist aus dem Osten ein Journal für den Westen fertigte. Und wer dann Bücher über anderer Leute Bücher schrieb und anderer Leute kulturelle Werke kritisch zu werten wagte, legte die einmal erworbenen Eigenschaften besser gar nicht erst ab. Und wer nicht gut hörte, blickte sich schärfer um. Und wer von seinem Sterben ahnte, sah dem Leben sehr zu. Paul-Martin Kormoran fragte so sachlich es sich nur machen ließ: Was ist mit den Klappen?

Felix Hassel antwortete: Der Hersteller meldet ein Problem – naja. Es hat Ausfälle gegeben. Ich komme, wir reden. Ich weiß nicht, ob sie unsere Patientenliste schon haben, aber wenn: Änne soll dir die Reporter vom Leibe halten. Und du halte dir dich vom Leibe. – Na ja.

Kormoran fragte: Die Dinger versagen?

Felix Hassel antwortete: Einige.

Kormoran fragte: Hast du Quoten?

Felix Hassel antwortete: Vierzehn Prozent.

Kormoran fragte: Macht bei zweien achtundzwanzig?

Felix Hassel antwortete: Na ja.

Wann wirst du hier sein? fragte Kormoran.

Und Felix Hassel antwortete: Bald.

Damit kam das erste schnurlose Gespräch, geführt zwischen Paul-Martin Kormoran, soeben 66, und einem mehr oder minder zufälligen Partner, der Felix Hassel hieß und sein Brot als Herzchirurg verdiente, an sein Ende, und nach weiterem Anfang sah nichts aus. Nicht einmal auf Fortgang deutete irgend etwas hin. Dafür waren achtundzwanzig Prozent eine zu qualifizierte Minderheit, und wenn man sich wie Kormoran für den allerwahrscheinlichsten Kandidaten allen Unbills hielt, rundete man die achtundzwanzig zu dreißig auf und die zu einem Drittel und sah nun wirklich nicht, mit welchem Recht man sich im geschützten Zweidrittel hätte vermuten dürfen.

Es kam in solcher Lage sehr auf die Gesellschaft an, und die bewährte sich. Sie hielt das Maul; berechnete weder Mortalitätsprozente, noch wußte sie tröstliche Fälle; versuchte sich nicht forsch, versuchte sich nicht lieb; saß wie beiseite und rührte sich selbst dann nicht, als der Gastgeber die nagelneue Sprechmaschine auf das Arche-Kormoran-Papier legte und nicht gerade pfeifend, aber auch nicht mit Sirenenschrei über die zweifelhafte Treppe in seinen zerfransten Garten ging.

Einzig die, die einzig ein Recht dazu besaß, sah hin zu ihm und sah zu, wie er sich ein weiteres Mal in umständlichster Art über den Gartenstuhl schrägte. Er nahm ihren Blick auf, nahm ihn an, traf mit seinem: Na ja, es ergab sich noch was! halbwegs den Hassel-Ton, streckte sich, so lang es nur gehen wollte, und zeigte, wie angenehm es doch war, in den Hosentaschen genügend Platz für seine geballten Fäuste zu finden.

II

Wenn dies, verehrte Leserin, verehrter Leser, ein Theaterstück wäre und nicht von jenen Erzählungen eine, die durch Länge zu Romanen werden, dann könnte am Ende des letzten Abschnitts sehr gut die Empfehlung *Vorhang* gestanden haben. Wo Einschneidendes geschah, bot sich der Einschnitt an.

Andere Gründe, den Vorhang fallen zu lassen, gäbe es kaum, da weder umgebaut werden muß, noch die Handlung einen Zeitsprung benötigt, der durch einen Wink mit der Gardine wenigstens angedeutet sein möchte. Oder vorsichtiger: Die Spanne zwischen dem widrigen Bescheid für Herrn Kormoran und seiner nächsten Gelegenheit, sich zum Stand der Dinge zu äußern, ließe sich mit Hilfe des übrigen Personals unschwer überbrükken. Allein schon Frau Birchel, die Nachbarin, welche ohnedies im Verdacht steht, eigens zu solchen Zwecken in den Korbstuhl gesetzt worden zu sein, wäre imstande, theatralischen Aufwand so zu treiben, daß es sich, käme danach wieder ihr Nachbar zu Wort, wie ein Wiedersehen zwischen dem und seinem Publikum ausnähme.

Weil dies aber, liebe Leser, kein Bühnenstück ist, entfallen auch jene äußeren Zwänge, mit denen das Theater stets rechnen und auf die es sich einstellen muß. Hier ist nicht nötig, was dort zu den hergebrachten Modalitäten zählt. Etwa die Verpflichtung, dem Besucher nach erträglicher Frist Gelegenheit zu gründlichem Rekeln oder raschem Meinungstausch zu geben. Oder zum halbwegs unauffälligen Verlassen des Hauses.

Ein Leser ist in allen diesen Belangen frei und teilt sich Leben wie Lektüre nach eigenem Gusto und nicht nach den Signalen von Autor oder Inspizienten ein. Im Theater husten nur wirkliche Rüpel oder wirklich Kranke ins kompliziert formulierte Sterben hinein, doch überm Buch kann man zu dramatischem Geschehen auch Grünkohl mit Knackwurst verzehren. Besser allerdings, man ist dann allein. Wie Alleinsein ja überhaupt als Bedingung vieler Freiheiten gilt.

Doch ehe wir ins Kormoransche Ausarbeiten geraten, stellen wir einfach fest, daß der Erzähler mit anderen Zwängen als der Dramatiker zu wirtschaften hat. Zumindest scheinbar kommt er mit ihnen aus, doch weil er diesem Scheine nicht traut, neigt er zu Anweisungen, die dann gleich wieder alle Freiheit verzehren. Wo sich der Bühnenautor auf die Benennung des jeweils Sprechenden beschränken kann – denn zwischen ihm und denen herrscht die Regie, und das Publikum hört ja dann, ob es laut oder leise zugeht, und es sieht, ob ein Akteur die Augen niederschlägt oder sich die Haare rauft, da muß der Prosaverfasser von der Verfassung seiner Protagonisten ständig Meldung machen. Oder meint doch, dazu verpflichtet zu sein.

Manchmal, liebe Leser, ist er es; aber meistens ist er es nicht. Ich habe darüber Bescheid und nutze die kurze Pause zwischen Teil und Teil, um ihn an Sie weiterzureichen. Schon deshalb weiß ich, wovon meine Rede ist, weil ich zunächst versuchte, die Geschichte vom sechsundsechzigsten Geburtstag des Herrn Kormoran in eine Bühnenfassung zu bringen. Und wo nicht in eine Fassung für die Bühne, so doch eine von darstellender Art. Eine mit Mimen oder zumindest Sprechern. In diesem Stadium schwebte mir als Titel vor: *Klappentext*, ein Wortspiel von …

Die Sache gedieh mir nicht. Vor allem, selbstredend, weil ich kein Dramatiker bin. Aber manche Dinge findet man nur durch Probieren heraus. Oder durch Freunde. Einer von ihnen erledigte meine Idee, indem er mit wenigen Sätzen den Anfang von Richard III. benannte. In Demut und nur leicht scheeläugig rief ich meinen hochfliegenden Plan zurück, will aber die Ansicht nicht verhehlen, daß des Freundes Normbemessung ein paar hundert Stücke zu spät kam.

Wie wenig halbe Korrekturen gegen ganze Fehler taugen, erfuhr ich, als ich zu retten suchte, was zu retten schien. Ich übernahm den Dialog des Theaterstücks und fügte ihm hinzu, was ich den Zuschauern, die nun Leser werden sollten, schuldig war. Oder schuldig zu sein glaubte. Um es an den Beispielen zu zeigen, die ich zur Erläuterung des Problems bereits einmal verwandte: Über den Wortwechsel hinaus teilte ich mit, wie laut oder leise es in den Szenen zugehe und meldete angenommenen Lesern jeden Lidschlag wie jedes Haareraufen meiner Figuren.

Für das Theater gedacht, heißt, für Interpreten gedacht, doch weil ein Buch von diesen absieht, glaubte ich mich zu Ersatz verpflichtet. Es war irrig, denn zwar wird jedem Bühnendialog vorausgesetzt, daß Bühnenweib und Bühnenkerl ihn nach den Weisungen des Regisseurs zu Bühnenleben bringen, doch sind in der erzählenden Prosa Kräfte wie Mittel ganz anders verteilt.

Mich über mein Scheitern zu trösten, sagte ich mir: Aus einer Kunstform in die andere springt es sich vermutlich um so leichter, je weniger die Regeln der Kunst in beiden zur Herrschaft gelangten. Und fahre nun fort, von jenem Tag zu berichten, an dem Paul-Martin Kormoran vierundsechzig plus zwei Jahre alt geworden war. Ich fahre um so gelassener fort, als es Handlungsschritt für Handlungsschritt unmöglicher wird, dieses Erzählstück für autobiographisch zu halten.

*

Was tun, wenn an freundlichem Frühsommertag und mitten hinein in verschwatzte Gesellschaft für einen der Versammelten unerfreulichste Post eingegangen ist? Nachricht von einem Befund, an dem man nichts ändern kann. Auskunft, die scheußlicher nur wäre, wenn sie einen selber beträfe. Was sollte, was könnte man machen?

Reineweg gar nichts. Zumal, wenn aufgeklärte Menschen versammelt sind. Wären sie von den Wilden welche oder auf spätere Art wundergläubig, könnten sie sich mit Opfergaben versuchen oder im Gebet, doch an der Geburtstagstafel von Paul-Martin Kormoran entfielen dergleichen Hilfsgebärden.

Das Ehepaar Schluziak beriet gedämpft, ob dies ein Moment des Aufbruchs oder solidarischen Verharrens sei. Ilse Henkler faltete mit entschiedenen Griffen die Verpackung des Telefons, und ihrem kunstvollen Gesicht bekam es, daß sie herauszugrübeln suchte, ob man ihr Geschenk eher eines von Pandora-Art oder aus der Danaer-Linie heißen müsse. Der gewesene Oberstleutnant Henkler blätterte ungeniert in den Notizen seines Schwagers und würde das, zur Rede gestellt, als Zeichen von Anteilnahme zu werten suchen. Frau Birchel saß im Korbstuhl nicht anders, als sie aus gegebenem Anlaß im Abschiedsgestühl der Friedhofskapelle von Ahorngrund gesessen hätte. Und Frau Dr.med. Änne Kormoran, beruflich mit Darmtrakten befaßt und privat vor allem mit einem ausgebesserten Herzen plus dazugehörigem Mann, hielt ihren Platz am zerschrammten Pfeiler und wußte nicht viel mehr, als daß sie handeln mußte. Denn es war ihr die Fertigkeit des Herrn Gemahl, sich als umgekehrter Münchhausen am eigenen Zopf in jeglichen Sumpf zu zerren, mehr als bekannt.

Sie erhob sich, stellte den Stuhl wie zum Zeichen, daß nun Änderung komme, an den Terrassenrand, setzte an, ihrem Mann etwas zuzurufen, unterließ es nach einem Blick auf die anderen Männer wie Frauen und ging in den Garten hinunter. Da sah es schon nicht mehr aus, als treibe sie entscheidender Beschluß oder als trage sie schwer an Verantwortung. Sie ging, wie man eben in den Garten geht, griff einen Hocker vom Rasen und schwenkte ihn neben Kormorans schräg besetztes Gestühl. Sie ließ sich aber noch nicht nieder, denn der Mann sah aus, als weile er unerreichbar tief unten bei einschneidenden Gedanken. Mit verschränkten Armen zwar, aber weder fordernd noch herausfordernd, einfach wartend stand sie vor ihm und ließ ihm Zeit, unter Beachtung der gültigen Dekompressionsregeln aufzutauchen.

Woran man erkennt, ob einer nach ausgreifendster Fahrt zurückgekehrt ist in die Welt, wußte die Ärztin Kormoran zu ihrem Glück sehr wohl, und der Patient Kormoran wußte zu seinem Glück ebensogut, daß er sie nicht allzulange warten lassen durfte. Er zeigte mit den Augen an, er sei nunmehr wieder vorhanden, und sie fragte sacht: Wie wird es sein, wenn dich in zehn Jahren, sagen wir acht, der Gedanke aufschreckt, du lebst immer noch und hast deine Zeit vertan beim Warten auf den Tod? Die Gäste fortgegangen, der Garten und die Frau verdorrt, die Welt inzwischen unbekannt und du ihr auch nicht mehr geläufig. – Was wirst du tun? Denk dir, du erwachst, weil deine ungeschriebenen Ideen aufmarschierten, vierhundertundsechzehn giftige Kolumnen, die, da nicht gedruckt, niemanden drückten. Kolonnen von Plänen, aus denen nichts wurde, weil du mit dir beschäftigt warst. Unerprobte Einfälle Reih um Reih, unerlöst wie Brot und Apfelbaum im Märchen.

Sie zog nun doch den Hocker heran, setzte sich, wartete, als suche sie nach einem verlorenen Text, und sprach mehr für sich als für den Mann, sprach vor allem so, daß niemand auf der Terrasse sie verstehen würde: Ach, schüttel mich, schüttel mich, wir Äpfel sind alle miteinander reif.

Immer noch leise, aber viel bestimmter fragte sie dann: Gruselt dir nicht beim Gedanken, alle deine Entwürfe versammelten sich hier, um auf Ausarbeitung zu pochen, und du müßtest ihnen sagen, nun sei die Zeit wirklich nicht mehr, dieweil du die letzten zehn Jahre im Sterben lagst? – Stell dir die Versammlung im verstrüppten Garten vor: der Essay über die Frechheit in der Geschichte; die lang erwogene Aufsatzfrage, ob Brecht ein falscher Hauptmann war; die Memoirenpersiflage *Ich habe Matthias Rust aus Wedel gekannt*; die Polemik zu Sprachpomp und Sprache auf Pump und sogar deine Karikaturenskizzen mit ihren albernen Texten: Hebamme zeigt jungem Vater Neugeborenes und ruft, passend zur sportüblichen Werbung auf Kittel und Häubchen: *It's a Sony!*

Kormoran zog eine Grimasse: Albern, ja, schon. Es hätte eine

Serie von Albernheiten werden sollen, nächste Folge: Besagter Vater zeigt besagter Schwester besagten Knaben, und die Sprechblase sagt: *My first Sony!* – Aber ich wollte, du kenntest dich mit mir ähnlich wie mit meinen Arbeiten aus!

Mit deinen geplanten Arbeiten, sagte Änne.

Davon wollte Kormoran nichts wissen: Angefangenen, sagte er. Geplant sind noch ganz andere. Etwa eine Serie, die ich gern *Aus den Sprüchen dieser Zeit* nennen würde. Ich möchte Modeworte beim Wort nehmen. – Beispiel?

In Gottes Namen, antwortete Änne, aber ich weiß, was du meinst: *Alles klar, kein Problem, das kann ich so nicht hinnehmen,* et cetera. Als es neulich schiefging im OP, murmelte einer: Tot, *sag ich mal.*

Obwohl ihm dieses Prachtexemplar von Redensunart nicht wenig gefiel, sollten auch von seinen Fängen wenigstens Proben sein: Sehr gut, rief er, aber ich versuche, die Phrasen in neue Zusammenhänge zu stellen, beipielsweise in dem Satzpaar: *Das kann ich nachvollziehen*, beruhigte der Henker den verspäteten Delinquenten. – *Damit kann ich leben*, erwiderte dieser.

Änne lächelte gebührend beifällig und fragte: Hast du das blöde *Davon gehe ich aus!* schon verarbeitet?

Hab ich nicht.

Dann schenke ich dir dies: *Davon gehe ich aus*, hauchte das Licht unterm Scheffel.

Was ich immer behaupte, erklärte Kormoran und klang nicht besonders glücklich dabei, ich mache nur, was jeder könnte, und unterscheide mich allenfalls, indem ich es mache. Reichlich spät, reichlich lahm fügte er hinzu: Natürlich könnte es nicht jeder. Nur welche wie du, eine wie du, du eben könntest es, kannst es. – Hilfe, ich habe mich in eine Ecke manövriert und wollte ursprünglich nur anmerken, es wäre schön, du wüßtest über mich so Bescheid wie über meine Arbeit.

Änne seufzte und schickte nicht nur einem alten Streit zuliebe, sondern auch, weil ihr jedes Wort willkommen war, das den Hasselschen Bescheid nicht zu Wort kommen ließ, die Bemerkung hinterher: Und ich wollte, du fragtest wenigstens ganz gelegentlich nach dem, was ich tue.

Seine Erwiderung klang ehrlich betrübt und auch wie ein oft benutztes Selbstzitat: Mehr als hinnehmende Beziehungen zur Endoskopie überfordern mich ebenso, wie sie jeden Menschen außerhalb deines Fachbereichs überfordern müßten. – Daß du diesen Unterschied zwischen meinem Kram und deinem Kram nicht sehen willst!

Den Unterschied zwischen meiner Stocherei und deinem Silbenstechen? Wir hatten ihn besprochen, mein Lieber.

Es ist mir gegenwärtig: Ein Polyp, den du findest, kann das Ende eines Krebses sein. Ich bewundere es. – Was nun meine nichtigen Einfälle anlangt: Ich habe die Karikaturen mehrfach angeboten; da wirf du mir nicht vor, daß man sie mit Rücksicht auf den Sponsor nicht wollte.

Es klang dies alles halb beteiligt, hinhaltend gar, war eher Filibustern als Debatte und konnte auch kaum länger dauern. Die leise Schärfe, mit der Kormoran seine Frage stellte, hob nur hervor, was ihm um diese Stunde das eigentliche, das einzige Thema war: Seit wann ist dir bekannt, daß sich meine doppelte Chance zum doppelten Risiko verkehrte?

Den Ton laß bleiben, sagte Änne zu seinem und weniger ihrem Schutz, ich weiß, daß dir das furchtbar zusetzen muß. Es ist schlimm, doch was du daraus machst, ist schlimmer. Wann? Felix hat es mir, wenn auch nicht so zugespitzt, sofort gesagt, als er es erfahren hatte. Wegen der Turbulenzen im Haus bekam er die Nachricht verspätet.

Großartig, erwiderte Kormoran, und welcher Turbulenzen in diesem Hause wegen bekam ich dieselbe Nachricht nicht?

Weil das nun wirklich keine Frage war, schwieg Änne und unterließ auch jeglichen Blick auf Blumen, Wein und Gäste. Ihr Mann verstand sie ohnedies. Doch anstatt sich wenigstens anflugsweise geniert zu zeigen, verirrte er sich in den Tonfall der Geheimrats-Szene, deren Parodie ihm vor noch gar nicht so langem glatt und prächtig von den Lippen gegangen war.

Wie denn, tönte er, ihr ließet mich ungewarnt in dieses Festival stolpern und zoget meine Entmündigung vor, anstatt euren Mund zu öffnen? Soll ich das wirklich von euch glauben?

Endlich ließ er auch von seiner verschrägten Position, richtete sich auf, preßte die Schulterblätter gegen den Gartenstuhl und flüsterte theatralisch: Haltet ja, daß er die Stunde nicht erfährt, die Uhren an! Verhängt dem Kerl das Fenster vorm sinkenden Stern! Laßt den Dummkopf seinen Klappen lauschen; wenn sie schweigen, hört er es ohnehin nicht mehr. Und wiegt den guten Mann im Glauben, dank der amerikanischen Installationen unter seinem Wams gehe das Leben die nächsten acht Jahre munter so fort.

Zwar hatte Änne zweimal zum Einspruch angesetzt, doch zog sie es dann vor, der Suada ihren Lauf zu lassen. Erst als sie Bewegung auf der Terrasse gewahrte, erwiderte sie: Dein Minister bricht auf – er mochte es vermutlich nie, daß man ihm Texte vorenthält.

Prompt und nach Ännes Urteil viel zu schnell erhob sich Kormoran, und liebenswürdig, als suche er die Befehlsform seines Satzes aufzuheben – zu liebenswürdig, für ihren Geschmack –, rief er: Grit und Horst, ihr beiden, setzt euch ja beschlngt Punkt wieder hin! So jung begegnen wir einander nicht noch einmal. Auch möchte ich euch, damit ihr nicht denkt, alles sei Niederlage, an Triumphen beteiligen, von denen mir der örtliche Postvorsteher laut seiner Ankündigung demnächst Zeugnisse bringt. Soviel ich weiß, hat mir Peter Ustinov geschrieben. – Er stockte gekonnt und sah einen Weg, die mehr als unbegeisterte Änne in sein Spiel einzubeziehen: Und, hilf mir einmal, wer war es gleich noch?

Die Frau Gemahlin überhörte sein Ersuchen, aber dafür hielt die Frau Nachbarin den Vorschlag parat: Womöglich Otto, Herr Kornemann!

Herr Kornemann brauchte einige Sekunden, sich den friesischen Zappler vor Augen zu holen, und erklärte dann: Verdient wär's, Frau Birchel. – Danach aber wandte er sich ohne Falsch den anderen zu und rief: Grit und Ilse, Horst und Herbert, verzeiht das abgeschmackte Hörspiel vorhin! Es war keine gute Idee von mir, euch in den Funkverkehr mit Felix Hassel einzubeziehen. Zeigt, daß ihr verzeiht und bleibt noch viele Stunden hier!

Falls es den beiden schwerfiel, diesem Ersuchen stattzugeben, wußten sie es zu verbergen, und erst als sie wieder saßen, erging das Wort an die Nachbarin: Daß Sie, beste Frau Birchel, mich nicht verlassen werden, setze ich, so stillschweigend wie mir nur möglich, voraus.

Wenn es in seinen Augen ein Vorteil war, daß er sich selbst verspotten konnte, galt es der Nachbarin wohl als günstiger, mit Spott gar nicht gemeint sein zu können: Garantiert bleibe ich hier, sagte sie und reichte ihrer Versicherung eine leichte Beschwerde nach: Hauptsache allerdings, Sie kommen wieder näher. Auf die Entfernung strengt es doch sehr an! – Weil er ihr zu zeigen suchte, ihn strenge es mitnichten an, fügte sie unmißverständlich hinzu: Mich, meinte ich.

Ergebener konnte man die Hände nicht heben, und reumütiger konnte man sie nicht ringen, als es nunmehr Paul-Martin Kormoran auf seinem Rückmarsch zur Terrasse tat, und weil er einmal im Schwung des Wiedergutmachens war, rief er der immer noch verschreckten Schwägerin zu: Ilse, dein unmäßiges Schweigen zu deuten: Du machst dir nicht etwa Gedanken über dein fürstliches Geschenk?

Doch, das genau mache ich, sagte sie bedrückt, denn hätte ich dir eine Karaffe Cognac aus Cognac gebracht, wärest du jetzt fröhlich und nichtsahnend.

Pfui Deibel, welch kommuner Zustand! Aber wahrscheinlich säße ich nur hier und plagte mich mit der Frage, wie sich die Bouteille vorm konfiskatorischen Zugriff meiner Frau oder eurem Rückfall in den Vulgärsozialismus retten lasse.

Änne sagt, Cognac in Maßen darfst du.

Hat sie auch gesagt, in welchen und in wessen Maßen? Wieder einmal die Frage, wer uns die Eichstriche ritzt. In Maßen darf ich alles. Den Daseinswandel bewundern, mich selbst verdammen, entgeistert sein und zu zweiundsiebzig Prozent für länger auf mich zählen. In Maßen darf ich leben.

Das ist wohl unser aller Maß, sagte Änne, und Frau Birchel nickte kräftig.

Nun werde nicht unfair, rief Ilse, wir haben schließlich Felix Hassels Rechnung in diesem mistigen Telefon gehört. – Wenn du mich nur gelassen hättest, wäre es schonender zugegangen.

Ehe Änne die Schwester zurechtweisen konnte, sprach Henkler vergrübelt: Da wüßte ich im Augenblick gar nicht so schnell ein Beispiel.

Als bedürfe sie seiner Hilfe, wandte sich Kormoran der Schwägerin zu: Beruhige dich und sage nicht so dschingiskhanisch: mistiges Telefon! Es ist fabelhaft und kann nichts für den Text zur Premiere. Es kann sowenig wie du dafür. Oder sonstwer. Außer mir. – Und jetzt tun wir, was wir zu dieser Zeit immer taten, und essen, was wir in diesen Stunden immer aßen, nämlich knusprigen Kaßlerbraten, bereitet von meiner kundigen Hand. Und wer noch einmal von Herz oder Daseinswandel spricht, kriegt weder vom Geselchten noch vom Kraut etwas ab.

Als er sich erhob und die Tafel umrundete, flüsterte Ilse ihrer Schwester rasch zu: Bevor Felix kommt, könnte ich es ihm nun doch in aller Vollständigkeit sagen ...

Kannst du nicht! war die entschiedene Antwort.

So blieb Ilse Henkler stumm und machte gar nicht erst den Versuch, ihren Schwager an der Verandatür abzufangen. Selbst ein Naserümpfen versagte sie sich, weil das bei Änne nicht verschlug und auch Fältchen machen sollte.

Kormoran stoppte unter der entfesselten Glocke und schien sich zu fragen, ob sie nicht besser geschwiegen hätte. Doch wußte er, daß er auch ohne ihr Geschrei an den verhaltenen Alarm aus dem Hause Hassel geraten wäre. Aber kaum wieder an das Alarmpapier aus dem Hause Kormoran.

Gedankenleser Henkler betrachtete seinen Schwager, nahm, im Versuch immerhin, ihn aus dem kleinen Einen ins große

Ganze zurückzulenken, die Notizen vom Tisch und fragte: Ist das dein voller Ernst?

Man konnte meinen, der Archen-Autor habe auf solche Frage, die schon nicht mehr Zweifel, sondern Angriff war, seit der Enthüllung seines Buchplans gewartet, denn er kehrte um, nahm seine Zettel und schickte sich zu einer ungehaltenen Antwort an. Doch weil er Ännes warnende Hand sah, ließ er sich mit nur mäßigem Hohn vernehmen: Anders bringt man Leute wie dich doch nicht zum Lachen. – Gefällt dir wohl nicht – Wertedepots, Garantieinjektionen, Achillesfersen auf Gegenseitigkeit: Entwürfe eines Ausgleichs. Geht dir gegen den Lebensstrich, nicht wahr?

Was heißt: gefällt nicht? Was heißt schon gar: gefällt mir nicht? Es geht einfach nicht. Mich mußt du überhaupt nicht fragen; es geht ganz allgemein gegen den allgemeinen Strich des Lebens.

Vor allem und speziell dir, Herbert. Wenn du nicht im besonderen Einsatz bist, bist du doch nicht. Aber über den allgemeinen Strich des Lebens wirst du mir erzählen müssen, sobald wir beide genügend Zeit dafür haben. Spätestens auf dem glühenden Rost des Teufels mit den drei goldenen Haaren. Apropos, jetzt kommen Kaßler, Kraut und Bier.

Beinahe hätte er es geschafft, ins Haus zu gelangen, aber er wurde von der Nachbarin, die über den Männertheorien einen handfest weiblichen Plan entwickelt hatte, noch einmal aufgehalten: Herr Doktor Kormoran, ob ich wohl bei Ihnen telefonieren kann? fragte sie und wehrte energisch einen Vorschlag ab, den niemand geäußert hatte. Nein, nicht bei Ihnen, ich werde doch keine Umstände machen, bei mir, hier, mit Ihrem neuen Apparat, meine ich.

Man zog Gesichter; Ilse ohne alle Rücksicht auf drohende Runzeln, weil sie sich nicht nur als Spenderin, sondern infolgedessen auch als halbe Besitzerin sah; Änne, da sie eine bestimmte Art von Dreistigkeit ganz besonders wenig leiden konnte; Grit Schluziak, die an gegenseitigen Vorteil glaubte und in diesem Handel keinen für Kormoran fand; Horst Schluziak, dem es gerade noch erlaubt schien, mit dem unangemeldeten Apparat Gespräche entgegenzunehmen; und Herbert Henkler, der über der Beobachtung, daß sich das freigesetzte Volk vor allem an die Spinner hielt, sehr eckig grinste.

Auch Spinner Kormoran erlaubte sich, zumal er schon halb verdeckt im Hause stand, eine gefaltete Stirn, und seine Antwort klang, Geburtstag oder nicht, nur wenig begeistert: Aber ja. – Ist jemand so nett, der Nachbarin den Apparat zu reichen? Sein Schritt ins Haus nun endlich hatte etwas von einer kleinen Flucht.

Da keiner der anderen Anstalten machte, Frau Birchel das Portable zu bringen, übernahm Vizeminister Schluziak den Gang. Wie er da aufrecht die Treppe hinunterstieg, mochte ihm etwas von kontrollierter Grenzüberschreitung im Sinne sein.

*

Auch Ilse Henkler, die man eben noch hatte hindern müssen, eine Schauerstory aus Hamburg zu kolportieren, überschritt Grenzen, als sie mit unvermuteter Freundlichkeit zu ihrem Manne sagte: Bravo, daß du Paul von der entsetzlichen Geschichte abgelenkt hast! Für einen Augenblick wenigstens. Wo nahmst du nur die Feinfühligkeit her?

Was betrifft Feinfühligkeit – für die bin ich mir sehr bekannt. Feinfühligkeit, Fingerspitzengefühl, Einfühlungsvermögen, um nicht von meinem schlechthin überfeinerten Gefühlsleben zu sprechen. Bin ich bekannt für. Schon vergessen?

Schon ist gut, antwortete Ilse, und alle Freundlichkeit erwies sich als aufgebraucht. Aber wenn du so fragst, dein Charakter ist mir unvergeßlich. Anders ausgedrückt: Ich habe ihn mir gemerkt.

Grit Schluziak lauschte dem Ehedialog mißbilligend. Auf ihrer Stirn stand die wenig ausgefallene Frage, warum manche Leute einander überhaupt erst geheiratet hatten. Da sie erfolglos versuchte, per Blickverbindung etwas von Urteil und Rätsel an Änne loszuwerden, wandte sie, als er endlich bei der Nachbarin jenseits der Gartengrenze angekommen war, ihre ganze Aufmerksamkeit den gehaltvollen Äußerungen ihres Mannes zu.

Weil das Leben dem Minister nie Ähnliches abverlangt hatte, er also ungeübt war im Überbringen von Fernsprechgerät an sitzende Personen, lieh er sich die vermutlich passende Haltung aus dem einen oder anderen Kinostück und war der Butler, welcher der gnädigen Frau das – noch mit ph und langer Schnur versehene – Telefon an den herrschaftlichen Sessel liefert.

Frau Birchel wieder, die in den Niederungen desselben Lebens gelernt hatte, Augenblicke der Überlegenheit zu erkennen, wo sie sich einmal zeigten, hielt sich ebenso an die Muster dieser Filme und nahm dem Kammerdiener Schluziak huldvoll die Gerätschaft ab.

Ob nun nur Vize oder nicht, Horst Schluziak war nicht Amtsinhaber geworden, weil er das Wort Diener für die gelungenste Übersetzung des Wortes Minister hielt. Er ließ zwar von der wertvollen Apparatur, verließ aber nicht den Platz am gedachten Zaun und sprach mit wohlerzogener Autorität: Wenn es nichts Intimes ist, warte ich und bringe das Gerät seinem Besitzer gleich wieder. – Obwohl er bis vor historisch kurzem noch der sozialistischen Idee verwaltend vorangeschritten war, wußte er dem Ausdruck Besitzer einen besonders ausdrucksstarken Klang zu geben.

Doch hatte Frau Birchel weniger Ohren für solche Klänge als vielmehr die Fähigkeit, ganz unbetroffen in die Welt zu sehen: Intim ist es nicht, nur wird es dauern. Ich habe meine Nichte länger nicht gesprochen. – Keineswegs ungeläufig, aber laut mitzählend tippte sie die Rufnummer ein: Nullnullviervierzweizweidreivierzweinullnullviersechs. – Sie nickte eher sich als Schluziak zu, als sie anerkennend befand: Für Zahlen hab ich einen Kopf. Kein Wunder, wo unsereins mit jedem Pfennig rechnen muß. – Dann aber lauschte sie hingegeben.

Der gewesene Vizechef, immer noch ein nicht nur bewußter,

sondern auch kostenbewußter Mann, sprach in hellem Entsetzen: Dreizehn Stellen, ist das Tokio?

Cambridge, sagte Frau Birchel, sie hat den Hausmeister von Trinity Hall geheiratet – und ist natürlich nicht da! – Ihrer Betonung nach hatte sie ihre Nichte ein langes Leben lang nur äußerst selten angetroffen.

In der Welt, die Horst Schluziak seit neunzehnneunzig bewohnte, geschah es nicht häufig, daß ihm vom Amte her etwas bekannt vorkam. Doch dies schien ein solcher Fall zu sein. Persönlichkeiten von der Art Frau Birchels hatte er dort öfter angetroffen, und nur, weil er seiner französischen Grammatik nicht sicher war, unterließ er es, *Déjà vu, Madame!* zu rufen. – Die Dichterin Birchel hatte Dauervisa gewollt, um jederzeit ihren Impulsen folgen zu können. Die Malerin Birchel grundierte grundsätzlich mit toskanischem Material und brauchte die Lire in Dollar. Und die Diseuse Birchel kam nicht ohne französische Friseuse an gegen Gréco und Piaf und hatte dem ZDF-Korrespondenten unmißverständlich bedeutet, es falle ihr zunehmend schwer, in einem ebenso kleinlichen wie kleinen Staat zu leben.

Bei solchem Umgang, den er im Auftrag seines Ministers pflegen mußte (*Da ist Gesprächskultur gefragt, Genossen, versucht es mit Behutsamkeit! Die können wir uns leisten, die frißt kein Brot!*), hatte der Stellvertreter eine Verhaltensart gelernt, auf die er jetzt zurückgriff, als er zur Nachbarin des Telefoninhabers sagte: Liebe Frau Birchel, das kostet, glaube ich, eine Menge Geld!

Frau Birchel nickte leiderfahren und ließ wissen: Deshalb schicken wir auch nur Karten. – Dann machte sie sich erneut ans Zählwerk, schlug resolut die Tasten und verglich lautstark ihr Wissen mit ihrem Tun: Nullnullviervierzweizweidreivierzweinullnullviersechs! Wo die wieder ist; sonntags soll doch nichts los sein in England!

Vielleicht beim Nachbarn telefonieren, sagte Schluziak, und ob der Prise Sarkasmus ermahnte er sich, nicht so rasch von den Lehren seines Vorgesetzten abzufallen. Falls Sie die Nichte erreichen, sagte er, bedenken Sie bitte: Es wäre nicht zum Ortstarif, dafür aber aus des Doktors Tasche!

Jetzt war es an Frau Birchel, behutsam zu sein: Aber, aber, Herr Schubiak, Sie haben doch selbst gehört, das Ding ist nicht gemeldet. Nein, nicht nur gehört haben Sie es, sondern beinahe amtlich festgestellt.

Das habe ich, festgestellt habe ich es, doch ohne alle Amtlichkeit. Das fehlte noch! – Mit einem Wort, Frau Birchel, die Benutzung dieses Telefons geht über Herrn Kormorans Zähler.

Wenn die Post nichts davon weiß? – Nullnullviervierzweizweidreivierzweinullnullviersechs, tuten tut es jedenfalls. Sie nahm das Handgerät für kurz vom lauschenden Ohr und gab es zur technischen Inspizierung frei: Sie sehen doch, das Ding hat noch nicht einmal eine Schnur!

Mit Genugtuung bemerkte Schluziak, daß es ihm weiterhin nicht an Gesprächskultur gebrach, denn er hörte sich verzweifelt, aber freundlich zur Künstlerin Birchel sprechen, das sei für schnurlose Telefone geradezu ein Charakteristikum, und die Enkelin, das Kind mit dem erstaunlichen Physikverstand, sei wohl nicht zufällig im Hause?

Da zeigte sich wieder, welch ein Vorteil es war, nie ein Regierungsamt, und sei es auch nur als Vizeminister, innegehabt zu haben, denn ohne jegliche Behutsamkeit gab Frau Birchel die Erklärung ab: Wie ein bei keiner Vermittlung angemeldetes Ferngespräch von einem nicht angemeldeten Fernsprecher den nicht beteiligten Inhaber eines angemeldeten Fernsprechers etwas kosten soll, wäre mir auch durch meine Enkelin nicht vermittelbar. – Dies gesagt, fügte sie weniger streng, aber nicht weniger laut hinzu: Einmal versuche ich es noch, und wenn dann nicht … Nullnullviervierzweizweidreivier … und zuerst fiel der geprüfte Vizeminister mit ein und auf der Terrasse dann auch der erprobte Vizeoberst: … zweinullnullviersechs!

Zufrieden, weil sich von seinen Fertigkeiten etwas zeigen ließ, rief Henkler zum Telefonistenpaar hinüber: Das Ding hat eine Wiederholautomatik!

Rasch rief Schluziak zurück: Sage du bloß nicht so was! Erkläre Frau Birchel lieber, wer dafür aufkommt, wenn sie mit dem Spielzeug Manila ruft! Dir als gedientem Postbeamten wird sie glauben.

Nun, liebe Frau Birchel, was betrifft Manila oder Werneuchen und die Gebührenordnung, sagte Henkler und begleitete seinen Satz mit ungerundeten Fingerzeigen, berappen muß es der Herr, dem diese spendable Dame das Maschinchen schenkte. Beziehungsweise und im Falle Cambridge Sie, junge Frau!

Die Nachbarin reichte den Apparat eilends zurück, versicherte dann, nie würde der Doktor Geld von ihr nehmen, und schloß resigniert: Wenn sich unsereins schon mal kostenbewußt verhalten will!

Weil Schluziak zu diesem Gedankenpaar nichts zu sagen wußte, hob er, halb schon auf dem Rückweg zur Terrasse, wenigstens die *Frankfurter Allgemeine* aus dem Gras. – Danke, sagte Frau Birchel, und gleich darauf rief sie: Gotte nee!, denn geradezu übermütig zwitscherte das Gerät in des Ministers Hand, und die Glocke überm Hauseingang läutete wie losgelassen.

Wohl auch in der Sorge, die Ökonomin Birchel komme noch einmal ans Sprechgerät, sagte Änne eilig: Nimmst du das entgegen, Horst? Paul hört in der Küche nicht.

Schluziak meldete sich in Butler-Haltung, als wolle ihm das am transportablen Telefon Gewohnheit werden. Hier bei Kormoran, sagte er, und: Hier ist Unbereit, antwortete hastig eine weibliche Stimme. – Wenn nicht durch und durch gelehrt, so doch durch und durch gelehrig, fand der Minister gleich den Knopf, durch den sich die Übertragung auf die Terrasse unterbinden ließ, und einmal in der Rolle des Gehilfen, sprach er höflich ins Telefon und deutete beim Hören dieselbe Höflichkeit durch gemessenes Nicken an. Wen möchten Sie sprechen, Frau oder Herrn Kormoran? ... Nein, der Professor ist noch nicht hier ... Das geht selbstverständlich auch, aber wollen Sie nicht lieber ... Warten Sie, Frau Kormoran ist ganz in der Nähe ... Also gut, Frau Unbereit, wenn es gar so pressiert ... Es wird wörtlich ausgerichtet ... Vielen Dank, Frau Unbereit.

Obwohl er bei Hören und Sprechen nur schrittweise vorankam, gelangte er an die Treppe und erstattete von deren halber Höhe einem Publikum Bericht, das sich, soweit gar nicht gemeint, sehr interessiert, und soweit gemeint, gänzlich uninteressiert zeigte. Änne hatte schon bei der Namensnennung abgewinkt, so daß Schluziak seinen Report nur fortsetzte, weil er nun einmal begonnen war. Doch erschien Paul-Martin Kormoran in der Tür, trug eine Platte mit geschnittenem Fleisch herbei und stellte eine Frage, die ihm ihrer leichten Tücke wegen nicht wenig gefiel: Habe ich eben etwas läuten hören?

Ich berichte dir sofort, Paul, rief Schluziak, aber vorher muß ich sagen: Ich dachte schon, wo so vieles für immer hinter mir liegt, liegt zum Ausgleich auch hinter mir, daß mich in einem unbedachten Augenblick ein wachsamer Mitmensch am Telefon erwischt und mit brandeiligen, aber unverständlichen Nachrichten zudeckt. – Eine Frau Unbereit. Wollte weder dich noch Änne, sondern Felix Hassel sprechen. Wegen eines Herrn Aufderstell. Der ist auf dem Weg hierher. Er wird behaupten, er kommt wegen dir, sagt Frau Unbereit. Dabei kommt er wegen Hassel. Sagt sie. Oder, entschuldige, wegen der Klappen. Oder wegen einer fixen Idee. Weiß sie nicht genau, sagte sie und legte auf.

Klingt vielversprechend, antwortete Kormoran. Bitte, Horst, kein weiteres Wort in dieser Sache, solange ich Kraut und Rüben herbeischaffe! – Nein, alle sitzen bleiben – gemessene Bewegung, also eine in Maßen, tut mir gut, sagt mein Hausarzt.

Änne ließ den Hausarzt hingehen und setzte, während der Patient weitere Speisen holte, die Gesellschaft ins Bild: Frau Unbereit und Herr Aufderstell. Die gibt es wirklich, auch wenn es nach Strittmatter klingt. Der Versorgungschef der Klinik und seine Sekretärin. Du müßtest die Leute kennen, Grit.

Das war ein Satz, den die kommerzielle Führungskraft Grit Schluziak nicht in jeglichem Zusammenhang gern hörte, und sie machte unmißverständlich klar, daß sie sehr gut ohne die beiden Verwalter leben könne: Kenne ich und bin nicht weiter scharf auf sie. – Sie tippte auf die Uhr an ihrem kräftigen rechten Handgelenk und teilte dem Gatten mahnend mit: Wir sind schon weit überm Plan.

Aber der hatte aus seiner Meisterung der Probleme Birchel und Unbereit soviel Hochgefühl gezogen, daß er von Aufbruch nun nichts hören wollte: Der Plan, mein Schatz, ist ein Schrecknis aus anderer Zeit. Heute gilt Flexibilität. Denk doch, demnächst kommt Felix Hassel. Und vorher kommt Kormos Braten. Und es kommt auch, ich hoffe, darin war man unflexibel, Radeberger Bier. Und falls du all diese Lustbarkeiten nicht anerkennst, ich habe noch einen Grund, und zwar einen äußerst zwingenden: Herberts beiläufige Erklärung, um ein Haar wäre es schon siebenundachtzig mit uns vorbei gewesen. Grit, mein Schatz, man schreibt nicht seine persönliche Chronik und verläßt dann den Platz, an dem eine solche Bemerkung fiel.

Ach, gucke einer an, grummelte Herbert Henkler, vorhin hätte ich beinahe geglaubt, was betrifft das Memoirenschreiben, findet es nicht deinen Beifall. – Ansonsten, Herrschaften, und wenn Ihr gestattet: Ich denke, man bleibt schon Pauls wegen hier! – Als gelte es, den Anflug schwägerlicher Fürsorge rasch vergessen zu machen, fügte er mit breitestem Grinsen hinzu: Oder gehört der Mann mit dem vielversprechenden Namen Aufderstell in deine persönliche Chronik, Gritchen?

Was auch an Namen auf Grit Schluziak passen mochte, Grete zum Beispiel oder ein märchenhaftes Gretel oder, weit märchenhafter noch, Margarete – Gretchen und Gritchen gehörten nicht dazu. Wer die Kauffrau Grit dennoch so rief, sah eine sehr breite und sehr kalte Schulter. Oder hörte auf die Erkundigung nach der Rolle des Verwaltungsmenschen Aufderstell im persönlichen Leben der Handelsexpertin Schluziak die bissige Antwort: Du siehst den Menschen und darfst noch einmal fragen.

Weil aber Paul-Martin Kormoran, ehrgeiziger Schriftmensch

und ruhmsüchtiger Koch noch viel mehr, aus seinem Hause trat und die Nase hochhielt im Duft vom verfeinerten Kraute, fuhr Grit Schluziak um Grade versöhnlicher fort: Bis dahin erzähle die Geschichte, von der sich mein Horst etwas zu versprechen scheint. Wenn sie labberig ist – macht nichts, denn Paul Kormorans Art, gesalzenes Fleisch auch noch in Würze zu tauchen, gleicht jede Fadheit aus.

Nachbarin Birchel fragte, und es klang sämig, wie von Appetitsfädchen durchzogen: Ist wieder dieser Salat dabei?

Schon Ihretwegen, Frau Birchel, war die Antwort, die ganz von stolzem Herzen kam. Paul-Martin Kormoran legte Wert darauf, ein Herdkünstler nicht nur zu sein, sondern vor allem zu heißen. So daß es logisch war, wenn er sich, sobald allein, fast achtlos aus Büchsen und Gläsern ernährte. Ohne Gegenüber am Mittagstisch, das Lob und Preis zu streuen wußte, verlohnte sich kein Kochen. Und beim Abendbrot bestaunte er, wie rasch er, kaum ohne Gefährtin, einfallsfaul zurückfiel in die Muster seiner Jungmännerzeit. Zwei Schnitten von möglichst schwarzem Brot, eine mit vulgärer Wurst, eine mit gröberem Käse, und gewechselt nicht einmal die Abfolge beim Verzehr. – Als er seiner Frau von dieser Erscheinung mitteilen wollte, sagte sie, einer, der seiner eigenen Wege in Rührung gedenke, sei ihr ein schrecklicher Mensch.

Überlaut, als lasse sich die Erinnerung an diesen Augenblick übertönen, sprach Kormoran zu seinen Terrassengästen: Bedient euch, bitte; ich bin der Koch; der Kellner bin ich nicht.

Aber ich Ihre Kellnerin! rief Änne der Nachbarin zu. Bleiben Sie, wo Sie sind. Ich bringe Ihnen wie gehabt: Zwei Scheibchen Fleisch, ein Kleckschen Salat und keinen Faden Kraut. Ein Schlückchen Bier selbstredend und das erprobte Servierbrett. – Wie es war, als mein Schwager Herbert um ein Haar seinen Staatsratsvorsitzenden ausgebürgert hätte, wurde mir bereits einige Male anvertraut.

Sie füllte Krug und Teller, hielt sich an die versprochenen Substanzen und überschritt nur bei den Mengen entschieden das Maß. Den schmerzerfüllten Blick des Oberstleutnants Henkler, dem mit ihr der wichtigste, wenn nicht einzig nennenswerte Teil des Publikums verlorenging, sah sie sowenig wie das erstaunte Hin und Her zwischen den Schluziaks oder Ilses Versuch, pantomimisch zu zeigen, wie man mit gepflegten Händen einen Bart auf die Rolle dreht.

Änne Kormoran trug das beladene Tablett zur Nachbarin, paßte es auf die Sessellehnen, band es mit Schleifenbändern fest, räumte die Zeitung achtlos fort, schickte sich zu kurzem Austausch an, sah jemanden über den Gartenweg kommen, winkte, um ihn aufzuhalten, beschied sich damit, Frau Birchel guten Appetit zu wünschen und zu sagen, sie sehe eben einen neuen Gast; dann ging Änne Kormoran dem Hiobsboten Felix Hassel entgegen.

*

Ob sie nun durch Speis und Trank zu sehr in Beschlag genommen war oder mit Gründen ausgestattet, einmal nicht die Gans am Capitol zu sein – Frau Birchel meldete die Ankunft des Arztes nicht, sondern gab sich dem Genuß von Kormorans Speisen hin. Auf der Terrasse griff man nicht weniger enthusiastisch zu, und so sehr den Unteroberst Henkler die Abwesenheit der Schwägerin schmerzte, so schnell brachte ihn ein Ersuchen des Unterministers Schluziak in Gang, er solle erzählen, was es mit dem ausgebürgerten Vorsitzenden auf sich habe.

Zuerst noch ein Schluck von diesem und einer von jenem, dann sprach Herbert Henkler, der sich durch die Aufmerksamkeit der vielen für die Abwesenheit der einen fast ausgeglichen sah, mit ruhiger Stimme bei ruhigen Bewegungen: Was betrifft die schmeichelhafte Ansicht, ich hätte in der bewußten Angelegenheit das Kommando gehabt – das war natürlich nicht der Fall. Der Fall war, daß ich Mitarbeiter war, aber die Strukturen tun hier nichts zur Sache. Zu dieser Sache nun: September 1987; er fährt endlich nach Bonn. Mit endlich meine ich, von ihm aus gesehen. Von uns aus gesehen hätte er noch unendlich lange zu Haus bleiben sollen. Von Moskau aus gesehen auch. Aber nun fährt er. Die vom Personenschutz erzählen, er singt den ganzen Tag: *Paddelboote klar, Paddelboote klar, über den Rhein …*

Henkler bedachte sich kurz und wechselte dann in eine andere Mitteilungsform, indem er mit grummelndem Bariton das Wandervogel-Lied vom Rhein und den Paddelbooten vortrug. Den Anfang zumindest trug er vor, denn es verschlug ihm und nicht nur ihm die Stimme, als sich ausgerechnet die Nachbarin, an der so gar nichts von Jugendbewegung und an diesem Mittag nicht einmal viel von Bewegung war, in Hildejardchen Birchel verwandelte und mit einem Sopran von ukrainischer Hochlage einfiel: … *über den Rhein! Denn wir wollen fröhlich sein, und wir wollen Freunde sein, über den Rhein!* Doch gefiel sie sich nicht lange als Solistin, sondern wurde plötzlich leiser, verstummte dann und sah mit einem raren Anflug von Verlegenheit in ihren Krug, aus dessen Leere sich vielleicht die Fülle ihres Wohllauts erklärte.

Als Henkler seiner Hauptrolle wieder sicher war, fuhr er behaglich fort: Ursprünglich sollte ich sogar mit über den Rhein, als Kammerjäger. Wegen der Wanzen, mit denen man, stellt euch so etwas Ungezogenes vor, selbst im Gästehaus rechnen mußte. – O ja, Freunde, wir hatten es, wie unser Chef stets zu sagen wußte, mit einem verschlagenen Gegner zu tun. Was betrifft meine Westreise, wurde dann anders entschieden. – Natürlich, die Obristenclique!

Grit Schluziak, die von Temperament und Training her nicht zur Fassungslosigkeit neigte, rief nach hörbarem Luftschnappen stark erheitert: Eine einzige Beförderung, und du hättest dazugehört!

Aber Herbert Henkler erwiderte ungerührt: Bis dahin trennten uns Welten. Sein Blick wanderte den langen Weg zurück in Fernen, in denen ihm der Obristenstern lockend und kaum erreichbar geleuchtet hatte, und erst nach einiger Gewaltanwendung setzte er die Erzählung fort: Immerhin, in den Kampfstab

Sängerfluch zwo haben sie mich einbezogen. Der Chef, mein eigentlicher, hat mich zur Tischreden-Analyse abgestellt. Er sagte: Ein falsches Wort von dir, Herbert, und du weißt ja. – Und dann sagte er: Ein falsches Wort von ihm, und er bleibt draußen!

Minister Schluziak starrte ungläubig und stotterte fast: Ihr wolltet ihn was? Ihr wolltet ihn nicht wieder reinlassen? Ihr hättet euch das getraut?

Hätten wir, antwortete Henkler, aber man sah ihm an, daß er es selber auch nicht recht glauben konnte. – Hätten wir durchaus, und wenn man es historisch betrachtet, war es noch milde. Paul-Martin hat vorhin auf den Ägypter angespielt: Nimmt die Parade ab, freut sich über seine Jungs mit den Kalaschnikows, und dann schießen ihm diese Jungs einen Salut, wie er noch nicht dagewesen ist. – Mein Chef, der eigentliche, das war ein Schneller. Als die Sadat-Meldung aus dem Ticker kam, hat er mit der flachen Hand aufs Papier geschlagen und zu mir gesagt: Kannste dir merken, Henkel – er nannte mich Henkel, weil er einen Halt an mir hatte –, kannste dir ganz feste merken: Das ist fortan State of the Art, wie die Amis sagen, Stand der gewerblichen Dinge, nicht gerade Norm, aber Spitze, Pyramidenspitze, Weltniveau aus Kairo.

Der Erzähler goß sich vom Radeberger ein, jenem Biere, dem vermutlich schon Karl Mays Winnetou beim Besuch in Radebeul mäßig zuzusprechen wußte, studierte mit Wohlgefallen nicht nur die Schaumkrone, sondern auch die ungläubigen Gesichter seines Publikums und kam auf die Aktion Sängerfluch zwo zurück: Mein Chef, der eigentliche, riskierte manchmal was. Als die Personenschützer vom Gesang des Vorsitzenden berichteten, legte er plötzlich los: *Paddelboote klar, Paddelboote klar, über den Nil …*, aber wie's aussieht, hat ihn außer mir keiner verstanden. Vielleicht ganz gut so. – Wie wir wieder allein waren, tippte er mir mit dem Zeigefinger aufs Brustbein und erklärte mir ganz unzweideutig: Der quatscht nur noch! Der ist schon lange ein destabilisierender Faktor. Wenn der nicht an der Saar auf Linie bleibt, kommt er nicht wieder rein. Das Modell liegt vor: Sängerfluch eins. Daß du's nur weißt, Henkel: Redet der Mann dummes Zeug, läuft Sängerfluch zwo!

Die Gattin des Konspirators hatte bis dahin fast gelangweilt zugehört, klang aber sehr beteiligt, als sie fragte: Könnt ihr euch vorstellen, daß dieser treusorgende Ehemann seiner Ehefrau untersagt, aus der Geschichte eine Story zu machen?

Nein! rief Frau Birchel

Doch, rief Frau Henkler, zog es dann aber vor, sich betont an den gewesenen Minister zu wenden: Dabei hätte ich einen superstarken Titel und suggestive Zwischentitel gehabt, facettenreich, geschichtsträchtig und ebenso hintergründig wie volkstümlich. Beschworen habe ich diesen Herrn Oberstleutnant a.D., daß uns die neue Gesellschaft nur annehmen wird, wenn wir offen, ganz offen zu ihr sind.

Offen wie Cäsars Arsch! sagte Herbert Henkler und klang nach gezügelter Raserei.

Aber Ilse ignorierte das: Mein Gemahl in seiner gottgefälligen Sturheit will davon nichts hören. Er ist zwar ein totaler Laie in diesen Dingen, beharrt jedoch auf der Ansicht, im Augenblick sei ein Vorsitzender mit Opferakte nicht zu verkaufen.

Und wenn Sie das nun selber in die Zeitung setzen, Frau Henkler? fragte Frau Birchel, und Herr Henkler knurrte: Das wird Frau Henkler keineswegs.

Oder wenn ich das nun mache? fragte Frau Birchel, und Herr Henkler antwortete sanft: Dann würden Sie sich wundern, Frau Birchel.

Die Nachbarin scherzt, sagte Kormoran, doch um auf ein Element dieser tolldreisten Geschichte zurückzukommen, das mir bislang unbekannt war, aber uns beide auf entfernte Art fast zu Kollegen macht: Seine Tischreden hast du analysiert?

War mir genauso unbekannt, sagte Ilse empört. Allerdings, Tischreden beherrscht er – passiv, aktiv, überm Tisch, unter demselben, unterm eigenen, unter fremden …

Doch der Schwager bremste sie mit behutsamer Gebärde: Sei ein Engel, Ilse! – Gut, die Welt ist anspruchsvoller geworden, nur, Staat bürgert seinen Vorsitzenden aus – im Unterschied zu Änne kann ich nicht genug davon hören. Dieser Vorgang klingt mir nach wie vor wie eine Neuigkeit. Immer noch eins drauf; man könnte es Politmaximierung nennen.

Es hätte seiner Beteuerung nicht bedurft; sein verschärftes Engagement war ihm jetzt anzuhören und auch anzusehen, und selbst ohne genauere Kenntnis, wie Änne Kormoran sie von diesem Menschen hatte, ließ sich seine belustigte Rage unschwer als Flucht vor einer anderen Frage ausmachen. Und wenn nicht als Flucht, so doch als ablenkende Beschäftigung mit einem Gegenstand von entsprechendem Gewicht.

Die Rede vom bedrohten Vorsitzenden ja nicht abreißen und Platz für eine vom bedrohten Herzen machen zu lassen, ermunterte Schwager Paul-Martin seinen Schwager Herbert mit einer bestenfalls rhetorischen Erkundigung: Nach allem, was man weiß, scheinst du als sein Zensor nicht fündig geworden zu sein. Er war ja eines Tages wieder da. Oder ist er per bewaffnetem Grenzdurchbruch nach Haus gekommen? Doch davon, denke ich, hätte man gelesen.

Henkler nahm sich in seine rechteckigste Form zurück und sprach durch die Zähne: Keine Ahnung, wo meine Analysen abgeblieben sind. – Handhaben gab es genug. Dieses ganze Teufelszeuggerede, dieser deutsche Boden plötzlich mit all dem pazifistischen Nie-wieder-Krieg-Getöne. Als er losflog, hat er noch auf der Gangway *Auf, auf zum Kampf!* gedröhnt, aber geworden ist daraus der Bankettgesellen-Wettstreit *Wer kann heller vom Frieden singen?* – Letzten Endes hatten wir es eben doch mit einem Saarländer zu tun.

Wenn ich einmal ganz allein bin, sagte Kormoran, werde ich mir ausmalen, was geworden wäre, hättet ihr euch durchgesetzt. – Warum, genau, habt ihr nicht?

Die Russen erklärten, er muß zurück.

Nannten sie Gründe?

Den klassischen.

Der da hieße?

Er wußte zuviel.

Herbert hat recht, sagte Kormoran zu seiner Schwägerin, die Story ist nicht zu verkaufen. Man würde sie als Montagsmalerei oder Bildblähung abtun. Schade eigentlich, denn so wird es auch eine Karikatur, die unseren Vorsitzenden mit Schnauzer und Gitarre zeigt, nicht geben.

In Ilses beweglichen Zügen spiegelte sich, wie sehr sie versucht war, eine ganz bestimmte Montagsmalerei nun doch zur Sprache zu bringen, aber zum einen waren Felix Hassel und Änne nicht mehr fern, und zum anderen trieb Kormoran das Gespräch in eine neue Richtung, als er seinen Schwager fragte: Die Russen, sagst du? Alle? Oder speziell jener führende Mann, dessen Verdienste wir bereits herausgestrichen haben?

Mit unverhohlenem Ingrimm, dem zum Haß wenig fehlte, erwiderte Henkler: Der natürlich, wer denn sonst! Der hatte damals im Regiment nebenan noch ganz das Sagen. Dessen Reden hätten sie mich analysieren lassen sollen! Dann könnte er jetzt bestenfalls *Herrlicher Baikal* anstimmen: *Herrlicher Baikal, du heiliges Meer, auf einer Mülltonne will ich dich zwingen!*

Familie Schluziak reagierte angetan; Grit nickte deutlicher, als es ihre Art sonst war, und Horst setzte zum Mitsingen an, ließ jedoch davon ab, vermutlich, weil sich Frau Birchel zu ähnlichem bereit machte.

Kormoran hatte ein Auge für den Vorgang, aber keinen Gefallen daran. Allen Gesang zu unterbinden, sprach er hinter vorgehaltener Hand: Solange Änne nicht hört, wie ich, ihrer Gebote nicht achtend, verbotene Wörter benutze, Rückgaberecht, Entschädigung, Eigenbedarf et cetera: Eigentlich bedauerlich für ihn – unseren meine ich –, daß sich die Oberstleutnantsclique nicht durchgesetzt hat. Sonst könnte unser aller Tischredner heute, kehrte er aus dem Zwangsasyl zurück, Entschädigung und Herausgabe seines Eigentums fordern.

Ich hätte dazu gleich eine Frage, sagte Grit Schluziak und vergewisserte sich, daß Änne noch außer Hörweite war, aber ehe man in einen Fettnapf trampelt, nur weil man später als andere eintraf: Verbotene Wörter? Frau Doktor neigt ja zu solchen Späßen.

Und recht tut sie daran, rief Frau Doktors Schwester sehr beteiligt, ich sage das, obwohl es gerade mich und gerade heute sehr hart ankommt. Aber wenn man sich nicht versagt, über bestimmte Sachen zu reden, redet man über bestimmte Sachen immerzu.

Worauf ihr Mann freundlich nickte und milde dabei sprach: Was ein bestimmtes Leben geradezu auf die Summe bringt.

Kann ja alles sein, sagte Grit, nur dürfte eine Ärztin wissen, daß Sprechverbote zu seelischen Beschädigungen führen. – Obwohl mir natürlich manches auch längst zum Hals raushängt.

Doktor Schalck und Mister Golodkowski zum Beispiel, sagte Henkler und hatte sein altes Knurren wieder.

Oder das Ozonloch, rief Frau Birchel über die Gartengrenze und sorgte so für einen Wechsel von den herausgehobenen Charakteren der Zeitgeschichte zu hervorgehobenen Charakterzügen der Zeit. Auf kurz waren sie sich einig: Von der Treuhand könne man nicht mehr hören und von dem Rostocker Pastor auch nicht mehr. Das Umtaufen wolle man nicht länger zur Kenntnis nehmen und den Hauptstadtstreit nur noch verlachen. Von ABM dürfe ihnen niemand sprechen, von Vorruhestand ebenfalls nicht und nicht von Abfedern oder sozialer Verträglichkeit. Nicht von Rente, Reue oder Reform. Oder von Abwicklung, Verstrickung, Ausgrenzung, alten Ländern, neuen Ländern, Unrechtsstaat und Karenztag. Auf kurz waren sie sich einig: Verschonen solle man sie mit dem Vokabular der neuen Zärtlichkeit: Wessi, Ossi, Dissi, Assi, Knacki, Gorbi, Honi und Stasi. Vom Asylrecht müsse man ihnen schweigen, von Akademien auch und von Asbest und Abriß schon gar. Oder von besitzanzeigenden Wortfolgen wie: mein Anwalt, meine Akte, mein Steuerberater, meine Kündigung. Auf kurz waren sie sich einig: Internationale gegen Intercity – man hatte schon von schlechteren Geschäften gehört, nur könne der Tausch schwerlich Fortschritt heißen. Mit dem Fortschritt sei es ohnedies vorbei, und sobald sie sich rechne, komme die Kinderarbeit wieder. Das Recht der ersten Nacht vielleicht noch nicht, aber der Ausdruck *Frau Professor* erlange seine ursprüngliche Bedeutung zurück, nämlich *Frau eines Professors.* Und alle Frauen dürften wieder am Herde Aufstellung nehmen. Auf kurz waren sie sich einig: Es freute sie nicht, daß die heimatlichen Wege übers Land nunmehr *Privatweg* hießen, der Globus immer häufiger Blauhelm trug und das Wort *Atlas* sich zunehmend wie *Altlast* las.

Aber selbst nach langem Bedenken würden sie sich nicht, so zeigte sich gleich, einigen können auf des Ministers herausgestoßene Parole: Verlorenhaben ist längst noch nicht Verlorensein!

Hast du eine Ahnung! sagte Kormoran, und die anderen schwiegen so, daß man sah, sie hatten Ahnungen.

Allenfalls Ilse Henkler schien unschlüssig. Sie strich mit gespreizten Fingern durch ihr federndes Haar, besah ihre Schuhe, die pro Stück etwas teurer als anderer Leute Paare waren, roch, wie gut sie roch, und kam sich keineswegs verloren vor. Nicht einmal wie eine, die verloren hatte. Nur ein wenig nach falscher Gesellschaft kam sie sich vor. Nach Company, die zu aufstrebenden Mitarbeiterinnen der Zeitschrift *Depesche* nicht mehr ganz paßte. Andererseits war Geburtstag, und mit ihrem Schwager stritt sie auch alltags nicht gern. Also sagte sie: Wir könnten es wie bei uns in der *Depesche* halten.

Und bekam von diesem Schwager zu hören: Kaum anzunehmen. Aber weil ich tief in deiner Schuld bin: Wie haltet ihr es dort?

Wir einigen uns auf ein Unwort der Woche. Wer es benutzt, zahlt in die gemeinsame Reisekasse.

Originell. So ähnlich dürftet ihr es auch schon in der *Neuen Depesche* gehalten haben.

Stimmt, sagte Ilse, aber es waren andere Wörter.

Und andere Reiseziele, sagte ihr Mann.

Und anderes Geld, sagte Frau Birchel.

Nicht ohne der Nachbarin mit ministeriellem Blick zu bedeuten, daß Leute, die auf Kosten ihrer Nachbarn um die Welt zu telefonieren wagten, von Geld und Geldern besser schwiegen, fragte Horst Schluziak: Und wie lautete das Unwort dieser Woche?

Unkaputtbar – es wurde aber auch Zeit. Unkaputtbare Beziehungen, unkaputtbare Liebe, unkaputtbares Deutschland und unkaputtbares Deutsch – wer sich nur solchen Stuß ausdenkt!

Da Ilse wieder ihren leicht beleidigten Grundton angeschlagen hatte, mußte ihr unvermeidlich Antwort aus geehelichtem Munde werden: Die Täter dürften mit Schreibmaschinen bewaffnet sein, lautete sie. Und dem angeheirateten Fachmann galt aus demselben Mund die tadelnde Frage: Ist gegen so was nicht die Kritik gedacht?

Nicht ich und nicht meine, sagte Kormoran, unkaputtbar ist lustig. Ein Werbegag mit sprachlichem Vorsatz. Nach diesem Muster kann man jede Menge unmöglicher Wörter machen, imärschig, aufdemhundlich, was weiß ich. Und unkaputtbares Deutschland ist ganz vortrefflich. Zutreffend. Treffend. Nicht Unwort der Woche, sondern Wort der Epoche. Aber ich gestehe, meine jähe Neigung zu dieser meschuggenen Vokabel hatte zugespitzt persönliche Gründe. Ich glaubte etwas *unkaputtbar,* das mir inzwischen, ihr wart alle dabei, als zerbrecherisch gemeldet wurde … Aber davon sollte ich wirklich erst mit Felix Hassel sprechen …

Läßt sich gleich machen, sagte die Nachbarin und benutzte die Zeitung als Zeigestock, der ist schon eine Weile da. Wahrscheinlich beredet er mit Ihrer Frau, wie sich Ihnen die Sache schonend beibringen läßt.

Da sollte er sich mit einer Fachkraft beraten, mit einer Expertin wie Sie, blaffte Herbert Henkler, entschied sich dann aber für ein weiteres schwägerliches Ablenkungsmanöver: Weißt du, Kormo, was betrifft Aussprechverbot, hätte ich einen Spitzenkandidaten. Nämlich die Frage: *Wie gehts?* Ich bin schon soweit, sie mir regelrecht zu untersagen. Man erkundigt sich, wie's geht, und die Antwort hört sich wie ein einziger Unwortkatalog an. Von A wie arbeitslos bis zur Zusatzrente, die einer nicht kriegt, wird alles aufgeboten, damit du ja nicht denkst, es geht ihm gut. Imärschig geht es ihm und aufdemhundlich wie nie zuvor, und zum Beweise zeigt er die Apothekenquittung oder einen Brief, in dem die Gebrüder Grimm aus Hanau in Hessen ihm ihren Eigenbedarf auf sein Pfefferkuchen-Häuschen melden.

*

Grit Schluziak hatte erstaunlich oft zu dem genickt, was Herbert Henkler in raunzigen Tönen vortrug und mit eckigen Bewegungen unterstrich, und nun war Gelegenheit, auf die angekündigte Frage zu kommen: Da bei der heute herrschenden Juristerei alles möglich ist, wüßte ich im Ernst ganz gern: Was könnte der Sänger, der einmal unser gemeinsamer Vorsänger war, erfolgreich einfordern? Bei seiner Staatsnähe, meine ich. Die Rückgabe von was? Rückgabe seiner Hirschgeweihe?

Fürchtest du, er könnte dir an deinen kleinen Krämerladen wollen? warf Ilse Henkler ein und hörte sich nicht wie eine Sympathisantin an.

Auch Schwager Kormoran war die Zanklust seiner Schwägerin nicht entgangen, und weil er keinen Bedarf an weiteren Streitigkeiten hatte, zählte er auf, was ihm für den Augenblick einfallen wollte: Rückgabe seines Staatsvolks, an dessen Lenkung und Leitung er infolge Aussperrung durch den Unrechts-Staat gehindert wurde. Rückführung von dir, von ihr, von ihm, von Ihnen, von mir, von uns. Herausgabe seiner Kampfgefährten. Entschädigung gemäß Einigungsvertrag und Wiederherstellung der führenden Rolle.

Da man bei diesem Intelligenzler nie so recht wußte, ließ sich Henkler etwas Zeit, entschied dann aber doch, die Idee des Verwandten mit dem vernichtenden Prädikat Literatur zu versehen, ehe er sich der Exportkauffrau und ehemaligen Außenhändlerin Grit Schluziak annahm: Was betrifft die Geweihe, liebste

Grit: Die daran befestigten Hirsche hätte er ohne dich nie getroffen. Ohne die kanadischen Restlichtaufheller zum Beispiel, die du in acht Tagen über acht Stationen um die halbe Welt geholt hast.

Falls dies als Angriff gemeint war, verfehlte er gänzlich sein Ziel. Im Gegenteil, jedes Wort wurde vom stolzen Nicken jener Person begleitet, der dieses Wort gegolten hatte. Selbstgewiß, triumphierend fast, erklärte Grit Schluziak: Sollten Zweifel bestehen: Daß ich diesen widerlichen Embargovorhang zu einer Gardine machte, zu einem mottenzerfressenen Lappen, wird mich nie genieren. Niemals. Das war denen ihre Mauer! – Strategische Güter? Ist doch lachhaft! Sportgerät, medizinisches Zubehör, Lernhilfen – ich habe es herangeschafft. Und mit etwas mehr vom richtigen Geld, so habe ich neulich einem heutigen Partner gesagt, der damals nicht gerade mein Partner war, mit etwas mehr Geld hätte ich alles geholt. Alles!

Als habe sie nicht nur einen nachhallenden Wunsch ausgesprochen, sondern sei nach anstrengender Handlung durstig, tat sie einen Schluck, der weder in Ausmaß noch Heftigkeit für Wein oder Damen vorgesehen war. Herbert Henkler goß ihr nach, und sein Wohlgefallen war nicht gespielt: Gritchen, da ich vermute, daß es sich bei den Lernhilfen um Produkte der Firmen Apple und IBM gehandelt hat, erkläre ich hiermit feierlich: Dir gebührt die Graf-Luckner-Medaille.

Er unterbrach sich einen Augenblick, weil, begleitet von Frau Birchels freundlichem Nicken, Änne Kormoran und Felix Hassel auf dem Gartenweg erschienen. Als er fortfuhr, galten sein Blick und sein Bericht nur der Schwägerin: Benannt nach dem legendären Kapitän und Blockadebrecher Felix Graf Luckner. Erster Weltkrieg. Dieser Graf konnte Telefonbücher mit bloßen Händen zerreißen.

Professor Hassel, ein schmaler und fast kleiner grauhaariger Mann, der so selbstsicher dreinsah, wie er beim Anruf geklungen hatte, rief vom Fuße der Treppe: Ja, wir Felixe! Andererseits hatten im ersten Weltkrieg noch nicht so viele Leute Telefon. – Er deutete Verbeugungen an, gab niemandem die Hand und wandte sich an Kormoran: Lieber Paul, gegrüßt wird von Herzen – ein weiteres Mal gratuliert wird aber nicht!

Zumal die Gründe dafür schrumpften, antwortete Kormoran und ließ keinen Zweifel, daß für ihn nun des Wartens und Herumredens ein Ende sei.

Hassel sagte nur: Wir kommen darauf! und gab dem Tage, was sonst noch des Tages war. Er überreichte dem Freund und Patienten, der nicht zuletzt dank chirurgischer Künste sechsundsechzig geworden war, ein gewichtiges Päckchen und sprach dazu: Hat man dir schon ein Buch geschenkt? Falls nicht, hier wäre eines, und zwar über etwas, mit dem wir beide unsere Schwierigkeiten hatten. Aber nicht nur wir, fällt mir beim Blick auf jüngste Geschichte ein. Ich spreche von Ökonomie. *Bionomics* heißt die Schwarte und liest sich wie eine. Untertitel *Die Unvermeidlichkeit des Kapitalismus*. Ich hatte mächtig Spaß an dem Ding.

Da mußte doch noch Aufschub sein, und Umarmung kam nun auch, und Begeisterung setzte sich ein weiteres Mal durch gegen die entgeisternde Nachricht des Tages, sollte sich durchsetzen, wurde durchgesetzt von einem Paul-Martin Kormoran, der das Buch fast an sich riß und rief: Gib's her, ich danke dir, mein Felix! Alle, die du hier siehst, können wunderbare Geschenke machen, aber du bist der, auf den ich mich mit meinen diesbezüglich unverschämten Wünschen geradezu verlasse.

Er schwenkte den gewichtigen Band mit ähnlichem Enthusiasmus wie ein Weilchen zurück Ilses Telefon und rief zutiefst angetan: Denke ich etwa, dieses englische Buch mit dem erdrückenden Untertitel müßte man zwecks eigener Erbauung lesen; dann denke ich gleich weiter: Ein Sündenpreis, unherankarrbar, aber vielleicht hast du Glück, und ein verwegener Redakteur will es von einem Spitzen-Laien wie dir besprochen haben. Oder ein vermögender Mensch schleppt es an. Kaum so spekuliert, richtest du es ein, daß ich Geburtstag habe, und bringst das Ersehnte. Nimm dafür vom Kaßler, Felix, das bei unseren Festen, solange es die preisgestaltenden Kräfte des freien Marktes erlauben, unvermeidlich wie der Kapitalismus ist.

Grit Schluziak, die zum Titel des Buches zunächst ein Gesicht gezogen hatte, als sei sie noch führend im Volkseigenen tätig, nahm das verdächtige Werk ohne Umstände an sich und erklärte: Wirklich eine unangenehme Überschrift, lieber Paul. Den Bescheid in Sachen Unvermeidlichkeit hättest du nämlich auch von mir kriegen können. Mündlich zwar nur, dafür aber handfest. Du kommst darauf, wenn du zweimal sieben Jahre lang Sozialismus ökonomisch versuchst und dir auf dem Markt weder Engels noch Teufel aus der Klemme helfen.

Nur auf die Idee, es weiterzusagen, bist du nicht gekommen, sagte Änne, als sie sich wieder neben Ilse niederließ.

Und Ilse schloß sich mit einer Beschwerde an: Dafür hatten wir überzeugend und anschaulich, so die unbesiegbare Formel, zu schildern, wie unvermeidlich der Sozialismus ... ach, geschenkt!

Aber Grit Schluziak war nicht zweimal sieben Jahre lang unterm Mast des Blockadebrechers gesegelt, um sich nun ausgerechnet von Vertretern der Agitation oder des Gesundheitswesens etwas vorwerfen zu lassen. Erstaunlich giftig antwortete sie: Wenn's so lang geht, Frau Dr.med.: Ihr habt wohl immer Alarm geschlagen, sobald sich Sklerotisches in führenden Köpfen tat? Oder wenn ihr – um bei deinem Fachgebiet zu bleiben – einen unbekömmlichen Polypen im staatstragenden Darm entdecktet? – Und deine *Neue Depesche,* liebe Ilse, ist natürlich nur zwecks schonungsloser Berichterstattung in denselben gekrochen!

Felix Hassel hörte aufmerksam zu und wußte in seine Frage viel von dem zu legen, was er von der Sprecherin hielt: Tag des offenen Tones, Paul?

Tag der offenen Herzen, Felix, antwortete Kormoran. – Womit wir wohl beim Stichwort wären.

Na ja, seufzte Hassel, gehen wir ins Haus oder in den Garten?

Aber Kormoran winkte entschieden ab: Wir bleiben, wo wir uns befinden. Von Änne wirst du wissen, wie wir alle hier dank dieses Prachtstücks moderner Nachrichtentechnik zu Kenntnissen gelangten, die eigentlich nur dich und Änne und, zugegeben, auch mich angehen. – Wozu also wieder in versiegelte Räume zurück?

Es entging ihm nicht, daß Schwägerin Ilse auf der Liste zuständiger Personen eine zu vermissen schien, und er versicherte eilig: Nein, Ilsibyll, fühle dich um Himmels willen nicht ausgeschlossen! Geht es um Anteilnahme, rückst du ganz nach vorn. Nur fragen wir im Moment an diesem preußischen Ort nach Konsequenzen, und davon halse ich dir nichts auf.

Er wartete keine Antwort ab, sondern wandte sich wieder an Hassel: Kommt noch eins hinzu, Felix, was du natürlich als Ideologie verlachen wirst: In meinem wundersam wiedergekehrten Harmonie-Konzept nenne ich unter dem, was nicht mit in die Überlebens-Arche darf, die Heimlichtuerei. Die verfluchte Heimlichtuerei, an der wir wie an einem selbstgefertigten Knebel erstickten. – Also, wir waren bei vierzehn Prozent Mortalität pro Klappe, macht für meinen Fall achtundzwanzig. Nun, Felix, mein Freund, handle mir den Satz herunter!

Hassel sah sich in der Runde um und sagte zögernd: Abgesehen von deiner Art zu addieren, da wäre auch, na ja, die Schweigepflicht, Paul.

Mit der kommst du mir besser nicht. Zum einen ist sie, wie ich die Zeitungen lese, disponibel, als stünde sie unter treuhänderischer Verwaltung, und zum anderen halte ich es nach wie vor für absurd, wie du mit ihr umgehst.

Er wandte sich Herbert Henkler zu: Damit du siehst, daß mein Ausfall gegen die Heimlichtuerei nicht einzig deiner Profession gewidmet war, etwas, das dir gefallen müßte, Genosse Geheim-General: Dieser Sägen- und Messerheld ist so verschwiegen, daß er mir nicht einmal meine eigenen Post-Narkose-Phantasien überliefern wollte. Ich fragte ihn: Hab ich was erzählt?, und er antwortete allen Ernstes: Sage ich dir nicht, fällt bei mir unters Arztgeheimnis. – Ich nehme an, er wurde, nachdem er mit Nadel und Faden in mir tätig war, von mir beschimpft und möchte nicht, daß bekannt wird, wie recht ich damit hatte. – Arztgeheimnis!

Ich halte es nun einmal so, sagte Hassel. Denn nicht jedem bekommt es, wenn er erfährt, wie er sich anhörte, als er von Sinnen war.

Denn, wenn, wie, als – eine Begründung so umständlich wie dein Satzbau. Jedenfalls bekommt es mir nicht, daß man mit mir verfährt, als sei ich nicht bei Sinnen. – Aber gut, Herr Professor, ich stelle dir eine nicht nur persönliche, sondern generelle Frage: Darf man es Verschlechterung der Lebensqualität nennen, wenn sich Lebenserwartung mit einem dramatischen Schlag verringert hat?

Ja! rief Frau Birchel und wußte dem kurzen Wort das Gewicht langgehegter Überzeugungen zu geben.

Felix Hassel sah zu ihr hinüber und dann zu Kormoran, und man begriff auch ohne freundschaftslange Übung, was er von dieser Art Öffentlichkeit hielt. Erst als er sich verstanden glaubte, entgegnete er: Bei vierzehn bleibt eine Chancenrate von sechsundachtzig Prozent. – Frag deine Frau, Herr Patient, was jeder Dickdarminspektor für eine solche Aussicht gäbe!

Zwei Klappen, Felix! Da schmurgeln die sechsundachtzig auf zweiundsiebzig zusammen.

Zu denen du gehören könntest.

Ich wüßte es nur gern, sagte Kormoran und hatte Mühe, beim ruhigen Ton zu bleiben. Glaubenssachen sind in dieser Hinsicht meine Stärke nicht. Geglaubt habe ich bis vor wenigen Jahren, ich werde für's Leben ohne texanisches Geschirr im Leibe auskommen können. – Ich schloß von meiner Herzensgüte auf die Güte meines Herzens.

Auch wenn Grit Schluziak unter Halsabschneidern zu einer Fachkraft herangereift war, die den Ehrgeiz nicht hatte, andere vor Fehlern zu bewahren, warf sie, vielleicht des Sonntags und Geburtstags wegen, korrigierend ein: Ohio, Paul. Shiley Incorporated sitzt in Ohio. Genau gesagt in Cincinnati, Bundesstaat Ohio, USA.

Höflich und kaum wirklich interessiert antwortete Kormoran: Statt Texas nun Ohio? Beim ersten Hinhören klingt es enttäuschend. Aber letztlich: Ob die Kugel über den Ohio oder den Red River geflogen kam, was für einen Unterschied macht es danach? – Lieber solltest du etwas anderes sagen: Gehörten die Schellen in meinem Leib etwa zu eurem Sortiment? Zu denken, du hättest wesentliche Teile von mir durch die Kontinentalsperre gebracht! Überlege bitte, liebe Grit Schluziak, bin ich dank deiner durchs Embargo?

Schon möglich, sagte Grit und hörte sich wie eine an, die außer Pflicht und Schuldigkeit nichts kennt. Die meiste Arbeit machte es, die Hersteller von uns als dem Endabnehmer nichts erfahren zu lassen. Manchmal war es so verschlungen, daß selbst mir die Einzelheiten entfielen. – Sie sah in sich hinein wie der Sittich, der die Katze fraß, und fügte still hinzu: Tut mir leid, Paul, aber woher welches Zeug gekommen ist, erinnere ich heutzutage beim besten Willen nicht mehr.

Keine schlechte Geschäftsgrundlage, sagte Kormoran, aber bitte, verdiente Beschafferin, laß Erinnern rückbezüglich bleiben! In einer Zeit der entfallenden Zusammenhänge wäre das wichtig. – Ansonsten kannst du mich nicht hindern, in dir die Person zu sehen, der ich zwei geschmuggelte Jahre verdanke.

Wenn sie nun auch noch beim Texaner gekauft hätte! sagte die Nachbarin und hätte unter dem Blickhagel im Korbstuhl zusammensinken müssen, tat aber nicht dergleichen, sondern reckte sich im Geflecht und meldete von ihrem vorgeschobenen Posten: Jetzt kommt der Rote Frontkämpferbund!

Herbert Henkler zeigte, wieviel von altem Späher und geharnischtem Vokabular noch in ihm steckte, als er über die Brüstung blickte und dann stöhnte: O Gott, mit Ehrenformation!

*

Die anderen sahen zwar noch nicht, hörten aber auch, hörten Schalmei, Klampfe und Trommel, hörten eine Melodie, die alle erkannten, obwohl sie heute Marschstiefel trug, und hörten sie von sehr heller Stimme nach Art sowjetischer Vorsänger intoniert: *Kennt ji all dat niege Leed, niege Leed, niege Leed,/ dat dei ganze Stȧdt all weet/ von Paster Gauck sien Kauh?*

Nun drängten alle an den Terrassenrand und sahen einen Aufzug, der aus drei älteren Damen und einem Mann in mittleren Jahren bestand. Die weiblichen Mitglieder der Kolonne, allesamt klein und rund, waren wild gewandet, das männliche Mitglied, klein und hager, trug sich fast vornehm. Der vorsingenden Person entstieg ein knäbischer Tenor, eine der Begleiterinnen zählte sich kopfnickend an ihren Einsatz heran, die dritte stieß mit ganzer Körperkraft in die Schalmei, und der Vierte tat bei der Parade nur halbherzig mit.

Zwischen Treppe und Nachbarin war man beim Refrain angekommen und verlautete: *Ja, sing man tau, sing man tau/ von Paster Gauck sien Kauh, jaujau,/ sing man tau, sing man tau/ von Paster Gauck sien Kauh!*

Begeisterung auf der Tribüne, kein Gedanke an Kairo und bei so überfließenden Mündern auch keine Rede von dem, dessen nicht nur Paul-Martin Kormorans Herz so bänglich voll war. Man klatschte dem treppensteigenden Musikkorps den Takt und lauschte gespannt, als die drei alten Frauen und der nicht so alte Mann, die einen hochrot vor Anstrengung und Eifer, der andere hochrot vor Anstrengung und Geniertheit, vor einem beinahe fröhlichen Kormoran Aufstellung nahmen.

Die Solistin schwieg jetzt, die eine Choristin sprach, die andere nickte im Takt dazu, der Mann wußte nicht, wohin mit sich, und alle hörten einen Geburtstagsspruch, der also lautete: Die Agitka Heimatlose Linke Ahorngrund gratuliert und präsentiert aktuelle Strophen eines traditionsreichen Landarbeiterliedes, drei, vier: *Schleswig-Holstein meerumschlungen, meerumschlungen, meerumschlungen/ handelt jetzt mit Ossi-Zungen/ und Paster Gauck sien Kauh*!

So sang die Alte mit der Jungenstimme, und beim Refrain schlossen sich Frauenstimme und Schalmei dann an: *Ja, sing man tau, sing man tau* ... Anstatt aber das restliche sing man tau darzubieten, brachen die Frauen auf einstudierte Weise jäh ab, und riefen ebenso geübt: Undsoweiter, neue Strophe, drei, vier, und diesmal ging der Solopart: *Umgetauscht für seine schlappen, seine schlappen, seine schlappen/ kriegt Paul K. die Herzensklappen/ von Paster Gauck sien Kauh./ Ja, sing man tau, sing man tau …*

Wieder der jähe Abbruch, wieder der selbstkommandierte Einsatz, wieder eine Strophe jenes musikalischen Werkes, das solange ein etwas einfältiger Rundgesang war, bis die Agitka Heimatlose Linke Ahorngrund ein etwas einfältiges Landarbeiterlied aus ihm machte: *Die Treuhand hat nicht rumgespielt, rumgespielt, rumgespielt/ und 'ne ganze Mark erzielt/ für Pastor Gauck sien Kauh …*

Aber ehe der Chor sich selber mit dem Kommando: Undsoweiter! zu neuerlichem Halt und neuerlicher Fortsetzung veranlassen konnte, kam Kormoran den beherzten Frauen und dem halbherzigen Mann um eine Idee zuvor, indem nun er sehr schneidig rief: Undsoweiter – fabelhaft! Ich danke Ihnen aus ganzer Seele!

Er schüttelte dem Quartett, das zu drei weiblichen Vierteln irritiert und zu einem männlichen erleichtert schien, die Hände und sprach dabei: Aber tun Sie mir einen Gefallen und präsentieren Sie den Rest des Liedes, den ich, da ich die Urfassung kenne, auf umfangreich veranschlage, gegen Abend. – Es trägt ja dann auch ganz anders.

Weil er nach jahrzehntelangem Kritikschaffen verletzte Künstlerinnenblicke zu lesen wußte, beeilte er sich mit einer ehrerbietig vorgetragenen Erklärung, bei der er auf Grit Schluziak wies: Diese Dame, eine leitende Persönlichkeit des grenzüberschreitenden Handelswesens, steht vorm Abflug nach Cincinnati, Bundesstaat Ohio, USA, und muß mit mir noch etwas bereden. Wichtige Fragen der nach Regionen differierenden Qualität medicomechanischer Materialien …

Auch Vizeminister Schluziak besann sich der Pflicht, beim Umgang mit schöpferischen Menschen für Gesprächskultur zu sorgen, und warf mit werbendem Lächeln ein: Außerdem hat die Gemahlin des Jubilars bestimmte Begriffe, von denen der eine oder andere in Ihrem trefflichen Text vorzukommen scheint, für heute mit einem Embargo belegt. Das alte Problem: Geschrieben steht: Eine Zensur findet nicht statt … Doch nehmen Sie erst einmal ein Schlückchen!

Herbert Henkler kam auf seine eckigsten Bewegungen zurück, als er den Damen von der Heimatlosen Linken knurrig vorschlug: Was betrifft Ihr Kampflied: Vielleicht studieren Sie, am besten, wenn Sie außerhalb der Tabuzone Aufstellung genommen haben, das Folgende ein: *Gauck wäscht seine Stasi-Akte, Stasi-Akte, Stasi-Akte/ weil ihm seine Kuh drauf kackte/ uns Herrn Pastor sien Kauh …*

Da war er ein Mann nach den Herzen der Agitka Heimatlose Linke, zumindest soweit es die Weiberherzen betraf. Man tauschte Instrumente gegen Besteck, füllte Teller und sang aus heißen Herzen und vollen Mündern: *Jau, sing man tau, sing man tau, uns Paster Gauck sien Kauh …*

Bis Paul-Martin Kormoran, ein wenig lauter als vorher, ein wenig schärfer vor allem, undsoweiter! rief. Sogleich endete der Agitka-Gesang, die drei Kämpferinnen sahen sich an, wie drei leicht verwirrte alte Damen aus Ahorngrund, und der nicht so kämpferische Kämpfer an ihrer Seite schien sich zu freuen. Ihm schüttelte der Jubilar noch einmal die Hand, und weil er, wenn sein Beruf es nicht anders verlangte, nur ungern verletzend war, sprach er herzlich, obwohl nicht ohne Beiklang aus verfilmtem Weimar: Sie sind der Leiter dieser bravourös-musischen Unternehmung? Dank jedenfalls, innigsten Dank, meine Damen, mein Herr, und bis nachher dann also!

Wie er sich aber abwandte, traf er auf einen bis in die Chirurgenseele erheiterten Felix Hassel, der heftig in sich hineinlachte, mit wohlgefüllter Gabel auf den männlichen und nicht sehr mannhaften Teil der Agitka Heimatlose Linke wies und schließlich sagte: Ich weiß nicht, was ihn herführt, wohl aber, welches bravourös-musische Unternehmen er leitet. Vor dir steht der bewährte Herr Aufderstell, Bereichschef für die medizinische Versorgung jener Klinik, die dich mit Ersatzteilen aus Texas, nein, aus Ohio versah.

Frau Birchel peitschte die Flanke ihres Sessels mit ihrer eingerollten Zeitung und rief ein überfälliges Gotte nee!; Änne und Ilse gaben dem Verwalter keinen zweiten Blick, die eine, weil er ihr zu bekannt war, die andere, weil zu unbekannt, und Grit Schluziak signalisierte dem Oberstleutnant Henkler mit einem Lächeln, das sie als weltbefahrene Freibeuterin auswies, hier sehe er das Männlein, in dem er einen Mann vermutet habe. Henkler signalisierte Abbitte und fing sich einen Blick vom Gatten der Korsarin ein, der in Klartext übermittelte, wie wenig dem Minister an solchem Austausch lag.

Verwaltungsleiter Aufderstell hatte vom Nachrichtenfluß zwischen Grit und Henkler nichts bemerkt, wohl aber zu den Namen amerikanischer Bundesstaaten etwas anmerken wollen, doch begnügte er sich mit dem Hinweis, er persönlich ziehe es vor, den Herkunftsort der Klappen als ein Quasi-Ohio zu bezeichnen. Da Frau Schluziak unter den Gästen sei, habe man das vermutlich bereits geklärt. – Er wußte den Übergang von dieser halbwegs amtlichen Bemerkung zu privateren Bekundungen durch veränderte Sprechweise deutlich zu machen: Herr Doktor Kormoran, sagte er, als habe er sich, wenn nicht jedes einzelne Wort, so doch fast alle Substantive mühsam abzuringen, Herr Doktor, indem ich mich hier befinde, treibe ich Mißbrauch meines Amtes.

Ob kühl überlegt oder aufs geradewohl gesprochen, Worte wie diese konnten einen Menschen kaum verfehlen, der nicht zuletzt seiner Neugier wegen berüchtigt war. Zwar drängte es ihn, einer Sache nachzufragen, die unbestreitbar näher als irgend sonst etwas lag, aber ein Vorsatz nicht nur für diesen Tag, sondern für's restliche Leben lautete nun einmal: Ruhig Blut!, und wenn es damit auch nicht immer gehen wollte, versuchen mußte man es. Da überdies die Ärzte Änne und Felix nicht den Eindruck machten, es sei ihnen an schlechter Behandlung ihres

Versorgungsmannes gelegen, wandte sich ein liebenswürdiger Gastgeber dem neuen Gaste zu: Geständnisse zu Beginn wollen meist auf erwiesene Unschuld hinaus. – Worum geht es?

Herr Aufderstell kam, wo es galt, schwierige Gespräche zu meistern, aus keiner schlechten Schule. Als es noch volkseigen zuging, dies sein Ausdruck, hatte er zwischen maßlosen Wünschen (so sah die eine Seite es) und bemessenen Möglichkeiten (so sah die andere Seite es keineswegs) zu vermitteln gehabt. Seit aber, auch dies in seinen Worten, das medizinische Leben ebenso frei wie das restliche verlief, rieb er sich zwischen dem begrenzten Genehmigungswillen der privaten Kassen und dem unbegrenzten Umsatzwillen der privaten Industrie kaum weniger auf. So wurde er zu einem mürben Mann, der geschmeidig zu denken wußte. Und zu reden, wie die Lage es verlangte.

Da die Lage auf Kormorans Geburtstagsterrasse Offenheit und Kürze zu empfehlen schien, sprach Aufderstell offen und kurz: Nutzte die Tatsache, daß Ihre Klappen durch meine Hände, zog Ihre Adresse aus meiner Kartei, wurde als Klinikmensch vorgestellt, komme jedoch als Mensch. Als musischer Mensch vor allem.

Der Blick von Paul-Martin Kormoran suchte den Blick von Dr. Änne Kormoran, aber die war im Gespräch mit ihrer Schwester und hatte kein Auge für ihres Mannes Nöte. Also sagte der behutsam: Ob nun als Mensch der einen oder anderen Sorte, Sie sind willkommen, mein Herr. Das heißt, solange Sie nicht Selbstverfaßtes aus dem Ärmel ziehn.

Aufderstell zeigte seine makellos weißen Manschetten und beteuerte: Das nicht. Schriftliches würde ich nicht wagen. Ich kenne Ihren Ruf als strengen Bewerter. Und den Anlaß Ihres Festes kenne ich auch. – Obwohl, einen Gedanken erörtern möchte ich schon.

Kormoran hob abwehrend die Hände, und seine Erwiderung klang gerade noch höflich: Einen hausgemachten vermutlich. Nur zu, ich gelte als ideale Adresse für hausgemachte Gedanken. Und die leidige Rückportofrage entfiele ja bei solchem Direktkontakt. – Lieber Herr, ich frage Sie: Könnten Sie mir diese Erörterung nicht schenken? Sagen wir, zum Geburtstag?

Nach einem Blick auf Felix Hassel setzte er hinzu: Es sei denn, die von Ihnen angefertigte Idee hat mit der ingenieurtechnischen Ausstattung des Menschen zu tun. Haben Sie gar und erfreulicherweise einen Chip entwickelt, der über die Reinheit unseres Herzens wacht?

Falls wer anders als Änne wußte, wie sich der wortnärrische Mann an Grobheit oder Lamento hindern ließe, zeigte er sich doch nicht; da war es ein weiteres Mal an ihr: Paul-Martin Kormoran, nun ist es gut! Jeder, auch Herr Aufderstell, versteht, daß du zur gräßlichen Meldung den Freund und Fachmann Felix sprechen willst. Der Zeitpunkt ist zwar nicht glücklich, doch was an dieser Geschichte wäre das? Geht ins Haus oder setzt euch da vorn ins Abseits, aber geht! Und du höre Felix bitte, bitte zu!

Der Verwaltungsleiter bedurfte keiner weiteren Mahnung, sich zu entfernen. Mit sicherem Rückwärtsschritt gesellte er sich den Damen der Agitka zu und griff wie sie zum kalten Büfett. Als verlange es Managersolidarität nicht anders, füllte ihm Grit Schluziak ein Glas, und Herbert Henkler versichertete tröstend: Was betrifft Ihre Idee – der Mann kommt wieder auf sie zurück. Auf Ideen ist der süchtig. Jede Wette, daß er kommt.

Felix Hassel stand nur zögernd auf, steckte die Hände in die Hosentaschen, als sollten sie dort für immer verbleiben, und schien, wie er Kormoran entgegensah, von Ännes Auftrag wenig begeistert.

Du siehst, Felix, sprach Kormoran, während er die Tafel umrundete, diese angeblich emanzipierte Persönlichkeit will eine Welt nach altem Muster. Unter vier Augen soll es sein! Mir wird immer kalt, wenn ich in der Zeitung lese: Unter vier Augen. Fünfzig Jahre später, wenn man die Zusatzprotokolle lüftet, zeigt sich, was die Kerle Aug in Auge ausgeheckt. Für jene zeigt sich's, die der offenen Atmosphäre zwischen ihnen gerade so entkamen. – Aber von mir aus; wir beide haben ja nichts Ungemütliches vor.

Wie zur Bestätigung rief von ihrem Außenposten die Nachbarin: Jetzt naht was Buntes, Herr Doktor!

Ehe der Herr Doktor diesem Lockruf folgen konnte, schob ihn die Frau Doktor sacht zum Herrn Professor: Haut endlich ab! Bunt hört sich nicht dringlich an, bunt kann warten.

Etwas widerwillig, aber doch gehorsam, ließ sich Kormoran hindern, nach dem Besuch zu sehen, und als Felix Hassel, Hände tief in tiefen Taschen, die Treppe hinunterstieg, folgte er in gleicher Haltung und schaffte es, sich auf dem Weg zu Stuhl und Hocker hinterm Sonnensegel kein einziges Mal umzudrehen.

Auftritt am Fuße der Terrasse hatte Gerrelind Baumanova, global geschätzte Dokumentarfilmerin, von der Fachpresse als lebende Kamera gepriesen und von den Fachkollegen als lebender Lautsprecher nicht so gepriesen; bei der Obrigkeit ihrer Filme wegen hoch und ihrer Ansprüche wegen scheel angesehen; Urheberin der Spruchbandfrage *Wer Kunst nicht aushält, wie wollte der leben?*; Initiatorin der Volksfilmbewegung *So sieht es aus!* und berüchtigt bei Oben wie Unten, weil sie vieles anders als Oben und Unten sah und auch sagte und zeigte.

Gerrelind Baumanova, in der Tat bunt gewandet, bunt und wallend, stand am Fuße der morschen Terrasse, hielt, die Perspektive vermessend, ihre Hände vor Augen, wie es jeder kennt, der jemals einen Regisseur bei der Arbeit sah, drehte sich um die eigene Achse, hatte dann Haus und Garten im Kasten, flog die Treppe hinauf, umarmte alle, die ihr greifbar waren, und weinte mehr, als daß sie rief: Und das wollen sie euch nehmen? Diesen Herzensort? Diesen …

Sie hielt sofort inne, als Änne eine Tasse hob und fragte: Tee, Gerrelind?, und sie antwortete sofort: Ja, bitte! Dann gab sie dem Herzensort einen weiteren Namen, der Lichthof auf dunkler Erde lautete, und setzte zu neuerlicher Benennung an. Diese …

Wieder hielt sie inne, als Änne die Tasse hob und fragte: Milch, Zucker, Zitrone?, und wieder antwortete sie sofort:

Milch bitte! Dann taufte sie den Herzensort auf den Namen Solitüde deutscher Geistigkeit und stellte bebend die Erkundigung an: Und dieses Arkadien soll nun Beute der Okkupanten sein? – Sie nippte vom Tee und machte aus ihrem nächsten Satz ein einziges und überraschend kühles Wort: HabtihreinengescheitenAnwalt?

Den gescheitesten, Gerrelind, antwortete Änne. Er ist so gescheit, Wohnungssachen nicht anzufassen. Und wir waren so gescheit, für heute zu beschließen: Wohnungen und Anwälte werden nicht besprochen. Ebenso muß niemand das Thema Herz forcieren, wenn du verstehst, was ich meine.

Sie sah in den Garten, und zum ersten Mal an diesem Tag und für den geringsten Augenblick zeigte sich ein Schatten von Schmerz und von Trauer auf ihrem Gesicht. Als gelte es, anzugehen gegen den Verdacht, sie könne solcher Gefühle fähig sein, hob sie mit Fingerspitzen einen der kühnen Ärmel Gerrelinds und sagte bewundernd: Deine Courage! Was ist das, Postmoderne oder einfach Weite und Vielfalt?

Viel Falten für viel Geld vor allem, warf Henkler ein, der auf eine Wortgelegenheit nur gewartet hatte. Wenn ich ausgehe von Ilses Standards: ein angewandter Tausendmarkschein. Wo hast du die Tarnkleidung aufgetrieben, Gerry? Raffiniert! Wer würde schon in diesem bannerfarbenen Festgewand, was sage ich, in dieser Testrobe für Kodacolor die Dokumentarfilmerin Gerrelind Baumanova vermuten? Eine Person, die vielleicht Gründe hätte, vorerst nicht so aufzufallen.

Heftig, pathetisch fast kam die Antwort: Du hast es nötig, Henkler! – Nein, Änne, es ist ganz anders. Ich tarne mich nicht, ich stelle mich! Ich rufe: Seht her, ich bin's. Nach Jahren erzwungener Schlichtheit bekenne ich Farbe.

Ilse zeigte sich aufrichtig verwundert: Vor wem denn, Gerrelind? Bei uns ist es nicht nötig, und deine Okkupanten, die ich allerdings nicht so nennen würde, beeindruckst du nicht. Sie bemerken es nicht einmal.

Dann sind sie zu allem auch noch blind.

Sind sie nicht. Sie sind es nur gewöhnt, daß jemand, der es sich leisten kann, in so etwas herumläuft. Ja, wenn sie wüßten, du bist eine Östliche und dann so angezogen! Aber weil sie dich nicht kennen – mach dir nichts vor, sie kennen dich nicht –, denken sie, du bist wie sie zu Besuch aus Krefeld hier.

Hack nicht auf Krefeld rum! knurrte Henkler, aber Baumanova hörte nicht hin. Sie holte aus ihrer Handtasche, die ähnlich weitläufig wie ihre Gewandung war, ein Manuskript, das mit dem Stauraum von Kollegmappen nicht ausgekommen wäre. Sie nahm es an markierten Stellen auseinander und verteilte es. Änne bekam einen Packen, Ilse ebenso, die Eheleute Schluziak mußten sich einen teilen, Herbert Henkler erhielt seinen erst nach Verzögerung, Herr Aufderstell keinen, und auch Frau Birchel, die sich wieder in die *Frankfurter Allgemeine* zurückgezogen hatte, wurde ausgelassen.

Halb zeigend, halb zählend wies Gerrelind Baumanova auf die Stapel beschriebenen Papiers: Das wird beeindrucken. Euch und die Landfremden. Den will ich sehen, den es nicht beeindruckt. Lest und tauscht es aus. – Sie griff noch einmal in ihren Schnappsack und förderte ein handgroßes Päckchen zutage. Sie hielt es wie einen Fächer, sah zur Verandatür und fragte: Wo ist Paul überhaupt? Am Kochtopf, am Telefon? Wenn du sagst, am Computer, bin ich auch nicht weiter überrascht.

Die Verteidigung des Schwagers übernahm Ilse, und sie fand den tragischen Ton dazu: Er bespricht sich mit dem Arzt. Es ist eine Lage entstanden.

Ehe ihre Schwester zur Beschreibung dieser Lage übergehen konnte, wandte sich Änne an Gerrelind: Keine Sorge, er wird dir schon noch die Ohren küssen!

Wenn er sie erkennt, murmelte Henkler.

Die Ohren? fragte Ilse.

Ein Wunder, daß ihr Paul-Martins Geburtstag über solchen Wichtigkeiten noch eingefallen ist, sagte Grit zu ihrem Mann, behielt aber die Augen auf den Papieren, deren Lektüre sie mit ihm teilen sollte.

Dokumentaristin, antwortete der ehemalige Stellvertreter des ehemaligen Ministers für Kultur, da hättest du die Schöpferischen sehen sollen!

Herbert Henkler zeigte mit quadratischer Fingerspitze auf das Päckchen: Wieder ein frivoles Kartenspiel, Gerrelind?

Frivol? Zumindest das. Frivol bis obszön. Was ich hier bringe, und was ich Paul dann übergeben werde, ist die Kartei zum geplanten, geplant gewesenen Film über Paul-Martin Kormoran. Also Karteileichen, denn das Projekt ist eines natürlichen Todes gestorben. Eines heutzutage natürlichen Todes.

Was ihr alles anschleppt, sagte Henkler, das Manuskript eines Films, den man nicht drehte; Karteikarten ohne Projekt dazu; das Protokoll einer Rüge, die nicht ausgesprochen wurde; eine kapitalismusapologetische Propagandascharteke; ein Telefon, das herumposaunt, wie schmal gewisse Aussichten sind – mich würde nicht wundern, wenn uns der Professor ein Röntgenbild präsentierte, auf dem in Paul gar kein Herz zu sehen ist.

Mit einem weiteren Schub von Schärfe fragte Grit Schluziak: Aus deinem Hause gibt es wohl über deinen Schwager nichts?

Was betrifft mein Haus, so existiert es für mich nicht mehr, und was betrifft meinen Schwager, kam er für mich in diesem Haus nicht vor. Für mich nicht.

Schluziak klang so ungläubig, wie er wollte: Du willst sagen, es gab keine Akte über ihn?

Eierköppe waren nicht mein Sektor, antwortete Oberstleutnant a.D. Herbert Henkler und betastete seinen sehr eckigen Schädel.

Wissen wir, sagte Ilse ungehalten, du hast nur den führenden Wassersportler betreut.

Gerrelind Baumanova mochte nicht, daß sie nicht folgen konnte, und gab dem Gespräch eine andere Richtung: Wie dem nun immer sei, Änneken, ich dachte auch an dich, als ich mich für die Karteikarten entschied. Da hast du alle Daten seines Lebens beisammen für den Fall, du weißt schon, den traurigen Fall, und mußt nicht erst an den Wäscheschrank, wenn die, nun, die Fachkräfte für traurige Fälle nach der Hemdgröße fragen. – Oder läßt du deine Herzensfreundin Ruth diese Sache machen?

Änne antwortete kalt und böse: Ja, Herzensfreundin Gerrelind, ich lasse die Fachkraft Ruth diese Sache, du weißt schon, machen. Aber vorher lasse ich Felix und alle Ärzte der Welt alles versuchen, was ihnen einfällt. Und wenn es heißt, hinterm spanischen Ebro sitzt ein Schamane, der zu wissen meint, wie man ein am Ohio verpfuschtes Klapperding zum Klappern bringt, dann schleppe ich den Kerl mit meinen Zähnen über die Berge.

Es wird nicht nötig sein, sprach Verwaltungsleiter Aufderstell, und weil ihn keiner verstand, hörte keiner hin zu ihm.

Man war verlegen, immerhin. Allen voran Herbert Henkler, aber er hatte auch mehr Gründe als die anderen. Andere als sie. Auch Schluziak war verlegen, und auch er hatte mehrere Gründe. Gänzlich andere als die anderen. Und Grit und Ilse waren verlegen. Und sogar Gerrelind Baumanova war verlegen. Doch da es sich für eine Regisseurin gehörte, versuchte sie, eine andere Szene, ein anderes Thema aufzurufen und die verfahrene Handlung wieder in Gang zu bringen. Das tat man am besten, indem man dort, wo es schiefgegangen war, neu Anlauf nahm.

Sie fächerte ein weiteres Mal mit dem Päckchen und beteuerte: Man hat keine Verwendung mehr für diesen Film, mithin auch kein Geld; man behauptet allen Ernstes, das Unternehmen sei thematisch erledigt, moralisch verbraucht, also Finis, The End. Dabei wimmelte ich geradezu vor Ideen. Sie stehen auf den Karten, die Paul dann wenigstens lesen soll. Eine habe ich, mit seiner Erlaubnis und Kooperation, schon realisiert.

Sie tauchte wieder in den edlen Fouragesack, förderte eine Kassette zutage und legte sie auf die Karten.

Auch Ilse wußte da zu zeigen, daß sie nun nicht mehr weiter verlegen war: Wenn man denkt, sprach sie, so große Ideen, so kleine Packerl!

Gerrelind Baumanova nahm kaum übel und sagte nur: Typisch Journalistin, stets ahnungs-, nie sprachlos. – Da aus dem

Werk – moralisch verbraucht, daß ich nicht lache, was wissen die Leute von Moral –, da aus ihm nichts wird, kann ich es ebensogut sagen: Ich wollte diesem Film von Vorspann bis Abspann Paul-Martin Kormorans Herzschlag unterlegen, jenen einmaligen Sound, der sich ergibt, wo Natur und Technik symbiotisch ein Leben betreiben. Das irritierende Klappern als artistisches Movens. Ein Zeitalter wird belauscht. Ein Herz morst Dora: da da-da, da da-da. Nicht V wie Victory, sondern D wie Defeat. Nicht da-da-da da für Sieg, sondern da da-da für Niederlage. Statt Ludwig Van jetzt Bredemeyer: da da-da, da da-da …

Die Nachbarin Birchel ließ zugunsten anderen Kulturguts von der Zeitung und gab mit Entschiedenheit bekannt: Mit Schweineohren wäre das glatt nichts geworden!

Auch Herbert Henkler wußte zu beweisen, wie rasch man, wenn man nur wollte, alle Verlegenheit hinter sich lassen konnte. Er steckte beide Zeigefinger in die großzügig geratenen Ohren, sah etwas blöde aus und knarrte: Aber Beethoven hätte man damit instand setzen können.

Wieder einmal ließ sich Verwaltungsleiter Aufderstell vernehmen. An der Kraft, mit der er seinen Einwurf machte, zeigte sich, wie sehr er unter dem Gesprächsverlauf gelitten hatte. Denke jedoch, sagte er laut und hastig, es fragt sich, wo Grenzen liegen. Sehe Probleme moralischer Abstoßung. Befürchte erhebliche Konflikte.

Moralische Abstoßung, das klang der Baumanova verdächtig nach moralischer Verbrauchtheit, und daß ihre Manuskripte unberührt zwischen dem Geburtstagsgeschirr lagen, machte sie auch nicht umgänglicher. Sie fauchte den kleinen Verwalter an: Abstoßung! Ist an Ihrer Zunge etwas abgestoßen? Denke, sehe, befürchte! – Warum reden Sie so kasernisch verkürzt?

Aufderstell war bestürzt: Bitte vielmals um Entschuldigung. Neueste Gewohnheit. Die Wirtschaftlichkeit. Die Senkung der Verwaltungskosten. Das Telefon. Die Taktgebühr. Verzeihung, ich werde mich befleißigen, hinkünftig eine derart kasernische Ausdrucksweise zu vermeiden.

In Herbert Henklers tieferen Gevierten hatte sich eine Idee geformt, die, koste es, was es wolle, heraus mußte aus ihm: Was betrifft Organspende, Ilse – also, wenn bei mir mal was nachließe, es schlägt ja nicht immer auf Herz oder Ohren, dann wäre es nett, du stehst an der OP-Tür, und ich rufe dir aus dem Ätherrausch zu: Fortan sollst du mich Eberhart heißen!

Obwohl es ausgesehen hatte, als höre Ilse gar nicht hin, kam ihre dreigestufte Antwort so prompt wie scharf: Ach, ich stehe da? – Aber Ätherrausch wäre etwas Neues, und seit wann mußt du moralische Abstoßung fürchten?

Ehe ihr das vertieft, sagte Änne und nahm das Manuskript, lesen wir erst einmal diese Schriften.

Zu Einleuchtenderem konnte man den Vizeminister kaum auffordern, und überraschender konnte er kaum reagieren. Er nahm seinen Teil vom Baumanova-Papier, blies die Backen auf, wußte von der Fünften den Anfang und ließ das Schicksal an die Pforten klopfen: Bom-bom-bom bommm!

Bei Tische griff man eilig zu Gerrelinds obsoleten Entwürfen, und Frau Birchel schien eine Beteiligung an der Lektüre zu erwägen. Sie deutete ihr Interesse an, indem sie die Zeitung abwechselnd als Fernrohr und als Hörrohr auf die Terrasse richtete. Weil sie jedoch keine Beachtung von den Lesenden an der Tafel erfuhr, schwenkte sie das vielseitig verwendbare Gerät auf das Sonnensegel im Garten, hinter dem Paul-Martin Kormoran und Felix Hassel saßen, konnte aber dennoch weder hören noch gar verstehen, was die beiden zu besprechen hatten.

Selbstverständlich besprachen sie verschiedene Aspekte des Lebens, und einer davon interessierte sie ganz besonders.

Das Beste am Tod, erklärte Kormoran, dürfte sein, daß man ihn dann nicht mehr fürchten muß.

Gewiß, sagte Felix Hassel, nur schleppt es sich bis dahin ziemlich.

Und der Schrecken schleift sich wenig ab.

Wirklich nicht?

Kormoran gab Hassel einen erstaunten Blick: Wer ist hier der

Experte? – Aber du hast recht, was diese Seite der Sache angeht, bin ich es wohl. – Nein, lieber Felix, er schleift sich nicht ab. Ich habe eine Scheißangst. Sie tritt nur manchmal beiseite. Ab und an nimmt sie sich frei und gibt mich frei für anderes. Aber zurück kehrt sie immer und fragt auf ihre breite Art: Wo waren wir gleich stehengeblieben?

Weil es eine heikle Frage war, gab der Arzt ihr behutsamsten Ton: Und daß du dich schon öfter verloren glaubtest, hilft dir nicht?

Doch, sagte der Patient, es hilft, wenn ich mich an diesen Irrtum verweise. Aber gleich heißt es dann: Ewig ist auf den besten Irrtum nicht Verlaß.

Ewig ist auf nichts Verlaß.

Schwer überprüfbare Behauptung.

Felix Hassel bedachte das und nickte schließlich: Bis zum Beweis des Gegenteils sollten wir sie akzeptieren. – Um aber bei Überschaubarem zu bleiben: Ohne die Klappen wärest du, na ja, seit anderthalb Jahren tot.

Ich weiß, Felix, zumal ich manchmal wünsche, es wäre so gekommen. Aber meistens wünsche ich es nicht, und da lautet die andere Nachricht dann: Mit diesem ganz bestimmten Modell lebt es sich kürzer als verspr... als angenommen. Dramatisch kürzer, das ist, was mich stört.

Als ob ich das nicht begriffe, Paul! – Ich wiederhole: Ein Umtausch ist nicht ausgeschlossen.

Kormoran schüttelte entschieden den Kopf: So ausgeschlossen wie nur denkbar! Einmal pro Leben reicht. Es ist nicht Undank, aber weder du noch sonstwer kommt mir da wieder unter die Rippen. – Glaub mir, Felix, es war eine kreischende Scheußlichkeit.

Das nachsichtige Lächeln, an dem sich Hassel versuchte, geriet ihm etwas schief, und leise verwundert wie leicht verwundet sagte er: Du hast dich entsprechend verlautbart. Selten war ein Patient so, na ja, zur gleichen Zeit so unverständlich wie graphisch deutlich.

Und beiderlei Äußerungen fallen, ich weiß, unter deine besondere Fassung von Arztgeheimnis. – Wenn sich der Einwurf leichthin ausnehmen sollte, gelang das nicht ganz: Keine Sorge, ich werde nicht weiter in dich dringen. Allenfalls wüßte ich gern: Kann ich deinen Schwestern noch unter die Augen treten?

Du meinst, weil du mich einen alten Tupfersack genannt hast, einen blutgierigen Herzabschneider und widerlichen Kreischsägemeister? – Ich denke, es hat ihren Wortschatz vermehrt, und soweit du uns aus dem politischen Spruchbeutel der Epoche bedientest, dürften dich die jungen Damen kaum verstanden haben.

Aber du?

»Von Erfolgen vom Schwindel befallen, entscheiden die Kader alles, aber das deutsche Volk bleibt!« – Welcher Student der *Geschichte der KPdSU, in Klammern B Komma Kurzer Lehrgang,* sollte nicht gewußt haben, aus welchen Quellen du diesen historischen Mischmasch schöpftest? – Andererseits war ich der weitaus Älteste und wohl der einzige, der erschrak. Ich hatte nicht geahnt, daß du noch auf solche Weise bibelfest bist. Und darüber reden hab ich auch nicht wollen. Weder jetzt noch irgendwann.

Kormoran lächelte – Änne hätte gesagt, auf eine gemeine Art – zufrieden: Lieber Felix, ich glaube, beim Vorlesen erwartet dich eine Überraschung. Bis dahin aber zum Thema zurück ...

Nicht so hastig! Du liest vor? Ich weiß nicht, wie lange ich bleiben kann.

Sobald Ruth da ist, geht es los, sagte Kormoran. Der Anfang meiner Autobiographie. Ansonsten, mein Alter, werde ich dich kein zweites Mal mit meinen Traumgesichten erschrecken. Offenherzig stets, doch nie wieder Operation am offenen Herzen! Sollen die Hufe von der Shiley Ranch, Ohio, USA, in mir klappern, solange der Große Schmied es will, aber ein weiterer Showdown zwischen dir und mir findet nicht statt.

Autobiographie? Du nimmst dich wieder zu wichtig.

Stimmt. Ihr ursprünglicher Name war: *Ich mach' mir was aus mir.*

Treuherzig wie immer. – Und warum entfiel die Enthüllung?

Das Apostroph im Titel störte mich.

Arschloch, sagte Felix Hassel und fuhr mit deutlichem Unbehagen fort: Und dann auch noch der Große Schmied! Meinst du den aus der Präambel zum Grundgesetz? Oder gehörst du zu den Leuten, die Vorworte nicht lesen und so nicht wissen, daß sie anno 90 nicht nur mit Mannesmann, sondern auch mit Gott dem Herrn vereinigt wurden? Na ja, deine Sache. Aber Showdown zwischen dir und mir? Ich war auf deiner Seite der Palisade, Mister!

Da bleibe dann auch, sagte Kormoran und stand auf. Als er fortfuhr, Augen hoch in den Wolken, Hände tief in den Taschen, halb abgewandt vom Freund, nahm er seinen zu scharf geratenen Ton mit viel Vorsatz zurück: Weißt du, ich versuche doch nur, mich anders zu ordnen. Ich bin dabei, aber es ruckelt noch. – Entschuldige, Felix, ich hatte nun einmal Pläne. Pläne für die nächsten zehn Jahre. Oder sagen wir acht.

*

Das Doppelsignal von Außenglocke und portablem Gerät hinderte ihn, näher auf seine Vorsätze einzugehen. Mit der Hast eines Mannes, der schon lange auf ein Zeichen gewartet hat und auch glauben kann, er habe es nur überhört, drehte er sich um, war erlöst und gespannt zugleich und fing seine Bewegung erst ab, als er sah, daß Änne das Handtelefon aufnahm und ins Haus damit ging. – Zu Felix, dem nichts davon entgangen war, sagte er: Ich muß mir abgewöhnen, auf jedes Zeichen loszuspringen. Ein Leben nach Dringlichkeiten wäre mir nötig.

Als wolle er seinem Patienten zeigen, welche Bewegungsart sich empfehle, erhob sich der Arzt langsam, umständlich gar, und sagte, während er in ähnlicher Haltung wie Kormoran, Augen am Himmel, Hände in den Taschen, neben ihm Aufstellung nahm: Es genügt, daß du den tigerischen Ansatz unterläßt. Selbst wenn es schwerfällt, mußt du dich wissen lassen: Ich bin kein Puma mehr! Und auch keine, wie hieß das Vieh noch, nach dem du dich in grauer Vorzeit nanntest, Harpyie? – Du solltest es mit autogenem Training versuchen und mit sanfter Bestimmtheit sprechen: Mein Name ist Paul-Martin Kormoran, und ich bin kein Puma mehr.

Selbstdressur, danke, njet. – Frau Birchel hat neulich von halogenem Training gesprochen.

Eine überbelichtete Person. Ist die eigentlich vom KGB, oder was?

Oder was vielleicht. Nein, allenfalls von der *FAZ*. – Aber mich mit einem Trägheitsmoment auszustatten, ist mein Vorsatz nicht erst seit heute. Vielleicht sollte ich vor jedem Schlafengehen hundertmal beten: Nie mehr will ich bedenklich scheinen; nunmehr will ich bedächtig sein!

Felix Hassel schaffte einen Blick, der aus abgelegener Fremde kam, und aus großer Höhe sprach er: Manchmal – oder habe ich das schon gesagt? – klingst du gesucht.

Manchmal bin ich es, war die Antwort.

Hassel winkte ab und fragte nicht, ob per polizeilichem Aushang. Es gab eine Art Gefallen, die man diesem selbstgefälligen Menschen nicht erwies. Da war es schon eine Konzession, daß er sich nach anderem, wenn auch nicht allzu Entferntem erkundigte: Änne erzählt, deine Skizze hat sich angefunden?

Ja, in der Bimmel am Haus, und wie sie da hingekommen ist, will ich lieber nicht bedenken. – Manchmal könnte ich an mir verzweifeln.

Du wolltest es bedächtig angehen, also begnüge dich mit Zweifeln. – »Die Arche Kormoran. Ein Harmoniepapier«, soll es wirklich so heißen?

Wahrscheinlich nicht. Arche wurde heute schon einmal mit Akte verwechselt. Es ist zur Zeit die gängigere Leseart. Und Harmonie zeugt auch nur von sprachlicher Großspurigkeit. Es geht um Konfliktdämmung durch Ausgleich von Interessen. Ich gebe zu, ich mische mich in große Läufte, aber die machen es mit mir nicht anders. Es schwebt mir einiges vor. Verrücktes

Zeug: gegenseitige Geiselgabe, Injektionsaustausch nationaler Werte. – Man muß es lesen, hören hilft nicht.

Wieder der Blick von ganz weitem her: Du glaubst noch immer, lesen hilft?

Wenn es nicht gerade Beipackzettel aus Ohio sind, antwortete Paul-Martin Kormoran so rasch wie bissig, setzte aber gleich hinzu: Entschuldige, da fehlte wohl besagtes Trägheitsmoment.

Felix Hassel hob nur die Schultern, doch auch ihm kam es gelegen, daß Änne an den Terrassenrand trat und Kormoran zurief: Noch einmal Blauspanner. Er kündigte seinen zweiten Auftritt an. – Nicht nur, weil sie meinte, es den anderen schuldig zu sein, sondern vor allem, um alle Welt wissen zu lassen, wie sie von solchen Leuten dachte, reichte sie für Felix die Erklärung nach: Unser früherer Postzusteller. Wir hielten ihn für einen geradezu bigotten Genossen. Der Witz, sein Glück: Er war parteilos. – Paul, Gerrelind harrt schon eine Weile deiner. Also kommt nach oben, ihr beiden!

Mir aus der Seele gesprochen! rief die Nachbarin, und für einen Augenblick sah es aus, als wollten Gastgeber und Gast doch lieber wieder auf ihre Gartenstühle sinken. Während sie langsam über den verkommenen Rasen gingen, sagte Hassel nahe an Kormos Ohr: Ich weiß nicht, was du dir von meiner Gegenwart, der ärztlichen, versprochen hast. Ein Dementi? Die vierzehn Prozent sind amtlich. Aber deine Addition zu achtundzwanzig Prozent ist albern. Sie geht von der Annahme aus, daß dir, natürlich, wem sonst, gleich zwei der schadhaften Klappen zugeteilt wurden. – Wenn dir so nach Gruseln ist, stell dir einfach vor, wir operieren dich vorsichtshalber doch, ersetzen die verdächtigen Teile durch andere und finden im Labor heraus, deine waren pikobello ...

Nur weiter so, sagte Kormoran, gut zureden hilft.

Felix Hassel nahm eigens eine Hand aus der Tasche, um ihm auf die Schulter zu klopfen: So kommst du mir schon bekannter vor, Freund Harpyia. Nein, Bruderherz, ich habe für dich nur den alten Kriegertrost, demzufolge nicht eine jede Kugel trifft – was selbst dann stimmt, wenn man bedenkt, wie viele getroffen haben – und daß, übertragen auf unseren Fall, längst nicht jede Klappe versagt. Darüber hinaus mußt du wissen: Dein reißender Schnabel wird auf unserer reizenden Erde benötigt. Harmonie, mag sein, doch ist dies die Zeit der bösen Kerls. – Aber jetzt sollst du sehr artig Frau Baumanova begrüßen.

*

Ziemlich blödes Apropos, sagte Kormoran, fand aber heraus, daß es ihm den Übergang vom Thema Sterben zurück in den Geburtstag erleichterte. Seine Freude beim Anblick Gerrelinds war so ungespielt wie seine Entgeisterung über ihre Kleider. Zunächst stand er stumm am Terrassenrand, dann rief er mit theatralischem Aufwand: Welch ein orgiastisches Gewand, Gerrelindchen! Was für eine Augenweide! Bist du von lauter Farbenblinden umringt, daß sie in schwarzweiße Papiere starren, anstatt Birkengrün und Saatengrün an dir auszumachen und das wirkliche Blau? Und wieso kömmt es keinem von denen bei, mir deine Einkunft zu melden?

Die Darbietung von Baumanova und Kormoran gehörte zu jenen, an denen die Protagonisten mehr als das Publikum ihr Vergnügen haben. Zweifelsfrei handelte es sich um eine Reprise, die einen Spielplan lang hatte warten müssen, aber mühelos traf Gerrelind den gemäßen Ton: huldvoll bei Nachgrollen eines abziehenden Gewitters: Gerade wollte ich dich zu hassen beginnen, weil dich mein Kommen gleichgiltig ließ; es unterbleibt. Und um zu zeigen, was wahrhaftiges Verzeihen ist: Das hier sind Geschenke für dich, und diese Papiere wirst du lesen dürfen.

Er trat auf sie zu, nahm mit je zwei Fingerspitzen Päckchen und Tonband, legte sie zu den anderen Gaben, faßte mit je fünf Fingerspitzen ins Bunt ihrer Schultern und sprach: Das Lesen ist nicht versprochen. Selbst dir nicht. Ich muß mich einteilen. Sei mir willkommen, Gerrelind! – Geläufig versah er ihre Ohrläppchen mit je einem Küßchen.

Mit sozialistischem Gruß Dr. Paul-Martin Kormoran! lautete dazu der Kommentar vom Schwager Herbert Henkler.

Gerrelind überhörte ihn geflissentlich, war aber keineswegs zu überhören, als sie zu Kormoran sagte: Wo ich vor Glück und Scham erröte, gleich eine Bitte: Es ist zwar dein Geburts- und Wiedergeburtstag, Paul, aber laß es auch den Tag der Geburt einer neuen Baumanova sein!

Zusätzlich oder anstatt? fragte Änne, und wenn da auch keine Schärfe war, so hatte sie schon freundlicher geklungen.

Die Antwort geriet entsprechend: Wie's bei Geburten so geht, Frau Doktor. Zum Alten etwas Neues. – Entschuldige die Unterbrechung, Paul. Also, die neue Baumanova. Zu dem, was man bislang von mir kannte, tritt jetzt, was ich fortließ aus meinen Filmen. Nicht, weil es zuviel war, sondern nur, weil es nicht gefiel.

Ach du lieber Himmel, seufzte Horst Schluziak, noch eine, der wir das hohe C mit dem Revolver abgepreßt haben!

Doch Gerrelind Baumanova korrigierte ihn in der eigenartigen Sprechweise, die nicht wenig zum Ruhm ihrer Filme beigetragen hatte und eine Mischung aus Pathos und Kühle war: Wenn ich die Fehler jener Jahre wäge, rede ich nicht von dir und deinem hauptverwaltenden Ministerium. Ich rede von mir, von mir als Zensor meiner selbst und vor allem als Zensor meiner, nun, wollen wir sie Gesprächspartner nennen.

Als lese sie den Satz aus Gerrelinds Papieren, sah Grit kaum auf bei ihrer Frage: Noch heißen sie nicht Opfer? Deine, meine, unsere Opfer?

Ich zeige sie als solche. Was in diesen Papieren steht, haben die von mir einvernommenen Leute Wort für Wort zu mir gesagt. Ins Mikrophon, auf Tonband, ins Manuskript. Aber im fertigen, im veröffentlichten Film ließ ich sie damit nicht zu Worte kommen. – Mit dem heutigen Tag gebe ich ihnen ihre Sprache zurück.

Vizeminister Schluziak kam in die Nähe Henklerschen Knurrens, als er befand: Rekonstruktion verstümmelter Filme? – Du warst schon origineller. Das haben sie gerade mit King Kong gemacht. Oder war es Tarzan? Man klebt Dr. Murkes gesammeltes Schweigen wieder in die Tonbänder und verkauft die Sachen noch einmal. Zumindest ist die Masche nicht so neu wie dein Kleid, Gerrelind.

Vor allem ist es nicht, was mir vorschwebt, sagte die Dokumentaristin und sammelte ihre Dokumente ein. Sie hielt die Papiere wie einen übergroßen Kartensatz und spielte seine Teile als Trümpfe auf den Tisch: Obacht nun, ich deute es an: Hier die Graphologin Gutschlecht, aus deren reparaturbedürftigem Mund mir eine Moderlohe entgegenschlug; daß ich den Pesthauch nicht sendete, kann man eine Frage der Technik nennen, aber alle anderen Schnitte waren meiner Taktik geschuldet. – Auch wenn du das Gesicht verziehst, es war so, Paul!

Ich verziehe es nicht wegen deiner Selbstbezichtigung, sondern des altmodischen Modewortes wegen. Neulich kam jemand später als verabredet zu mir und sagte, es sei einem Stau geschuldet. Hast du die Vokabel *Moderlohe* zu erfinden vermocht, Gerry, solltest du das dämliche *geschuldet* vermeiden können.

Mach dir nichts draus, sagte Grit zu Gerrelind, mich hat er auch schon zu einem Rückbezug gezwungen. Jetzt kriegen seine Freunde ab, was früher der ganzen Nation zugedacht war.

Der halben, korrigierte ihr Mann, der sozialistischen, der Population des nachmaligen Beitrittsgebiets. – Er wartete, ob sich Kormoran der sprachlichen Ungeheuer annehmen werde, wurde jedoch enttäuscht.

Zumal Gerrelind Baumanova Regisseurin genug war, dem Ensemble nicht allzuviel Diskussionsraum zu lassen. Sie legte die reich dekorierte Hand auf den Manuskriptteil und brachte ihre Rede auf die Graphologin Gutschlecht zurück: Mundgeruch oder nicht, herausgelesen aus den Veränderungen in meiner Handschrift hat sie den absehbaren Untergang meines Stammes. Sie sagte *Stamm*, sie hatte diese Art, sich auszudrükken, aber zeitlich traf sie es recht präzise. Statt November las sie Dezember aus meinem Schriftlichen. Natürlich konnte ich diese Passage nicht senden.

Natürlich nicht, rief Ilse, aber ebenso natürlich wäre es, mit entsprechend höhnendem Kommentar, gesendet worden, wenn sich die Revolution statt verfrüht verspätet hätte.

Allgemeiner Protest gegen die Bezeichnung *Revolution*, doch kein allgemeines Votum für den Gegenvorschlag *Konterrevolution*. Übereinstimmung, daß von beiden Züge, doch keine von beiden in reiner Form vorhanden seien. Ein verschnittener Vorgang, hybride, bastardisiert, und selbstverständlich schlug Herbert Henkler vor, künftig statt von der Wende vom Bastard zu reden. Keine Unterstützung dafür, nicht einmal von den Schluziaks, jedoch einhellige Unterstützung für Ännes Befund, der verzagte Ausdruck Wende spiegle gültig den Charakter der Sache. – Große Anfrage der Abgeordneten Birchel: Verzagt oder nicht, Frau Kornemann, Sie hatten gesagt, man darf dieses Wort heute nicht sagen. Oder sollte ick mir so verirrt haben?

Haben Sie nicht, Frau Birchel, antwortete Änne, die längst wußte, daß sich mit dem Berlinern der Nachbarin ihre wachsende Streitlust meldete. Haben Sie nicht, aber wie schwierig es ist, so einen Vorsatz durchzuhalten, hat man eben an mir gehört.

Dann ist es gut, sagte Hildegard Birchel und hielt sich jeder Mundart fern, denn ich überlege, wie ich erzählen könnte, woran mein Mann die Wende erkannt hat, wenn ich Wende nicht sagen dürfte. Wie mein Mann und ich im Sommer 89 aus Altötting zurückkamen und zwischen Hof und Plauen über die Grenze fuhren, hat mein Mann zu mir gesagt, ich soll mir im klaren darüber sein, daß wir in einen sterbenden Staat heimkehren. Mein Mann hat das aber nicht aus der Hand gelesen oder aus einer Handschrift, sondern aus den Brennesseln am Bahndamm zwischen Hof und Plauen. Hilde, hat er gesagt, wenn sie nicht einmal mehr die Kraft haben, wenigstens an der Stelle, wo man reinkommt ins Land, den Bahndamm sauber zu halten, dann haben sie zu nichts mehr Kraft. Und so ist es ja auch gekommen.

Ja, so ist es gekommen, sagte die Dokumentaristin Baumanova und zeigte sich trotz der Unterbrechung keineswegs ungehalten. Zweierlei Bahndamm als Dokument von zweierlei historischen Sachverhalt leuchtete ihr so sehr ein, daß sie die Bilder davon für ein entsprechendes Unternehmen sogleich gespeichert hatte: Das war von Ihrem Mann sehr gut gesehen und ausgedrückt, sprach sie mit milder Lehrhaftigkeit, nur lassen Sie mich jetzt zu Ende bringen, wie zwar auch ich Zutreffendes sah und hörte, es aber, und ganz anders als Ihr Mann, liebe Frau, eben nicht weitersagte.

Wer wollte Hilde Birchel verargen, daß sie, so verständig angesprochen, den Redeplatz räumte, auf dem sie sich eben noch auszubreiten gedacht hatte, und wer wollte sich über Gerry Baumanova wundern, die, zur Selbstanklage nun einmal entschlossen, energisch auf das gefächerte Manuskript klopfte und abschließend wie einleitend sprach: Soweit die Graphologin Gutschlecht, und nun die anderen, die, ob gut oder schlecht, ein Recht auf Wiedergutmachung durch mich gegen mich geltend machen dürfen. Moralische Restitution, das ist es, worauf alle, denen ich das Wort im Mund verkürzte, einen unverkürzten Anspruch haben.

Ich bin nur ein vierschrötiger Chirurg, warf Felix Hassel ein, den man so vierschrötig wie Herbert Henkler zierlich nennen konnte, aber als Sie kamen und ich mit Kormo im Garten war, klangen Sie mir nicht wie eine Anhängerin des Restitutionsedikts. Von Okkupanten ging Ihre Rede.

Das war privat, erwiderte Gerrelind ungerührt, aber jetzt endlich dienstlich weiter, künstlerisch, im Dienst an der Kunst: Meinem Film über die Gutschlecht, dessen ganze Wahrheit man erst bei Kenntnis der vorliegenden Transkripte hat, folgten andere Werke über andere Persönlichkeiten der Zeitgeschichte, mit denen ich ähnlich umgesprungen bin: Fahnen-Franze von der NPD; Kopf-Ab-Johannes aus *Zäher-Härter-Flinker*; Dr. rer. nat. Schnittke, der die Bombe liebte, bevor es sie gab … Und so weiter bis zu den Enkeln von Ohm Krüger – mit anderen Worten: Gerrelind Baumanovas Bestiarium. Ich hielt Gericht über diese Menschen, und jetzt stelle ich mich einem.

Paul-Martin Kormoran hatte etliche Zeichen von Unruhe und Unmut gegeben, hatte das verhaßte Hörgerät eingesetzt und mit einer Miene, als glaube er nicht, was ihm verstärkt zu Ohren kam, wieder abgesetzt, hatte in Gerrelinds Manuskript-Fächer gesehen und ihn mit einer Miene, als halte er nicht für möglich, was ihm unter die Augen geriet, zum Stapel zusammengeschoben und fragte nun gänzlich unerbaut: Diese Figuren als deine Opfer, also als Opfer? Und als deine Richter, also als Richter? Sind sie das, was du von ihnen zeigtest, tatsächlich gewesen oder nicht? Und werden sie besser, weil du sie schlecht behandelt hast?

Besser, schlechter, gut und böse, gerecht und ungerecht – mit Verlaub, mein innig geliebter Paul, was du im Munde führst, ist das Vokabular der Parteilichkeit. Von der ich fort will. Fort muß, bei Strafe meines künstlerischen Todes. In meiner Not reifte eine Idee: Aus dem zurückgehaltenen Material montiere ich ohne Zurückhaltung ein Tribunal. Nämlich eines über mich.

Wer mir mit Tribunal kommt, muß sich fragen lassen, ob er auch den Korb mit Sägespänen dabei hat, sagte Kormoran und schlug, um gar nicht mißverstanden zu werden, mit scharfer Handkante auf Gerrelinds Papiere. Aber so blutig meinst du es wohl nicht.

Blutig, unblutig, ich meine es radikal. Jetzt kommt bei mir und durch mich endlich und gründlich zu Wort, was längst ausgesprochen gehörte.

Die unkaputtbare Wahrheit, klar, ließ sich eine aufgebrachte Grit Schluziak vernehmen, du lieferst dieselbe und schlägst dich selber ans Kreuz?

Das ist zwar ein historisch falscher Bezug, Frau Ökonomin, aber meinetwegen, antwortete die Baumanova und ließ ihre Worte Glockenschläge sein. Sehr wohl, meine Freunde, das soll denn gelten: Bin ich schuldig, schlage ich mich selber ans Kreuz.

Herbert Henkler zeigte sich von seiner praktischsten Seite,

als er fragte: Was betrifft die Füße und eine Hand, mag es gehen – aber womit hältst du am Ende Hammer und Nagel?

Wenn du nur endlich schweigen wolltest, Genosse Oberstleutnant! erwiderte eine äußerst zornige Baumanova. Du hast doch selbst dann noch Hammer und Sichel geschwungen, als du schon kopflos warst!

Wie der Genosse Störtebeker, knurrte Henkler zufrieden.

Kormoran deutete mit Ringrichter-Gebärde die Trennung der Parteien an: Was sieht man in deinem Film? Fahnen-Franze und Co. auf der einen und dich auf der anderen Seite? Oder wirkst du nicht mit?

Doch, schon der Glaubhaftigkeit wegen. Es wird ein Dialog zwischen Dokument und Dokumentaristin. Inversion des bislang Üblichen. Umkehrung einer parteilichen Gepflogenheit: Die Dokumente fragen; ich muß ihnen Rede und Antwort stehen.

Hassel erkundigte sich, als habe Gerrelind Halsschmerzen im rechten Oberarm gemeldet: Und wird die Tonart eine wie eben zwischen Ihnen und Herrn Henkler sein?

Die Art des Tones ist von den Dokumenten vorgegeben, sagte Gerrelind und ließ sich auf die Gereiztheit des Arztes nicht ein: Unterschiedlich wird es demnach ausfallen. Kopf-ab-Johannes zum Beispiel hat mich nur sanft gefragt, ob ich tatsächlich höhere Maidenführerin gewesen sei. Ich nahm es als die Provokation, die gemeint war, und schnitt es. Diesmal jedoch nehme ich es cool hinein.

Und warst du? fragte Ilse.

War ich was?

So eine Führerin.

Jahrgang 50?

Du meinst, er hätte das sehen müssen? fragte Ilse und war sogleich aus jedem Film geschnitten. Gerrelind wandte sich in ihrer ganzen bunten Erscheinung an Kormoran und sprach, als sei er in diesem Kreis der einzig vernünftige Mensch, mit dessen Verständnis sie rechnen durfte: Herr Dr.rer.nat. Schnittke hielt mir einen Vortrag, den ich nicht gebrauchen konnte. Es ging ihm um das Verhältnis zwischen Denken und Bedenken ...

Die Nachbarin fuhr fast aus dem Korbsessel auf: Wo soll denn da der Unterschied sein?

Da half es nicht, daß sie der ruhmreichen Publizistin zum symbolträchtigen Bild vom überwucherten Bahndamm verholfen hatte, da mußte sie in ihre Schranken: Wenn Sie weiter zuhören, werden Sie ihn erkennen! war die Antwort für Frau Birchel, worauf die mit Entschiedenheit entgegnete: Filme über den Unterschied zwischen Denken und Bedenken sehe ich mir sowieso nicht an.

Ich werde Sie vermissen, sagte die Baumanova und wußte wohl nicht, wie wahr sie da sprach. Aber wie man unmißverständlich zeigt, an wen ausschließlich man sich mit seiner Rede wendet, wußte sie genau. Und so bekamen nur auserwählte Personen des Kreises mitgeteilt, was alle an Tisch und Gartengrenze hören konnten: In meiner Studie plädierte der Physiker Schnittke – da liegt die Umschrift des betreffenden Teils – für eine bedenkenlose Wissenschaft. – Eine solche Aussage konnte den Filter, der ich damals war, natürlich nicht passieren.

Natürlich nicht, sagte Felix Hassel, man schrieb ja nur die Zeit der Sternenkriege und Enthauptungsschläge. Aber nunmehr darf diese Aussage den Filter, der Sie sind, passieren? Sie wollen im Nachgang den kompletten Mordskerl und Bombenbauer an die Öffentlichkeit reichen?

Der Mann äußerte hochinteressante Gedanken. Sie liegen vor Ihnen auf dem Tisch. Einer berührt sogar ihre Arbeit, Professor.

Wahnsinnig gespannt! sagte Hassel, und wie eine Widerlegung von Ännes Ansicht, dieser Kollege könne ein rechtes Mistvieh sein, klang es nicht.

Weil es auch ihr an solcher Fähigkeit nicht mangelte, überhörte Gerrelind den Einwurf und berichtete: Als Chemiker hatte Schnittke ein kriegswichtiges Material herbeizuschaffen. Herbeizudenken, werte Frau Birchel! Nicht kümmern durfte ihn, nicht zu bedenken, Frau Birchel, hatte er, daß man, so der

Forscher im Originalton, »aus demselben Stoff Raketennasen oder«, hier kommen Sie, Felix Hassel, »Herzklappen bauen kann«, Ende des Schnittke-Zitats.

Man reagierte vergleichsweise einhellig auf die Wiedereinführung der verbotenen Hauptvokabel durch die ahnungslose Baumanova, warf Blicke, verdrehte die Augen, sah zu Boden, und die Nachbarin waltete ihres Amtes, indem sie rief: Gotte nee, wieder die ollen Klappern!

Mochte Hassel auch versucht gewesen sein, solcher Bewertung lebensverlängernden Zubehörs zu widersprechen, blieb er doch bei dem, was ihm wichtiger war: Und daß Sie Schnittkes lichtvollen Quatsch damals nicht gesendet haben, gilt Ihnen inzwischen als Makel?

Gezeichnet von Pein, weil selbst der wissenschaftsvertraute Chirurg sie nicht verstand, und mit Armbewegungen, die ihre bunten Ärmel flattern ließen, rief Gerrelind Baumanova streng und schmerzerfüllt: Makel! – Meine Anmaßung gilt mir als Makel. Was wußte denn ich von der Chemie der Raketennasen? Oder der Herzklappen! Ein Nullum wußte ich. Und machte mich dennoch zum Zensor!

Es war kein weiterer Versuch, die Liste der Tabus in Geltung zu halten, sondern nur zur Besänftigung einer schwierigen Freundin gedacht, daß Änne zu Gerrelind sagte: Nun hör schon auf damit! Dein Film war gut, und mir ist, als habe er von Moral und nicht von Chemie gehandelt.

Auch zeigte sich, daß der verbotene Begriff die Embargozone längst verlassen hatte, denn Paul-Martin Kormoran warf bissig ein: Apropos Nasen und Klappen: Noch besser wäre gewesen, dein Werk hätte weder von Moral noch von Raketen, sondern simpel von der Qualität gewisser Gebrauchsgegenstände gehandelt und unseren Handelsherrn wie besonders den Handelsdamen empfohlen: Wenn ihr ein bestimmtes und sehr teures Zeug nun einmal in Amerika kaufen müßt, dann tut es statt in Ohio lieber in Texas!

*

Verwaltungsleiter Aufderstell hatte sich wohl lange genug als gut erzogener Gast wie erstaunlicher Mann gezeigt und sich nicht zu Dingen geäußert, von denen er nichts verstand; jetzt aber sprach er ungefragt und seltsam bestimmt, wenngleich zu niemand Bestimmtem: Vorwurf unzutreffend! Nach einem Blick zur Baumanova korrigierte er den kasernisch verkürzten Satz gelehrig: Der Vorwurf, den der hochverehrte Herr Dr. Kormoran soeben in seinen Worten mitklingen ließ, trifft nicht – tut mir sehr leid, Herr Doktor; tut mir überhaupt nicht leid, Herr Doktor; tut mir nicht im allergeringsten leid, Herr Doktor; der Teufel sollte mich holen, wenn mir das leid täte, Herr Doktor! – der Vorwurf trifft nicht den gegebenen Sachverhalt. Ich meine sogar, ihn gründlich entkräften zu können, glaubte allerdings, Frau Schluziak habe die Angelegenheit bereits geklärt.

Sprach's und machte damit, daß es um Baumanovas Geduld wieder geschehen war: Sie und ich, geschätzter Herr, sind hier Gast und Gästin. Was kommen Sie mit Angelegenheiten und sogenannten Sachverhalten und mit alledem, was Ihnen nicht leid tut, wo es in unserem Gespräch um die – so der von mir gefundene Titel – *Reue der Baumanova* geht?

Kormoran zog sacht an den vielfarbenen Ärmeln der Filmemacherin und sprach mit sanfter Entschiedenheit: Hochverehrte Gästin Gerrelinde! Da du dein Leben noch vor dir hast, zumal nach Wiedergeburt, bitte ich dich, besagten Sachverhalten den Vortritt zu lassen. Sie scheinen etwas zu berühren, das mir am Herzen liegt. – Er zog ihre Hände zu sich heran, gab ihnen je ein Küßchen, das auf je einem Ohrläppchen Platz gefunden hätte, und forderte den Verwaltungsleiter mit halb herrscherlicher, halb bittender Geste zum Weitersprechen auf.

Als Aufderstell mit Blick auf die Baumanova noch zögerte, sagte Felix Hassel recht energisch: Nun mal los, guter Mann!

Weil die höhere der Autoritäten gesprochen hatte, bedachte der gute Mann sich nicht länger, sondern zeigte sich bereit, den angeforderten Bericht zu erstatten: Also den Sachverhalt weder verkürzt noch gelängt, obwohl es nach Längung klingen könnte, wenn ich Herrn Professor Hassel um Verzeihung bitte, ehe ich Herrn Dr. Kormoran hinsichtlich seiner Versorgung ins Bild setze …

Weil er auf länger einfach nicht auskam ohne diesen familiären Kontakt, wandte sich Schwager Herbert zur Schwägerin Änne und murmelte freundlich: Jetzt kommt endlich der Rentenbescheid. – Doch fing er sich nur die Antwort ein: Einmal im Leben – halte den Mund!

Henkler hob ergeben die Hände, Ilse rührte die ihren zu unhörbarem Beifall, und der Verwaltungsleiter hatte wieder das allgemeine Gehör: Bevor ich den fraglichen Sachverhalt benenne, muß mir auch noch erlaubt sein, mich über Frau Schluziaks Verschwiegenheit zu wundern. Sie sitzt heute hier und ist verschlossen wie früher. Verwunderlich. Umgekehrt bitte ich die Medien-Damen Henkler und Baumanova ausdrücklich um eine solche Verschwiegenheit. Man muß ja so sehr auf die rechtliche Seite achten. – Er sah sich weiter am Tische um und sagte zu Oberstleutnant Henkler: Sie ersuche ich nicht speziell um Diskretion – es scheint Ihr Fach zu sein.

Ilse stieß einen Daß-ich-nicht-lache-Laut aus, und Kormoran fragte genervt: Noch jemand ohne Auflage?

Ich, sagten Änne und Schluziak wie aus einem Munde, doch weil sie einander herzlich gleichgültig waren, kommentierten sie es nicht.

Aber Aufderstell erklärte sich ihnen: Als Ärztin sei Änne zu schweigen gewohnt und bedürfe keiner besonderen Ermahnung, während ein Ex-Minister das Mundhalten ohnedies von Grund auf üben müsse.

Und was ist mit mir? rief die Nachbarin und klang ein wenig verletzt.

Wer hinter solcher Zeitung sitzt, ist auf weitere Auskunft nicht angewiesen, antwortete Aufderstell geschwind und geradezu herzlich.

Um so unwirscher meldete sich Felix Hassel: Mann Gottes, nun legen Sie schon los!

Kein weiteres Mal mußte sein Verwalter so angeredet werden, um endlich den Rapport zu liefern: So allgemeinverständlich wie möglich ausgedrückt: Die Herstellerfirma Shiley Inc. hat ihre Kunden über einen Konstruktionsfehler jenes Klappentyps informiert, den auch wir unseren Patienten implantierten. Sozusagen jedenfalls. An einer bestimmten Stelle brechen sie weg und beenden mit ihrer Tätigkeit das Leben ihres Nutzers. Nicht alle tun es, wodurch eine gewisse Ungewißheit entsteht.

Eine ungewisse Gewißheit, warf Kormoran ein, und sein Lachen klang nicht sehr gesund. Daß, weiß man. Wann, weiß man nicht.

Nun zeigte sich wieder, wie wenig der zivilisierte Mensch auf Nachrichten von Belang eingerichtet ist, wenn sie ihn nicht selber betreffen. Zwar schrie Gerrelind Baumanova auf und mußte von Änne Kormoran beiseite an den Terrassenrand geführt werden; zwar schlug sich Frau Birchel einigermaßen erbittert mit gerolltem Papier auf die Knie; zwar schien Herbert Henkler wie aus lauter Quadraten gezeichnet; zwar zeigte Ilse Erregung, als sie im Vuitton-Täschchen nach den Hamburger Notizen suchte; zwar griffen eine weibliche und eine männliche Schluziak-Hand recht ungeübt nacheinander, aber keine Klage schwoll zum Lamento, keiner zerriß sich die Kleider, niemand stürzte auf die brüchigen Fliesen oder gar in den eigenen Dolch, weder diese noch diese, noch dieser schüttelte die Fäuste zum Himmel oder schlug mit Händen gegen unbelebte Wände, keines raufte sich das Haar, biß sich die Lippen blutig oder fluchte Gott in Ohnmacht und Zorn, niemand umschlang zum Schutz und in Liebe den einen, den es getroffen hatte; der war nun eben dran, und einzig Ilse, von der es hieß, sie stehe bei sich, der enthüllenden Journalistin, auch als Enthüllungskünstlerin im Dienst, zeigte, daß ihr überm harten Arsch ein weiches Herz noch wohnte, und sagte trostbereit zu Paul-Martin Kormoran: Es steht alles im morgigen SPIEGEL, aber es steht dort auch, daß ältere Leute nicht so gefährdet sind wie junge.

Kormoran, der sich manchmal gern für einen schlechten

Menschen hielt, auch wenn er nicht immer einer war, und der ein Mehr an Compassion zwar genossen, aber keineswegs erwartet hätte, erwog einen Augenblick, ob hier nicht Gelegenheit sei, den kleinen Vortrag über die Differenz zwischen alt und älter loszuwerden, entschied sich dann jedoch, einen alten Arm um eine jüngere Taille zu legen und väterlich zu erwidern: Ja, Trösterin, nur bemißt sich die Verläßlichkeit auch des morgigen SPIEGEL an der des gestrigen.

Seines Diktums sichtlich zufrieden, auch wenn es von einer Minderung seiner Chancen sprach, wandte er sich dem Klinikverwalter zu, der reglos stand und mit gefrorener Haltung zu melden schien, sein Bericht sei noch nicht zu Ende: Soweit, Herr Aufderstell, sagten Sie nichts Neues. Mir nicht. Meiner Frau nicht. Dem Professor auch nicht.

Dieses Neue, entgegnete Aufderstell leicht pikiert, liegt aber vor und könnte, wenn man es nur ließe, gleich folgen. Man läßt es? Also folgt es: Unsere Klappen kamen aus der Zentralversorgung. Dorthin gelangten sie durch Frau Schluziaks Behörde. Die brauchte formell einen Auftrag der Regierung. Vor allem aber des leitenden Herrn für Finanzen. Der sagte eines Tages: Für eine Westklappe aus Kohlenstoff zwei Ost-Waggons Braunkohle? – da wird entweder das ganze Land zur Grube, oder etliche seiner Bewohner fahren unversorgt ins Erdreich. Also, sagte er …

An dieser Stelle entzog ihm Grit das Wort, zog es an sich und fuhr fort: Also laßt euch was einfallen, sagte er. Er pflegte es in vielen Fällen zu sagen, und was wir uns in diesem speziellen einfallen ließen, erinnere … dessen erinnere ich mich nicht. – Sie gab Kormoran einen maulenden Blick: Sehr materialaufwendig, diese rückbezügliche Ausdrucksweise!

Wobei klar sein sollte, Paul, warf der Gatte und Minister ein, daß von Grit alle Anstrengungen unternommen worden wären, sobald die Frage deiner Versorgung angestanden hätte. – Belege finden sich in meinem Diarium.

Wenn ich fortfahren dürfte, ehe Herr Professor Hassel mich

wieder rügt, sagte Aufderstell. Also, Frau Schluziak erinnert sich nicht an das, was unternommen wurde, als man finanzseitig den Ohio-Import strich. Aber ich erinnere mich: Man nutzte die polnische Verbindung. So hieß es auf meine Frage, woher denn nun die Klappen: Wir nutzen die polnische Verbindung.

Grit Schluziak zeigte sich nur zögernd bereit, die Erinnerungen des Verwaltungsleiters zu teilen, aber schließlich wußte sie eher amüsiert als im Alarm: Doch ja, die Bastler von Łódż. Die gab es, und es kann schon sein, daß wir sie die polnische Verbindung nannten. Findige Leute waren das. Sogar den Eiffelturm hätten die naturgetreu nachbauen können. Oder, gesetzt, es wäre Bedarf daran gewesen, Herrn Oberstleutnant Herbert Henkler.

Wer weiß, ob sie's nicht taten, sprach Ilse Henkler, und wenn es auch nicht recht verständlich war, klang es doch wie eine Beleidigung.

Gerrelind, die verbittert zur Kenntnis nahm, daß sich niemand für die Reue der Baumanova zu interessieren schien, überhörte diese Journalistin geflissentlich und fragte, um ihren Zorn zu übertönen, energisch der polnischen Verbindung nach: Hat jemand die Leute dokumentiert?

Schwerlich, erwiderte Grit Schluziak, höchst unwahrscheinlich sogar. Wo es um Abbildung ging, sahen sie lieber eine der Gebrüder Grimm. Oder von Clara Schumann. Oder wer nun damals den Tausender zierte.

Falls du auch auf Handelsposten so unsicher warst, erklärte es unseren Untergang, sagte Gerrelind, doch wenn sie beabsichtigt hatte, nach der Ignorantin Grit auch die anderen abzustrafen, wurde sie daran durch einen Kormoran gehindert, der in den letzten Minuten mühsam beherrscht über die Terrasse gewandert war und nun fast poltrig dazwischenfuhr: Finanzgeschichte, Kunstgeschichte, Geschichte der Kunstfälschungen, Filme über Fälscherbanden – was könnte, hat man Zeit dafür, spannender sein? Nur habe ich diese Zeit nicht, habe jedoch in diesem Moment gehört und frage dich, Felix, hast du es auch gehört: Eure

Klinik bezog ihre Klappen nicht aus Texas und nicht aus Ohio, sondern aus einem Łódżer Laden für Bastlerbedarf?

Ich erfuhr es soeben, antwortete Felix Hassel und versuchte, gleichmütig und allenfalls mäßig interessiert zu klingen, auch wenn er weder das eine noch das andere sein konnte. Er verstand einfach nicht, wovon Aufderstell gesprochen hatte, verstand aber sehr wohl, daß es sich um etwas von einschneidender Bedeutung handelte. Doch wurde diese Dringlichkeit im Augenblick von einer übertroffen, die Paul-Martin Kormoran hieß. Sowenig des Freundes Ton zur Freundschaft paßte, so sehr ließ sich von ihm auf Zustände schließen, die dem Arzte Hassel nicht gefallen konnten. Zustände des Gemüts und des Herzens dann auch.

Der Patient Kormoran bekam einen Blick der Ärztin Kormoran und wußte ihn schon deshalb zu lesen, weil die Frau den Mann nicht zum ersten Mal mit so einem Signal versah. Nimm dich zusammen, sagte es, denn tust du es nicht, wirst du auseinanderbrechen. Hier ist niemand, der dir gegen die Raserei in deiner Brust beistehen kann; sie kommt aus deinem Kopf, und in den reichst du allein. Darin bist du besser dran, mein Lieber, als die, deren Unterwelt ich mit erklügeltem Gerät durchleuchte. Denen hilft verändertes Benehmen wenig; dir könnte es helfen; du bist ihnen um diesen Konjunktiv voraus. Also nutze deinen Vorteil, mach dich zum Herrn deiner Kommandozentrale und kommandiere dem Maschinenraum, etwas sorglicher mit Kolben und Ventilen zu verfahren. Daß es in deinem Herzen taktlos zugeht, wirst du nicht ändern, aber dieses Hin und Hin und Herher, dieses Hinhinhin und Her, dieses einmal Hin und scheinbar niemals wieder Her muß nicht auch noch in den Schnellgang gehoben werden. Zur Unordnung die Übereile – da schlägt die Kraft auf sich selber ein, da weiß sich das Aggregat nur noch ins Flimmern zu flüchten, da birst es einmal, weil es nicht heraus kann aus sich. Aber du, Paul-Martin Kormoran, kannst heraus aus dir, kannst dich neben deine Ängste stellen und sie niederschreien, niederflüstern, niederschreiben.

Versuch es; versuch es – wenn du willst, mir zuliebe oder, was dir wohl leichter fällt, dir zuliebe; versuche den Eingriff in dich und suche dich zu bremsen.

Der Mann versuchte es, und weil ihm dieser Weg vertrauter als andere war, machte er sich daran, die Angst mit bösen Sprüchen niederzureden. Er befahl seinen Füßen, was er seinem Herzen nur vergeblich befehlen konnte, befahl ihnen einen regelhaften und unbeschleunigten Schritt, zwang sie zum Schlendern fast und versah seine Geburtstagsgesellschaft im Vorübergehen mit Verlautbarungen: Nichts gegen polnische Klappen – sie sorgen sicher, daß unser Herz wieder Sitz der Seele wird. Ganz ähnlich dem Herzen Europas, Warschau geheißen. – Aber die Nachricht aus dem polnischen Łódż klingt nach Laubsäge und Lötzinn, und durch Herrn Aufderstell wie auch den morgigen SPIEGEL wissen wir, daß sogar Gerätschaft aus Titan und hochpolymerisiertem Kohlenstoff gelegentlich zu Bruche geht.

Als bedürfe es so aufdringlicher Demonstration, fingerte er an einem gelockerten Putzfladen des Pfeilers, ließ sich aber durch den unärztlichen Blick seiner Frau an stärkerem Eingriff hindern und fragte nur: Was sagt eigentlich die hier versammelte Medizin zum Tausch von texanischem Revolver, oder einem aus Ohio, gegen polnisches Roulette?

Obwohl es Änne weniger als wenig schätzte, wenn dieser Mensch mittlere Beschuldigungen wie arglose Fragen vorzutragen suchte, antwortete sie, als sei dergleichen diesmal keineswegs geschehen: Schon um Felix daran zu hindern, dir ein Herz aus Stein zu machen, und auch, weil ich immer sagen können wollte: Ich weiß, wie es in dir aussieht, besichtigte ich vor der Operation die neuen Teile. Nur, mein lieber Herr Kormoran, Endoskope kann ich von Herzklappen unterscheiden, Klappen aus Ohio von Klappen aus Łódż aber nicht. – Doch die eigentliche Frage ist: Welchen Unterschied macht es, wenn das eingepflanzte Zubehör statt von Herrn Shiley von Herrn Czilanowsky stammt?

Ohne alle Verbindlichkeit, vor allem ohne jene, die er sonst gerade im Umgang mit Änne pflegte, sehr strikte und fast scharf warf Felix Hassel ein: Es waren Shiley-Klappen. Shiley-verpackt, Shiley-versandt, Shiley-dokumentiert, Shiley-markiert, Shiley-verläßlich.

Das vor allem! konnte Kormoran gerade noch unterbringen, ehe der Verwaltungsleiter seinem Professor zwar nicht mit dessen Schärfe, aber mit dessen Entschiedenheit entgegnete: Nein, es waren keine Shiley-Klappen! Es waren nur scheinbar Shiley-Produkte. Scheinbar Shiley-verpackt, angeblich Shiley-versandt, tatsächlich mit Shiley-Papieren dokumentiert, bei denen es sich aber wie bei den Klappen selbst nur um Shiley-Kopien handelte. Allerdings hatte man die Bauteile zusätzlich zur Shiley-Markierung mit einem winzigen p versehen; anders hätte es ein gewisser Nationalstolz nicht zugelassen.

Während sich das Gros der Gesellschaft noch einen Reim zu machen suchte, grummelte Herbert Henkler geradezu erleichtert: Polski Shiley. Klone aus Łódż. Der Polski Fiat war doch gar nicht schlecht!

Zum ersten Mal zeigte sich der Verwaltungsleiter mit dem Mann von der Hauptverwaltung zufrieden: Auch die Polski Shileys sind nicht schlecht, Herr Henkler. Schon, man wird von Raubkopien sprechen müssen, aber es handelt sich um fast perfekte Arbeit.

Woran fehlt es denn? fragte ein wütender Kormoran. Können die Dinger kein Blut sehen?

Sie sind, wie ich schon sagte, durchaus perfekt, nur eben nicht ganz.

Lassen Sie mich raten: Sie klappern nicht, sondern spielen Chopin?

Ob sich der gewesene Stellvertreter des Ministers für Kultur die Neigung, an unpassendsten Stellen Hauptstellen der Musikkultur zu zitieren, an seinem früheren Arbeitsplatz zugezogen hatte, durfte bezweifelt werden, denn seine Tätigkeit war weniger den Komponisten als der allgemeinen Kaderpflege zugedacht gewesen. Nun jedoch intonierte er den berühmtesten Teil der berühmtesten Polonaise: Bom bom-bom …, wie er schon einmal und kaum passender den berühmtesten Teil von Beethoven vorzutragen wußte.

Verwaltungsleiter Aufderstell, der dem Minister insofern überlegen war, als er seine Stellung immer noch innehatte, überhörte die deplacierte Einlage und antwortete dem grimmigen Kormoran: Eine Frage der Chemie. Die Łódżer mußten geringfügige Abweichungen in der Legierung hinnehmen. Irgendein Trick aus Cincinnati, hinter den sie nicht gekommen sind.

Da bewies Professor Hassel, daß er über die Tatsache hinaus, für charmant zu gelten, nicht auch noch den Ehrgeiz hatte, es immer zu sein. In einem Tonfall, der in den Giftschrank gehörte, sagte er: Aber sonst perfekt, wie? Bis auf das bißchen Legierung, auf das lediglich die übermotivierten Schnittkes und die profitorientierten Laboranten zwischen Ohio und Texas so scharf sind, bis auf das haben eure Abkupferer aus Łódż perfekte Arbeit geleistet. Warum nicht gar bessere?

In gewisser Weise taten sie das. Zumindest waren sie umsichtig, Herr Professor, erwiderte der Materialdirektor fast selbstzufrieden. Diese Nacherfinder, wie wir die Leute in der Waschküche von Łódż zu nennen pflegten, haben, ohne von den Havarien zu wissen, die Stelle, an der das Original, wie man seit kurzem weiß, leider zu brechen pflegt, um einen Mikro-Wert verstärkt. Es ist zwar nichts, was das bloße Auge sieht, nichts, was die Hände des Operateurs spüren …

Als gingen ihm just hier seine ohnehin geringen Kräfte aus, unterbrach der Beschaffer den Bericht von der besonderen Beschaffenheit der Shiley-verwandten Gerätschaft und mußte sich für die Lieferung des nicht unbeträchtlichen Rests noch einmal neu versammeln.

Änne Kormoran ließ es jedoch zu keiner längeren Pause kommen. Nach einem Blick, mit dem sie dem Verwalter ungeniert theatralische Tücke unterstellte, sagte sie zwar nur ein Wort, doch gab sie ihm etwas von der Kraft, mit der zu anderen Zeiten Pyrenäenhöhen bezwungen wurden.

Aber? fragte Frau Kormoran, und Herr Aufderstell machte seinem Namen alle Ehre: Der im ostdeutschen Versorgungsgebiet ermittelte Unterschied zum westlichen Versorgungsgebiet besteht im Ausbleiben der im westlichen Versorgungsgebiet beobachteten Versagensrate.

Obwohl es die Nachricht bis zu ihr weiter als zu allen übrigen hatte, reagierte Nachbarin Birchel jenseits der Gartengrenze als erste; vielleicht, weil sie in der zugespitzten Situation nicht erst nach einem zugespitzten Ausdruck suchte, sondern auf den zurückgriff, der bereitlag, bewährt war und verschiedenste Inhalte transportieren konnte.

Gotte nee! rief Frau Birchel, und soviel Treue zum Hergebrachten hielt Herbert Henkler zu Ähnlichem an. Er brummte: Noch eine deutsche Teilung! und zeigte sich, als er eckig wie eilig zum Glase griff, nicht betrübter über sie als über vorherige Zustände gleichen Namens.

Und etwas anderes zeigte sich auch, und zwar ganz entgegen der Behauptung, der Mensch sei auf Nachrichten von Belang nicht eingerichtet, sofern sie ihn nicht selber meinten. Zumindest bei guter Post schien es sich anders zu verhalten. Denn obwohl der Bescheid von der Solidität jener abgekupferten und titandurchwirkten Kohlenstoffventile unüberbietbar direkt nur den Patienten Paul-Martin Kormoran betraf, gratulierten ihm alle bewegt und heftig und fügten vorgefertigten Formeln Selbstgemachtes hinzu.

Zwar lehnte sich der Vizeminister kräftig an den Auftrittssatz Felix Hassels wie auch an eine Frage Ännes an, als er in starkem Triumphe rief: Ja, ja, wir Czilanowskis und Schluziaks, ja, wir polnischen Menschen!, aber es kam ihm ebenso aus dem Gemüt, wie sein Versuch, den Hymnus *Sto lat, sto lat* anzustimmen. Als seine Frau sagte, er solle das lassen, ließ er es, und als sie einen Toast auf die deutsch-polnischen Handelsbeziehungen unter besonderer Berücksichtigung der Łódżer Verbindung ausbrachte, klopfte er Beifall auf den Verandatisch.

Ilse Henkler hängte sich um des Schwagers Hals und nannte

es ein herrliches Gefühl, einmal mehr als die Hamburger zu wissen. Paul-Martin Kormoran sah aus, als hätte er einen Kommentar gekonnt, doch hielt er nur sehr stille.

Auch Gerrelind Baumanova gratulierte und erklärte dann, nicht immer sei es leicht gewesen, bei Treue des Details die Überlegenheit des sozialistischen Weltsystems zu belegen, doch habe man hier einen solchen Fall und ärgerlich finde sie nur, daß sie so spät auf ihn stoße.

Felix Hassel schließlich schüttelte seinem Verwalter stark die Hand und gab nicht nur ihm bekannt, wenn man schon glaube, ihn bescheißen zu müssen, dann wünsche er, hinfort stets mit solchen Folgen beschissen zu werden.

Blieb Änne Kormoran, die sich vor diesem Tag gefürchtet hatte wie vor kaum einem anderen. Die sich wieder und wieder fragte, ob sie dem närrischen Mann, der sich wie ein närrisches Kind auf seinen Geburtstag freute, weil mit ihm eine Bewährungsprobe abgelaufen und die Zeit neuer Vorsätze gekommen schien, ob sie diesem Menschen, der als Hypochonder direkt aus dem Lehrbuch stammte, ob sie dem Kerl, der zu allen eingebildeten Übeln auch tatsächlich angeschlagen war, ob sie einem solchen sagen dürfe, laut Post aus Cincinnati in Ohio, USA, sei er weniger gerettet als erhofft und mehr gefährdet als jemals angenommen.

Da half es nur wenig, daß sie nicht ungeübt war im Umgang mit schwarzen Befunden. Es lagen wohl doch, auch wenn sie sich gern darüber mokierte, besondere Beziehungen vor zwischen einer Frau und ihrem Mann. Zwischen einem Mann und seiner Frau. Zu aller Welt Verwunderung und ihrer eigenen vor allem stimmten sie zueinander, auch wenn sie nicht dahinterkamen, wieso. *Ein Herz und eine Seele* konnte als Beschreibung ihrer Gemeinschaft kaum gelten. Sie mochten sich nur mehr, als sie andere mochten, und für erstaunlich hielten sie beide, wie schnell sie das herausgefunden hatten. Und wie lange es schon galt. Ansonsten lief es auf den Normalzustand hinaus, daß des einen Herz in äußerster Unabhängigkeit vom anderen funktionierte. Oder auch nicht, aber auch das in äußerster Unabhängigkeit.

Anders lag die Sache bei jener schon erwähnten Blackbox, die man Seele hieß. Zu der gehörte es geradezu, daß sie sich als kompatibel zu einer anderen zeigte. Sich einklinken ließ bei der. Beeinflußt werden konnte von ihr. Einfluß nehmen auf sie. Besänftigen, anstacheln, ermutigen, warnen, kühlen und wärmen. Eine die andere und umgekehrt. Am Leben erhalten nicht nur den, in dem sie zu Hause war. Oder doch wohnte. An gänzlich unbekanntem Ort.

Änne Kormoran sagte zu ihrem Mann und ließ es alle anderen hören: Nachrichten sind das! – Weiß zufällig einer, welches Datum wir haben?

Den vierzehnten Juni, meldeten nicht nur Aufderstell und Birchel mechanisch, und nicht nur sie lachten nicht nach Ännes frevlerischer Frage. Paul-Martin Kormoran, Kulturkritiker, Herzpatient und seit genau zwei Jahren mit US-polnischem Doppelklappenersatz versehen, sagte zunächst in aller Unschuld, er habe keine Ahnung, starrte dann aber nur in sich hinein und war dabei so gänzlich auf sich selbst und auf das Gewicht der Aufderstellschen Korrektur bedacht, daß er einem fremden Beobachter nicht nur entgeistert, sondern auch ein wenig blöde hätte vorkommen müssen.

Oder doch wie einer, in dessen Kopf pro Augenblick immer nur Platz für einen Gedanken war. Für den Gedanken vor allem: Es betrifft mich nicht. Die Versagensrate von zweimal vierzehn Prozent, also von achtundzwanzig Prozent, betrifft mich nicht. Die Versagensrate von einmal vierzehn Prozent, betrifft mich auch nicht. Die Versagensrate betrifft mich nicht. Das Versagen betrifft mich nicht. Meine Klappen wurden am Ohio erdacht und gebaut und an einem polnischen Fluß nachgebessert. An welchem Fluß liegt Łódż? An einem polnischen Fluß jedenfalls liegt das polnische Łódż, und dort wurden die Teile nachgebessert. Damit sie besser klappen, damit es besser mit dem Fließen klappt. Dank der polnischen Klappennachbauer bin ich wieder kerngesund. Auch dank der amerikanischen Klappenbauer bin ich wieder kerngesund. Nun, kerngesund vielleicht nicht, aber mit gesunden Teilen dort versehen, wo vorher zweimal kranke Teile waren. Natürliche und künstliche, aber kranke Teile.

Nun, nicht waren, sondern hätten hinkommen sollen. Hinkommen können. Aber die künstlichen, die aus Ohio, die unbearbeiteten, die amerikanischen Rohlinge sozusagen, sind gar nicht erst in dich hineingekommen. Die hat dein Finanzminister, es lebe der Finanzminister, nicht mehr in dich hineingelassen. Die hat Grit nicht durch den Vorhang geholt. Deine eisernen Teile hat sie von diesseits des eisernen Vorhangs bezogen. Die sind in Ordnung. Und insoweit bist du es auch.

Nun, wenn nicht in Ordnung, so doch nicht verstärkt gefährdet. Nach tatkräftig polnischer Verstärkung des nicht gänzlich fehlerlosen amerikanischen Entwurfs bist du weniger gefährdet. Aus doppelter Gefährdung zurück in die einfache. Von der Aussicht, daß jeden Augenblick das Licht ausgehen könne, zurück in die Aussicht auf weitere Augenblicke voller Licht. Aussicht auf eine Einrichtung mit dem einfachen Namen Leben. Ersatzleben zwar, Doppelklappenersatzleben wohl, aber Leben. Zehn Jahre. Sagen wir acht. Acht Jahre klipperdieklapperdieklipperdieklapperdieklipp. Denn, Theooo, *der im ostdeutschen Versorgungsgebiet beobachtete Unterschied zum westlichen Versorgungsgebiet besteht im Ausbleiben der im westlichen Versorgungsgebiet beobachteten Versagensrate.* Drum, Theooo, wenn es uns an Teilen gebricht, die nicht unversehens in uns zerbrechen sollen, Theooo, fahrn wir nach Łódż. Wir fahrn nach Łódż, an welchem polnischen Flusse es nun auch liegen mag.

Doch fand sich, dem wiederbelebten Paul-Martin Kormoran ins glücksblöde Gesicht zu sehen oder gar in die glücksblöden Gedanken, ein fremder Beobachter sowenig wie ein naher. Man hatte gratuliert, aber nun fragte man sich, ob jemals wieder so freundliche Wunder zu erwarten stünden. Oder ob ihre helfende Kraft verbraucht sei auf das eine, dessen Zeuge man soeben wurde. Und was, wenn man selber einmal eines benötigte? Aber das sollte eine flüchtige Überlegung bleiben, denn es war kaum anzunehmen, daß sich das Leben einen doppelten Rhythmuswechsel wie diesen zweimal erlaubte.

Wo also hielt man jetzt? Bei einem Geburtstag fraglos immer noch, der freilich nie in Frage stand. Nicht was war, sondern was komme, hatte das Rätsel gemacht. Das galt aber nun nicht mehr als Rätsel. Paul-Martin Kormoran würde wenn nicht alt, so doch älter werden. Banalität von Graden. Hatte die Aussicht auf zehn weitere Jahre zurückerhalten. Oder acht. War jedenfalls heraus aus seiner schauerlichen Besonderheit, war wieder sterblich auf alltäglichste Weise, und ein Grund lag nicht länger vor, sich seinetwegen besonders aufzuführen.

Etwa so, wie Gerrelind Baumanova, die binnen kurzer Zeit mehrfach und aus unterschiedlichen Gründen einer Ohnmacht nahe war. Verwunderlich genug, da sie im Ruf stand, nicht nur dem Gelichter dieser Welt furchtlos ins Auge, sondern dabei auch auf den Belichtungsmesser gesehen zu haben. Dieweil es ihr nicht nur um die Wahrheit ging, sondern ebenso um eine Qualität der Bilder, welche man selbst außerhalb enger Fachkreise als *Baumannsche Verschattung* pries. Als, sic, Baumannsche und nicht, wie es von Urhebers Rechten her billig gewesen wäre, *Baumanova-Verschattung*. Wann immer die Rede auf Emanzipatorisches kam, verwies Gerrelind auf den kerlischen Sieg über ein Weib, das sich angemaßt hatte, als Erfinderin neben die Herren Erfinder zu treten.

Unter Ännes Zuspruch kam die Dokumentaristin rasch zu Kräften und bedauerte ein weiteres Mal, daß bei Kormorans Doppelfest keine Kamera zugelassen war. Sehr schade, denn an solche Stimmungsschwünge wie in der letzten Stunde werde sie wohl ihr Lebtag nicht noch einmal geraten. Änne antwortete, das hoffe sie sehr.

Dann nahm sie sich der Schwester an, die, ihres Herzens Bewegung in eine des Körpers umzusetzen, auf den Stuhl gesprungen war, wo sie seither in gediegener Pose verharrte. Als versuche sie, mit den Mitteln des Ausdruckstanzes Anbetung und Dank zu liefern, hob sich Ilse mit ausgestreckten Armen und mit Händen, die sich dem Himmel öffneten, ins Mittagslicht und sah aus, als wolle sie die nächste Zeit in dieser Haltung verbleiben.

Pure Verschwendung, sagte Änne, außer deinem Mann sieht niemand zu. – Aber Herbert Henklers Blicke galten nicht der turnenden Gemahlin, sondern der nahen und doch so fernen Schwägerin. Die vertat keinen weiteren Gedanken an ihn, sondern zeigte sich als eine Verwandte, die ihre Verwandten kennt: Falls du überlegen solltest, wie deine Hamburger Verbindung von der polnischen Verbindung erfahren kann – sie kann es nicht. Zumindest nicht ohne Pauls Erlaubnis.

Ilse sprang vom Stuhl und beteuerte, nicht im Traume habe sie an dergleichen gedacht, und ihre unerfindliche Schwester sagte: Wozu träumst du dann?

Auch die übrigen Teilnehmer am Kormoran-Jubiläum führten sich auf, als wüßten sie nicht, wie sich aus Turbulenz und Arrhythmie zurück in den ruhigen Fluß festlichen Beieinanders gelangen lasse. Die Handelsfrau Grit etwa, deren Art es ein Wirtschaftsleben lang nicht war, beigeordnete Verwaltungsleiter zu umhalsen, tat eben dies in eben diesem Augenblick. Und zwar unter schöpferischer Anwendung sagenhaften Brauchtums. Wo beim Mongolenfürsten auf schlechte Nachricht die Peitsche stand, setzte es nun, weil die Botschaft erfreulich war, Frau Schluziaks Zuckerschnute. Und da die Aufderstellsche Lieferung in zwei Teilen erfolgte, gab es der schallenden Küsse gleich zwei.

Der Vizeminister nahm nicht Anstand an der Weise, in der sich seine sonst so herbe Gemahlin dankbar zeigte. Zumal er für die eigene Zufriedenheit nur unzureichend Auslaß gefunden hatte. Auch als ihn vertraute Töne ablenken wollten, behielt er den geretteten Kormo im erfreuten Auge. Behielt ihn so im Auge, wie er den gefährdeten und manchmal fast verloren geglaubten Kritiker Kormoran über viele Jahre im Auge behalten hatte. Im Auge behalten und unter Verwendung von Kürzeln wie *gef. K.* und *verl. K.* in seinem Diarium verwahrt.

Erst als er sich fast gewaltsam – gegen manche Gepflogenheit half nur gedankliche Gewalt –, versichert hatte, seit der Umstülpung des Ordnungswesens unterliege der Bürger Kormoran seiner Aufsicht nicht mehr und werde im Laufe des Festes ebenso davon erfahren, wie ihm zu Beginn des nämlichen Festes das einschlägige Tagebuch ausgefolgt worden war, erst dann bekam er Blick und Ohren frei für das Treiben der Nachbarin, welches aber nur Echo eines anderen Treibens war.

Frau Birchel handhabte das eingerollte Blatt auf eine Weise, die der ihm zugedachten Rolle durchaus entsprach. Wie einen Taktstock mithin, der zuweilen etwas vom Tambourstab hatte. Und öfter noch sehr viel von einem Knüppel ganz ohne Tambourmajor daran.

Zu ihren bemessenden Armbewegungen summte sie die Melodie, die den unkaputtbaren Teil des bekannten Landarbeiterliedes von Herrn Pastor sien Kauh ausmachte, und aus dem Kormoranschen Garten marschierte die Agitka Heimatlose Linke Ahorngrund herauf. Drei Weiblein nur noch, drei Weiblein, alt und klein zwar, aber so oho, daß ihr Sang den Ahorngrund schüttern machte und Vizeminister Horst Schluziak im Triumph einfallen ließ: Bom-bom, bom-bom, bom-bom-bom …

Zunächst im knäbisch jauchzenden Soloton, dann in gewaltigem Chore, verlautete es durch Busch und Gras und über die brüchige Terrasse: *Erhofft, erfleht, nun ists soweit, ists soweit, ists soweit:/ Ab morgen gibts Gerechtigkeit/ für Hinz und Kunz und Co./ Ja, sing man to, sing man to,/ für Hinz und Kunz und Co., jojo,/ sing man to, sing man to,/ und Paster Gauck sien Koh!*

Noch einmal nahmen die drei Mütterlein Aufstellung am Terrassenfuß, und so spärlich ihr Halbkreis dem Auge scheinen mochte, den Ohren bot er eine Fülle aus Hohn und Schmäh und Weiberzorn plus Trommel und Schalmei. Man hatte nicht nur vom Bier mit Kaßler verzehrt, sondern weiteren Schimpf erdacht und in Reime gezwungen. Die wurden nun, jeder von seiner Schöpferin, aufgeführt. Pro Alte ein Solo, pro Solo der Refrain im Chor. *Gauck gab eine Gartenparty, Gartenparty, Gartenparty; Ehrengast war Joe McCarthy und ritt auf Gauck sien Kauh,* begann Frau Meyer und schaffte es, obwohl sie eine pädagogische Fachkraft war und es gegen Natur und Sprachregeln ging, dem Reim zuliebe das englische th wie ein deutsches t lauten zu lassen.

Ob dieses freien Umgangs mit Konsonanten zeigte sich Frau Hoeft ganz ähnlich frei beim Umgang mit Vokalen und schmetterte: *Der heikle Koch der Gauck-Behörde, Gauck-Behörde, Gauck-Behörde nimmt lieber Rind und nichts vom Pförde – brät Steaks von Gauck sien Kauh.*

Jau, sing man tau, sing man tau, sang ungehemmter denn je das Trio, und Frau Meyer, die nun wieder zum Einsatz gelangte, lieferte ihren Einsatz ein Viertelchen zu früh beim syntaktisch anspruchsvollen Solo: *Herr Krause hat nie abgesahnt, abgesahnt, abgesahnt, doch falls, dann nur, wie man wohl ahnt, die Milch von Gauck sien Kauh.*

Zwar war auch Kormoran noch dabei, als es galt, der Strophe choristisch den Abschied zu geben, doch dann war ihm nach anderem Abschied, und er gab Zeichen von herrscherlicher Kunstmüdigkeit, die von Frau Meyer flugs in paramilitärische Kommandos und von der Agitka Heimatlose Linke Ahorngrund in nicht unmilitärische Bewegungen übersetzt wurden. Man rückte aus und sang dazu mit Inbrunst von der Milch von Gauck sien Kauh.

Im Verein mit Felix Hassel winkte Paul-Martin Kormoran der abmarschierenden Truppe heftig und tat auch beim verklingenden Kehrreim noch mit, aber von der Brüchigkeit seiner Umgebung war nun deutlich mehr an ihm als vor den amerikanisch-polnischen Begebenheiten. Kaum schob sich die Spielschar zum Tor hinaus, ging er an seinen Gabentisch, griff das Buch mit dem seltsamen Titel *Bionomics* und sagte zu Änne, aber auch zu allen anderen: Ich lege mich zehn Minuten lang. Amerikanische Prozentrechnung plus polnische Notation; man wird älter, man wird alt. Aber bis acht zählen kann ich noch und möchte euch vollzählig wiederfinden. Nehmt es als ein Versprechen, nehmt es als Drohung: Ob Ruth dann da ist oder nicht, ich lese den Anfang meiner Erinnerungen. Bis dahin könnt ihr raten, wie deren erstes Wort wohl heißt.

Sprach's und ging und hatte gesorgt, daß man mit forschendem Interesse seiner harrte. Oder gar seiner Wiederkehr.

III

Hier, liebe Leser, wäre von einem befremdlichen Verlangen Ihres Berichterstatters zu sprechen. Von seinem Wunsch, die Gatter des Genres zu überspringen und zu den Reimern überzulaufen. Von etwas völlig Albernem mithin. Warum erwägt er nicht gleich eine Bewerbung bei der japanischen Marineinfanterie? Wo er doch von den fünfzig einhändigen Klimmzügen, welche man dort verlangt, achte kann. Konnte. Früher. Vor hundert Jahren und mit beiden Händen.

Auch handelt es sich um keine neuartige Sehnsucht, vielmehr um eine, die ihm zusammen mit dem Alphabet ausgefolgt worden ist. Kaum konnte er Mama schreiben, schrieb er den Reim *Mama ist Rama.* Die Familie wunderte sich, erklärte die Orthographie mit Literatur und rügte den Dichter nicht.

Seine Rechtschreibung wurde im Lauf der Jahrzehnte sicherer; sein Verhältnis zur Lyrik keineswegs. Ein Fall von unerlöster Liebe und abwegigem Ehrgeiz. Vergessen fast, allem Anschein nach verheilt und ausgerechnet überm Gesang von des Herrn Pastor sien Kauh wieder aufgebrochen.

Welch bewegendes Beispiel für die Möglichkeiten einer Kunstform aber auch! Man nehme nur die zweite Strophe, die in hochdeutscher Fassung lautet: *Ostern war sie dick und drall, Pfingsten lag sie tot im Stall.* Innerhalb engster Grenzen ausgreifendste Mitteilung. Mehr Unterschied als Tod und Leben geht ja nicht.

Um uns zunächst auf diesen Textteil zu beschränken: Dem unbekannten Verfasser gelang mit ihm eine poetische Aussage von der Kraft jenes *Mitten im Leben sind wir vom Tode umgeben.* Durch *Ostern war sie dick und drall, Pfingsten lag sie tot im Stall* wurden dem großen Gesang von des Pastors Kuh zwei Zeilen hinzugefügt, die sich nicht nur mit ihren Endungen reimen, sondern sozusagen in ihren Inhalten auch.

Fern jeglichem Formalismus steht hier Wort für Wort im Dienst am Ganzen, klingt nicht einfach, sondern bedeutet. *Ostern und Pfingsten* bilden einen sachlichen Reim, wie er zwingender kaum zu denken ist, und zur Lebens-Chiffre *dick und drall* stellt sich die Sterbens-Chiffre *tot im Stall* in aller Unmißverständlichkeit.

In einer Überdeutlichkeit freilich auch, die sich zwar mit der Autoren-Vorstellung vom erwünscht einfachen Publikum erklären läßt, jedoch als fragwürdig gelten muß. Man hat es bei diesem *tot* mit einem Kunstfehler zu tun, und der Verzicht des unbekannten Verfassers auf den Austausch von tot gegen das halbwegs metaphorische *kalt* wird ein schneidendes Rätsel bleiben.

Doch beeinträchtigt der Schaden nicht die Wirkung des Werkes. Abgesehen von den Sängern, die sich an Wort und Melodie immer neu bewähren können, sind es vor allem Gelegenheitspoeten, denen die Kuh als Schimmel dient. Man hat es mit dem Muster eines Musters zu tun.

Womit aber auch Regeln des Geschäftslebens in den literarischen Vorgang geraten. Etwa die von der Erhöhung des Ertrags im Maße der Aufwandsminderung. Um uns an ein Textstück zu halten, das unter unseren Augen sowohl Verwendung als auch Änderung erfuhr: Die Strophe *Schleswig-Holstein, meerumschlungen, handelt jetzt mit Ossenzungen von Herrn Pastor sien Kauh*, die zum Grundstock des Liedes gehört und dessen Machart treffend charakterisiert, stellt in Original wie Aneignung einen Idealfall dar.

Denn spätestens hier verläßt unser Lied die bloße Geselligkeit und spielt sich hinüber zur politischen Anspielung auf bestimmte Region in bestimmter Zeit. *Schleswig-Holstein meerumschlungen, deutscher Sitte hohe Wacht* war ja der Auftakt eines Liedes, das als heimliche Hymne der krämertüchtigen

Nordprovinz galt, während in den *Ossenzungen* der Hinweis auf das Wappentier des letzten deutschen Ständestaates steckte, auf das Großherzogtum Mecklenburg-Schwerin und das Rindvieh also, welches zwar als Stier gemeint war, doch der Behauptung, ein Ochse zu sein, niemals entkommen konnte.

Wie traf es sich da für den späten Nachdichter, daß zwischen dem heutigen Schleswig-Holstein und dem heutigen Mecklenburg jene Grenze verläuft, die man ebenso heftig leugnet, wie man sich ihrer ökonomisch bedient und sie ideologisch festigt. Wie traf es sich ferner, daß sich heutigentags östlich von Ratzeburg zum Pastor des Liedes so viele Theologen mit politischem Ehrgeiz finden. Wie traf es sich, daß in einem von ihnen ihr Prinzip, vorreformatorisches Pfaffentum nämlich, besonders erkennbar wird. Wie traf sich, daß man das Wort Ossen ebenso unaufwendig wie triftig gegen Ossi tauschen konnte, als die Agitka Heimatlose Linke Ahorngrund nach einem aktuellen Sticheldings suchte. Und so eine Vokabel fand, die in ihrer Untiefe den künstlerischen Möglichkeiten der Agitsänger entsprach.

Womit, verehrte Leser, von einer Befürchtung zu reden wäre. Von der Frage des Schreibers nämlich, ob er nicht eine Prosa fertige, die sich, um verständlich zu bleiben, mit Fußnoten wie in Fußeisen schleppen müßte.

Aber eben die Prosa ist es nicht, die der Erläuterung bedarf. Soweit nötig, erläutert sie sich selbst. Sie ist – eine Pause im Geschehen um Herrn Paul-Martin Kormoran nutzend – gerade dabei. Anders steht es um die Verwendbarkeit des überlieferten Rundgesang zu heutigen Zwecken. In zwei Zeilen oder auch vier Halbzeilen, die stets auf des Pastors Kuh hinauslaufen müssen, einen aktuellen Spott unterzubringen, der lokale wie zeitliche Grenzen überwindet und immer auf den Pfarrer und sein Rindvieh verpflichtet bleibt – das ist Mühe von närrischer Natur.

Worin aber, liebe Leser, besteht der ausgleichende Vorzug dieser Verse, wenn sie solche Schwierigkeiten machen? Was fügen sie einer Erzählsache hinzu, das die dann nicht mehr missen mag? Und was vor allem am Reim-Geschäft ist so anziehend, daß Ihr Berichterstatter in dieses wechseln möchte? Überlaufen zu ihm und sich, ein weiterer Hans im Glück, zu ihm hinübertauschen.

Verzwickteste Frage, einfachste Anwort, die sich zu einem Bekenntnis auswachsen könnte: Ihr Autor, verehrte Leser, ist nicht gerade faul, aber auch nicht übermäßig fleißig. Er sitzt gern stundenlang stille und rührt sich allenfalls ein wenig im Kopf. Es macht ihm, so ihn ein Einfall dazu zwingt, Mühe, seinen Rücken vom Sesselrücken zu nehmen und die eine Hand vom Kinn wie die andere aus der Beuge des Knies; es fällt ihm nicht leicht, dem Auge die zutreffenden Tasten zu suchen und seinen Fingerspitzen das Ziel ihres Aufschlags. Noch wie er sich über das Schreibgerät beugt, bedrückt ihn der Gedanke, so verduckt müsse er nun verharren, um Post zu Papier zu bringen, die sich mit einem Lied des Inhalts befaßt, eine Kuh sei Ostern bei blühendem Leben gewesen und gegen Pfingsten eingegangen.

Denn als Mann der Prosa hat er umfassend zu sein. Muß sagen, wie die Sterne standen, als Mutterkuh Mutterkind gebar. Muß Kalbvaters Ängste beschreiben und, nicht zu vergessen, seine bulligen Lüste auch. Muß die Ausstattung des Stalles schildern und dartun, wie es zu dessen Ärmlichkeit kam. Muß bereit sein zur Langschrift über Sachverhalte, Sachen und Verhaltensweisen, über Bräuche, Moden, Regeln, Preise, Tarife, Gesetze, Schulen, geltendes Recht und gebrochenes Recht. Muß umständlich Umstände nennen; muß aufzählen, wenn er erzählt.

Von ihm will man zu allem, was vorhanden ist, auch wissen, wie es dazu kam. Er ist auf Umstandsbestimmungen geradezu festgenagelt. Von wegen *Die Rose ist eine Rose* und so weiter, von wegen Die Kuh ist eine Kuh und basta – Prosa ist Rechenschaft. Und Rechnungswesen. Was für eine Kuh? Wessen Kuh? Wessen Stall? Welche Ostern, welche Pfingsten? In welchen

Maßen mißt sich die Drallheit des Tieres, mit welchem Gewicht sein Gewicht? Prosa ist Aufwand.

Und ihr Berichterstatter, liebe Leser, scheut denselben. Eigentlich ist er doch faul. Oder wenn nicht faul, so neidisch auf jeden, der sich von literarischen Standes wegen mit der Auskunft begnügen darf, die Kuh sei Ostern noch dick und drall gewesen, habe aber schon zu Pfingsten tot im Stall gelegen.

Kurz, er könnte gern Lyrik, weil die sich mit Genie zufrieden gibt. Zu denken, man schreibt *Über allen Gipfeln ist Ruh*, findet dem drei weitere Zeilen und ist berühmt! Wohingegen sich der Prosaist mit dem Wunsch, einmal über Joseph in Ägypten zu handeln, selber auf die Galeere bringt, in Festungshaft begibt und zu jahrelangem Freiheitsentzug verurteilt.

Was, um mit Herrn Oberstleutnant Henkler zu sprechen, was betrifft Ihren Vortragenden, liebe Leser, ließe sich behaupten, ihm und Ihnen seien etliche Bücher entgangen oder erspart geblieben, weil er einen Aufwand scheute. Schien ihm, der seit seinem poetischen Frühstreich *Mama ist Rama* nach der Devise *Gedacht, getan* zu schreiben liebte, der Weg zwischen Idee und Stück zu lang, entfiel die Sache. Er hat das später bereut und die ausgefallenen Schriften für seine besten gehalten. (Mit Fug und Recht, würde der Kulturkritiker Paul-Martin Kormoran dazu vermutlich sagen, aber der hat jetzt Pause.)

Weil ihm beim Abschied von Plänen selten wohl war, erfand sich Ihr Gewährsmann, liebe Leser, Beruhigendes, tüftelte Gründe herbei, die einen Verzicht auf den Entwurf geradezu erzwungen hatten. Sagen sollen hätte er in Wahrheit nur: Die Mühe des Schreibens scheute ich nie, die Mühe des Forschens sehr. Sagen sollen hätte er auch: So kam es, dies nur beispielsweise, daß es zu einer Arbeit, welche ich *Die Säule* nennen wollte, niemals kam. Natürlich, er hätte das erklären müssen: Die Säule war zunächst tatsächlich eine Säule, eine Anschlagsäule, eine Litfaßsäule, und werden sollen hätte sie ein Roman. Und zwar zu einer Zeit, da der Verfasser überhaupt noch keinen Roman verfaßt hatte. Er hätte es nur gern getan, und die Säule schien den Stoff dafür zu bieten. Gekommen war er zu der Idee wie James Watt zur Dampfmaschine und Newton zur Gravitation. Er hatte einem Vorgang zugesehen und einen Gedanken daraus abgezogen. Der Vorgang: Ein Mann befreite eine Litfaßsäule von ihrem Mantel aus aberhundert übereinandergeklebten Plakaten. Der Gedanke: Da hat sich viel Leben niedergeschlagen. Durch eine Bohrung ließe sich eines davon wiedergewinnen. Schicht für Schicht zurück bis zur ersten Affiche. Aus den Schichten werden Geschichten. Wird eine Geschichte. Geschichte natürlich auch. Schichten eines Schicksals. Lebensgang im Aushang. Lebensweg wessen? Warum nicht des Aushängers und Anschlägers? Klingt gehaltvoll, Beruf: Anschläger. Wie wird man Plakatkleber? Sind Hürden zu nehmen, werden Lizenzen verlangt, darf man sich Afficheur dann nennen?

Man wird sich erkundigen müssen, weiß der Erzähler und weiß schon nicht, wo Bescheid über geltende Litfaß-Regeln zu holen ist. Fluch der Prosa: sich erkundigen müssen. Der Lyrizist schreibt *O Rose, reiner Widerspruch*, und damit ist alles gesagt. Sollen sie sehen, wie sie es deuten. Dergleichen ginge dem Prosamann nicht durch. Beschreibt er eine Rose, wie es sie nicht gibt, weiß er bald: Er lebt in einem Volke von Botanikern. Auf Post, die ihn einen sogenannten Schriftsteller heißt, muß er nicht warten. Das Rosazeen-Kapitel vom Gartenschau-Katalog lichtet man ab und schickt es ihm mit verletzenden Randbemerkungen zu. Oder ein Billett aus weiblicher Rhodologen-Hand verweist munter auf Beigelegtes, einen in zarten Wasserfarben gehaltenen und verwirrend anschaulichen Früchtchenlängsschnitt sowie den eher pastos ausgeführten kurzen Griffel der Berglandrose *Rosa villosa*.

Vergleichbare Nöte, thesaurische gewissermaßen, die auf einen Mangel an Sachkenntnis zurückgehen, sind dem Poeten so gut wie unbekannt. Er muß vom Heideröschen nicht wissen, daß auch ein Seidelbast so heißt, zu dessen Familie Pfefferrinde, Brennwurz, Hühnertod, Läusekraut, Rauschbeere, Wolfsblume, Warzenbast und wilder Holler zählen. Eines Sonetts wegen braucht der lyrische Dichter nicht auskunftheischend ans Telefon. Empfindsamkeit ist ihm vonnöten, nicht Statistik. Selbst für die Ballade, die moderne zumal, langt häufig eine Wut.

Und die Säule, mein lieber Leser, von der her wir an diese Überlegung gerieten, die Säule darf, wer lyrisch denkt, als einen Stapel aus Kreisen auffassen, und muß von denen nicht einmal ahnen, daß sie krumme Linien sind, deren sämtliche Punkte von einem festen Punkt den gleichen Abstand haben. Auch darf ihm unbekannt bleiben, wieviel Schichten aus Kleister und Papier es macht, wenn die Dicke des verklebten Zettelringes, der in Jahren um den Kern der Litfaß-Idee wuchs, zwanzig Zentimeter beträgt. Oder von welchem Gewicht die Segmente seien, die ein Mann unter Einsatz spaltenden und schneidenden Geräts aus dem leimverhärteten Plakatmantel trennte.

Ganz anders unser Epiker, von dem man seit Homer umfassende Schilderung erwartet und dessen Schöpfungen zeitschlürfendes Schürfen zur Voraussetzung haben. Versteift er sich darauf – um für den verbleibenden Pausenrest beim lediglich gedachten Roman *Die Säule* zu bleiben –, aus der Perspektive eines Zettelanklebers zurückzublicken, muß er herausfinden, inwieweit Vergangenheit ihren Niederschlag auf dem Medium des Herrn Litfaß zu finden pflegt. Beachtet will sein, daß er es vornehmlich mit Kultur und Konsum zu tun kriegt, wenn er die Rückbesinnung seines Protagonisten an einer Anschlagsäule in Gang kommen und durch die fast schon verhornten Plakatlagen ins Entlegene wandern läßt. Denn dieses Kommunikationsmittel ist ganz bei dem Charakter geblieben, der ihm durch seine Pioniere, den Drucker Litfaß und Herrn Prinzipal Renz, vorgegeben wurde. Zirkus, Theater, Konzert, Ballett, Kino, literarische Matineen und Soireen, Wahlversprechen, der Sport mit all seinen gesundheitsfördernden Untersparten, das Ausstellungswesen von der Zeit der Stauffer bis zum Rassehuhn, Messen in h-Moll und auch solche für den Softwarefreund, Grüne Wochen, tolle Tage, frohe Stunden …

Doch gilt es spätestens hier, verehrte Leserin, verehrter Leser, behutsam bei Nennung von Nachrichten zu sein, die sich auf der lotrecht stehenden Kommunikationswalze des findigen Berliners finden sollen. Denn mit den Einzelheiten schleicht der Irrtum heran. Zwar ist es dem Geschichtenerzähler ohne Einschränkung erlaubt, sich einen Litfaß-Bediensteten auszudenken, dessen rückblickendes Auge die hart verharzte Rinde aus erledigten Neuigkeiten durchdringen und so die Spur seines Lebens ablesen kann. Aber alle Großzügigkeit endet, wo es um die Fakten geht.

Wenn es eine Stauffer-Schau, die es ja wirklich gegeben hat, in Berlin nicht gegeben hat, dann darf es den Hinweis auf sie auch nicht an einer romanhaft errichteten Berliner Litfaßsäule geben. Ob Computerwerbung oder Musterungsaufruf der Wehrbehörde – sie kamen erst zu ganz bestimmten Zeiten vor, und wer Prosa schreibt, darf sich mit denen nicht vertun. Da ist nicht so sehr Phantasie als vielmehr Investigation gefragt, und vor dem Erfinden gilt das Finden. Da wartet Arbeit. Die Ihr Verfasser, liebe Leser, nicht gerade scheut, aber, wie gesagt, auch nicht erfunden hat.

Mithin entfiel jenes epische Werk, das *Die Säule* hätte heißen sollen, und es steht jedermann frei, sich an ihm zu versuchen. Schreiben dürfte sich die Sache höchst einfach, denn ihr Handlungskern, der aus der Litfaßsäule und dem Mann besteht, welcher sich seines Lebens mit Hilfe eines Ringes aus versteinerten Plakaten erinnert, liegt ja faktisch vor.

Gut, einige Recherchen werden nötig sein, aber dafür wird so ein Roman auch besser als jedes Gedicht bezahlt. Im übrigen ist das kein Gesichtspunkt. Oder glaubt wer, die Verfasser von *Kennt ji all dat niege Leed?* hätten je einen roten Heller gesehen oder auch nur im Auge gehabt? Sie wollten nichts erwerben, sondern etwas loswerden, und vor Glück dürften sie gezittert haben, als einem von ihnen der Vers gelang: *Ostern war sie dick und drall, Pfingsten lag sie tot im Stall.*

Doch scheint es, liebe Leser, als sei der Zweck, zu dem die kleine Betrachtung über Lyrik, Litfaß, Roman und Recherche, fossilen Leim und gelungenen Reim sowie die Säulen und Versiegelungen unseres Daseins hier eingeschoben wurde, die Erzeugung des Gefühls von einer längeren Pause nämlich, nunmehr erreicht. Grund genug für Ihren Erzähler, liebwerte Leserin und lieber Leser, sich aus der Handlung zu stehlen und dem Schluß nicht weiter im Wege zu sein. Oder allenfalls mit der Bemerkung noch, daß es sich trifft, denn auf Paul-Martin Kormorans Terrasse kommen die Dinge soeben wieder in Fluß.

*

Und ob diese Dinge in Fluß kamen! Denn Auftritt hatte Ruth Regentraut, die in manchem den Damen Henkler und Baumanova ähnlich war. Zum Beispiel in einer Art des In-Erscheinung-Tretens, das Auftritt genannt zu werden durchaus verdiente.

Dennoch zeigten sich gerade hier neben der Gemeinsamkeit Unterschiede zwischen ihr und den beiden. Um es auf eine weitgehende Abstraktion zu bringen: Wer für Tageszeitung oder Dokumentarfilm arbeitet, ist vornehmlich mit Öffnung befaßt, Veröffentlichung, Offenlegung, Aufdeckung, Enthüllung gar. Doch eine Bestatterin verhüllt, begräbt, vergräbt, deckt zu und beseitigt.

Aber ohne Entschiedenheit geht nichts von alledem. Schon gar nicht dort, wo wer Liebes wem anderen weggestorben ist. Der oder die Verbliebene führen sich vorm Jedermanns-Ereignis Tod so auf, als habe man es mit einem einmaligen Vorgang zu tun. Was ja nur in Hinblick auf jeweilige Verstorbene und Hinterbliebene so ist. Da kommt dann besagte Entschiedenheit zur Wirkung. Die Bestatterin muß klarzumachen wissen, daß die Angehörigen zwar ihr versammeltes Mitleid haben, sich aber zur Hölle scheren sollen, sobald sie an ihre Arbeit geht und die Reste von etwas beseitigt, das zu anderen Teilen – hoffentlich – nunmehr im Himmel ist.

Ruth Regentraut brachte es zu einem Auftritt von sachter Entschiedenheit auch dort, wo es derer nicht bedurfte. Auf der fast leeren Terrasse Kormorans bedurfte es ihrer nicht, denn der einzige an seinem Platz verbliebene Gast, der Verwaltungsdirektor Aufderstell, war von Naturell und Berufs wegen einer, der sich zu schicken wußte. Und nützlich zu machen. Kaum hatte er erfaßt, daß die behend und ganz unfremd die Treppe ersteigende Ruth einen üppigen Geburtstagsstrauß aus dem Papier wickelte, wählte er die passende Vase aus der Kormoranschen Reserve, reichte sie der Ankommenden und wäre nach kundigem Überschlag für die Anfertigung eines verläßlichen Protokolls gut gewesen: Sehr energische und sehr weibliche Person, Anfang vierzig, 1,68, 55 kg; wahrscheinlich körperlich und geistig kräftiger als auf den ersten Blick auszumachen; dunkel getöntes, kurzgeschnittenes Haar; dunkle Kleidung und gediegener Schmuck; vorsichtiges Make-up und nicht zu abseitiges Parfum; unauffällig und doch sehr anwesend; eine Frau, an der sich festmachen ließe.

Aber Aufderstell, der sich rasch versicherte, daß weder Gastgeber noch übrige Gäste oder Nachbarin in Hörweite waren, wußte für seine Meldung einen anderen Text: Lang will ich hinschlagen, wenn Sie nicht die Kollegin Nottke vom VEB INTERMORS-Bestattungen sind!

Ruths Antwort klang wie spätestens seit Mitte seines Satzes fertig: Wenn Sie für jede Korrektur einmal hinschlagen wollten, liefe es tatsächlich auf lang hinaus. – Jetzt Frau Regentraut von der NNBB-Holding. Das heißt im Klartext: »Nihil-Nisi-Bene-Beisetzungen«.

Aufderstell bedachte die Auskunft und schüttelte mißbilligend sein Haupt: Zungensalat auf Latein. Sie halten das hoffentlich nicht für werbewirksam. Oder sehen Sie sich krisenfest, weil schließlich immer gestorben wird?

Sowenig die Medizin ein krisenfester Berufszweig wäre, weil immer mal einer krank ist, sagte Ruth aus tiefer Vertrautheit mit dem Thema. Nein, die Konkurrenz ist entsprechend. Achtzehn gelbe Seiten im Telefonbuch. Druckereien kommen mit zwölfen aus, Hebammen mit einer halben Spalte.

Das war eine Unterhaltung ganz nach dem Herzen des Verwaltungsmannes: So kennt auch der Tod seine Verteilungskämpfe. Kaum stockt der Atem, belebt sich der Wettbewerb. – Aber die wenigen Hebammen erklären sich, fragen Sie mich, mit einem falschem Marketing. Stellen Sie sich vor, einfallsreiche Leute wie die von der Firma Grieneisen, St.Anschar oder Kühle Ruh nähmen sich des Gebärens so an, wie sie sich des Sterbens angenommen haben.

Eben noch hatte es ausgesehen, als finde Herr Aufderstell Frau Regentrauts freundliches Interesse, doch jetzt war ein Name gefallen, der sie heftig abwinken ließ: Kühle Ruh? Wußten Sie, daß die Kette der Gewerkschaft gehört? Soviel hielt ich sowieso nicht von Gewerkschaften, aber seit wir Konkurrenten sind ... Die haben ihre Mitglieder als potentielle Kunden; wie soll unsereins dagegen an? Auch werde ich den Verdacht nicht los, daß ein Interessenkonflikt vorliegt: Einerseits sollen sie in der gesamten Wirtschaft mörderische Arbeitsbedingungen bekämpfen, andererseits führen schlechte Verhältnisse, Nichtbeachtung oder auch nur Geringschätzung der Schutzbestimmungen beispielsweise, in unserem speziellen Teil der Wirtschaft zu höheren Auftragsraten!

Vielleicht sollten Sie sich ein anderes Standbein zulegen, sagte der Verwaltungsmann, erhob sich hinterm Geburtstagstisch, um die Bestattungsfrau eingehend und ungeniert mustern zu können, und korrigierte sich dann mit scheinfrommer Hast: Ich spreche von der Struktur Ihres Unternehmens, nicht von Ihrer. Die scheint, wenn ich das sagen darf ...

Dürfen Sie nicht, müssen Sie nicht, ich weiß über mich Bescheid, antwortete Ruth Regentraut mit einer Geläufigkeit, die sich unter anderem aus ihrem fast lebenslangen Besitz attraktiver Beine ergab. Ich wußte gar nicht, daß Sie zu Kormos Freundeskreis gehören.

Gehöre ich auch nicht, oder wenn, dann erst seit heute. Aber lassen Sie mich einen Augenblick bei dem angedeuteten Gedanken bleiben.

Sie deuteten einen Gedanken an?

Man traut mir das nicht zu, ich weiß, aber es ist keine Sache der Körpergröße, wie diese ohnehin nicht nur als Nachteil gelten sollte. Kleine Leute müssen nicht so hoch hinaus, wenn es über den eigenen Schatten geht.

Wäre das der Gedanke?

Auf den kommen wir jetzt: Verehrte Frau Regentraut, ich neige zu systematischem Denken. Es ist ein Mittel nicht nur gegen Ideenflucht, sondern für die Bereicherung des Lebens. Um es zu umreißen: Bin ich auf einem bestimmten Gebiet zu organisatorischen Verbesserungen gekommen, begnüge ich mich nicht mit diesem Gebiet, sondern frage, wieweit sich auf gleiche Weise woanders etwas verbessern ließe. Ich lasse meine Idee nicht entkommen oder eitel auf sich selbst beruhen; ich suche ihr weitere Anwendung und beute sie gründlich aus.

Soweit Ihr System, sagte Ruth Regentraut, nun warte ich auf den Gedanken. Hatte er nicht mit Hebammen zu tun?

Er hätte, Zukunftsmusik und Möglichkeitsform, er könnte mit ihnen zu tun haben. Zu meiner Methodik gehört nicht nur, daß ich eine Idee, die sich als praktisch erwies, auf unterschiedliche Sachverhalte zu passen suche. Ebenso gehört etwas dazu, das ich reversibles Denken nenne. Oder repetibles Denken. Oder auch multiplexes

Zu lange dürfen Sie mich nicht auf die Folter spannen, sagte Ruth, ich neige zu Geständnissen.

Ein Lächeln trieb den kurzen Aufderstell förmlich in die Breite: Sie sind eine smarte Person. Wie ich Herrn Kormoran um seine Freundinnen beneide!

Ruth sah noch einmal in den Garten zu den anderen, sah zum offenen Fenster und zur Tür und setzte sich an den abgeräumten Tisch: Danke, das hat noch keiner zu mir gesagt. Aber ehe Ihre Phantasie Ihre Idee in die Flucht treibt: Sie wollten von reversiblem Denken und von Hebammen erzählen.

Es ist keine Originalidee von mir, sondern, entsprechend meiner eben beschriebenen Methode, nur die Anwendung durch mich. Ich habe sie von einem Bühnenstück abgezogen. Sehr erfolgreich seinerzeit. *In Sachen Adam und Eva* hieß es. Sie werden es kennen; seinerzeit kannte es jeder.

Wohingegen sich jetzt nicht jeder erinnert, daß er seinerzeit vorhanden war.

Ruth Regentrauts wegwerfende Gebärde wie auch ihr verächtlicher Ton hätten in keinen Bestattungssalon gehört, ließen jedoch den Medizinverwalter heftig nicken: Wie wahr Sie sprechen, und wie sehr es zu den Hebammen paßt, die mir vorschweben!

Nun wissen Sie mich doch zu fesseln, sagte Ruth, und Aufderstell nahm es als die Aufforderung, die es war: Der Bühnenautor seinerzeit, wir beide erinnern uns, hat die Frage aufgeworfen, ob es dem Institut Ehe nicht bekömmlicher wäre, wenn man das Gewese, welches der Scheidung vorangeht, ebenso der Trauung vorangehen ließe.

Frau Regentraut, die eine geschiedene Frau Nottke war, entsann sich gut: Wir sind als Brigade in dem Stück gewesen und haben die halbe Nacht gestritten: Soll das Heiraten so schwer wie die Scheidung sein oder die Scheidung so leicht wie die Hochzeit?

Ein klarer Fall von reversiblem oder multiplexem Denken, stellte der Verwalter befriedigt fest. Nur ist die Methode damit nicht ausgeschöpft. Eheanfang, Eheende, gut, aber was ist mit Lebensende und Lebensbeginn? Mit dem einen treiben wir erheblichen Aufwand; warum nicht auch mit dem anderen?

Ich bezichtige mein Gewerbe ungern, sagte Ruth, aber unsere Dienstleistung ist natürlich ein Teil der Wirtschaft. Der Marktwirtschaft. Da haben Ertrag und Erwerb das Sagen.

Und warum sollte das in dem Bereich, den ich im Auge habe, nicht auch so sein?

Das findet doch statt, Herr Aufderstell, das geschieht ja. Ich schätze, im Schnitt wird an Neugeborenen nicht weniger als an Verblichenen verdient. Umstandskleider, Babywäsche, Kinderwagen, Kost und Kosmetik, Taufe oder Namensgebung mit entsprechender Bewirtung nicht zu vergessen – es läppert sich, Herr Aufderstell.

Es verläppert sich, Frau Regentraut, davon handelt meine Rede. – Ich verfüge nicht über Ihren Einblick, aber über einen gewissen Einblick in den Sterbebetrieb verfüge ich als Mann des Krankenbetriebes schon. Ihre Dienstleistung geht doch weit über das blanke Einäschern hinaus. Vom Fuhr- bis zum Urkundenwesen rührt sich Ihre helfende Hand, von der Schleife bis zum Stein macht sie sich ordnend zu schaffen, und bei geringer Übertreibung ließe sich sagen: Lediglich die Leiche muß noch von der Familie beigebracht werden.

Zwar warf die Bestattungsunternehmerin hier ein, mit der Zuständigkeit der Familie sei es bei Neugeborenen wenig anders, doch war ihr das Licht, das der beredte Verwalter angezündet hatte, längst aufgegangen: Lieber Herr Aufderstell, sagte sie, weil ich meinen Lebensunterhalt mit etwas bestreite, gegen das kein Einwand hilft, neige ich womöglich übermäßig zu Einwänden, aber: Private Geburtskliniken gibt es.

Herr Aufderstell deutete ein Abwinken nur an: Sie werden die doch nicht in Vergleichung bringen! Es gibt sie, aber diese Häuser haben mit Diskretion oder einfach mit großem Geld zu tun. Eine Entsprechung Ihres Gewerbes am anderen Ende des Lebens sind sie nicht. Die läge vor, wenn man das Geburtsinstitut ebenso selbstverständlich wie das Beerdigungsinstitut aufsuchte und das erwähnte große Geld sich infolgedessen durch große Kundenmengen herstellte.

Was prompt zu scharfer Konkurrenz und heftigem Aufteilen führte, sagte Ruth. Ihr Ton war nüchtern, aber in ihren Augen lag ein erster Glanz denkbarer Trunkenheit. Es sei denn, man brächte es, entsprechend Ihren Überlegungen, zu einer Kette à la Grieneisen oder Kühle Ruh – Haus Grünreif oder so, und der Gewerkschaftsbund stellte das Startkapital.

Frau Regentraut, rief Herr Aufderstell und legte sich, ihr die Schulter zu klopfen, halb über den Tisch, das Firmenlogo hätten wir schon: einen grünen Reifen. Sie haben ihn soeben erschaffen. Sie sind zu reversiblem Denken begabt und ich, daß Sie es nur gleich wissen, zu jeder Art von Partnerschaft.

Für den Anfang genügte mir eine, sagte Frau Regentraut und sorgte mit beiläufigem Griff, daß Herrn Aufderstells Hand seiner Schulter wieder näher als ihrer kam.

Aber auch so fand das Gründungsmitglied der Grünreif-Lebensstart-Kette ohne alle Schwierigkeit zu seinen anstiftenden Betrachtungen zurück: Als Haupthindernis steht Ihrem Plan, Frau Partnerin, das hergebrachte Denken im Wege. Solange Geburtshilfe dem gewöhnlichen Menschen, einer markterheblichen Anzahl von Verbrauchern immerhin, als gewöhnliche Dienstleistung der Krankenhäuser und Krankenkassen, Betonung auf krank, erscheint, auf die sie einen verbrieften Anspruch haben, solange kommt Ihr Unternehmen Grüner Reif auf keinen grünen Zweig.

Es ist zwar nicht nötig, mir Ihre Unentbehrlichkeit zu demonstrieren, Herr Partner, sagte Ruth, aber bis der Jubilar erscheint, bin ich ganz Ohr.

Das mochte sein, doch ganz Auge war sie nicht. Immer öfter sah sie zum Eingang des Hauses, in dem sich kein Kormoran zeigen wollte. Aufderstell wußte das zu deuten und beeilte sich, seine Vorstellungen ungestückelt über den Tisch zu bringen: Hergebrachtes Denken als Schwierigkeit, da muß man ansetzen, sonst geht jede Investition in den Sand. Über die Organe des Bestattungswesens denkt schon niemand mehr nach, das ist spätestens seit Grass erledigt, aber eine Organisation des Gebärwesens setzte, der Begriff ist ja wohl wieder frei, neues Denken voraus. Rein technisch gesehen, und an die Behörde einmal nicht gedacht, könnte man seine Lieben auch auf eigene Faust und mit einem Spaten unter die Erde bringen, doch haben die längst vorhandenen Begräbnisinstitute diese Vorstellung so gut wie aus der Welt geschafft. Man sieht es gerade noch im amerikanischen Film, wenn er von der Pionierzeit handelt. Gut, in dieser Art Kino geht es mit den Geburten ähnlich häuslich zu, nur ist man in der Wirklichkeit und im Unterschied zur gewinnorientierten Todbereinigung über solche Zustände wenig hinausgekommen. – Ach, Frau Regentraut, glauben Sie mir: Hat man sich erst auf reversibles Denken eingelassen, wartet jede Menge Bewußtseinsplackerei auf einen!

Oder auf zwei, sagte Frau Regentraut, denn was jetzt an Vorstellung in mir aufkommt, ginge, wollte ich es allein realisieren, entschieden über meine Kräfte.

Herr Aufderstell beteuerte, ihm falle nichts ein, was über Frau Regentrauts Kräfte gehen könne, und wissen wollte er gern, welche Vorstellung in ihr aufgekommen sei, und als sie ihn Proben davon hören ließ, geizte er nicht mit Beifallslauten.

Da handle es sich im Grunde um Eigenlob, sagte Ruth, denn sie baue nur ein Gebäude aus, zu dem er das Fundament gegossen habe. Wie das Trauungsgericht ein Analogon zum Scheidungsgericht und das Geburteninstitut eines zum Begräbnisinstitut darstelle, laufe das von ihr in ersten Umrissen erahnte Lebensinstitut lediglich auf eine konsequente wie multiple Anwendung von Prinzipien, Methoden und Dienstleistungen hinaus, welche in den beiden vorgenannten Anstalten entwickelt worden seien. Eine Anwendung, die insofern konsequent genannt zu werden verdiene, als sie nicht nur ausgewählte Höhepunkte wie Geburt und Begräbnis, Trauung und Scheidung betreffe, sondern die Gesamtheit des Lebens in seiner oftmals bedrückenden Vielfalt. Einfach gesagt, bewege sie die naturgemäß noch äußerst vage Vorstellung, man, das heiße, eine dazu erdachte Einrichtung, könne sich sämtlicher Organisationsaufgaben annehmen, aus denen das Menschenleben nun einmal bestehe. Schließlich warte, nein, lauere zwischen dem von ihnen beiden in Aussicht genommenen Haus zum grünen Flor und dem ihr allzu bekannten Haus unterm schwarzen Schleier eine Vielfalt von Groß-Problemen, denen sich der kommandierte Mensch des Industriezeitalters kaum noch gewachsen wisse. Um nur als ein weiteres Beispiel die Einschulung zu nehmen: Da gehe es auch nicht mit bloßem Hineinwachsen in ein vom Gesetzgeber vorgeschriebenes Alter ab, da stießen Jung wie Alt schon auf eine nächste Lebenspiste mit äußerst ertüftelt gesteckten Slalomstangen, da wolle ein Unmaß von Entscheidungen getroffen sein. Allein die Ausrüstung der Schulbeginner mit Ranzen, Radiergummi und Rechenheft erledige sich nicht von selbst, sondern müsse unter Einsatz von Zeit, Finanz, Geschmack und Trendkunde erledigt werden. Zugespitzt zeige sich die Problematik bereits bei der Auswahl einer passenden Schultüte. Wer diese Anschaffung auf die leichte Schulter nehme, gehe leichtfertig mit der Laufbahn seiner lieben Kinder um. Denn es handle sich keineswegs lediglich um einen hohlen Spitzkegel aus Pappe und Buntpapier, den man als ein beliebiges Behältnis mit beliebiger Füllung ansehen und zum gesetzlich festgelegten Zeitpunkt mir nichts dir nichts dem angetretenen ABC-Schützen übergeben könne. Von wegen mir nichts dir nichts und ohne weiteres; es sei gerade dieser Gegenstand mit vielem weiteren verbunden. Sie wolle die Tüten oder Tütchen nicht als frühpubertäre Sex-Symbole überdeuten, sagte Frau Regentraut, obwohl die Vorstellung, es könne sich um verdeckte Sex-Signale der Eltern handeln, keineswegs abwegig sei, aber als Symbole des Anspruchs, des angemaßten Anspruchs zumal, müßten die preßpapierenen Zylinder unbedingt gewertet und behandelt werden. Allein schon die Art und Weise, in der die beginnenden SchülerInnen den pappenen Statusanzeiger in die Arme nähmen, enthalte nicht nur Information, sondern sei eine solche über den Charakter der TütenhalterInnen und insofern von unbezifferbarem Wert für jegliche Art von Manipulation. Sie beschränke sich auf ein Minimum, versicherte Frau Regentraut, wenn sie von den Arten und Weisen, in denen sich eine simple Schultüte halten lasse, nur das Gegensatzpaar Mutter-hält-Kind und Soldat-hält-Gewehr benenne. Wieviel weitere Möglichkeiten sich aus diesen Grundmustern ergäben, lasse sich bereits bei oberflächlichster Abwandlung der besagten Bewaffneter-hält-Waffe-Variante erkennen. Da seien Untervarianten wie Ritter-hält-Schwert, Wilder-hält-Keule, Schläger-hält-Baseballschläger vorstellbar, und Schlüsse auf die künftige

Laufbahn der Tütenträger müßten selbst dem Laien ein leichtes sein. Nicht anders verhalte es sich mit den friedlicheren Formen des Tütenfassens. Überaus aufschlußreich, ob die Schulnovizen das Zeichen der eben erlangten Würde wie ein Füllhorn an sich preßten, wie eine Vase darböten, kunstbereit wie eine Stradivari hielten oder laufbahnbewußt als soeben erlangtes Doktordiplom! Wobei sie, so Frau Regentraut zu Herrn Aufderstell, bislang nicht ein einziges Wörtchen über den vorstellbaren Inhalt der nicht zuletzt als Behälter gemeinten Spitzröhren verloren habe. Das wolle sie auch weiterhin kaum tun, doch melde sich mit dem Tüteninhalt der künftige Lebensinhalt der Tüteninhaber unabweisbar an. Man müsse kein Psychologe sein, um sich auszumalen, was geschähe, wenn Kinder einfallsloser armer Eltern mit Kindern einfallsloser reicher Eltern den Inhalt ihrer Tüten verglichen und dann womöglich tauschten: Einen Kubikmeter Popcorn gegen einen Kubikmeter münzfrischer Zahlungsmittel. Oder wenn nicht in Gänze so doch zu Teilen: Eine Handvoll Gepoptes gegen eine Handvoll Geprägtes, aufgebackenen Mais gegen goldgewordenen Diggerfleiß – man müsse doch nicht mit überwuchernder Phantasie geschlagen sein, sagte Frau Regentraut zu Herrn Aufderstell, um zu erahnen, was solche Geschäfte zu Beginn einer schulischen Laufbahn bis zum Ende dieser Laufbahn bewirken könnten, und es brauche keinen Pädagogen, um zu erfassen, was auf dem Spiele stehe, wenn Erziehungsberechtigte vor die Frage gerieten, ob es zweckmäßiger sei, den lieben Einzuschulenden ein Dutzend Überraschungseier einzutüten oder das jüngste Hightech-Produkt der Unterhaltungs-Elektronik zu präsentieren – einen FM/AM-Receiver zum Beispiel, mit Double-Cassetten-Deck und CD-Player natürlich, sowie Bass-Control-Soundblaster und 60 Watt Ausgangsleistung, das Ganze, dies der Clou, in eine Schultüte eingepaßt, von Colani, versteht sich, also mit abgerundeten Fließformen und der Speaker in die Schnittfläche eingelassen. Sprach Frau Regentraut und korrigierte eine ihrer eben getroffenen Aussagen mit der Feststellung, daß es gerade im

Umgang mit Schulbeginnsbehältern, Schulbeginnern und Schulbeginnerinnen eines Höchstmaßes an pädagogischer Erfahrung und phantasiereichen Einfühlungsvermögens bedürfe, worüber das durchschnittliche Elternpaar jedoch nicht verfüge. Auch seien heutige Mütter wie Väter kaum bereit, Zeit und Geduld aufzuwenden, um sich in den Besitz solcher Eigenschaften zu bringen. Als Ausweg biete sich einzig die Bildung einer Körperschaft an, einer Stiftung am besten, der Stiftung WEDUDALE vielleicht, was für *Weg durch das Leben* stehe, einer Einrichtung jedenfalls, die sich Herr Aufderstell als eine das Gesamtdasein überwölbende Kuppel aus Erleichterungen vorstellen müsse. Sagte Frau Regentraut und schwieg dann beeindruckt.

Herr Aufderstell fand, was Frau Regentraut da vorschwebe, klinge zwar wie Unkenruf, klinge auch nach Superstaat, nach Staat als Maschine jedenfalls, aber seltsam positiv und angenehm privat.

*

Zum ersten Mal seit ihrem Auftritt, der wirklich ein Auftritt war, machte Ruth Regentraut einen überforderten Eindruck. Sie sagte kein einziges Wort in Sachen Staat als positiver Privatmaschine, und auch über Schultüten äußerte sie sich nicht mehr. Sie klopfte nur, als wolle sie all diese leidigen Sachen zum Abschluß bringen, mit verhaltener Energie auf ihre schwarzlederne Tasche und sah streng und stumm vor sich hin wie eine, die vorwiegend mit dem Tod beschäftigt ist und sich ausnahmsweise einmal und in jeder Hinsicht erschöpfend zu Fragen des Lebens geäußert hat.

Mit Blick auf Miene und Mappe kam der Verwalter auf eine langgehegte Erkundigung zurück: Was ich schon bei Ihrem Erscheinen hätte fragen wollen: Es treibt Sie doch nicht etwa Dienstliches hierher?

Ruth lachte und erwiderte nach kurzem Besinnen, das ihr nötig war, um von hochfliegenden Plänen auf die brüchige und fast leere Terrasse zurückzukehren: Viel Ernsteres, Freundschaft und gewesene Liebschaft. Aber wo bleiben diese Menschen? – Es ist doch hoffentlich jedermann wohlauf?

Seine Antwort sollte sicher besagen, wie gut er die Frage verstand und wie gern er von seinem Anteil am günstigen Bescheid hätte reden mögen und wie wenig er das zu machen wußte: Ja, der Mann ist wohlauf. Wohlaufer als vorher. Wohler wohl.

Sie hören sich an, sagte Ruth amüsiert, als hätten Sie ihm das Leben gerettet.

Um so alarmierender mußte da seine Erwiderung sein: Weiß nicht, ob. Hoffe, daß.

Ruth stand auf und wandte sich der Haustür zu. Sie verlor nichts von ihrer Beherrschung, aber es klang mehr als dringlich, als sie nach Änne rief.

Statt derer meldete sich die Nachbarin Birchel, tauchte lautstark auf aus dem Mittagsschlaf, ruckelte sich an des Gartens Grenze in ihrem Korbsessel zurecht wie auf einem Logenplatz nach großer Pause, hatte die *Frankfurter Allgemeine* zur Hand und rief mit bewährter Munterkeit: Gotte nee, Frau Regentrud, Ihnen ist was entgangen! Erst dachte er, es geht so. Dann dachte er, es geht nicht mehr. Jetzt denkt er, es geht wieder. – Na, ich bin gespannt.

War es Frau Birchels Art ohnehin nicht sehr, auf andere kalmierend zu wirken, so gedieh ihr die Zusammenfassung des Vormittags zu einem Bescheid, auf den man – Freundschaft hin, Liebschaft her – nur ähnlich heftig wie Ruth reagieren konnte. Sie rief, während sie sich um weitere Schritte der Verandatür näherte, entschieden dringlicher als beim ersten Mal den Namen der Freundin.

Als habe es ihnen gegolten, erschienen Herbert Henkler und Horst Schluziak in der Pforte zum Garagenhof. Sie machten keinen betrunkenen Eindruck, waren es auch nicht, waren aber befeuert genug, etwas rötlichen Schein in den bürogereiften Rentnergesichtern zu tragen, etwas mehr Kraft in ihre Stimmen zu legen und etwas merklicher die Aufsicht über ihre Wortwahl auszuüben.

Änne weilt im Haus, sagte Henkler und breitete seine Arme aus: Laß mich statt ihrer dich in unserem Kreise begrüßen, liebe Ruth!

Es wäre nicht überraschend gewesen, hätte sich Ruth einiger Teile dieses Satzes näher angenommen, doch sagte sie nur: Welch ein Ausdruck! Machst du Volkshochschule? – Und seinen Ansatz zur Umarmung löste sie mit dem Bemerken auf: Tag, Herbert, möglichst körperlos, bitte!

Schluziak hörte und sah den beiden mit Vergnügen zu und fühlte sich zu einem eigenen Beitrag ermuntert. Mit besorgtem Wohlgefallen sprach er: Nur ein Hinweis, Frau Kollegin. Falls deine Kleidung dämpfen soll, dann versagt sie. Auf den ganzen Linien. – Du bist doch nicht etwa mit den Kerlen, die du bettest, allein?

Ebenso wie vorher dem Obristen wurde auch dem Minister Schonung zuteil, und die Frage blieb ihm erspart, worauf denn wohl seine Kollegenschaft mit einer Leichenwäscherin beruhe. Ruth nickte ihm nur abwesend zu und berührte seine ausgestreckte Hand, als sei sie eine Klinke. Was sie gelegentlich bestimmt gewesen war.

Herr Aufderstell auf seiner Gartenbank nahm Anteil, wie es zu einem kleinen Manne stimmt, vor dessen Augen ein smartes Weib mit zwei großen Kerlen umzuspringen weiß, und auch an der Nachbarin im Korbstuhl war kein Zeichen von Langerweile.

Dann kamen die Damen Henkler, Schluziak und Baumanova aus dem Garten, brachen fast aus den Büschen, fielen begeistert über Frau Regentraut her, nahmen nicht gerade Proben aus ihrem Kostümgewebe und bissen auch nicht sogleich prüfend in ihr schmückendes Gold, zeigten sich aber zu solchem Tun mehr als bereit und führten sich alles in allem gegen Ruth geradeso auf, als hätten sie einst auf einem anderen Stern Abschied von ihr genommen.

Endlich, rief Ilse Henkler, du wurdest mehr als vermißt! Wird dir der Einsatz wenigstens – wenn nun schon der Tod kein arbeitsfreies Wochenende kennt – entsprechend vergütet?

Ganz nach der Regel, daß bei solchen Gesprächen die Frage alles und die Antwort wenig gilt, wartete Grit Schluziak nicht ab, ob Ilse Auskunft bekomme, sondern prüfte Wange an Wange Ruths Besitz, indem sie sich deren Arm vor ihre etwas schwachen Augen hob. Zumindest, befand sie mit der Autorität einer marktbefahrenen Handelsfrau, erklärten sich durch eine Bezahlung nach Sondertarif diese gehobenen Klunker und eine Uhr, die zum Zeitablesen viel zu schade ist.

Fast synchron mit Grit und Ilse lieferte Gerrelind ihren Befund in Sachen Ruth hinzu, wobei sie mit schnellen Schritten enge Zirkel um die anderen schlug: Unfaßbar, aber vielleicht liegt eine Verwechselung vor – mir haben, sagt die Legende, einmal deine Kleider gepaßt!

Sie griff in die Falten ihres heftig kolorierten Gewandes und breitete es zu Bahnen aus, durch die sich, bei einiger Bescheidung und Frau Birchel ausgenommen, die anderen hätten mitversorgen lassen.

Ruth löste sich aus den Händen von Presse und Handel, und die sichere Eleganz ihrer Wangenküsse für die Freundin vom Film ließ erkennen, daß sie gelegentlich noch Umgang mit Lebendigem hatte: Dir meine Kleider, Gerry? Der Satz ist, wie Herr Aufderstell das nennen würde, reversibel und stimmte schon eher, wenn es hieße: Mir paßten deine.

Als sei sie dem Verwalter eine Erklärung schuldig, weil er durch sie in das Gespräch geraten war, fügte Ruth hinzu: Meine Freundin und Zimmernachbarin Gerrelind hielt für getragen, was sie ein einziges Mal getragen hatte, und ich kam zu Klamotten gleich schränkeweis.

Herr Aufderstell nickte zwar dankbar, aber der Blick, mit dem er sich aus seiner unbeträchtlichen Höhe maß, deutete an, wie selten ihm ein Kleidertausch widerfuhr.

Vizeminister Schluziak zeigte, daß er, wie einst die passenden Erklärungen, jetzt die passenden Gesänge wußte und bot Barbra Streisands *I'm just a second-hand rose!* dar. – Aus Mangel an Interesse oder Englisch ließ sein Publikum es hingehen.

Auf deutsch jedoch blieb man noch beim Thema, und Gerrelind Baumanova blieb bei ihrem Vorsatz zum Reumut und erzählte tapfer: Das mit den Kleidern war, als wir beide flogen; ich zu Festivals und Ruth aus dem Institut.

Da fand sich dann auch der alte Herbert Henkler wieder. Denkbar eckig und verknurrt und dabei von einer Lüsternheit, die er hinter angestrengtem Spott zu verbergen suchte, fragte er: Was betrifft Zerknirschung: Wird man in deinem Selbstbezichtigungswerk besichtigen können, wie du das letzte Hemd verschenkst und deine unterdrückte Freundin Ruth es anzieht?

Nur keine falsche Hoffnung! antwortete Gerrelind und klang nicht zu Späßen aufgelegt. Es gibt keine Bilder, es gab keine Kamera – soweit ich weiß, natürlich. – Und auf eine wegwerfende Gebärde Henklers fügte sie hinzu: Nein, in meinem Gewerbe liebt man wohl die Dokumente, fabriziert sie aber nicht.

Für mein Ohr klingt das nach einer Beschuldigung, sagte Schluziak zu Henkler und geleitete ihn zum Tisch zurück. Ich weiß nicht, wie es in deinen geklungen hat, aber in meinen klang es wie eine Beschuldigung. Wenn ich je eine hörte, mein lieber Herbert, dann habe ich eben eine gehört. Du aber, scheint es, hast nichts Beschuldigendes gehört, oder warum schweigst du?

Er ist verletzt, sagte Ilse. Haltlose Anklagen verletzen ihn immer. Seht doch seinen Blick!

Henkler wandte sich seiner Gattin zu und raspelte sanft: Schaust du mir in die Augen, Kleines?

Den Spruch beherrscht er, weil sie *Casablanca* als Lehrfilm hatten, sagte Ilse und kam damit einer Frage Gerrelinds zuvor. Doch täusche dich nicht – ins Flugzeug mit der Bergmann wäre er gestiegen.

Ins Flugzeug auch, mein Schatz, erwiderte Henkler und goß, als gelte es, sich auf diese Aussicht hin kräftig zu stärken, entsprechend vom Korne ein. Er hob fragend das Glas zu Felix Hassel, der, die Lesebrille auf der Nase und die Nase im Kormoran-Papier, auf der Terrasse erschien, aber der Professor winkte dankend ab.

Statt eines Grußes hörte Hassel die besorgte Frage der Bestatterin, ob wirklich nichts mit Kormoran sei, doch stand er nicht zu Unrecht im Ruf, selbst im OP auf Manieren zu halten. Er blieb nur stehen, um eine Verbeugung anzudeuten, und sagte, während er zur Treppe ging: Guten Tag, Frau Regentraut! – Seien Sie unbesorgt, auf einer Farbenskala läge sein Befinden etwa zwischen Ihrem Gewand und dem von Frau Baumanova.

Du kennst ihn, sagte Grit Schluziak und wies so auf ihre Überzeugung hin, daß vor allem sie diesen Kormoran kenne, kaum hat er durch Herrn Aufderstell erfahren, daß seine Klappen polnisch sind, horcht er, ob etwas von Wałesa aus ihm spricht.

Oder er hier, Seine Heiligkeit der Pistenküsser, rief Frau Birchel über die Grundstücksgrenze und erntete für die Benennung einigen Beifall.

Darauf wüßte ich einen Schüttelreim, sagte der Kulturexperte Schluziak, und die Erheiterung über den Reim, den er wußte, schüttelte ihn gar sehr.

Grund genug für alle, sich ebenfalls ans Wortspiel zu wagen. Man bewegte die Lippen beim Konsonantentausch, riß die Augen auf überm Ergebnis, suchte Erheiterung mit Entrüstung zu mengen, fälschte Nasenkräuseln zu Naserümpfen um, behielt das Gelächter für sich und zog einander in ein Kichern, das in keinem Verhältnis zu seinem Anlaß stand. Frau Schluziak drückte die Erkenntnis Tränen in die Augen, daß ihr Mann immer so ein Humorbrocken war; Herr Aufderstell senkte seine erschütterte Stirn auf die Tischplatte und suchte Ruth Regentrauts halbamtliche Mappe als schirmenden Paravent zu nutzen; Ilse Henkler notierte den Spaß für den Kerl aus Hamburg oder für die Kerle in Berlin; in Gerrelind Baumanovas scharfen Zügen stand die Frage, ob nicht der geschüttelte Wojtyła als sprachliches Dokument von ähnlich zeitmarkierender Gültigkeit wie Frau Birchels überwucherter Bahndamm sei, und selbst der wohlerzogene Chirurg Felix Hassel verharrte auf der Gartentreppe und nahm albern lachend am lachhaft albernen Vergnügen teil. Als ob es nicht hundertfach schärfere Witze gäbe, ließ sich die Gesellschaft aus weitgehend gebildeten Leuten kaum anders als eine Fuhre Lachsäcke vernehmen und ergötzte sich am Buchstabentausch, der auf ein wenig erhelltes Wort hinauslief.

Ob ihr das nun bei Erinnerung an den verglasten Karren eingekommen war, in dem sich der Stellvertreter Gottes vor Gottes übrigen Kindern sehen wie schützen ließ, oder ob ihr die überdrehte Verjuxtheit einmal einfach reichte – inmitten all der hochgemuten Hysterie rief Ruth Regentraut: Ach du meine Güte, und unser Geschäftswagen steht genau vor der Tür!

Ebenso wie die Bestatterin Ruth nahm sich die Beschafferin Grit ins gemäßigte Betragen zurück und wollte hören, ob es sich immer noch um den Volvo mit den kostümfarbenen Gardinen handle. Auch ließ sie die Gelegenheit zu der Bemerkung nicht aus, die Sänfte sei eine Zuwaage der Schweden gewesen, als sie den Auftrag für sechzig gepanzerte Limousinen bekamen. Kaum anzunehmen, sagte sie, daß die den Tag der deutschen Einigung in ihren Feiertagskalender eingetragen haben.

Wie einer, der zur Genüge wußte, wohin solches Erinnern die Gattin zu tragen vermochte, sprach Horst Schluziak zu Ruth: Gib die Schlüssel, ich fahre den mißverständlichen Karren ein paar Meter weiter.

Einerseits: Danke, andererseits: Vorsicht! warnte die Gattin den Gatten. Bedenke, daß du dich auf einige Pro-Meter-Promille veranschlagen mußt!

Ich bedenke es, und ich bedanke mich, weil du meine Vorsicht anmahnst und nicht Alkoholverzicht. Wenn wir nun schon auf das majestätische Geheiß von Paul-Martin Kormoran mit den alleröffentlichsten Verkehrsmitteln angerückt sind, wäre es geradezu sinnlos, sich nicht zu betrinken.

Ich mag diese männliche Logik! sagte Ruth und nestelte das Schlüsseltäschchen aus der Kostümjacke. Sie warf es dem Minister zu und unterließ es, seinen Fängerstolz zu kommentieren.

Statt dessen hielt sie ihren dunkel betuchten Arm neben Baumanovas Spektralfarben und befand: Mit dem Wagen ist es kaum getan. Ich kenne doch meinen Paul: Seine Stimmung, und ich so gewandet! Das führt zu Deutungen. Er hat mich schon einmal einen Todesengel genannt, und wenn es ihm heute in die Laune paßt, ernennt er mich zu seinem. Das mag ich aber nicht. – Tauschen wir, Gerrelind?

Sie knöpfte, ohne Antwort abzuwarten, die Jacke auf und sagte ebenso nebenhin wie bestimmt zu Schluziak: Du wolltest Auto fahren! Zögernd bewegte er sich zur Treppe, aber wenn sie gemeint hatte, auch Henkler und Aufderstell so in Gang zu setzen, erwies sich das als Irrtum. Der schemelkurze Verwaltungsdirektor erhob sich nur am Tisch, um bessere Sicht auf künftige Enthüllungen zu haben, und der türlangwiebreite Oberstleutnant saß, zum Bleiben entschlossen, an der Tafel und sprach zum zögernd scheidenden Kameraden: Geh du die schwarze Kutsche bewegen – ich erstatte dir Meldung von allem, was sich zutrug.

Hat sich was, sagte Ruth, als Melder bist du abgemeldet und dauerhaft bestattet. Du begleitest den anderen Staatsfunktionär zu meinem Volvo. Im Unterschied zu dir springt er manchmal nicht an.

Bemerkenswert giftig, wenn man ihre Wanderlust bedachte, warf Gattin Henkler ein: Der Unterschied ist auch schon länger dahin.

Daß ein Wort wie Kumpanei nur fälschlich auf Männerrunden gemünzt sei und sehr zu Unrecht ausschließlich Männerverhalten meine, konnte zwingender als durch den Umgang der Damen Henkler, Baumanova, Regentraut und Schluziak mit den Herren Henkler, Schluziak und Aufderstell schwerlich bewiesen werden. Die vier Frauen bewirkten nicht nur, daß die drei Männer endlich verschwanden, sondern ließen sie bereits verschwunden sein, als sie noch anwesend schienen. Da half dem Beinah-Obristen all seine Vierschrötigkeit nicht, und den Beinah-Minister rettete ebensowenig seine Fülle. Und schon gar nicht verhalf es dem Immer-schon-Direktor zum Verbleib, daß er von zu vernachlässigenden Maßen war. Die Kerle mußten den Weibern weichen und waren längst aus ihren Augen, bevor sie ihnen aus den Augen kamen. Und wenn es eines ausschließenden Abschlusses noch bedurfte, dann sorgte Nachbarin Hildegard Birchel für einen solchen.

Mit der Tollkühnheit, die zusammen mit mancher kleinen Kleidergröße ausgegeben wird, hatte Herr Aufderstell seine ganze lichte Höhe noch einmal am Tische aufgerichtet, hatte sein ganzes Bantamgewicht in die Terrasse gestemmt, hatte sich von Frau Baumanova, die schon halb aus ihren Knöpfen war, fragen lassen, ob ein Verwaltungsleiter es schriftlich brauche, hatte in heldischem Übermut geantwortet, mündlich sei keineswegs immer von der Hand zu weisen, hatte, von seinen ungeschlachten Kumpanen längst verlassen und weiblicher Übermacht weichend, endlich auch den Rückzug angetreten, unter Druck die Fliesen rückwärts, die Stufen hinab, die Wegplatten entlang und an Frau Birchel vorbei, da ließ diese Person, die doch eigentlich hinter einer gedachten Grenze in ihrem Garten in ihrem Korbsessel saß und gegen den kleinen Aufderstell nichts zu melden hatte, die eingerollte Zeitung wie ein Peitschenstielchen, an dem ein Peitschenschnürchen ganz sachte schnalzte, in Richtung des weichenden Mannes wippen.

Ein Männchen, ein Schnürchen, ein Stielchen, ein lediglich gedachtes sachtes Schnalzen, und doch bedeutete dies alles nicht weniger als die Austreibung Adams aus dem Paradies durch Eva. Da hätte es des Blicks der Kumpanin Birchel zu den Kumpaninnen auf der Terrasse nicht bedurft, aber da Frau Birchel nun einmal war, wie sie war, konnte er nicht unterbleiben, und besagen sollte er und wurde auch so aufgenommen: Diese Besatzungsmacht sind wir los.

Wie es zum vollständigen und gerechten Siege paßt, besprachen die Damen ihre Befreiung nicht weiter, ließen es, wo es um Gemeinschaft ging, mit dem Blick von Frau Birchel sein Bewenden haben, nahmen auch kaum Kenntnis vom Arzte Hassel, der fern von ihnen im Gehege des Kormoranschen Gartens saß und Kormoransche Entwürfe las, und gaben sich dem hergebrachten Vergnügen des Kleidertausches hin, einem Vergnügen, das mit der noblen Zweckbestimmung, Paul-Martin Kormoran vorm Erschrecken zu bewahren, seine höchste Rechtfertigung erfuhr.

Gerrelind Baumanova, als Dokfilmfrau eine Vermesserin jüngster Geschichte, aber jetzt nur auf Entsagung gestimmt, sah gramvoll zu, wie Ruth sich der Jacke entledigte: Nimm uns beiden, oder wenigstens mir, zwanzig Jahre, sagte sie, und der Tausch wird möglich.

Zwanzig Jahre? rief Ruth. Zurück nach 72? Wegen ein paar Falten und Pfunden zwanzig Jahre zurück? Ich nicht, mein Kind! Außerdem paßt es. Mit den Augen taxieren gehört zu meinem Beruf. – Sie reichte der Freundin ihr düsteres Arbeitszeug und sprach mit fordernder Geste: Nun rück schon den flotten Spenzer raus, und ob du ihn wiederkriegst, ist gar nicht ausgemacht.

Gerrelind begann zwar, sich von ihrer bauschigen Ballonjacke zu trennen, hielt sich aber an den einmal angeschlagenen tragischen Ton: Du hast gut lachen; dir hat immer alles gepaßt.

Solange du die Kleider meinst und nicht das eine oder andere Begebnis des Jahres 72, bin ich einverstanden.

Es ist nicht nötig, mir mein Verhalten einzureiben, sagte Gerrelind, ich schreie es dieser Tage künstlerisch heraus aus mir.

Spätestens hier zeigte sich, wie gut Ruth Regentraut für ihren Beruf gerüstet war oder durch ihn für Freundinnen wie Gerrelind Baumanova. So nebenbei, wie es sich nur machen ließ, antwortete sie: Ich hör dich dann; jetzt gib die Klamotten.

Gib du mir deine, sprach Gerrelind ergeben und streifte den ausgreifenden Kittel von ihrem wohlgeformten Körper: Her mit dem Zeug; zu meiner seelischen Verfassung stimmt seine Finsternis tatsächlich.

Frau Regentraut ließ Frau Baumanovas körperliche Verfassung unbesprochen, und für die seelische trug sie einen Erfahrungssatz vor, der nicht zuletzt von reversiblem Denken zeugte: Du, Gerrelind, ich habe es fast immer mit schwarzgekleideten Leuten zu tun – glaube ja nicht, daß sie ein solcher Anstrich an bunten Ideen hindert!

Sie deutete auf die verschiedenfarbigen Bahnen von Baumanovas Jacke und machte sogar einen kurzen Schwenk zur Nachbarin, als sie die Einfallskraft ihrer Kunden zu demonstrieren suchte: Sind erst einmal die unumgänglichen Formalien erledigt, werden auf dem dunklen Hintergrund unseres Salons die leuchtendsten Pläne entrollt. Deutschmarkblaue, dollargrüne, silbrige, güldene oder auch, wie die Familie, die mich den ganzen Vormittag aufgehalten hat, niederländischguldenorangen gefärbte.

Stumm nun und gesenkten Hauptes, als wolle sie sich vorm grellen Color, in das sie einst die Parteiungen der Welt gekleidet hatte, ins bergende Dunkel flüchten, schickte sich die Filmemacherin an, die Jacke der Abschiedsgestalterin überzustreifen.

Und wurde schon wieder gebremst: Nein, Gerry, die Bluse dann auch. Ich will nicht nur verkleidet, sondern umgezogen sein. Rück gleich das Hemd mit raus, falls du eines trägst. Den Rest erlaß ich uns. Aber meine Nachtschwärze gegen deinen Regenbogen, das geht nun einmal nicht nur teilweise.

Es schienen letzte Kräfte zu sein, mit denen sich die Baumanova ein weiteres Gespinst aus Pink und Apricot vom Leibe zog, und in einer Melange aus alter Bewunderung und neuem Jammer sagte sie: Ich hörte schon, du sollst so radikal geworden sein.

Ach, man untertreibt da wieder, sagte Ruth. Ich bin eine Extremistin, wie's schlimmer nicht geht: Ich lebe vom Tod. – Rock, Schuh und Strümpfe, Gerry, unter dem hat es keinen Sinn.

Gehorsam machte sich die befehlsgewohnte Regisseurin ans weitere Entledigen, und mit einer Scheu, die zu ihrem Beruf nur wenig stimmte, fragte sie: Hat dich dein Umgang so hart gemacht?

Die Toten? sagte Ruth und ließ sich in ihrem Part am Doppel-

Striptease nicht stören. Die stimmen in dieser changierenden Zeit ungemein friedlich, meine Liebe. Sieh doch, sie zumindest ändern sich nicht und sind auch durch nichts mehr umzubringen.

Gotte nee, rief zu diesem Frau Birchel.

Mit kaum merklicher Blickwendung zeigte Ruth Regentraut an, daß sie vor allem zu ihren Freundinnen spreche: Ihr glaubt nicht, woran Lebende sterben können. Der halbe Holländer heute früh ist vornehmlich infolge Entgeisterung dahingegangen. Ein Thüringer von Geburt. In den Fünfzigern aus seinem Dorf an der Grenze abgehauen. Hat dann mit Kerzen gehandelt und – Grit, kannst was lernen! – Kampagnen erfunden, für die man sie braucht. Ein Leuchten gegen zonale Dunkelheit – dergleichen. Jedes Licht im Fenster bedeutete eine Fackel gegen das Regime. Und ihm ein Münzlein im Säckel.

Das hört sich nach Friedhelm Küttner an, sagte die Handelskraft Schluziak und klang nicht, als ob sie da viel lernen müsse. Die Kerzen bezog er auf dem Umweg über uns bei der Volkseigenen Vereinigung Haushaltschemie. Insofern waren seine Kampagnen hinzunehmen. – Und der soll an Entgeisterung gestorben sein?

Sie ließ sich vernehmen, als halte sie Entgeisterung für einen Defekt, und flocht, ihre Ansicht zu stützen, den Hinweis ein, es hätten die Gerüchte nie verstummen wollen, der überhasteten Flucht des jungen Friedhelm Küttner sei die sorgfältige Beratung eines zuständigen Organs vorausgegangen.

Quasi Riek oder nicht, sagte Frau Regentraut, heute morgen ist der gute Friedhelm aus der möglichen Zuständigkeit von Pastor Gauck in die tatsächliche eines amtierenden Pfarrers übergewechselt.

Und in deine, nicht zu vergessen, ließ sich Ilse Henkler vernehmen, um dann übergangslos zu kommandieren: Da baumelt ein Knopf, gib her, so ziehst du das nicht an! Mit schnellen Griffen bewies sie, daß sich auch in einem edlen Gefäß von Vuitton die gute alte Nadel und der gute alte Faden noch finden ließen und deren Besitzerin nicht nur mundflink, sondern ebenso handfertig war.

Nach uralter Weiberart sahen ihr die anderen Damen auf die Finger, und erst als die Prüfung befriedigend bestanden war, wandte sich Ruth wieder dem verstorbenen Lichtaufstecker zu: Es ist beim Familientreffen passiert. Treffen eines ehedem geteilten Dorfes. Die eine Partie aus Thüringen, die andere aus Hessen, noch welche aus Mecklenburg und gottweißwoher. Dazu ein paar Holländer. Wegen denen haben sie sich in Berlin getroffen. Aber das Gros war aus Hessen und Thüringen. Aus ein und demselben Dorf, das über die Zeiten zu zwei verschiedenen Ländern, Provinzen, oder Gauen gehörte. Als dann die Grenze kam, konnten Küttners Mutter und ihre Cousine nicht mehr von Ortsteil zu Ortsteil telefonieren. Das hatten sie durch seine ganze Jugend getan. – Der Sohn weg und das Telefon auch; da drohte die Mutter trübsinnig zu werden.

Und wir hatten die Scherereien, sagte Grit Schluziak mit der Wucht, die sich ergibt, wenn eine nach lang erzwungenem Schweigen endlich sprechen darf. Zugegeben, erst das sehr gute Geschäft, und zwar über viele Jahre reibungslos, aber dann, wie gesagt, die schärfsten Scherereien. Der Mann machte unsere kommerziellen Beziehungen geltend, das heißt, er stellte sie in Frage. Eine dieser Entweder-oder-Situationen. Im Ernst, als die staatliche Telefonleitung gekappt worden war, wollte er eine private Strippe verlegen. Für die Mutter. Für die Tante.

Ilse Henkler war nicht die einzige mit ungläubigen Augen, aber die schnellste mit dem Mund: Über die Staatsgrenze? Von seiner Mutter zu deren Cousine? Vom Abendland ins Morgenland? Weil er uns ein paar Talglichter abgekauft hatte? Ich nehme an, das hat einige heitere Züge in den schweren Dienstalltag von Grenzkommando und Sicherheit gebracht. Was sagten sie denn dazu?

Von aller Fröhlichkeit weit entfernt antwortete Grit: Was immer auch, von Heiterkeit ist nichts zu uns gedrungen. Ein altrussisches Njet sagten sie.

Handel, Finanz und Haushaltschemie hingegen dürften auf neudeutsch Yessir gerufen haben, warf Ilse Henkler ein.

Für so viel Wissenschaft wurde sie von Grit mit einem beinahe anerkennenden Blick ausgezeichnet, auch wenn keine völlige Zustimmung erfolgte: Es mischte sich. Die Sicherheit schrie Sicherheit, der Handel hoffte vor sich hin, und die Planung jammerte wie immer: Holz für Masten, Kraftstoff für Transport und Schachtmaschinen; jede Menge Kupferdraht und Isolatoren. Dazu Arbeitskräfte, Versorgung und Unterkunft; das schmeißt uns, barmte die Planung. – Über Monate ging dieses Theater, bis endlich das erforderliche »Einverstanden« der Höchstinstanz kam. – Und ausgerechnet Friedhelm Küttner soll nun tot sein?

Das Wort höre ich, wenn ich in der Montur stecke, die Gerrelind so fabelhaft zu Gesichte steht, beinahe zu jedem meiner Fälle, sagte Ruth. Ausgerechnet der, ausgerechnet die! – Als ob sie für's ewige Leben bestimmt gewesen wären!

Na, Mahlzeit! rief die Nachbarin Birchel der Abwechselung halber, und fügte die Vermutung hinzu, eine solche Bestimmung könne in Ruths Erwerbszweig kaum als erstrebenswert gelten.

Auf eine Änderung mehr oder weniger kommt es nun auch nicht an, sagte Ruth. Übrigens habe ich neulich in einem hundertfünfzig Jahre alten Buch die Rostocker Tarifordnung meines Gewerbes gelesen. Damals kannten sie, scheint es, überhaupt keine Preisbindung. Bei der »Vortheilhaften Leichen-Gesellschaft« wurden pro Stück sechzig Thaler fällig, aber bei der »Kleinen Lilien-Beliebung«, so hieß ein anderer Verein, kamen erwachsene Leichen nur auf einundzwanzig Thaler und die von Kindern auf sechs.

Was Sie aber auch alles lesen! sagte Frau Birchel.

Überraschend unwirsch äußerte sich die Händlerin Grit Schluziak zur Sache: Ehe du uns erzählst, was die kleine Lilien-Beliebung dann mit der Ware angefangen hat, kommst du besser auf Friedhelm Küttner zurück. Der ist also wirklich tot?

Als ich ihn zuletzt sah, war er es. – Es hat ihn zermürbt, hieß es, beim Kampf um das mütterliche Telefon den Unterschied zwischen Kapitalismus und Sozialismus zwar erfahren, aber nicht begriffen zu haben.

Hätte er Mutter und Tante was Schnurloses schenken sollen, rief Frau Birchel über ihre Grenze, und wenn der Einwurf auch halbwegs richtig war, mochte Ruth ihn schon deshalb nicht, weil er ebenso halbwegs ihre Pointe bedrohte.

Das entfiel, sagte sie. Drahtlos entfiel, und Kabel entfiel auch. Aus Gründen von Nostalgie und Kontrolle mußte die Leitung oberirdisch sein. Ergebnis: Dieselben Strippen durch ein Dorf, das sich auf zwei Staaten verteilt, und auf der einen Seite jammert man wegen Material, Logis und Arbeitskraft, auf der anderen balgt man sich um den Zuschlag. Einunddieselbe Fernsprechverbindung, technisch gesehen ununterscheidbar, doch ökonomisch genommen in Ost Verlust, in West Geschäft. Machen ließ sich das – nur begreifen nicht.

Ruth setzte den Einstieg in Gerrelinds kompliziertes Kleidungsstück dort fort, wo sie ihn beim Vortrag eines komplizierten Sachverhalts unterbrochen hatte, und auch Frau Baumanova, die inzwischen verdunkelt war, wo sie eben noch leuchtete, wandte sich wieder dem Kostümwechsel zu.

Grit Schluziak hingegen war mit Friedhelm Küttner an eine Grundfrage geraten, und entsprechend verlautbarte sie sich: Nun hört aber mal: In West Gewinn, in Ost Verlust bei jeweils der gleichen Unternehmung, immer erfahrbar, nie ganz begreiflich – auf diese Differenz hat sich meine Existenz gegründet! Zugegeben, es nervte – aber zermürben? Und gar so, daß man zur Kundschaft der Kleinen Lilien-Beliebung wird?

Und in der Aufregung thalermäßig übern Tisch gezogen! rief hierzu Frau Birchel mit ihrem Sinn fürs Wesentliche.

Ruth unterbrach ihren Einstieg in ein Paar Leggings, deren Muster sich den Launen eines Zufallsgenerators verdankte, und sagte lachend: Nein, das hab ich dann falsch erzählt. Hingeewigt hat ihn nicht die Plackerei – den Löffel abgegeben, seine Lichter ausgeblasen …

… den Hörer hingelegt, schlug Ilse vor.

Ja, gut, sagte Ruth, den Hörer hingelegt hat der Niederländischthüringer, als er bei Familienfest und Frühstück erfuhr, daß sein Dorf per Vereinigung wiederverkabelt wurde, alle oberirdischen Leitungen einschließlich des ökonomisch rätselhaften Teilstücks zur Abriß-Ausschreibung anstehen und Mütterchen wie Tantchen nun doch auf Funktelefon umsteigen möchten. Für alle Fälle, sagen sie.

Zum vollständigen Anzug fehlten der Künstlerin Gerrelind nur noch die Schuhe der Bestatterin Ruth. Sie hielt die so eleganten wie zweckmäßigen Kleidungsstücke an den flachen Absätzen, klopfte Sohle stark gegen Sohle und rief mit Ausdruck: Dort, wenn wir jetzt wären! Die Kamera und ich! An solchen Orten des Wandels! Diese Aufbrüche! Diese Niedergänge! Diese Prozesse! Vom Riß zur Heilung und wieder zum neuen Riß!

Schloß man von der Vehemenz, mit der die Nachbarin im Korbstuhl nickte, auf den Grad ihrer Beteiligung, war sie kurz davor, in den Stand der Filmemacher einzutreten, zumal sie ihr Objektiv aus Zeitungspapier wechselnd auf Niedergänge wie Aufbrüche richtete und die Spanne zwischen Riß und Riß mit einem langen Schwenk bedachte. Frau Schluziak sah ihr grimmig zu, doch Frau Henkler übersah Frau Birchel innig und sprach mit riskanter Begeisterung: O Gerrelind, solche Sätze, und du ganz in Schwarz – es läuft schon jetzt auf einen Kultfilm hinaus!

Frau Birchel behielt den Bescheid für sich, daß sie derartige Sachen nicht anzusehen pflege, denn just als sie den Mund dazu öffnen wollte, trat Änne Kormoran aus dem Haus und mußte mit heftigen Fingerzeigen der Nachbarin auf das Treiben der Freundinnen hingewiesen werden. Anders als Ilse oder Gerrelind es gehalten hätten, ohne Geschrei also und ohne Gebärden von Freilichtbühnenzuschnitt, ging Änne zu Ruth, deutete Wangenkontakt an, strich mit prüfenden Fingern über eine kardinalrote Schulter und brachte Herzensfreude, Verwunderung und Spottbereitschaft auf die Sätze: Na, endlich tauchst du auf! – Was treibt ihr, Pfänderspiele?

Wir folgen nur dem Ruf nach rückhaltloser Offenlegung, sagte Ruth. Gut siehst du aus, mein schmerzlich vermißter Engel! Ist Paul-Martin auch so in Ordnung?

Mit dem leichten Zögern, ohne das sie bei dieser Antwort nicht mehr auskam, erwiderte die Ärztin Kormoran: Ja, ist er. Jetzt wieder, nachdem er vorhin etwas von der Rolle war. Haben sie dir erzählt?

Sie nahm, wenn auch nicht ohne leises Staunen, zur Kenntnis, daß die amerikanisch-polnische Klappengeschichte noch nicht überliefert war, betrachtete die verdunkelte Gerrelind prüfend und sagte, als gelte es einer Patientin: Zu verbergen hast du so wenig wie Ruth. Wieso steigst du bei dieser Figur in ein Zirkuszelt? Und wagst dich, zum Glück – und zu deinem Unglück, Ruth –, jetzt heraus aus ihm?

Für solche Fragen war niemand zuständiger als Frau Birchel. Ein weiteres Mal diente ihr das eingerollte Blatt als Zeigestock, und sowohl auf die endlich anwesende Ruth und die verwandelt anwesende Gerrelind wie auf den abwesenden Kormoran wurde damit unmißverständlich hingewiesen: Sie sagt, sie will nicht, daß er denkt, sie kommt wegen ihm. Wenn sie in Schwarz kommt. Deshalb hat sie mit ihr getauscht. Damit er nicht erschrickt.

Danke, Frau Birchel, dann bin ich im Bilde, sagte Änne, doch wünschte die Nachbarin, sie und auch sich selber noch über weiteres ins Bild zu setzen. Hat sich Ihr Mann denn nun mit der Polski-Technik abgefunden? fragte sie und fügte schaudernd und entschieden hinzu: Mir wäre das ja nichts, habe ich neulich zu meinem gesagt!

Keine Sorge, Frau Birchel, Sie werden nicht an gebrochenem Herzen sterben. Und das meines Mannes dürfte sich beim veränderten Anblick der beiden Damen bis in die künstlichen Teile erwärmen.

Ein Wiedersehen, das allüberall nichts als eitel Freude macht!

sagte Ilse Henkler und hörte sich an, als sei sie aus diesem Überall ausgenommen. Was ihr sogleich den Hinweis der Schwester eintrug, eifersüchtige Bemerkungen hätten ein Privileg der Ehefrau zu bleiben. Worauf Grit Schluziak nur befinden konnte, bei solchem Gerede sei es kein Wunder, daß der Mann sich hinschleppe. Was zu Ilses Frage führte, ob man hier wohl gar an ein Embargo geraten sei, das selbst die Freibeuterin Grit nicht habe brechen können. Wozu sich auch die Nachbarin hätte äußern wollen, aber nicht konnte, weil eine Erscheinung auf dem Gartenweg sie daran hinderte: Vergessen Sie Ihre Antwort nicht, Frau Schubiak, rief sie und wies mit der *FAZ* zur Straße hin, der Sitzriese kommt gerannt!

Kaum auf diese liebevolle Weise angekündigt, war Aufderstell auch schon da. Man hörte ihm an, daß Verwaltungsleiter zu Fuß nicht so herumkommen, und unnötig war es von ihm, vor dem Treppenaufgang bekanntzugeben, er sei außer Atem: Verzeihung, keuchte er, ihre schwedische Sänfte rührt sich nicht, Frau Regentraut. Könnte es sein, der Laderaum ist belegt? Mit einem Wikinger? Oder zweien?

Weil es ihm weder an Mitteilungsdrang noch Formwillen gebrach, wohl aber simpel an Puste, dauerte es, bis er sich vollständig vorgetragen hatte, aber Ilse Henkler tat ihm den Gefallen und nahm seine Vermutung auf: Die sieben Zwerge liegen drin. Vollversammlung.

Und Ruth Regentraut, jetzt nicht die Spur künftige Teilhaberin vom Lebenshilfeinstitut WIDUDALE, sondern ganz superiores Weib zu inferiorem Männlein, schloß sich gleich an: Im Prinzip ist das Abteil vakant – haben Sie über Ihren späteren Verbleib schon disponiert? Doch als der Direktor nur stumm nach Atem rang, fügte sie hinzu: Ich steige in diese Stiefelchen und helfe Ihnen schieben.

Die Schwester aufs Laufende zu bringen, erklärte Ilse ihr: Um Paul-Martin den entsetzlichen Kohlenkasten aus den Augen zu schaffen.

Doch die winkte ab: Den hat er längst gesehen. Er wird

gleich kommen, Ruth, und zu deinem Lieferwagen meldete er mir vorhin, Shiley aus Ohio sei auf Rückruftour vorgefahren. – Seine faulen Witze immer!

Gerrelind Baumanova zeigte sich im schwarzen Kostüm auch dem schwarzen Wagen zugehörig: Bleib du hier, sagte sie zu Ruth. Ich gehe. Beim Legionärsfilm in Marokko hab ich mindestens tausend Autos angeschoben.

Natürlich mußte Ilse Henkler fragen: Und wieviel Legionäre?

Komm du mit auf die Straße, sprach die Dokumentaristin, und ich nenne Zahlen.

Ich bin dabei, erklärte Grit Schluziak, mit Ziffern dieser Art kriegt man auch mich in Gang. – Und im Abmarsch über die Treppe befahl sie dem geröteten Aufderstell: Sie bleiben da und regenerieren!

*

So ließ sich der Verwaltungsleiter nur allzugern kommandieren. Er sank auf einen Stuhl und betrachtete, als sei er bei wiedergewonnenem Atem erst jetzt dazu imstande, die äußerst umgefärbte und anmutig auf die Bank gelagerte Ruth. Auf seinen übersichtlichen Zügen zeichnete sich die Entstehung eines flotten Gedankens ab, doch hinderte ihn die Anwesenheit der Ärztin Änne, ihn der Mitwelt zu überliefern.

Auch erschien Paul-Martin Kormoran in der Verandatür. Wenn es seine Absicht gewesen war, den verschwundenen Gästen nachzufragen, verzichtete er darauf. Vielleicht, weil ihm Herr Aufderstell, die Nachbarin Birchel und, wie er das sehen mußte, eine vergrämte Gerrelind nicht als geeignete Auskunftspersonen galten, es aber unhöflich gewesen wäre, den Gesprächskreis gleich auf die eigene Frau zu verengen.

Geeignet als Adresse beim Wiedereintritt in geistige Umlaufbahnen war da viel eher der Freund und Chirurg, der sich zudem als würdiger Partner auswies, weil er, offensichtlich sehr hingegeben, der Lektüre eines Manuskripts oblag, welches lange Zeit als vermißt gegolten hatte. Natürlich war Kormoran im Einzug von Urteil viel zu geübt, als daß er sofort Nunwassagstduundwiefindestdues hätte rufen wollen. Vielmehr hielt er für angezeigt, die Papiere, in denen der Arzt so beteiligt las, zugunsten des Buches in seinen eigenen Händen gleichgültig zu übersehen und enthusiastisch in den Garten zu rufen: Wahrhaftig ein toller Schmöker, Felix, nochmals danke! Ich habe gerade die Schote über Darwin gelesen. Es war mir zwar nicht neu, ist hier aber gerissen erzählt.

Was sich auch über deine Arche sagen ließe, rief Hassel und schwenkte das Manuskript. Und zwar ohne die Einschränkung, die du eben machtest. Es ist alles mächtig neu für mich. Ich bin gleich fertig, dann reden wir, wenn du magst.

Deutlicher konnte ein Abwinken nicht besagen, dies Sächelchen habe weiß Gott Zeit, und beiläufiger als Paul-Martin Kormoran konnte man seine Rede nicht von einem minderen Gegenstand zu einem höheren übergehen lassen. Wie die nahe Änne und den fernen Felix bezog er nun auch die ferne Frau Birchel und die nicht viel näheren Gäste Aufderstell und Baumanova – recte Regentraut – in sein Fragen ein: Wieso sind eigentlich die Telefone so gänzlich verstummt? Ob sie, menschähnlich, einen gewissen Eingriff nicht verkraftet haben?

Von seinem Stuhl im Garten rief Felix Hassel: Es sprach sich herum: Wer zur Mittagszeit bei dir bimmelt, blättert hinterher eilends nach, wann seine letzte Tetanusimpfung war.

Ach, lieber Felix, sollte ich jemals einen Leumundszeugen benötigen ..., sagte Kormoran und schwieg, um den Freund keine Sekunde länger an der Archen-Lektüre zu hindern.

Nur war es für die Nachbarin mit dieser Behandlung des Themas nicht getan: Gotte nee, Herr Kornemann, sagte sie und verdrehte ihm wieder – diesmal mit Bedacht, wie es sich ausnahm – den Namen, daß hier nicht mehr das Gedrängel von früher herrscht, war doch zu erwarten. Bißchen was vom Schwund kriegen wir eben alle ab!

Ob es die Wahrheit machte, welche Frau Birchel so gröblich aussprach, oder ob er sich nicht mit ihr in solcher Gemeinschaft sah – Herr Kormoran zeigte sich ein wenig verärgert: Vom Schwund was abkriegen! Sie wissen einen Sachverhalt in Worte zu fassen! Er setzte sich auf den Stuhl am Pfeiler und wandte sich, Rettung vor seiner Laune suchend, Änne zu. Daß ich schlecht höre, weiß ich – aber Stimmen? Ich glaubte fest, Ruth sei da.

Der passende Zeitpunkt war vertan, an dem sich diese Ruth aus Baumanovas Tarnkleid hätte melden können; jetzt schien ein nächster, wenn auch nur ungefähr, gekommen, und sie hob bei Nennung ihres Namen den Arm im bunten Ärmel. Aber das verfing nicht weiter. Zumal sich die Frau Nachbarin in den Vorgang schaltete: Ist sie doch, Herr Doktor Kornemann, ist sie ja doch! – Wollen wir vielleicht *Ich sehe was, was du nicht siehst* spielen?

Will er nicht, Frau Birchel! sprach die Fachärztin für Endoskopie und klang wie eine.

Da Paul-Martin Kormoran weit lieber Herr eines Verfahrens als dessen Gegenstand war, holte er den geduldig wartenden Aufderstell ins Gespräch und ließ es an einer Freundlichkeit nicht fehlen, die er nur leicht mit Spott durchschoß: Mein lieber Herr, zwar sind mir Dichterlesungen tief verhaßt, doch mit Hilfe der polnischen Innovation stehe ich es vermutlich durch. Zum Dank auch für die Nachricht, mit der Sie meine Perspektiven wieder um achtundzwanzig Prozent geweitet haben. Einen Gedanken, sagten Sie, wollten Sie erörtern. Sei es Ballade, sei es Singspiel, immer her damit! – Er verschränkte die Arme, setzte sich bei angezogenen Füßen betont aufrecht auf seinen Stuhl und rief der in die fremden Farben verkrochenen Ruth dann zu: Welch ein Jammer, Gerrelind, daß du ohne Gerätschaft erschienen bist!

Momente doch mal! sprach die aufsichtführende Frau Birchel. Wieso soll denn der nun? Sie haben gesagt, Sie lesen Ihre Erinnerungen vor. An so was ist man schließlich interessiert, weil sich da vermutlich ein Wörtchen mitreden läßt.

Das sind Aussichten, sagte Kormoran, nur sollten wir uns gedulden, bis alle versammelt sind. Ich für mein Teil hätte gern jeden dabei. Die beiden Kampfgenossen sowieso, aber auch die findige Ilse, die starke Grit und meine arme Ruth.

Die arme Ruth? Daß ich nicht lache! Und daß ich nur sage: Kleider machen Leute!

Es war Frau Birchel dieser Ausruf etwas schrill geraten, und sowohl die arme Ruth in Gerrelinds modischem Zwirn als auch ein unterschiedlich teilnahmsvolles Publikum, das aus Änne und Aufderstell bestand, regten sich, um in die Handlung einzutreten. Doch kümmerte sich der immer noch pikierte Kormoran selber um die Nachbarin: Treffend gesagt – ist es von Ihnen?

Nee, nicht von mir, aber für Sie! Als Hinweis. Wegen ihr. Frau Birchels heftige Fingerzeige teilten sich ihrem ganzen Körper und selbst dem Korbsessel mit und mußten doch von Kormoran nur falsch verstanden werden: Wegen Frau Baumanova?

Die Nachbarin zeigte, daß Verzweiflung auch ihr Teil sein konnte, verdrehte die Augen zunächst gen Himmel, dann in Richtung jener Personen, die gerade in Rede standen, und sprach bei stärkster Betonung der persönlichen Fürwörter: Nicht wegen der! Wegen der! – Ich sage nur: Mehr sein als scheinen!

Auch wenn Paul-Martin Kormoran weniger argwöhnisch gewesen wäre, als er es infolge spezieller Schwerhörigkeit, allgemeinen Charakterzuschnitts und allzulangen Umgangs mit schöpferischen Menschen nun einmal war, hätte ihm die Unstimmigkeit der Situation nicht länger entgehen können. Dafür klang die Anrainerin zu wissend, sah die Ehefrau zu unwissend drein, saßen der Verwaltungsmensch zu unbehaglich und die bunte Gästin zu unbeweglich da. Fragte sich nur, wie der vermutbaren Peinlichkeit entkommen. Fragte sich, doch zeigte sich keine Antwort. Also den alten Fluchtweg entlang, vom vorgeblich abgetanen Thema zu einem anderen, zum erstbesten, das sich finden ließ, und das war für Herrn Paul-Martin Kormoran immer noch und immer wieder das unruhige, beunruhigende, halbwegs beruhigte Herz von Herrn Paul-Martin Kormoran.

Gerade noch so, aus schierem Hang zum Widerspruch, gab er zum preußischen Spruch der Nachbarin die flüchtig hingesagte Antwort, es lasse sich zur Zeit kaum eine verblasenere Parole denken, als die von Sein und Scheinen, dann entsprang der Mann in ein neues Thema, das allzulange schon sein altes war: Liebe Gerrelind, sagte er, es ist nun doch bedauerlich, daß du dein feines Mikrophon nicht zur Hand hast. Ja, ich weiß, ich bin es, der gesagt hat, du sollst ohne den Krempel kommen, aber ich bereue das. Ich meine nämlich, seit der Nachricht des Herrn Aufderstell schalle ich anders aus mir. Mit dem Maul, meine ich; aus Erleichterung, denke ich. Und wüßte gar zu gern, ob sich der Klapperton des Herzens ähnlich änderte.

Die Ärztin Kormoran zeigte ihrem Mann ganz simpel einen Vogel, und ihre Worte stimmten zur Gebärde: Entschuldige schon, aber als ihr diese idiotische Aufnahme von der, wie hast du es genannt, Sprache deines Herzens machtet, kam das arrhythmische Tamtam vom selben Geschirr wie jetzt. Was erwartest du? Daß es, nur weil es von seiner anderen Herkunft weiß, *Noch ist Polen nicht verloren* hämmert?

Hätte der Minister Schluziak, gesetzt, zur Stelle und nicht mit dem bockendem Sargauto befaßt, auf dieses Stichwort hin den Sängermund geöffnet, wie bei Gelegenheiten zuvor, wer wäre verwundert gewesen? Aber Frau Birchel war's, die in perligem Belcanto und mit souveräner Beherrschung abwegiger Zischlaute hymnisch ertönte: *Jeszcze Polska nie zgienęła …*

Zu jeder anderen Zeit hätte ihr das die verschärfte Wißbegier des Kulturkritikers Kormoran zugezogen, aber diesmal wurde sie überhört, denn diesmal standen andere Laute zur Debatte: Es interessiert mich einfach, sagte Frau Birchels Nachbar zu Frau Birchels Nachbarin, ob sich seelische Verfassung in Herztönen äußert. Meine Rede nämlich, meine Sprache oder Stimme geht ganz unspröde, seit ich weiß, daß der Klappenersatz nicht nur vom Flusse Ohio stammt, sondern dazu noch von einem Bächlein, das, wartet, ich habe es mir herausgeschrieben, Łodka heißt. Łodka mit diesem polnischen Ł, so daß es fast wie Wodka klingt, was ein so unpolnisches Wort nun auch nicht wäre. Über Łódż an der Łodka sagt mein altes Lexikon: »Das geistige Leben der Stadt wird dadurch erschwert, daß sich die drei Bevölkerungsteile, Polen, Juden und Deutsche, nicht zu einer Lebensgemeinschaft vereinigen können und daß keiner von ihnen günstige Bedingungen für ein Sonderleben findet.« – Wer dieses Entweder-Oder aufgeschrieben hat, möchte ich wissen; ein philosophischer, ein dialektischer Kopf in der Firma Brockhaus, wie erfreulich!

Man hörte ihm zu; Herr Aufderstell durchaus angezogen, aber bestimmt auch in der Hoffnung, ähnlich werde man ihm dann lauschen; Frau Birchel aufrecht im Sessel und vornehmlich in Erwartung einer Stelle, an der sich wieder einhaken lasse; die zwar immer noch verkleidete, aber längst als Ruth erkennbare Ruth, und eine Änne, der es recht war, wenn ihr Mann in Maßen schwadronierte – recht auf jeden Fall, solange sein Gegenstand nicht wie er selber hieß.

Also bis eben, denn eben noch hatte dieser Mensch einem anderen Menschen anerkennend nachgefragt. Aber das und die Freundlichkeit seiner Frau verging, als Redner Kormoran den Vortrag wieder auf sich zusammenzog und einige Seiten aus der Völkergeschichte zu einem Blatt in der Krankengeschichte des Patienten Kormoran verkürzte. Er klopfte auf seine geflickte Brust und sprach, wobei er sich nur halbwegs und nicht sehr locker über sich mokierte: Ob nun von Łodka oder Ohio, ob geklaut oder erworben: Eine langwährende Lebensgemeinschaft auch zwischen dem multinationalen Gerät und mir empfände ich als ausgesprochen nett, wenn nicht geradezu erstrebenswert.

Ich war ehrlich gespannt, sagte Änne und klang nicht so böse wie traurig, wieviel Sätze du zwischen einen beliebigen Gegenstand und deine Verfassung zu schieben vermagst. Es werden zunehmend weniger, mein Freund. – Ja, jeder weiß, du bist beschädigt, aber merkst du nicht, daß du dem Schaden geradezu verfällst? Und darüber den Blick für anderes und andere verlierst?

Den Blick für dich? Nicht einen Augenblick!

Laß den Unfug, ich rede von anderem und anderen.

Und vor anderen, sagte Kormoran, aber da wir, wie man ja hört, vor niemandem etwas zu verbergen haben: Auf wen oder was habe ich über meinen Läßlichkeiten den Blick verloren? Wird man eines Beispiels gewürdigt?

Man wird. Obwohl nicht ohne Einspruch gegen die Vokabel Läßlichkeiten. Die stammt von dir und ist gedacht, Beteuerungen auszulösen, die ich nun auch promptens von mir gebe. – Dein Beispiel, Kormoran: Nicht daß ich auf dich als Vortragswesen immerfort scharf wäre, aber: Es gab Zeiten, da hättest du, ehe du an dich und deine besondere Kondition gerietest, zum Geistesleben zwischen Polen, Juden und Deutschen einige Sätze gewußt. Oder zu späteren Konditionen zwischen ihnen, in Łódż und anderswo. – Nein, bitte nicht, Frau Birchel!

Woraufhin Frau Birchel tatsächlich den Taktstock sinken ließ und sich verkniff, Theo, wir fahrn nach Lodsch zu schmettern.

Paul-Martin Kormoran aber versuchte, sich mit halbherziger Klage aus heilloser Lage zu retten: Rede ich, rede ich zuviel. Schweige ich, schweige ich zuviel. Schweig ich nicht, red ich zuviel. Red ich nicht, schweig ich zuviel. – Es ließe sich fortsetzen.

Ja, und zwar mit der Feststellung, erwiderte Änne und zeigte sich in der Kunst bewandert, schärfstens auszuteilen, ohne zänkisch zu tönen, daß dir Hören und Sehen, soweit nicht auf dich und deinen elendigen Defekt gerichtet, vergangen sind. – Ihr Nachsatz dann, es gefalle ihr wenig, ihm ausgerechnet an diesem Tag davon zu reden, hörte sich fast wie eine versöhnliche Klage an.

Die aber an Kormoran gänzlich verlorenging, so daß er nur zu erwidern wußte: Dann rede eben nicht davon!

Das wird sich nicht vermeiden lassen, solange du es nicht selber siehst, sagte Änne. Wenn schon nicht einsiehst, so doch wenigstens siehst. Doch, du bist heftig dabei, gegen andere taub und blind zu werden. Eben fällt dir Herr Aufderstell ein, da fällst du dir mit dir selber ins Wort, und von ihm ist keine Rede mehr. Eben vermißt du Ruth, doch dann findet sich ein Bezug zu dir, und nicht einmal Frau Birchels dezente Hinweise verfangen.

Die sah drein, als sei sie sich dieser oder anderer dezenter Hinweise nicht bewußt; Aufderstell schien an ein Problem geraten zu sein, das sich nicht verwalten ließ, und Ruth Regentraut machte bei lebhaften Farben einen wenn nicht toten so doch unerreichbaren Eindruck.

Kormoran aber las die Zeichen nicht; er sah nur ein Publikum und eine Gelegenheit zu zeigen, daß er über andere reden konnte, ohne sich selbst auch nur mit einer Silbe zu erwähnen. Konzentriert und geradezu selbstvergessen trug er, was zu sagen war, wie ein Gutachten vor: Um Ruth muß sich niemand sorgen. Du nicht, ich nicht, Frau Birchel und Herr Aufderstell nicht. Gerrelind schon gar nicht. Die ist unter Mühen dabei, ihr Alter ego, das von dunnemals, zu beerdigen, und Ruth wird uns andere beerdigen, nicht tränenlos, aber mühelos …

Hier machte die Frau den Versuch, den Mann und seine Rede zu stoppen, doch waren sie nicht mehr aufzuhalten, zumal auch Ruth keine Anstalten traf, sich aus der einmal erlangten Rolle zu begeben.

Kormoran sah zwar die warnend erhobenen Hände Ännes, sagte aber nur: Nein, jetzt ist auschließlich von anderen und mit keinem Wort von mir die Rede; jetzt laß mich! – Deine Freundin Ruth weiß längst, und darin sollte deine Freundin Gerrelind ihr schleunigst ähnlich werden: Reue zählt auf dieser gewendeten Erde nicht, Rache schon eher, und der Reibach bestimmt. In ihrem delikaten Fach bedeutet das: Schnell tritt der Tod den Menschen an, und der mit dem schnellsten Antritt bringt ihn unter die Erde. Seins oder meins ist die geschäftebewegende Frage. Tagdienst, Nachtdienst, immer bereit, that's all. Shakespeare mit blauem Halstuch auf schwarzem Flor. Eine Inszenierung, in der die Firma Ophelia die Firma Hamlet erwürgt. Die Unvermeidlichkeit des Kapitalismus, dargestellt am sanftesten aller Mädchen, das …

Hier! sagte Ruth und machte der Rede über Ruth ein Ende. So groß der Wunsch, alles über sich zu erfahren, so groß die Furcht, alles über sich zu erfahren. Nicht schadlos wohnt man der Rede bei, die einen selber meint. Der Lauscher an der Wand. Die Lauscherin im fremden Gewand. Lauscherin Ruth hob artig den Meldefinger aus Gerrelinds reißerischem Ärmel, und Redner Kormoran hielt für eine wohltuende Sekunde das Maul. Um dann, weil es ihn anders schon jetzt das Leben gekostet hätte, etwas benommen zu murmeln: Ich sehe was, was ich nicht sah.

Heftig das Nicken der Nachbarin, heftig ihr Triumph: Und hörten nicht, was ich sagte! Dabei habe ich mich mehrfach angedeutet. – Sie beugte sich im Sesel weit vor und stützte sich, um nicht grenzüber in Nachbars Garten zu fallen, mit der nützlichen Zeitung in den verkrauteten Kormoran-Rasen. Wieder aufgerichtet, meldete sie: Na, egal, die Sänftenschieber kommen. Aber schade ist es doch, Herr Doktor, gerade konnte ich Ihnen nicht mehr folgen. – Ein weiteres Mal beugte sie sich zum Ausguck nach vorn und gab die Zusatzmeldung aus: Blauspanner ist auch dabei.

Zu dumm, sagte Änne, das mit dem sanftesten Mädchen hätten wir gern noch gehört. – Dann rief sie in den Garten: Felix, kommst du? Dein Telegramm wird verlesen.

Wird es nicht, widersprach Kormoran mit einiger Schärfe, wird es nicht. – Lies zu Ende, Felix, was du angefangen hast. Wüßte ich nicht, wer der Verfasser ist, behauptete ich glatt, in seinem Gehalt kann sich dieses Papier mit jeder Gratulationsdepesche messen.

Er trat an die Brüstung, winkte den Ankommenden leutselig zu und wußte ganz den Eindruck von führender Persönlichkeit auf führender Tribüne zu erwecken: Ehe wir erneut in den verderblichen Egozentrismus geraten: Gruß allen werktätigen Katafalkanschiebern, doch unser ganz besonderer Gruß gilt den Bediensteten aus den beigetretenen Postgebieten. – Was gibt es Neues, Herr Blauspanner?

Die Narrheit hatte ihn wieder; da kümmerte sich seine Frau um Geschirr und Kaffeenachschub und setzte sich auf den Stuhl im Hintergrund. Zumal treppauf und in die Mitte der Terrasse sich jetzt Menschen drängten, die ein kurzatmiges Geschrei machten, als hätten sie mehrere Loren voll nassem Kies zurück aufs Gleis gehoben. Henkler begoß noch im Stehen die Tat nach eckigem Griff mit rundem Schwung; Horst Schluziak schnaufte, wie es schien, über Gebühr, und seine Frau betrachtete ihn sorgenvoll; Ilse setzte sich zur Schwester, und Gerrelind Baumanova setzte sich, nachdem niemand ihrer Schwärzlichkeit Beachtung schenken wollte, einmal dann auch.

Als gelte es, eine Wiederholung seiner zerstreuten Tat auf jeden Fall zu vermeiden, übergab der Mann von der Bundespost die Handvoll Papier sofort, doch Kormorans Frage beantwortete er erst nach einem kräftigen Schluck vom Geburtstagswein: Neues gibt es, falls Sie die Telegramme meinen, insofern nicht, als kaum eines hinzugekommen ist. Nur ein kombiniertes Glückwunsch- und Geschäftspapier von Ihrem Verlag. Gratulieren zu Tag und marktwirtschaftlicher Einsicht, drahten die. – Praktische Leute!

Mit merklichem Interesse nahm der Jubilar die Depesche, las und sprach dann wenig angerührt: Sehr praktische sogar.

Blauspanner reagierte auf den kritischen Anklang mit verwegenem Trost: Ja, gewiß, es war, wie ich vorhin bereits erwähnte, schon einmal mehr. Aber Sie werden ja bald siebenundsechzig, Herr Doktor!

Was sollte man darauf schon erwidern, wenn man Paul-Martin Kormoran hieß. Man erwiderte: Ja, balde!

Und wie sollte man diesen Austausch schon kommentieren, wenn man die Nachbarin Birchel war. Man kommentierte: Der Trend zeichnete sich bereits in der Anrufkurve ab.

Da war ein Freund und Professor mehr als willkommen, der über die Treppe heraufkam und mit dem Manuskript in seiner Hand auf die Telegramme in Blauspanners Händen wies: Wenn schon Schriftliches, dann sollten wir dieses bereden!

So geht es zu in meinem Leben, Felix, rief Kormoran und machte keinen besonders unglücklichen Eindruck dabei, eben noch weiß man nicht, wofür die Zunge gedacht war, und dann wieder möchte man drei davon haben. Oder vier. Nimm die heutige Post, sie ist so gehaltvoll beschaffen, daß es kaum befriedigt, wenn nur Herr Blauspanner und ich sie kennen. Doch wird sie dennoch warten müssen, ich sage gleich, warum. Dann ist da der Archen-Entwurf. Ich brenne darauf, deine Einwände zu hören, aber auch er muß warten. – Hat er so lange in der großen Glocke geklemmt, wird er sich noch halten, bis er an derselben hängt.

Gewiß wird er das, sagte Felix Hassel, der den Schreiber Kormoran nicht schlechter als den Patienten gleichen Namens kannte, aber bevor das Papier an die Glocke kommt, an die es nach meiner Ansicht auch gehört, müßte man es bereden.

Die Forderung war weniger an Kormoran als an Aufderstell gerichtet, und noch ehe der wie aus langer Übung bereitwillig nickte, fuhr Hassel, nicht ohne Dank angedeutet zu haben, energisch fort: Mein erster Einwand hat mit dem Aufwand zu tun. Leuchtet ja ein: Noch einmal ganz klein anfangen, Analyse aller erfolgreichen Systeme, Ergründung auch der simpelsten Gepflogenheiten, wie du sie nennst: Warum, Beispiel, geht man zur Freiwilligen Feuerwehr, warum, Beispiel, wird Impfzwang fast klaglos hingenommen, wie, Beispiel, setzen Modemacher Gehorsam durch, kurz, wie, durch welche Antriebe, bewirkt sich alltäglich gemeinschaftliches Verhalten? – Aber der analytische Aufwand! Ich fürchte, auf diese umständliche Weise wissen wir bei unserem Tod, warum er gerade zu diesem Zeitpunkt hat kommen müssen, doch leider nicht, wie das zu verhindern war.

Der Patient zog den Arzt auf einen Stuhl neben seinem, nahm das Manuskript und legte es auf die Post, legte auch gleich das Buch, das *Bionomics* hieß, zum Stapel, fügte weitere beschriebene Bögen der Sammlung hinzu und sagte so, daß es nicht nur Hassel meinte: Ich glaube, das Zeug hier gibt jede Menge Gesprächsstoff ab. Oder Bedenkstoff. Die Briefe, der Entwurf, der Schmöker, die Erinnerungen – die ausgearbeiteten Sachen, die nicht ausgearbeiteten erst recht. Es ist die alte hundemäßige Hetze, aber so macht es Spaß. Und warten muß jetzt alles, weil Herr Aufderstell mit einem Gedanken an der Reihe ist. So ist es versprochen und auch gar nicht schlimm. Darwin, las ich in dieser ökonomischen Schwarte und bitte, den Sprung zu den Giganten zu entschuldigen, Darwin hat den *Ursprung der Arten* einundzwanzig Jahre lang nicht zum Druck gegeben. Der Mann, er hatte übrigens das nötige Geld dazu, legte sich Antworten auf kommendes Geschrei zurecht. – Herr Aufderstell, her mit Ihrem Gedanken!

Es machte kaum einen Unterschied, doch wurde es sichtlich als höflich empfunden, daß sich der Materialdirektor halb von seinem Stuhl erhob. Alle Farbe, die im Laufe des Verwaltens aus ihm entwichen war, kehrte in ihn zurück, und mit der Geduld der wahrhaft Herrschenden wartete er, daß aus der Gesellschaft eine lauschende Gemeinde werde.

Es störte ihn nicht, daß die strenggewandete Baumanova ihn mit Händen optisch vermaß und sich für Breitwand gegen Normformat entschied; es fochten ihn die Blicke der bunten Ruth nicht an, bei denen er auf einen mittleren Betrag in Thaler courant veranschlagt wurde; er vermerkte ohne Reaktion, daß Herbert Henkler gedankenlos sein Rauchzeug aus der Tasche kramte, um es dann sehr bedacht wieder fortzutun; er sah zu, wie Frau Schluziak Medizin auf einen Löffel träufelte und Herr Schluziak das Medikament eilig schluckte; er wartete, bis sich alle, einschließlich eines mehr als skeptisch dreinsehenden Felix Hassel und eines übertrieben gespannt wirkenden Paul-Martin Kormoran, zum Auditorium geformt hatten, dann erst sprach er: Komme in entmutigendem Zusammenhang zu Wort: Darwin! *Über den Ursprung der Arten durch natürliche Zuchtwahl*! Andererseits ...

Er begann leise, und just als er die Stimme hob und sich zum Wechsel in schnellere Gangart anschickte, fiel ihm der schwer atmende Vizeminister ins Wort – womöglich, um zu zeigen, er sei zwar krank, jedoch im Vollbesitz seiner geistigen Ressourcen: War das nicht von Lyssenko?

Eben noch hatte Frau Dr.med. Änne Kormoran den höflichen Ausdruck getragen, mit dem die Ärztin einem Langzeit-Patienten lauscht, der ihr seine Träume unterbreitet und auch gleich noch weiß, was sie zu bedeuten haben, doch als sie Schluziaks Einwurf quittierte, konnte sie kaum beteiligter klingen: Nein, Minister, der war es wirklich nicht, aber wahrscheinlich hat aus uns gerade solcher Verwechselungen wegen nichts werden können.

Wohl nickte der Verwaltungsleiter zustimmend, doch mit Worten ließ er sich jetzt auf irgendwelche Untergänge nicht ein, Worte hatten seiner Idee zu dienen, und also ging die Idee: ... andererseits ist die ganze Welt ein entmutigender Zusammenhang. Zwei gerissene Telefondrähte, zwei alte Frauen, zwei Dorfenden: die Epoche schlechthin. Zwei geflickte Drähte: Die Änderungen der Epoche. These: Jedes menschgemachte, menschgenutzte Produkt ist Speicher menschlicher Verhältnisse. Nicht nur der Produktion. Auch der Sitten und Bräuche. Der Moral zumal. Kurz, Erlebnisbehältnis. In jeden Gegenstand, dies mein Gedanke, ist Geschehnis eingeschlossen, nennenswertes und nicht selten dramatisches Geschehen.

Grit Schluziak schien in ihren Erlebnisbehältern zu kramen und sich zu fragen, wo sie dergleichen Ideengut schon begegnet sei, und als sie die Antwort hatte, warf sie leis angeödet ein: Vergegenständlichte Arbeit.

Doch zeigte sich Aufderstell, weil durch dieselbe Schulung gegangen, auf solche Verengung seines Gedankens vorbereitet. Eben nicht nur, entgegnete er, keineswegs sogar. Ich bin vielmehr bereit, in diesem Zusammenhang von vergegenständlichtem Schicksal zu sprechen.

Gotte nee, rief Frau Birchel, wofür soll es gut sein, daß jeder Knopp ein Lebensbehälter ist?

Von derlei Zwecksetzung gehen wir nicht aus, antwortete

Aufderstell, dem es genug sein mußte, als Verwaltungsleiter immerfort von derlei auszugehen. Er zeigte nicht Lust, sich weiter mit der Anrainerin zu befassen, um so dringlicher aber wandte er sich der Terrassengesellschaft zu: Sie alle sehen mich skeptisch an; bei meiner Profession ist man gegen diesen Blick trainiert. Man weiß von der stillen Gewalt der Sachen und Gegenstände, verläßt sich auf sie und bittet nun, meine Damen, meine Herren: Jeder von Ihnen lege ein beliebiges Ding auf den Tisch!

Was betrifft ein derart gehaltvolles Ding, sollte es so beliebig nicht sein, sagte Oberstleutnant Herbert Henkler, und wie ihm das Grinsen, mit dem er in seine Hosentasche griff, etwas eckig geriet, schien ihm die Zunge im Maul anzuschwellen. Es war jedoch nur ein Feuerzeug, was er dann mit schäfischem Blick präsentierte.

Also doch Pfänderspiele, sagte Änne und gab mit dem Salzstreuer, den sie vom Tablett nahm und auf die Tischplatte stellte, ein Signal, das zu allgemeiner Beteiligung führte. Ihre Schwester kramte lange, ehe sie sich für ihren Taschenspiegel entschied; der Postmensch Blauspanner trennte sich von einem Zweimarkstück; Gerrelind Baumanova gab Ruths Autoschlüssel zur Sammlung, Ruth im prompten Gegenzug Baumanovas Schal; Hassel überreichte nach kurzem Zögern das Kormoran-Papier und Kormoran daraufhin und ohne Zögern das Bionomics-Buch; Frau Schluziak fügte namens der Familie einen Taschenrechner und einen Kugelschreiber hinzu, und Frau Birchel wollte, weil mit weiterem nicht ausgestattet, die *FAZ* über die Gartengrenze reichen.

Doch erklärte der Verwaltungsleiter und tönte dabei fern von jedem Spiel, Geschriebenes und Gedrucktes entfielen, da sie bereits Botschaft seien. Gesucht werde, sagte er, während er das Buch und die Arche-Zettel von den anderen Gegenständen trennte, die verborgene Mitteilung, die eingekapselte Geschichte, und nennen wolle er den Herrschaften einen Gedanken, der ihn seit langem plage, nämlich: Wie anders stünden wir da, wie wäre die Welt beschaffen, wenn wir die Abdrücke des Gewesenen in den uns umgebenden Gegenständen lesen könnten?

Die Freunde Hassel und Kormoran gaben einander mit farblosen Blicken Bescheid: Man war ein weiteres Mal an jemanden mit einer Idée fixe geraten und nahm das hin, weil fixe Ideen unendlich viel mehr als gar keine galten. Der Chirurg übte sich in höflicher Nichtbefassung, und der Kritiker hätte das ausnahmsweise gern einmal getan.

Da war es an Änne Kormoran, dem kleinen Herrn Aufderstell gegen so viel Arroganz durch Widerspruch beizustehen. Sie deutete ein Kopfschütteln nur an, doch ließen es ihre Worte an Klarheit nicht fehlen: Aber, Herr Kollege, sagte sie und hätte den Mann der Verwaltung nicht schöner anreden können, wie wir dastünden, wenn wir in diesen Gegenständen lesen könnten? Nicht einen Deut besser, denke ich. Oder hat, was wir lesen können, geholfen? Die Bibel, Eichmann, Anne Frank? EdelseiderMenschistgutundsoweiter? Hat es geholfen? Nein, mein Lieber, zum Lesbaren, das nicht half, käme nur noch mehr Lesbares, das auch nicht hülfe. – Mein Gott, ich glaube, eben habe ich zum ersten Mal in meinem Leben »hülfe« gesagt!

Glaube ich nicht, rief Frau Birchel und ließ es mit diesem Bekenntnis sein Bewenden haben.

Ilse aber, die ebenso gern mit ihrer Schwester stritt, wie sie ihr anhing, rief dem vortragenden Aufderstell zu: Hören Sie nicht auf diese Frau! Das ist eine Ärztin von der materialistischsten Sorte. Hören Sie nicht auf sie, Herr Aufderstell! Sagen Sie lieber: Woher haben Sie diese bestechende Idee?

Denken ist mein Hobby! antwortete der Verwaltungsleiter und nahm sich nicht im geringsten wie jemand aus, den irgend jemand von irgend etwas abbringen könnte: Ein Klingelknopf am Krankenbett brachte mich auf den Einfall. Es handelt sich um ein Utensil von unbeträchtlicher Größe, aber überlegen Sie, wieviel Angst, Hoffnung, Liebe und Leben darin eingepreßt ist! Und was, wenn die in die Dinge eingeschlossenen Informationen eingeschlossenen Energien vergleichbar wären und ihrer Erlösung harrten? Was, wenn sie herausmüßten aus den Gegenständen, wie die Vorstellung von ihnen herausmußte aus mir? – Soweit mein Gedanke, der uns auf weitere Spurensuche schickt. Spuren in den Dingen oder Schlüssel in den Schlüsseln. – Herr Doktor Kormoran, meine Herrschaften, ich danke, weil ich mich vortragen durfte!

Gemessen am weiten Anlauf, war es ein jäher Schluß, den Aufderstell da gefunden hatte, aber die Überraschung wuchs, als offensichtlich wurde, daß der Verwaltungsleiter auch am Ende seiner Wünsche schien. Er sah niemanden erwartungsvoll an, lobheischend oder kritischer Schläge harrend, er sah nur tief zufrieden hinein in sich und war wohl innig im luftigen Raum versammelt, wo ihn bis eben noch die Preßkraft einer unerlösten Idee bedrückte.

*

Nicht einmal aus dem Korbgestühl an der Gartengrenze kam ein Versuch, dem Vortrag die Debatte folgen zu lassen, und zum Tafelschwatz auf der platten Erde kehrte man erst zurück, als die Beschafferin Schluziak dem Beschaffungsleiter sacht die Autoschlüssel entzog und betont sachlich mitteilte, was sich zuunterst der in diesen speziellen Gegenständen abgelagerten Informationen befinde, wisse sie recht gut. Die Schweden hätten, wie gesagt, der Lieferung von sechzig gepanzerten Limousinen eine Gratifikation hinzugefügt. Ein Dankeschön aus zwei Fahrzeugen, sagte Grit Schluziak, einem Rettungswagen mit rotem Kreuz und einem länglichen Kombi in Schwarz für den Fall, die Rettung ginge daneben.

Wetten, rief Ilse Henkler, daß die Firma heute erzählt, es sei als Aufforderung an die Führung des Regimes gemeint gewesen?

Wette gewonnen, sagte Grit, aber weil unsere Oberen es tatsächlich so hätten aufnehmen können, behielten wir das Gruftmobil vorsichtshalber und machten es dann zum Kernstück von

INTERMORS. Und legten somit, könnte man sagen, den Grundstein für Ruths Karriere, was nicht ganz einfach war, denn Ruthchen neigte zu politischen Kapricen.

Sie hatte es etwas zu selbstzufrieden gesagt, eine Spur zu stolz auf sich als Retterin und ein wenig zu sehr im Gedenken an Leid und Mühen, die sie auf sich nahm, als es gegolten hatte, einer renitenten Freundin zu helfen.

Einzig die Lautstärke von Ruth Regentrauts Entgegnung hätte für eine Abschiedshalle gepaßt; der Rest fiel weniger gedämpft aus und stimmte zu einem stillen Haus etwa so wie das schrille Kleid, in dem die Sprecherin steckte: Und das steht in diesen Schlüsseln? Dein Ruthchen, mein Gritchen, hört wohl nicht recht. Es soll, wenn ich nicht irre, dankbar sein, weil Ihr für einen Menschen mit Geschmack geschäftliche Verwendung hattet? Ein mißdeutbares Auto, eine mißratene Studentin; Herz und Kommerz, wie sich das traf! Das steht in den Schlüsseln? Wie ich froh sein durfte, bei euch als Leichenwäscherin anzufangen? Wie ich meiner Kunstsemester wegen zur Urnenberaterin avancierte? Wie meine erste Westreise eine Überführung war? Wie ich von den Verblichenen die Kälte erlernte und von den Hinterbliebenen die Herzenswärme? Und mit welcher Freude ich heute sehe, wieviel beim alten blieb – zum Beispiel, wenn ich totes Haar über tote Glatzen kämme? – Ich wünsche Ihnen viel Spaß beim Exhumieren meiner eingepreßten Flüche, Herr Kollege, und dir, Paul-Martin, von Herzen Dank für's Epitaph vorhin!

Kormoran machte vom gefährlichen Vorteil Gebrauch, mit dem sich defekte Leute ausgestattet wissen. Er überhörte die Anklage der Freundin und zeigte sich ganz an seine Telegramme hingegeben. Verräterisch, so Ännes Urteil in einem ähnlichen Moment, war lediglich die Überdosis freundlicher Blödheit in einem Gesicht, in das sich Freundlichkeit nicht unauslöschlich eingegraben hatte. Abwesend hob er die Hand und quittierte Ruths bitteren Dank mit einem zerstreuten: Gern geschehen!

Dieser Verleger, sagte er und wedelte mit seinem Papier, ist ein Prachtexemplar. Neulich haben wir in halbem Ulk herausgefunden, daß es sich besser rechnete, wenn meine Memoiren postum erschienen, und nun bekräftigt er die Ansicht in vollem Ernst.

Ja und? fragte die Unternehmerin Grit, mußte dann aber erst noch der Unternehmerin Ruth die Meinung sagen: Ich hätte dich für professioneller gehalten, lautete diese Meinung, und eine Antwort gab es nicht darauf.

Ermunterung hingegen gab es von allen Seiten für Kormoran, und aufgefordert wurde er, mit den fraglichen Erinnerungen nur möglichst bald herauszurücken: Tun Sie mir bloß nicht an, rief Frau Birchel und drohte mit dem gerollten Papier, daß Sie damit warten, bis Sie tot sind!

Gotte nee – nein! versicherte Kormoran.

Zumal es sich hinziehen dürfte, seit sich die erfinderischen Polen an deine Verstärkung machten, knurrte der halbe Oberst und doppelte Offizier, doch gab seine Frau als treusorgende Schwester der Erbin zu bedenken, daß eine Post-festum-Publikation und das dann viel höhere Honorar es Änne erlauben würden, bei den letzten Feierlichkeiten nicht so aufs Geld zu sehen.

Wovon dann auch Ruth etwas hätte, sagte Gerrelind Baumanova, als sei mit der schwarzen Gewandung etwas vom Kassenbewußtsein der NNBB-Holding auf sie übergegangen.

Felix Hassel jedoch, nicht eben bekannt für häufige Entgeisterung, hörte zunächst zu, als höre er nicht richtig, und als er sprach, war seiner Höflichkeit ein Ätzmittel beigegeben: Auf keinen Fall darfst du dich in die Büsche schlagen, ehe du a) den Archen-Entwurf ausgearbeitet hast. Bedenke doch, in wie vielen Hinsichten das deinen Nachlaß kräftigte. Und b) solltest du dich der thermischen Verwertung durch Frau Regentraut erst überantworten, wenn die wohlgeratene Anteilnahme, mit der Freunde wie Verleger dein Tun und vor allem dein Lassen begleiteten, in dein Lebensprotokoll eingetragen ist. – Laienmeinung, zugegeben, aber mir ist so, als gäbe das einen wertsteigernden Schluß.

Wo wir schon beim Berechnen sind und wo wir beide unsere Memoiren schreiben, ächzte der Vizeminister unter den besorgten Blicken seiner Frau, solltest du c) unbedingt mein Diarium mit deinem vergleichen. Ich meine, damit man uns später nicht, tot oder lebendig, gegeneinander ausspielen kann.

Herbert Henkler klopfte mit quadratischen Händen auf den Tisch und sprach voll Anerkennung: Das nenne ich Umsicht übers mögliche Grab hinaus! Aber was betrifft das Vergleichen: Du mußt Kormo eine Liste deiner Abkürzungen schikken. Sonst liest er aus Fschft Punkt Freundschaft heraus, wo du vielleicht das Gegenteil meintest. – Er horchte seinen Worten nach und fügte dann hinzu: Bzw Punkt umgekehrt.

Gute Idee, sagte Schluziak und hörte sich an, als ob er allmählich wieder zu Kräften komme, sehr guter Vorschlag, Herbert. Da wage ich auch einen: Paul liest nun vor – ich wüßte zu gern, wie er seine Memoiren-Sache anfaßt.

Der allgemeinen Zustimmung nach schien jeder das wissen zu wollen, und Kormoran beließ es bei einem pompösen Nun!, ehe er sich erhob, um das Manuskript und die am Herde waltende Änne zu holen. Ohne die nämlich …, sprach er, zerschlug dann aber den angefangenen Satz mit einer scharfen Handbewegung und ging unerlaubt eilig ins Haus.

Man mußte nicht lange auf seine Rückkehr warten; es blieb dem Publikum gerade Zeit, sich zurechtzurücken. Henkler tat einen weiteren selbstvergessenen Griff nach seinen Zigaretten und stoppte sich ein weiteres Mal im letzten Augenblick; seine Frau beugte sich mit einer Frage an das Ohr des gelösten Herrn Aufderstell und ließ, während sie ihm die Antwort vom Munde las, seine Nase von weitgereisten Ölen und Salben kosten; Grit Schluziak schob dem Professor nach dessen kritischem Blick das Medizinfläschchen zur Prüfung über den Tisch; Gerrelind und Ruth, die eine in geliehenem Schwarz, die andere in geliehenen Regenbogenfarben, schienen flüsternd ihren Tausch auf Dauer zu befestigen; Frau Birchel studierte die FAZ, als wolle sie sich vor des Nachbarn Lesung mit Nachricht von Belang versehen, und Posthalter Blauspanner schließlich studierte Kormorans Geburtstagspost mit ungebrochenem Interesse.

Als Änne Kormoran zusammen mit ihrem Mann erschien und sich beide zu den anderen setzten, trug sie ein Quentchen jener Duldsamkeit zur Schau, zu der Eheleute neigen, wenn eines von ihnen vor größerem Publikum etwas zum besten gibt. Änne hielt sich auch weiterhin an die Regeln dieses Spiels und ließ den Vorleser wissen, man sei nunmehr versammelt und harre mit äußerster Spannung der kommenden Dinge.

Paul-Martin Kormoran folgte der nämlichen Ordnung, als er einen Lidschlag lang nicht zu wissen schien, wovon die fordernde Rede war. Er entsann sich dann, ergriff beiläufig das Manuskript und sagte ebenso beiläufig, wobei sein Blick auf den Papieren blieb, er verzichte auf die Frage, ob denn nun, entsprechend seinem Vorschlag vorhin, jemand ahne, wie das erste Wort der Erinnerungen laute. Er verzichte, aber sollte wer behaupten wollen, er habe dieses Wort gekannt, könne er das später gern tun.

Ein weiterer Blick auf das befremdliche Schriftstück in seinen Händen, noch einmal die Augenfrage, ob man wirklich hören wolle, noch einmal stumme Zustimmung der Tischgesellschaft plus eine huldvolle Handbewegung von Frau Birchel; dann die fahrige Eröffnung des fahrigen Autors, das Ding werde vermutlich *Okarina* heißen, und endlich, großer Gott, in einer frühen Nachmittagsstunde des 14. Juni im Jahre 1992, las Paul-Martin Kormoran den Anfang seiner autobiographischen Erzählsache vor.

*

»Stalin habe mich rufen lassen, hieß es, und ich sah nicht, warum ich ihn warten lassen sollte. Oder wie ich es konnte. Zwar war ich nicht bekannt mit ihm, aber ich hatte einiges gehört. Etwa, daß er eigenwillig sei. Nach unserer Begegnung bezweifle ich das nicht.

Er stopfte seine Pfeife und sah mich an, als erwäge er, mich dem Tabak beizumengen. Ich habe seither viele Männer viele Pfeifen stopfen sehen, doch hat es keiner wie er gekonnt. Nun, Genosse, sagte er, und ich weiß, wie mir das gefiel. Noch nie hatte man mich auf diese Weise angeredet, und dann gleich aus so hohem Munde. Nun, sagte Stalin, und nach einem Probeschmauch fuhr er mit der inzwischen berühmt gewordenen Frage fort: Wieviel Divisionen hat der Papst?

Mir ist geläufig, wie oft diese Erkundigung zitiert wird und wie selten mein Name dabei fällt. Es ist nicht erheblich. Mir genügt, daß ich von der Sache weiß und daß der Satz ganz anders als später klang. Ich meine, Neid gehört zu haben, als Stalin mit mir über die Macht des Papstes redete. Wieviel Divisionen? fragte er, doch war ich nicht der Mann, ihm Auskunft zu geben. Man überlege: Der Schreck. Meine Furcht, nun verrückt zu sein. Das Unübersichtliche der Situation. Und als erstes diese Divisionen.

Wohl hatte man mir gesagt, die Ausfahrt aus der Haft leite sich von einem Wunsch Stalins her, aber was hatte man mir nicht alles gesagt. So lachte ich, als es hieß, es gehe in den Kreml. Und wie ich erst dort war, half es nicht viel, daß meine Wächter mich vorbereitet hatten. Ich war nicht geübt in solchen Begegnungen. Ich war nicht für Stalin gemeint.

Setzen Sie sich, Genosse, sagte er zu mir, nehmen Sie Tee und beantworten Sie die Frage.

Ich dachte: Wenn schon verrückt, kann ich auch Tee mit Stalin trinken, und ich sagte: Die Schweizer Garde hat er, aber von Divisionen wüßte ich nicht.

Sie wären der erste, sagte er, und sein Deutsch wunderte mich. Als ob es nichts anderes zum Verwundern gebe. Als ob es sich von selbst verstehe, daß sie mich auf verschlungenen Wegen von Warschau nach Moskau brachten. Von meinem zerlegenen Strohsack an einen höchstgelegenen Teetisch. Mich zum Generalissimus Josef Wissarionowitsch Stalin. Als ob davon irgend etwas verständlich wäre.

Ich sei richtig informiert, sagte mein Gastgeber, alles in allem verfüge der Papst über einen Schlachthaufen von Bataillonsstärke. Schon nicht mehr über ein Regiment, geschweige denn eine Division. Oder gar Divisionen. – Er hat keine, sagte Stalin und fügte verbittert hinzu: Dennoch besitzt er in gewisser Hinsicht mehr Macht als ich.

Daß der Papst Macht besaß, wollte ich glauben, aber vermutlich hatte mich Stalin nicht aus meinem Lager in den Kreml transportieren lassen, um zu fragen, was ich glaubte.

Längere Zeit rauchte er, dann sprach er: Natürlich bestreite ich meinen Einfluß nicht, doch stören mich die Relationen. Sein Staat umfaßt keinen halben Quadratkilometer, meiner ein Sechstel der Erde. Was besagt das? Es besagt, daß der Faktor Fläche kein wichtiger Faktor ist. Welcher aber wäre einer? Die Bevölkerungsgröße? – Sie dürfen lachen, Genosse; ich tat es bereits.

Jedoch ist Humor nicht unser Gegenstand, fuhr Stalin fort. Unsere Frage lautet: Worauf beruht seine Macht? Geht sie auf Produktion zurück? Nun, selbst wenn er Briefmarken druckte, erklärte das allenfalls seinen Einfluß auf die Philatelisten aller Länder. Seinen bedauerlichen Einfluß auf die Kommunisten einiger Länder erklärte es nicht. – Und auch wenn wir die Klingelbeutel der Welt addierten, kämen wir auf keine Summe, die uns seine Kraft plausibel machte. Die Antwort steckt nicht in der materiellen Basis, Genosse. Die Antwort steckt im Überbau.

Stalin erhob sich und hieß mich mittels Pfeifenstiels, hinterm Teeglas zu bleiben. Er durchmaß unbeeilt den Raum und sprach Worte, die mir im Rahmen der Weltgeschichte wiederbegegnen sollten: *Basis und Überbau. Wieviel Divisionen hat der Papst? Die Hitler kommen und gehen, das deutsche Volk aber, der deutsche Staat bleibt.* Und: *Ist die richtige Linie gegeben, entscheiden die Kader alles.*

Diesen Satz sprach er nach langem Marsch durch Raum und Qualm, und mir schwante vom Sinn meiner Reise. Es war ein ungutes Schwanen. Der leitende Raucher hatte mich über einen weiten Weg herangeholt, doch konnte mich nicht meine Eignung für gehobenen Austausch auf die Bahn gebracht haben. Mit richtigen Linien oder entscheidenden Kadern war ich wenig vertraut. Von Richtlinien wußte ich vor allem, daß nicht ich es war, der sie ausgab.

Meine geistige Teilnahme an Kriegsgeschichte hatte im Maße meiner körperlichen Beteiligung an ihr nachgelassen, aber von Kadern behielt ich im Gedächtnis, es waren Militärpersonen, die bei Übungen ganze Truppenabteilungen darstellten. Ich hoffte, Stalin werde meine Kenntnisse nicht prüfen und mich heißen, im weitläufigen Kremlgarten einen Stoßtrupp zu markieren.

Doch schien mein Hoffen eitel, denn just von Kadern redete mir der wegweisende Mann: Die Kader sind es, Genosse, mit denen sich sein Erfolg erklärt. Da haben Sie sein ganzes Geheimnis. Und dazu das Geheimnis eines gewissen Nichterfolges. – Aber diese Frage werden wir nicht erörtern.

Ich hatte keinerlei Erörterung erwogen, denn ich wagte kaum zu ahnen, wovon Stalins Rede war, obwohl seine Haltung, sein Tonfall, sein Blick nur eine Richtung nahelegten. Auch sah ich nicht, was er an sich bekritteln mußte. Maß man es an ihm und mir, hatte er einen hundertprozentigen Erfolg gehabt. Die Frage, wer von uns beiden der Stärkere sei, war geklärt. Und in der Sache mit dem Papst konnte ich ihm nicht helfen. Da durfte er schon selber sehen.

Nach einem Blick auf die Uhr, sie zeigte sechs Minuten vor Mitternacht, legte Stalin die Pfeife in eine kupferne Schale, ging an ein Fenster, hinter dem sich Moskau ahnen ließ, wandte sich mir zu, sah mich aus dunklen Augen an und sprach endlich: Die Hitler kommen und gehen, das deutsche Volk aber, der deutsche Staat bleibt.

Ich könnte nicht sagen, es habe mich Geschichte aus dem Satz angeweht, der unsereinem später in seiner reinen wie verschnittenen Form vielmals begegnen sollte. Auch mangelte es mir noch an der Parteilichkeit, die nötig war, um dem führenden Genossen zu bedeuten, es sei fragwürdig, so allgemein von deutschem Staat zu sprechen. Man wird differenzieren müssen, hätte ich sonst wohl gesagt und mich gewundert, wenn ich statt an ein offenes Ohr durch ein offenes Tor geraten wäre.

Ich hatte wenig historisches Verständnis, als Stalin den historischen Ausspruch tat. Aber der Verdacht beschlich mich erneut, ich könne als ein Kader zu ihm bestellt worden sein, an dem er seine Thesen prüfen wollte, ehe er sie an die Kremlthüre schlug. – Als er eine weitere Pfeife nahm, dachte ich: Schon wieder?, und weil ich zu Bedenken nicht berechtigt war, erschrak ich sehr.

Er aber verharrte in der Nähe seiner Geräte und schwieg. Es war kein reinlicher Triumph, mit dem er mir dann ein kleines krummes Schmauchding vor die Augen hob. Er hielt es auf Armeslänge, trat an die Wanduhr, deren Zeiger kurz vor zwölfe standen, und keilte die Pfeife so zwischen Minutenarm und Stundenarm, daß Mitternacht allenfalls stattfinden, nicht aber abgelesen werden konnte.

Stalin hielt die Zeit an. Und mir den Atem. Schwer zu sagen, welches Instrument vermittelnder zwischen Mensch und Gewalten steht; kaum auszumachen, was törichter schien, als eine Uhr am Gang zu hindern. Es war wohl eine Stalinsche Idee. Ihr Autor sagte in die zeitlose Stille hinein und zu mir: Von den Kadern des Papstes hat keiner ihren Gott oder dessen Adoptivsohn gesehen. Aber deren Linie setzen sie durch, als hinge von ihnen ab, was aus ihr wird.

Ich erkannte die angewandte Fassung des Satzes von der Linie und den Kadern, und ich erschrak, als Stalin fortfuhr: Der Papst hat keine Divisionen unter Waffen, doch hat er Männer, die ihrer Idee die Treue halten wie der Magnet dem Berg aus Eisen. Nun, Genosse, Sie haben das Zeug, ähnlich beharrlich zu sein. Und ähnlich erfolgreich. Ich habe Grund, den Waffen nicht mehr zu trauen. Ich habe Grund, den Massen nicht mehr zu trauen. Ich habe Gründe, mich wieder an die Rolle der Persönlichkeit in der Geschichte zu erinnern, an die Bedeutung des

Individuums, und es statt mit Divisionen mit einzelnen Menschen zu versuchen. Mit namentlichen Personen, wie Sie eine sind, Genosse.

Sie sollen ein Gefäß sein, in dem sich die Idee bewahrt. Es ergeht kein Auftrag an Sie; Sie sind hier, weil Sie sich gelegentlich selber Befehl erteilten. Studieren Sie die Lage, ziehen Sie Schlüsse; mehr wird nicht verlangt. Was ich mir davon verspreche? Ich möchte über jene, die eines Tages höhnen werden: Wieviel Divisionen hat er denn noch? bereits heute lächeln können. – Das ist alles. Trinken Sie Ihren Tee, Genosse, und leben Sie wohl!

Ich vermute, es waren Juchtenstiefel, in denen er fast unhörbar zur Wanduhr ging. Mein Glas an den Lippen, stand ich auf, aber er machte eine entschiedene Handbewegung. Also setzte ich mich wieder und sah zu, wie Stalin mit geläufigem Griff die Pfeife aus der Schere zwischen Minutenzeiger und Stundenzeiger zog. Letzterer zuckte ein wenig, ersterer tat einen merklichen Sprung, und ich sah, daß wir acht Minuten nach Mitternacht hatten.

Wichtiger aber als die Angabe von Zeit war mir der Umgang mit ihr, auf den sich die Uhr eingerichtet zeigte. Hergestellt, eine Zählung dem Scheine nach zu unterlassen, verdeckt jedoch fortzuführen. Und das Ergebnis an gewünschtem Punkte nachzuliefern. Ein Gerät, die Wirklichkeit auszusetzen und doch bei ihren Rechten zu halten. Ein Instrument der Stalinschen Epoche.

Deren Namenspatron wiederholte die Gebärde, mit der er mich zum Bleiben aufgefordert hatte. So saß ich weiter neben meinem Tee und sah zu, wie Stalin die kleine krumme Pfeife gegen einen anderen Gegenstand tauschte. Einen von ähnlicher Größe, der nicht weniger häßlich war.

Fast wollte mir das Sehen vergehen, als ich das Ding erkannte, und fast verging mir das Hören, als ich das Ding vernahm. Ich hatte es mit einer Okarina zu tun und bald mit einem Stalin, der sie blies. Der Weise aus Gori setzte das Instrument an die Lippen, zischelte prüfend einen Ton und entlockte dann dem irdenen Ding sanfte und dumpfe Klänge, die vielleicht eine Weise aus Gori waren. Wie er sich zum Gehen wandte, sandte mir sein kaukasisches Auge einen verlorenen Blick, und ich erhob mich halb, um zurückzugrüßen. Stalin setzte bedacht seine Finger auf die Grifflöcher der barbarischen Flöte und sah sich kein weiteres Mal nach mir um. In der Melodie hatte er wohl eine Begleitung, die er lieben konnte und der er, weil sie seine eigene Schöpfung war, fast gänzlich vertraute.

Eine Tür öffnete sich, eine Tür fiel ins Schloß, eine andere wurde geöffnet; der Mann, mit dem ich gekommen war, holte mich ab, und weil er es mir empfahl, trank ich den Tee noch aus.

Man weiß doch nie, sagte er, und damit hat er bis heute recht behalten.«

*

Paul-Martin Kormorans Gefährten und Gäste hörten, wenn auch nicht gleich willig oder gleich lange, der Geschichte zu. Die, auf die der Erzählende zählte, hörten ihm zu. Frau Birchel war nicht darunter. Frau Birchel hing, der Erzähler sah es wohl, wenn nicht nach dem ersten Wort so doch nach den ersten Sätzen wie tot im Korbgeflecht an der Gartengrenze. Kaum war der schreckliche Name gefallen, saß sie aufgereckt da, als handle es sich bei ihrem Sessel aus Rohr um einen elektrischen Stuhl und als habe ein Schlag aus unzähligen Kilovolt sie soeben von Pol zu Pol durchmessen. Eine Weile, der Erzähler sah auch das überm geläufigen Text, hielt sie sich angegurtet und angeschnallt in dieser Stellung, doch rutschte sie bald in sich und eine gräßliche Unform hinein, weil der Inhalt ihrer Haut vom Blitz, der ihn durchquerte, zu mehliger Asche zermalmt worden war. Schließlich aber zeigte sich und zeigte sich auch dem Erzähler, obgleich er gerade eine besonders wohlgeratene Partie vortrug, daß es sich bei Frau Birchels Tod um einen ihrer Scheintode handelte. Sie gewann ihre alte Fülle wieder, stand aus dem Sessel auf, wobei sie die *Frankfurter Allgemeine* achtlos auf den Rasen gleiten ließ, und ging, auf Zehenspitzen immerhin, durch das Gras ihrem Hause zu. Zehn Schritte schon fort und dem Erzähler fast aus den Augen, hielt sie inne, machte kehrt, kam bis an ihren Platz zurück, gab dem Postbeamten einen energischen Wink und trat erneut in ihre hauswärts führende Spur. Ihr Abgang diesmal hatte viel von einem Ende, weil sie den geflochtenen Sessel mit sich nahm.

Blauspanner folgte ihr, nicht ohne dem Erzähler mit halbschräg von sich gestreckten Armen sein Bedauern auszudrükken.

So war man, sah man vom ungebetenen Herrn Aufderstell ab, im engeren Kreise, als Paul-Martin Kormoran den Anfang seines Lebensberichts beendet hatte, und man schwieg, wie es bei guter Freundschaft geht. Nach Zeit, die Bedenkzeit war, rührte sich in ihrem dunklen Gewande Gerrelind Baumanova; womöglich trieb die Nähe von Kunst zu Kunst sie, als erste das wertende Wort zu nehmen. Doch kam sie zu weiterem nicht, denn der Postbedienstete Blauspanner erschien erneut im Birchelschen Grase, überwand Grenze und Treppe, stellte sich am Tisch auf und zeigte noch einmal, wie man mit schräg nach vorn ausgestreckten Armen um Verzeihung bitten kann; dann ließ er sich feierlich vernehmen: Sie wollen mir bitte den Abgang mitten im Referat nicht übelnehmen, Herr Doktor, aber es ging mir das Thema über den Kopf!

Sie glauben nicht, wie sehr ich Ihnen folgen kann, sagte Kormoran mit einiger Tücke. Am liebsten wäre ich Ihnen gefolgt. Schon, um für die Depeschen zu danken. Obwohl, Loriot, Ustinov und wie diese Leute heißen, es hätte Zeit gehabt. Anders der Gruß, mit dem mir der Verleger die neue Welt beschreibt. Dergleichen erfährt man nicht früh genug.

Nicht ohne Erfolg hatte Blauspanner in jüngsten Läuften geübt, Anspielungen solcher Art nicht zu verstehen und drohend Politischem sicher Postalisches vorzuziehen. Also antwortete er: Die nächsten sechs sind ja denn erst einmal gewöhnliche Zustelltage.

Die nächsten sechs?

Die nächsten sechs Geburtstage!

O ja, famos, die nächsten sechs und erst einmal! rief Kormoran und ließ von Tücke nichts mehr hören. Zu hören war nur die Begeisterung eines Mannes, der seit längerem nicht mehr von sich in so ausgreifenden Spannen dachte. Er reichte dem Überbringer der guten Kunde eine Flasche Wein und sprach von Herzen angetan: Erst einmal die nächsten sechs, was für ein Leuchtewort aus rosa Taft und himmelblauen Wolken, welch lange Brücke hin zum weiten Horizont! – Sie sollen es, in Ihrem Haus oder dem der Nachbarin, begießen, Herr Nachbar!

Der Nachbar ließ sich nicht weiter bitten, tat aber, bevor er den Wein an sich zog, einen flinken Blick auf das Etikett und zeigte sich befriedigt, weil er nach all den kommunen Säften an einen Edelzwicker geraten war, mit dessen Verzehr sich zugereiste Vorgesetzte wie rückgekehrte Abgesetzte als Kenner auszuweisen pflegten. Was auch ihn wieder an den Tisch gebracht haben mochte, jetzt trieb es ihn zu weiterem Verzehr zu Frau Birchel zurück. Eine Verbeugung gelang ihm, und die Treppe war auch schon halb gewonnen, da rief der Oberstleutnant mit hackender Kommandostimme: Halt!

Blauspanner verhielt und harrte weiterer Anordnungen. Die ließen nicht auf sich warten, zogen sich aber hin, weil Herbert Henkler nicht einfach ein Zweimarkstück vom Tische fischen und seinem Besitzer zuwerfen konnte, sondern erst einmal zeigen mußte, wie tief er in das Wesen des Aufderstell-Prinzips eingedrungen war: Nehmen Sie mit, weshalb Sie gekommen sind! grummelte er, betrachtete beide Seiten der Münze angewidert und versah den Ideenbehälter des Boten mit einem entsprechenden Kommentar: Prägung sechsundsiebzig, Scheißjahr – Brüsewitz, Havemann und Sängerfluch eins! Von da an waren wir tot, mausetot. Scheißsängerpfaffenundphilosophen. Scheißfernsehkorrespondentenundindischeselbstverbrennungsschule. Scheißkonventionundreligionundhelsinkiundbrandenburgerknast. Scheißmausetot! – Damals, Herr Postmeister, knurrte

Henkler und hielt die Münze auf flacher quadratischer Hand, ehe er sie aus dem Gelenk in elegantem Bogen zu ihrem Besitzer schnellte, damals hätte Ihnen dieses Ding ein Loch in die Hosentasche gesengt.

Blauspanner fing ohne Mühe und antwortete ebenso mühelos: Heute hingegen, Herr Rittmeister, heute geht nur eine angenehme Wärme von ihm aus. – Wein unterm Arm, Geld in der Tasche, Applaus der meisten Damen im Nacken, schritt der erstaunliche Angestellte Blauspanner ein zweites Mal dem Hause Birchel zu.

Auch Gerrelind Baumanova war drauf und dran, die Hände zu rühren, sah jedoch das Schwarz ihrer Ärmel und entsann sich, daß man an Orten, wo solche Uniform getragen wird, auf Beifall meist verzichtet. So bewegte sie weder Hand noch Mund. Aber wenn die Dokumentaristin die Dinge nehmen mußte oder hätte nehmen müssen, wie sie lagen, stand eine Regisseurin in der Pflicht, Ordnungen herzustellen. Also zeigte Gerrelind mit beschwörenden Blicken an, daß die Situation nach einem würdigen Sprecher schreie.

Herbert Henkler konnte das nicht sein, weil Würde ihm wenig lag und er im Augenblick beschäftigt war, seine Rede an den Postherrn zu bedenken, den Schwager achtungsvoll zu bestaunen und die Schwägerin hoffnungslos anzuschmachten. Auch Ilse Henkler eignete sich kaum als Sprecherin, und jetzt schon gar nicht, da sie hingegeben und hingerissen ihren Stenoblock mit vermutenden Haken und Ösen bewarf. Ruth Regentraut schien der Gram zu beißen, daß die Welt, wenn es einmal ans Begraben von Paul-Martin Kormoran ginge, infolge eines Verleger-Einfalls nicht wissen würde, wen in Wahrheit die Nihil-Nisi-Bene-Holding da entsorgte. Herr Aufderstell war wenig mehr als eine Hülse, seit der eingekapselte Gedanke aus ihm Erlösung gefunden hatte. Änne Kormoran saß sehr bedacht bei strikter Stimmenthaltung auf ihrem Stuhl am Pfeiler. Schluziak hielt sich an Schluziak, und keines war für weiter wen zu haben. Blieb der Professor, zumal er sich mit einer Operation vor auf den Tag zwei Jahren um den Lebenslauf von Paul-Martin Kormoran verdient gemacht hatte wie kaum ein anderer. Da sollte er gefälligst sagen, was er vom Anfang der schriftlichen Fassung dieses Lebens, aufgezeichnet und vorgetragen durch den Betroffenen selbst, denn nun halte.

Felix Hassel las den Regiebefehl von Gerrelinds Augen und fragte Kormoran: Setzt es sich so munter fort, wie es losgegangen ist?

Falls der Autobiograph Verwahrung gegen die Wertung erwog, entzog ihm die Kauffrau Grit jegliche Sprechgelegenheit und erklärte: Stalin gut und schön, aber Horschte fühlt sich nicht so. Wir machen uns auf die Reise.

Da ihr Mann Befund wie Beschluß mit schwächlichem Nikken bekräftigte, erhob sich Felix Hassel und sagte, wenn es recht sei, sehe er sich den Kranken an. Mit fast herrscherlicher Handbewegung lud er die Eheleute ein, ihm ins Haus zu folgen, und über die Schulter rief er Kormoran zu: Auf dich und die Stalinsche Epoche kommen wir zurück.

Es war zunächst nur ein lachhafter Versuch, Erwartung und auch rare Verlegenheit mit Geschäftigkeit zu verdecken, als Kormoran begann, die Überbleibsel des Aufderstell-Vortrags vom Tisch zu nehmen und an ihre Besitzer zurückzureichen, aber dann erwiesen sie sich als Mittel, nicht nur den Verwaltungsleiter wieder ins Gespräch zu bringen.

Anregend, sagte er, sehr anregend, zumindest das, Herr Kollege, ist Ihr Gedanke, und wenn er, was leider zu vermuten steht, auf praktische Schwierigkeiten stieße, könnte man ihn immer noch als literarischen Zugriff verwenden. Ich jedenfalls wüßte Ihnen in menschgemachten Teilen jede Menge Geschichten. Erlebensstoff im Kohlenstoff zum Beispiel, Titanisches in Titan …

Er seufzte mit Aufwand, drehte sich erwartungsvoll zu Änne und kehrte, als die Albernheit ohne Antwort blieb, in seine Suada zurück: Aber leider, nicht jeder hört dergleichen gern; manche sind einfach noch nicht reif für die Post. Ein paar von

Blauspanners Zustelljahren weiter, wer weiß. Also geben wir die Kapseln vorerst ihren Besitzern wieder und tun es schweren Herzens. Allein wenn man denkt, wieviel Fabelhaftes im Feuerzeug unseres doppelt standhaften Zinnsoldaten stecken dürfte …

Er kam nicht dazu, mit näheren Vorstellungen aufzuwarten, denn Felix Hassel erschien in der Terrassentür und schnitt ihm das Wort ab: Gestatte, Paul, dies ist nun dringend. Schluziak muß in die Klinik. Herr Aufderstell, seien Sie so nett und fahren Sie mit, um vor Ort die Prozeduren zu verkürzen. Ich rufe inzwischen dort an. – Er beantwortete Ännes Frage, ob sie helfen könne, mit einem überraschend bestimmten Nein und ging, ohne sich mit weiteren Erklärungen aufzuhalten, zurück ins Haus. Auf die hilflose Klage Aufderstells, er sei ohne Fuhrwerk gekommen, weil, so habe es zwingend geheißen, eine Gepflogenheit von Herrn Kormoran das verlange, reagierte er schon nicht mehr.

Kormoran hingegen hatte sowohl seinen Namen als auch den fordernden Tonfall des Freundes gehört. Er sah zwar zur Tür und zweigte womöglich einen Gedanken für den kranken Schluziak ab, aber antworten mußte er: Gepflogenheit? Man wird Marotte gesagt haben. Ich mag nun einmal nicht, daß man mir entweder mit Apfelsaft zuprostet oder besoffen ins Auto steigt. Eine Marotte, von mir aus, aber dank ihrer steht nur Frau Regentrauts schwärzlicher Volvo vorm Haus.

Als ändere dieser Umstand alles, war gleich nicht mehr viel von einem Schöpfer des Erlebnisbehälter-Gedankens an Herrn Aufderstell, und auch seine Devotheit verflog; er hatte sich zu kümmern; da fragte er wenigstens, wie es in diesem Stadtrandwinkel mit dem Notarzt stehe.

Normal, sagte Änne, normalerweise ist es Minutensache. Nur heute wird es das nicht sein. Zwei Kilometer nach Osten begibt sich das Volksfest Märkische Heide, drei nach Nordwesten die Kirmes Märkischer Sand; Alkohol und andere Tätlichkeiten werden vorherrschend sein, da hat er zu tun. Und wenn er endlich hier ist, dirigiert ihn seine Vorschrift ins nächste Krankenhaus.

Der Professor wolle aber zur Klinik mit Schluziak; sie werde ihn fragen, ob man trotzdem anrufen solle, sagte Änne und ging ins Haus. An der Art, in der sie mit Aufderstell ein Nicken tauschte, zeigte sich, daß die Beschlußhoheit nunmehr bei den Sanitätern lag.

In ihren Augen wohl, aber nicht im geringsten in denen von Frau Ruth Regentraut, Bestatterin und künftiger Mitbegründerin eines Instituts, das sich die Befreiung des Menschen von der Diktatur hergekommener Bräuche zum Ziele setzte: Weiß jemand, ob Schluziak zimperlich ist, fragte sie, oder würde er sich zu mir in den Kohlenkasten setzen?

Allein schon die Aussicht wird ihn beleben, sagte Herbert Henkler.

Um so eher dürfte Grit euch begleiten wollen, sprach seine Frau zur Freundin Ruth. Aber er und sie und du und dazu noch Herr Aufderstell – hast du so viel Platz?

Jede Menge. Ich könnte, vorausgesetzt, ihr zerkratzt mir das Möbel nicht, die komplette Party abräumen.

Du hast einen Sarg an Bord? rief Ilse Henkler und hörte sich einmal nicht nach unerschrockener Reporterin an. Sag nicht, dieser Friedhelm Küttner liegt noch in deinem Frachtraum!

Ruth Regentraut warf einen Blick auf Ilses Stenoblock und antwortete kühl: Du konntest dir den Namen merken, dann merke dir noch etwas: Von mir aus kannst du eine Oper aus der Telefon-Story machen, doch wehe, ich finde ein Wort davon in deinem Blättchen! Oder, gleiches Wehe!, in einem anderen!

Hab verstanden. – Aber liegt er?

Ich bin versucht, ja zu sagen. – Doch weil dies der Tag der Herzensgüte ist: Natürlich nicht! Natürlich lasse ich keinen, den der Große Sandmann holte, vorm Hause auf mich warten. Es ist nur ein Geschäftsprinzip von mir, nie ohne verfügbare Kiste unterwegs zu sein. Ansonsten gibt es Klappsitze. Etwas niedrig, aber Schwedenstahl.

Wen kümmert's, ob niedrig? rief der Verwaltungsleiter und sah zufrieden an sich hinunter. Wenn Sie mich mitnehmen, Frau Kollegin, bin ich von der Partie. Er verbeugte sich vor Kormoran und beteuerte, es seien ihm die Mittagsstunden dieses Tages die glücklichsten seit langem gewesen; dann aber galt sein Eifer wieder Ruth: Noch nie fuhr ich auf solche Weise! Gehen wir vorne, gehen wir hinten?

Vor allem gehen wir nicht ohne Frau Baumanova, erwiderte Ruth und zog rasch die bunte Jacke aus: Gerrelind, her mit dem Gedeckten. Unmöglich kann ich so gefiedert auf den Bock.

Den Bock will ich sehen, knarrte Herbert Henkler dazu.

Aber man würdigte seinen Spruch einer Antwort nicht. Man war beim Aufbruch, hatte Abschied, übte sich in Trennung, wollte fort, sah sich im Gehen begriffen, ging auf die Reise, mußte scheiden und sparte sein Wort für die, die am Ort verbleiben würden.

Gerrelind Baumanova allerdings sparte keineswegs mit Worten, sondern hielt sich auch jetzt an ihren Beschluß, ins Offene zu kommen. In einem Tempo, das jeder Feuerbrigade angestanden hätte, tauschte sie eigenes Bunt gegen geliehenes Schwarz zurück, und aus der Emphase, mit der sie Kormoran versicherte, sie habe bindendste Gründe, Ruth zu begleiten, hätte sich auf einen Plan von gemeinsamem Flammentod schließen lassen. Dann küßte sie den Freund unter Tränen und beteuerte: Ich komme wieder, wir müssen sprechen: Die Reue, die Kunst, die Moden und der Tod – welch ein Thema! Aber zuvörderst, rief sie und formte mit Händen den Ausschnitt von Welt, wie ihn die suchende Kamera liefert, vor ich zum Austausch in dein Antlitz tauche, will ich aus den Fenstern des schwarzen Vehikels in schwarze Blicke starren und sie mir ins Gedächtnis leimen wie Vögel auf die Rute. – Habe ich je von meinem Plan berichtet, Bobrowskis Sterbelied zu verfilmen, *Letztes Boot darin ich fahr*? Das Projekt meldet sich bei mir mit erneuerter Dringlichkeit. Als Passagier im Frachtraum des ultimativen Gefährts kann ich die heikle Sache heute proben. Ich drinnen, die Neugier draußen. Ein Spalier aus gichtiger Anteilnahme. Sie suchen den Sarg, den Lebensrest, die Leiche hinter Glas und ahnen für Sekunden von der eigenen Beschaffenheit! – Gerrelind Baumanova nickte ihrem Vorsatz, dem Menschen ganz auf den Grund zu gehen, bekräftigend zu, nahm die vermessenden Hände von den Augen und erklärte mit größter Entschiedenheit: Nie wieder geh ich ohne Equipment aus dem Haus!

Ganz, als sei er geeignet, das fehlende Geschirr zu ersetzen, griff sie auf ihrem Wege den kleinen Herrn Aufderstell und zog ihn mit sich fort. Der ließ sich willig von der so schwarz wie bunt gekleideten Weibsperson über die Terrasse führen und nahm nur freundlich zur Kenntnis, was Herbert Henkler ihm unbedingt mit auf die Reise geben mußte: Das Fuhrwerk, Sir, mit dem Frau Regentraut Sie stadtwärts verfrachtet, dürfte ein geradezu idealer Ideenbehälter sein. – Wenn man bedenkt, wer alles schon in diesem Wägelchen langgelegen hat!

Der Verwaltungsleiter winkte dem Oberstleutnant wie jemandem zu, von dem er sich vollkommen verstanden wußte. Sah man genauer hin, war nun er es, der die Dokumentaristin in einen Garten führte, an dessen Grenze die Nachbarin dort, wo nur noch die *Frankfurter Allgemeine Zeitung* im Grase lag, im Augenblick doch merklich fehlte.

Auch an Ilse Henkler waren, seit die Rede von Aufbruch ging, Zeichen der Unruhe gewesen; wiederholt hatte sie ihr federndes Haar auf seine Sprungkraft überprüft und den Vuitton-Balg auf seinen Inhalt, und als nun Aufderstell und Baumanova vom Platze gingen, hielt sie es nicht länger. Mit dem Anklang von Klage, der ihr stets in die Stimme geriet, wenn sie sich lieb anhören wollte, wandte sie sich an Kormoran, fragend zuerst, drängend dann bald: Nähmest du es mir übel, Paul, oder darf ich auch? Es ist nicht nur die Fahrgelegenheit, es ist etwas anderes. Etwas, für das ich deine Erlaubnis brauchte. Die Chance meines Lebens allerdings!

Wie sie, der Reglosigkeit in kaum einer Hinsicht gegeben war, in Erwartung des Urteils fast reglos stand, den elektrischen

Schopf mit beiden Händen auf den leicht gesenkten Kopf getürmt, verletzlich der Nacken, verletzt schon jetzt der Blick, verletzbar die ganze Person, hätte man Rohling und nicht Kormoran heißen müssen, um abschlägigen, also so gut wie kopfabschlagenden Bescheid auch nur zu erwägen.

Der Rohling freilich war vorhanden, hieß Herbert Henkler und hatte sich als langdienender Ehemann in negativen Auskünften geübt: Das hat ja gedauert! raunzte er. Da mußte sich aber eine quälen, ehe sie sich traute! Ahnst du, was nun kommt, verehrter Schwager?

Ich ahne es, ich weiß es, und ich begrüße es, sagte Kormoran, und mit jedem Satzteil verwandelte sich Ilses Demutsfigur zurück in Figur. Frau fand Zeit, Mann auftrumpfend anzufunkeln, und Schwägerin sah Gelegenheit, Schwager dankbar anzuleuchten. Was den Schwager zu weiterem Lobspruch veranlaßte: Ich halte es für eine famose Idee, dem Nachrichtenblatt die Über-Nachricht zu stehlen, das humoristische Extra, die polnische Pointe, des Ostens Triumph! Ich sehe die Aushänge vor mir: Links Augstein und der Tod aus Ohio, rechts Ilse und das Leben aus Łódż. Links ein Bericht, der nicht mehr ganz so frisch wie sein Herausgeber ist, rechts News von der Strahlkraft ihrer Überbringerin; ich billige es, ich billige es ganz und gar.

Er sprang auf, um Bescheid zur Straße zu rufen, es müsse noch eine weitere Beifahrerin ins Sargabteil, doch hielt ihn eine andere Erwägung davon ab: Aber wozu eigentlich die Kalesche? Es brachte mir wer doch heute ein fabelhaftes Präsent! Seit kurzem sind wir im Besitz einer Maschine, die Botengänge, Botenfahrten und selbst Küttnersche Telefondrähte überflüssig macht und das Übermitteln von Neuigkeiten in eine Spielerei verwandelt.

Zwar versuchte die Spenderin des elektronischen Geräts, dem Beschenkten ins Wort zu fallen, doch hatte ihn sein Schöpfer nicht für so etwas eingerichtet. Taub am Ohr und blind am Auge fuhr er fort: Wie dir wahrscheinlich längst entfiel, liebe

Ilse, war man nicht nur am vorvorigen, sondern auch an diesem Geburtstag auf meine technische Erneuerung bedacht.

In großer Fahrt nun hob er das Kormoran-Skript vom Tisch, klopfte auf die unbeschriebene Rückseite und reichte es der Schwägerin: Ich hole das schnurlose Ding, du entwirfst die Meldung. Los, Ilse, bringe Substanz in dieses nicht nur zerknitterte, sondern wahrscheinlich auch rachitische Papier. Gib deinen Geist in den Wortlaut; ich schaffe das elektrische Megaphon herbei!

Henkler sah ihm in ungespielter Besorgnis nach und rief: Du darfst nicht rennen!, fand aber schnell in seine Kommandanten-Art, als er die Gattin fragte: Was hat er gemeint, was sollst du in den Wortlaut geben?

Ilse nahm sich zunächst die Zeit, den Gartenweg hinaufzurufen, man möge auf sie warten, dann antwortete sie: Eine dir fremde Substanz. Ich erkläre es, wenn du einmal ausgeruht bist.

Unter anderen Umständen hätte sich der zurückkehrende Herr Kormoran unweigerlich nach dieser Substanz und des Schwagers Erschöpfungsgrad erkundigt, aber die Aussicht, dem Montagsblatt wenigstens einmal das Pulver von der Pfanne zu blasen, hielt ihn heftig besetzt. Er reichte seiner Schwägerin, die weder ihren Notizblock noch seine Notizen angerührt hatte, das Handtelefon und ereiferte sich zunehmend: Los, Ilsebilsejederwillse, triff diese Übermächtigen, wo sie sterblich sind: Zeig ihre Nachricht als überholt! Beschreibe im Blatt an der Spree, wie schlecht sie an der Elbe recherchierten. Tummle dich, damit die Welt fortan nicht nur den Ohio kennt, sondern auch vom Bächlein Łodka erfährt, an dessen Ufern bei Łódż ein Geschlecht lebensverlängernder Bastler siedelt. Und sorge, daß sie weiß, daß es uns weiterhin gibt.

Was betrifft Sterblichkeit, befand Herbert Henkler, du klingst ungewohnt. Kurzer Atem und ein kurzer Satz, in dem gleich zweimal *daß mit sz* vorkommt.

Sprach mit freundlicher Empfehlung sowie besten Wünschen Ihr bewährter Tischreden-Analytiker! sagte Ilse Henkler.

Und dessen Schwager wußte zu erwidern, auch einer der bekanntesten deutschen Sätze enthalte bei nur zehn Wörtern zweimal die finale Konjunktion daß: *Ach, wie gut, daß niemand weiß, daß ich Rumpelstilzchen heiß!* – Trotzdem seien die Brüder Grimm zusammengezählt einhundertfünfzig Jahre alt geworden.

Sind das die beiden vor der Humboldt-Universität? fragte Henkler und sah wie mindestens zwei Schafe aus.

Um ein Haar hätte Kormoran ihm geantwortet, aber Ilse bewahrte ihn davor, indem sie sich an die Chance ihres Lebens hielt. Sie stand auf, wies abwehrend auf Papiere und Gerät und verlieh jedem Wort körperlichen Nachdruck: Paul-Martin, liebster Kormo, es ist so verständnisvoll von dir! Aber weißt du, Telefon oder auch Telefax und dann der Sonntagsdienst ... Da scheint es besser, ich bringe es persönlich.

Ihr Mann nickte und sprach in das Glas an seinen Lippen: Man glaubt gar nicht, wie ein Text gewinnt, den sie persönlich bringt.

Doch eben das mußte er eben jetzt seinem Schwager nicht sagen. Der bedachte sich nicht lange, ehe er seine Entscheidung mit einer Dringlichkeit verkündete, die zu Feldherrnhügel oder Schlachtschiffbrücke und nicht so sehr zur brüchigen Terrasse stimmte: Dann besteige du den Katafalk!

Änne trat aus dem Haus und zog ein Gesicht, als sie ihren Mann schon wieder bei gehobenem Gestus und schwarzem Vokabular betraf, aber ihre Mahnung galt der Schwester: Wenn du mitfahren willst, beeile dich – so gut geht es Schluziak nun wirklich nicht! Zu Kormoran sagte sie nur: Und du legst dich am besten bis zum nächsten Trubel etwas hin!

Er schien bereit dazu, antworten aber mußte er unbedingt: Was steht noch zu erwarten? Der Bundeskanzler? Unsere Ministerin für Jugend und Sport? Der Klavierstimmer, die Treuhand, die IG Medien oder die Frau mit dem Hund, der immer vor die Pforte scheißt? Doch nicht etwa wieder Biermann?

Es war nur ein Manöver, hinter dem Paul-Martin Kormoran

seine versteckte Klage tiefer verstecken wollte, als er sich bei der Benennung des dürftigen Defilees an den Tasten des Portables zu schaffen machte und schließlich fragte: Es arbeitet nicht mehr. – Oder telefoniert Felix immer noch?

Ja, er wählt und flucht, sagte Änne und horchte zum Haus. Wenn er die Station erreicht hat, ruft er ein Taxi und kommt später wieder her.

Ihr Mann nickte abwesend und wandte sich langsam dem Eingang zu, ohne der verstummten Außenglocke auch nur einen Blick zu gönnen.

Da war es kaum verwunderlich, daß Änne den halbherzigen Versuch unternahm, diesen Menschen in seine unernste Redensart zurückzurufen: Was hast du gegen Klavierstimmer? rief sie ihm nach, und als er mit Händen anzeigte, das wisse er auch nicht, sagte sie, sobald Ruth und die gemischte Fuhre verabschiedet seien, komme sie zurück. Dann ging sie mit Ilse über die Treppe in den Garten, und Kormoran trat ins Haus.

*

So verblieb lediglich Herbert Henkler, mehrfach im Ruhestand und nunmehr ein wenig müde, auf dem Festplatz. Wohl griff er ein weiteres Mal nach dem Entwurf der Arche Kormoran und vergaß auch diesmal nicht, sein würfelförmiges Haupt zu schütteln, ehe er die Papiere wieder zwischen das verlassene Geschirr fallen ließ. Dann aber zog er sich mit seinem Stuhl an Hauswand und Fensterkreuz zurück und setzte sich so, daß ihm die halb herausgezogene Markise einen spärlichen Schatten gegen die spärliche Sonne bot. Er warf Späherblicke zur leeren Tür und zur unbewachten Gartengrenze, hatte die Zigaretten schon in der Hand und sein Feuerzeug auch, verlor im Vorhof kommender Genüsse viel von seinen Ecken und wurde dann doch am Zündeln gehindert, da sich Schwager Kormoran just über ihm und mit gewohnter Umständlichkeit am schräg verklemmten Rolladen zu schaffen machte.

Weil ihm Rede immer noch leichter vom Munde ging als Tat

von den Händen, ließ Kormoran auf Zeit vom fruchtlosen Handwerk und sprach zum verdeckten Henkler: Ob deine Ilse weiß, daß unser Coup ihren Hamburger IM in Schwierigkeiten bringen kann? Wenn es keine Vorab-Meldung gab, können sie in der Redaktion leicht erkennen: Es hat einer geplaudert.

Geplaudert und, wie dein Betreuer Schluziak zu verschlüsseln pflegte, zur Belohnung g Punkt t, grummelte Henkler hinauf zur Markise. Was erwartest du da von mir? Soviel Christenmensch bin ich nun nicht, daß ich dem Kerl zu den Wangen meiner Gemahlin auch noch meine hinhalte. – Nach kurzem Überlegen fügte er finster hinzu: Meine Arschbacken allenfalls, und du weißt schon, was er damit machen kann.

Ja, Ritter Götz, ich weiß.

Von mir aus können ihn seine Bosse zu den Hebriden schießen, sagte Henkler. Seine Augen malten die Flugbahn des Redakteurs an den Junihimmel, und wie sie sich zunehmend nach Westen verlor, schien es ihn zu besänftigen: Komisch, obwohl es früher zum dienstlichen Grundwissen gehörte, habe ich nicht die geringste Ahnung, wer dem Magazin heutzutage den Chefredakteur macht.

So ist das Blatt inzwischen, sagte Kormoran, zwang sich aber zur Frage des Anfangs zurück. Also: Ob Ilse weiß, daß ihr Korrespondent in heißes Wasser kommt?

Korrespondent? Na ja, es ist zutreffender, aber die Bezeichnung IM gefiel mir besser. Daß du sie in den Mund genommen hast, meine ich. – Was betrifft die Korrespondentin Henkler: Ein solches Wissen würde sie nicht hindern.

Rücksichtslos ist sie nicht, sagte Kormoran mit leisem Protest.

Nur gedankenlos.

Schwerster Vorwurf, antwortete Komoran. Das Denken unterscheidet uns vom Tier.

Ob die Tiere das wissen? fragte Herbert Henkler.

Genug, wenn wir es wissen.

Ob die Tiere das mögen?

Bleiben wir lieber bei Ilse, sagte Kormoran.

Sein Schwager schwieg eine Weile, ehe er in mörderischem Grummelton vor sich hin sprach: Ein sehr menschlicher Mensch, diese Frau. Ein Mensch mit sich selbst als Mittelpunkt. Gelegentlich allerdings mit einem Hamburger Kerl in ihrem Mittelpunkte. Sehr selbstlos von ihr. Sehr selbstisch von ihm. Sehr unmenschlicher Mensch, dieser Mann.

Wenn ich nicht gerade mit einer widerlich verklemmten Jalousie beschäftigt wäre, rief Paul-Martin Kormoran hinunter zum unsichtbaren Herbert Henkler und rüttelte zum Zeichen, daß er tue, wovon er spreche, mit Aufwand an den sperrigen Hölzern, und wenn ich nicht wüßte, daß wir alle dank eines immergrünen Tangos wissen, Jalousie heißt Eifersucht, und wenn ich mich nicht in den Verdacht brächte, eines abgeschmackten Wortspiels wegen derart indiskret zu fragen, fragte ich jetzt indiskret: Ist es meine Müdigkeit, ist es deine, oder höre ich wirklich ein Fusselchen Eifersucht aus dir sprechen?

Eifersucht? erwiderte Henkler nicht ohne Entrüstung. Höchst überflüssige Eigenheit. Brauchbar wie eine Erektion beim Anflug auf Tegel.

Besser als nichts, rief Kormoran zum Fenster hinaus und unterließ die Frage, wann zuletzt Henkler in Tegel gelandet sei.

Sein Schwager aber verwunderte sich: Was du manchmal so hörst – Eifersucht! Nein, mein Lieber, das sei weit von mir. Es werden doch deine Ohren gewesen sein. Vielleicht auch das Herz.

Vielleicht auch das Herz, sagte Kormoran und machte einen weiteren seiner vergeblichen Versuche, das verschrägte Rollo in den Führungsschienen zurechtzurücken. Vielleicht mein Herz, von dem ich strikt zu schweigen habe. Man hat mir, obwohl es manchmal gar zu blöde poltert und dann wieder tut, als habe es Flügel, ein diesbezügliches Gelübde abgenommen.

Vergiß nicht, ich war halbwegs dabei antwortete Herbert Henkler und gab sich kaum Mühe, mehr als ein wenig das Kinn zu heben und etwas betonter zu sprechen. Auch bei größerem

Aufwand hätte er weder gesehen noch gehört, daß der Büchermensch Kormoran von den verqueren Rolloleisten abließ, einen Stuhl ans Fenster zog und sich mit der verminderten Aussicht begnügte. Als erwarte er weiteren Vortrag des Schwagers oder wolle ihm ein Muster seiner Verschlossenheit zeigen, saß er da und rührte sich nicht.

Henkler blieb eine Weile ähnlich stumm, sagte aber endlich: Was betrifft die Kunst, ein Schweigen wie Rede tönen zu lassen, hast du es zu hohen Graden gebracht. Falls es verlangt wird, will ich das gern bezeugen.

Innigsten Dank, erwiderte Kormoran. Wen oder was hätte ich da wohl zu fürchten?

Niemanden und nichts, rief Herbert Henkler über die leere Terrasse. Oder macht der Meister jetzt Ironie? Nicht nötig, Herr Doktor Paul-Martin Kormoran, ich komme dir schon nicht zu nahe.

Es schien ihn diese Versicherung zu erbittern, denn er richtete seinen Blick wieder dorthin, wo er den anderen wußte, und fuhr mit rostiger Stimme fort: Obwohl, mein Ritter vom geschienten Herzen, fremd mußt du vor mir nicht tun. Schließlich haben wir beide derselben verblichenen Sache gedient ...

Henkler schwieg, als müsse er seine Behauptung überdenken, und auch Kormoran schwieg zunächst, schüttelte dann jedoch energisch den Kopf und rief in den Garten hinaus: Ich bin mir darin letzthin nicht mehr sicher!

Obwohl er zu widersprechen gedachte, nickte Herbert Henkler, ehe er antwortete: Gewiß doch, mein allerverehrtester Verwandter, haben gedient, und zwar derselben Sache! Ich – sagen wir: gelegentlich – durch Einbruch, du – sagen wir auch: gelegentlich – durch Einspruch. Mein Jawohl und dein Aber als zwei Schneiden einundderselben Schere. Dumm war nur, sie schnitt nicht recht. Da wird man es, was betrifft die hochgemuten Zwecke, neu versuchen müssen. Ich denke, es findet sich wer.

Mißmutig langte Kormoran noch einmal nach der verqueren Sonnenblende und zerrte ohne viel Kraftaufwand am festsitzenden Holz, dann ließ er endgültig davon ab, verschränkte die Arme auf der rissigen Fensterbank, suchte seinem müden Kopf eine angenehme Lage und sprach vernehmlich, doch im Grunde nur für sich selbst: Seltsam, das von dir zu hören, und, seltsam gleich noch einmal, mit dir darüber zu reden: Das Buch vorhin, der Anfang, den ich las, die Geschichte handelt, auch wenn man es nicht gleich merkt, von dieser Zweiheit. Soll davon handeln. Wie sie beginnt, hab ich vorgelesen, und das Ende weiß ich auch.

Anfang und Ende, als ob das nicht genügte. – Willst du meine Meinung?

Ich will sie nicht, aber sag sie!

Sie werden es nicht mögen.

Welch überscharfer Seherblick!

Warum machst du es dann?

Der Anfang gefällt mir – und der Schluß dann ihnen, denke ich.

Du hoffst doch wohl nicht, sie finden diese Teilung gerecht?

Was sie anlangt, hoffe ich nichts.

Dann erzähl, wie es ausgeht! Der Anfang klang flott, wie schon dein Klappen-Felix meinte. Und seine Frage mache ich mir auch zu eigen: Spinnt sich die Sache so ähnlich weiter?

Sie endet mit dem Tod, sagte Kormoran. Flotter war es nicht zu machen.

Herbert Henkler wiegte das Haupt, als sei zu diesem Bescheid einiges zu bedenken. Dann fragte er: Hast du auch davon eine Probe?

Mit einem Seufzen, das besagen sollte, nicht einmal auf besonnter Fensterbank bleibe man ungestört, richtete sich der geplagte Memoirenschreiber auf und warnte: Die läßt sich liefern, aber infolge der Natur des Vorgangs fällt sie länger aus.

Wir haben Zeit, antwortete Henkler, und weil er nicht hätte sagen können, wann jemals er mit seinem Schwager so in Einklang war, hörte es sich behutsam an und brachte ihm ein Lachen dieses Schwagers ein. Und den nachsichtigen Einwand:

Das ist in deiner wie meiner Profession immer eine elende Lüge.

Falls Henkler als weitere Neuigkeit erkannte, daß der Mann im Fenster eine Nähe zwischen ihnen für möglich hielt, ließ er es unbesprochen. Er begnügte sich mit einem eckigem Augenbrauenruck und dem Vorschlag: Wenn es so ist, komm zu deinem Schluß!

Kormoran setzte sich zur Antwort zurecht. Weil er seine Bewegung aber als zu folgsam empfand, versicherte er, er pflege im allgemeinen die Schlüsse von Geschriebenem nicht auszuplaudern. Wenn er es jetzt anders halte, habe das weniger mit Geburtstagslaunen als vielmehr mit der Unvermeidlichkeit besagten Ausgangs zu tun. Und sein Zögern, das er sich für die Dauer eines Atemzugs noch erlaube, komme von der Einsicht, daß er eben dabei sei, dies und jenes Siegel zu brechen.

Ich sterbe, sagte er und unterließ den Hinweis, es handle sich bei dieser gehaltvollen Mitteilung um Inhalt oder Titel seines Schlußkapitels. Als müsse man, was einem nur einmal geschieht, wenigstens zweimal sagen, wiederholte er: Ich sterbe, und es spricht sich herum. Nachrede dröhnt, aber erreicht mich nicht. Zu dieser auslaufenden Zeit bin ich tauber denn je. So höre ich nicht die Freunde hinter vorgehaltener Hand, die Feinde mit den durstigen Messern, die Verächter der Grammatik und schon gar nicht die Nichtleser auf der Brücke des Staates. Höre nichts mehr vom Leseland Vineta. Von Kolleginnenundkollegen. Von den Genossennossennossennossennossen...

Und muß nicht erleben, was nach meiner Abfahrt geschieht. Totgeglaubte wollen wissen, wie das passieren konnte. Sterbenskranke sind mir einmal überlegen. Sterbenslangweilige hatten spannendste Sachen mit mir. Schuldner sehen sich quitt. Reden wir nicht mehr davon, sagt einer, von dem nie die Rede war. Die Brunnengestalterin findet meinen Befund, besonders lebhaft sei das Wasser gewesen, immer noch infam; der Landschaftsgärtner hat das Lob, sein Park müsse sich vor keinem Kopisten verstecken, so wenig vergessen wie die Designergruppe mein Urteil, ihr Entwurf falle unter Beschaffungskriminalität – aber überm Grab und de mortuis hat man die Schnauze zu halten, auch wenn die Zunge vor verbissener Rache blutet.

Dann will eine besonders madige Verwerterin wissen, ob ich tatsächlich bei Dshugaschwili war und wie es ums Hinterbliebene stehe. Und schon verdirbt zur üblen Nachfrage, was als üblicher Nachruf begann. Wer sollte denn nicht Entschädigung suchen? Der Märchenerzähler, dem ich seine sozialkritischen Schlüsse verdarb? Der Russen-Editor, dem ich eine quadratwerstweite Tantieme vermasselte? Der Potentat, der dank meiner den Literaturpreis nicht bekam, und die Poeten, die dank meiner ihre Preise bekamen? Die Hänschen und Christoffel, aus denen über Nacht Chaims und Jochanaans wurden? Der staatshöchste Ratssekretär, dessen Antisemitismus ich Antisemitismus nannte? Jener Saufaus, der pro Sitzung dreizehn doppelkorngeladene Füllhalter leerte? Frau Hannahildehohlenuß? Hexchen Appelschnut, das so manchen außerehelichen Besen zu Splittern ritt und die Reste zu Berichten fügte? Der promovierte Mitschreiber? Die honorierten Nichtschreiber? Die Hüter der Anonymität? Übersetzer aus dem Bulgarischen in bulgarisch klingendes Deutsch? Der Flüchtling mit der Lizenz, die Vorgartentännchen mitzunehmen? Frau Wiehießsiedoch, der, kaum hatte sie des Westens Prämie ausgeschlagen, auf ausgestreckter Hand eine östliche wuchs? Der ruhmreiche Proletarier, dem Kritik als Formalismus galt? Der Formalist, dem Kritik Proletkult war? Verleger, die sich als Mäzene mißverstanden? Oder jene Leser, die zu jedem Buche schrieben, wie sie die Bücher schrieben, schrieben sie sie?

Die Luxgestalten des Okzident nicht zu vergessen: Kommentatoren mit rheingoldenem Biß; Kämpen von Sylt, die ihr Sülzen für Kämpfen hielten; Kulturkenner, deren östlichste Vokabel Kempinski hieß; Jan Raucherbein mit der offenen Hand und Philipp Cancer mit den unverschließbaren Lippen; Monsieur Professeur, dem die Dummheit einen französischen Akzent verdankt; der poetische Kommissar dazu, durch dessen Vorsteherreden der Geist von Haftbefehlen weht; das literarische Duett Pummelknie und Pummelkopp; und jenes belletristische Vorkommnis, welches beweist: Überlauf hilft auch nicht auf. Doch allen voran unsere Regierenden, die zwingender als irgendwer die grenzenlose Belastbarkeit des kapitalistischen Systems belegen.

Die Agitka Heimatlose Linke Ahorngrund immerhin – dies ist ein Zusatz, den ich heutigem Erleben verdanke – erscheint noch einmal zwecks solidarischen Gesangs und bringt mir vom traditionsreichen Landarbeiterlied die neueste Strophe dar: Trost sei unserm Kritikus, Kritikus, Kritikus:/ Wenn er nun zum Himmel muß,/ trifft er dort Gauck sien Kauh./ Jau, sing man tau, sing man tau,/ uns Herrn Pastor sien Kauh, undsoweiter.

Nicht daß sie nicht sähen, was gegen mich die geballten Blätter reckt, sagen meine quicklebendigen Gefährten, aber wozu mir beistehen, wenn es nichts nützt? Warum Kraft vergeuden, wo keiner etwas davon hat? Wieso Zielscheibe sein? Blöde, wer sich Blößen gäbe. Klug muß bleiben, wer bleiben will.

Zu welchem Ende hätte Geschichte stattgefunden, wenn nicht zu unserer Unterweisung? fragen sie mich, der nie gut hörte und jetzt gründlich nicht mehr. Nimm den berühmten Marsch durch die Geschäfte, sagen sie mir. Da hieß es am Abend nach der Niederlage: Rein ins fremde Geschirr und kräftig mitgewiehert! Nicht alle kamen durch, doch die es schafften, sind fortan zur Hilfe in der Lage. Es macht etwas aus, wenn einer nicht im Untergrund zischelt, sondern Töne spucken darf. Und gesetzt, es gebräche dir an Brot, in der Brotfabrik ein Wort für dich einlegen könnte.

Einmal versuche ich noch, aus den verstohlenen Freundschaften zu entkommen. Hebe den Hörer wie andere den Revolver. Sage dann aber nicht: Ich gehe aus der Freundschaft mit dir!, sondern spreche von allen. Und nicht nur von den halb verheimlichten.

War es nicht tapfer, so war es klug gleich gar nicht. Allgemein verstand man mich, doch speziell war es unverständlich.

O die Mühe, die Nichtgemeinten herauszunehmen aus der Reihe der Gemeinten! Die Andeutungsmühe, ihnen zu zeigen: Nicht was einer tat, sondern was er nicht tat, war mir Grund, aus der Freundschaft zu gehen.

Wäre der Grund gewesen. Aber ich ging ja nicht. Rettete mich nicht ins freundeslose All, das keine Anziehung kennt. Und keine Haftung. Und ebenso keinen Sturz. Und da keinen Schall, auch keine schlechte Nachricht. Und weil kein Licht, auch Blendung nicht.

Nicht weiter sinnvoll, solch Paradies zu beschreiben, denn ich zog dort nicht ein. Brauchte schwesterlichen Hauch und brüderlichen Atem und starb daran. Hing Verhältnissen an und überlebte sie nicht.

Soweit das Ende, das letzte Kapitel. – Natürlich, man wird es noch ausarbeiten müssen, aber sonst, was sagst du, ist es ein Schluß?

Fragte Paul-Martin Kormoran, suchte seinem Kopf wieder eine angenehme Lage auf dem Fensterbrett und war dann tot. So daß ihn Henklers Bescheid, ihm scheine dieser Ausgang morbide, schon nicht mehr erreichte. Und ebenso des Verwandten Nachbetrachtung wie verwunderte Klage: Wir liebten es optimistischer. Woher euch nur solche Schwarzsicht kommt!

Keine Antwort, das war, soweit es Herbert Henkler betraf, ein Platz, der nicht ungenutzt bleiben konnte. Also sprach er mit andeutungsweise gehobenem Kopf und verlautbarungsweise gehobener Stimme annähernd in die Richtung, in der im verquollenen Fensterrahmen sein schief verzogener und gründlich ertaubter Schwager hing: Wer wagte wohl, euch ins Schreiben zu pfuschen? Aber Meinung ist erlaubt. Schreibe du: Unser Scheitern entscheidet nichts. Dieses Gerede immer von Implosion! Wir sind nicht verbrannt, sondern haben uns bei der Verpuffung des Weltsystems die Brauen versengt. Dies Geschrei über das, was falsch gewesen sei! Falsch muß nur heißen, daß schon für gut gegolten hat, was lediglich vorhanden war. Gut, weil vorhanden. Anders immerhin als Träume: vorhanden! –

Schreib das oder widersprich mir, du Fachmann für Träume, so lange du noch vorhanden bist!

Henkler sah zufrieden der Schar von Wörtern nach, die er in die Welt gegeben hatte, und es verging Zeit, ehe er begriff, daß etwas geschehen war. Erst als Änne im Zimmer über ihm nach Felix Hassel rief oder vielmehr nach ihm schrie, erhob er sich und trat zu besserem Überblick an den Terrassenrand. Er mußte lange warten, und nicht die Schwägerin, sondern der Chirurg Felix Hassel erschien am Fenster. Ehe er das Rollo mit sachtem und bedachtem Fausthieb in seine Bahnen schickte, gab er Henkler ein Zeichen. Eines, das genügte.

Änne Kormoran kam aus dem Haus, fand auf dem Tisch das Telefon, wählte und sagte ihren Namen. Sagte, es handle sich um einen Todesfall, und einen Zweifel, sie sei vom Fache, gebe es nicht. Nannte die Adresse und erwähnte Felix Hassels Gegenwart. Beschrieb den günstigsten Anmarschweg, betonte, Pforte und Haustür stünden offen, dankte und legte das Gerät wie eines auf den Tisch, mit dem sie nicht weiter Umgang wünschte. Auch für das Archen-Papier schien sie kaum Verwendung zu haben. Wenig bei der Sache, knickte sie den Entwurf in seine alten Kniffe und schob ihn, im Vorübergehen fast und nach schnellem Tritt auf den Stuhl, zurück zwischen Klöppel und Glocke.

Sie war schon halb im Haus, und Herbert Henkler hatte endlich seine Zigarette angezündet, als sie auf weiteres verfiel, das seiner Erledigung harrte. Sie griff noch einmal zum Telefon, gab ihm geläufig eine Nummer ein, schaltete, kaum vorsätzlich wohl, den Lautsprecher zu und hörte Ruths gespeicherte Botschaft, man habe es mit dem Anrufbeantworter der Firma *Nihil-Nisi-Bene* zu tun und werde gebeten, seine Nachricht nach dem Pfeifton zu hinterlassen.

Verdammter Blechknecht! rief Änne Kormoran, ehe das Portable pfiff, doch kaum war das Signal verklungen, sprach sie mit maschinentauglicher Stimme: Du mußt wieder einspannen, Ruth. – Es ist geschäftlich diesmal.